KB121640

송승훈 선생의
꿈꾸는 국어 수업

송승훈 선생의 꿈꾸는 국어 수업

1판 1쇄 발행 2010년 1월 12일 | 1판 10쇄 발행 2018년 8월 3일

지은이 송승훈
펴낸이 조재은 | 펴낸곳 (주)양철북출판사
등록 제25100-2002-380호(2001년 11월 21일)
책임편집 이혜숙 | 편집 박선주 김명옥
디자인 육수정 | 마케팅 조희정 | 관리 정영주
주소 서울시 마포구 양화로8길 17-9
전화 02-335-6407 | 팩스 0505-335-6408
ISBN 978-89-6372-013-5 03810 | 값 12,000원

카페 cafe.daum.net/tindrum
블로그 blog.naver.com/tin_drum
페이스북 facebook.com/tindrum2001
잘못된 책은 바꾸어 드립니다.

송승훈 선생의 **꿈꾸는**
국어 수업

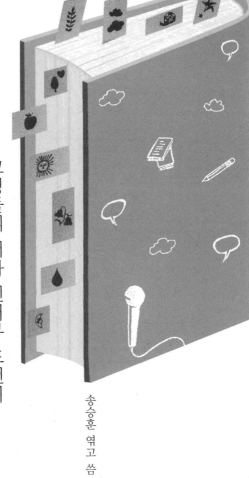

고딩들의 저자 인터뷰 도전기

송승훈 엮고 씀

양철북

그렇게 수업을 하면 학생들이 얼마나 좋아지나요?

청소년들이 책을 읽고 그 책과 관련된 인물을 만나고 와서 쓴 보고서를 모아 책으로 엮습니다. 고등학교 2학년 학생들과 함께 2003년과 2004년, 2008년에 국어 시간에 책 읽고 인터뷰하기 수업을 했습니다. 학생들은 다섯 사람씩 작은 모임을 만들어서 자기네 마음에 드는 책을 골라 읽고 서평을 쓴 뒤에 관련된 인물을 찾아서 만났습니다.

제가 있는 학교는 경기도 남양주시 진접읍 장현리에 있습니다. 대도시 바깥 작은 동네에 있는 보통 학교입니다. 처음에 학생들은 "사람들에게 '남양주'라고 하면 그게 어디인지 알지도 못해요."라면서 책을 쓴 사람이 자신들을 만나 줄 리가 없다고 했습니다. 그런데 학생들은 모두 인터뷰에 성공했습니다. 세 해 동안 제가 수업한 학급에서 해마다 30개쯤 되는 모둠을 만들었는데 인터뷰를 하지 못한 모임은 하나도 없었습니다.

모두 정규 수업 시간에 학생들이 참여해서 한 일입니다. 똑똑한 몇몇 학생들만 데리고 하지 않았습니다. 집안 배경이 좋아서 이런 일에 연줄을 엮을 줄 아는 힘 있는 친구들을 데리고 하지 않았습니다. 제가 수업 들어가는 반 학생들 모두가 함께했습니다. 학생들은 이 일을 하면서 세상이 자신들을 소중하게 대해 준다는 느낌을 받았다고 합니다. 못된 구석이 적잖게 있는 세상이지만, 그래도 멋지게 사는 어른들이 있다는 사실을 몸으로 확인하게 해서 인생에 대해 꿈을 꾸게 하는 게 제 목적이었습니다. 우리 학생들을 기쁘게 만나 준 분들께 참 고맙습니다.

인터뷰 활동은 한 달 동안 진행되는데, 수업 시간에 인터뷰를 하고 온 학생들에게 어땠는지 친구들에게 이야기해 주라고 하면, 맨 처음에 꼭 나오는 말이 "그분이 먹을 것을 사 주셔서 기분이 좋았어요." 였습니다. 자장면을 얻어먹고 기뻐하던 학생들이 냉면을 얻어먹은 친구들 말을 들으며 감동하고, 급기야 갈비탕을 얻어먹고 족발을 얻어먹고 온 친구들까지 생겨났지요. 학생들은 무엇을 얻어먹고 왔는지 서로 이야기하며 즐거워했습니다. 학생들은 저자분들이 먹을 것을 사 주는 일에 크게 반응을 했습니다. 처음 만나는 어른이 자신들에게 친절하게 대해 주는 데서 어떤 진심이 느껴졌기에 마음이 좋았겠지요.

학생들은 작은 몸짓 하나에도 예민했습니다. 박재동 선생님과 인터뷰한 친구들은 대화 중에 어디에선가 걸려 온 전화를 박 선생님이 받지 않고 바로 끊는 모습을 보고 깊은 인상을 받았다고 적어 놓았습니다. 이분이 우리를 하찮게 대하고 있지 않구나 싶었다고 합니다.

그리고 옷차림에 반응을 보이기도 합니다. 이 책에는 실리지 않았지만, 에코페미니즘 관점에서 여성 문제를 살핀 《꿈꾸는 지렁이들》을 읽고 이화여대에서 박사 과정 공부하는 분을 만나러 간 모임이 있습니다. 여학생들은 이대생이라는 이름에 바짝 긴장하고 힘주어 옷을 차려입고 갔답니다. 그런데 막상 만나 보니, 이대생들이 소탈한 차림으로 나와 털털하게 말을 해서 학생들이 허탈해했지요. 여성학자를 만나러 갈 때도 작가분이라 고상하고 세련되고 도시적일 줄 알았는데, 막상 만나 보니 자신들의 어머니와 이모들, 동네 아주머니들과 다를 바 없다는 사실을 확인하고 놀랐다는 친구들도 있었습니다.

어떤 분은 "그렇게 수업을 하면 학생들이 얼마나 좋아지나요?" 하고 물어보십니다. 저는 그 물음에 "교사는 씨를 뿌리는 사람입니다."라고 대답합니다. 교사는 씨를 뿌릴 수 있고, 그 씨앗을 싹 틔워서 가꾸어 열매를 맺는 것은 학생들 몫입니다. 긴 인생에서 저와 학생들이 만나 1, 2년 동안 서로 삶을 비추어 보고 같이 이야기하고 글을 읽고 지나갑니다. 인생의 어느 순간에 우리가 함께한 일들이 문득 되살아나 우리에게 영향을 미치겠지요.

인생이 안 풀릴 때 친구들과 이야기를 하면 답답한 현실을 잠시 잊고 살맛이 나지요. 그렇듯이 세상이 망가져 가더라도 교사는 학생들과 무엇인가 좋은 일을 하고 있으면 세상의 어두움을 이겨 낼 듯한 마음이 듭니다. 이 친구들이 좋은 사람이 되어 나중에 세상을 다시 좋게 만들어 가겠구나 하고 꿈을 꾸게 되어서 그렇지요. 절망은, 나쁜 것들이 보이는데 나 자신이 할 수 있는 일이 없을 때 찾아옵니다. 저는 이 활동을 하면서 용기를 얻었습니다.

이 책을 집어 들어 주셔서 고맙습니다. 우리 학생들과 만나 준 분들이 있어서 책이 세상에 나올 수 있었습니다. 그리고 이렇게 이 책을 집어 들어 준 분들이 계셔서 학생들이 쓴 글이 빛을 볼 수 있습니다. 이 책은 여러분들이 도와주셔서 있을 수 있습니다.

제가 대학 1학년이었을 때, 같은 과 친구가 학교 풀밭에서 저에게 무엇을 하고 싶으냐고 물었습니다. 저는 그때 "교사가 되어서 학생들 글을 책으로 묶어 내고 싶다."고 대답했습니다. 그러자 친구는 마음속으로 자기가 글을 쓰고 싶은 욕심이 있을 텐데 숨기지 말라고 했지요.

막상 학생들 글을 책으로 내려고 하니, 그 꿈을 품은 지 열아홉 해가 지났다는 사실을 알고 놀랍니다.

그 오래된 꿈을, 이 책으로 이룹니다.

2009년 겨울
광릉 숲에서 구름배 올림

차례

1부

사람들 사는 이야기 한번 들어 볼래?

박 재 동 ◉ 박 재 동 아 저 씨 와 수 다 를 떨 다

읽은 책

《못난 것도 힘이 된다》. 글쓴이의 살아온 이야기다. 글쓴이는 현재 교직 생활을 하고 있다. 그런데 이 책을 읽으면 어떻게 이랬던 분이 교직 생활을 할까 의문을 품을 수 있는데 책을 모두 읽고 나면 그 답을 찾을 수 있다. 재미도 있고 용기도 주는 책이다.

글쓴이

이상석. 전국교직원노동조합에서 활동. '굴종의 삶을 떨치고'란 글로 제3회 전태일문학상을 받기도 했다. 한국글쓰기연구회에서 '우리 말과 삶을 가꾸는 글쓰기' 공부를 하고 있다. 현재 부산진고등학교 국어 선생님.

만난 분

박재동. 〈한겨레신문〉 창간호부터 8년 동안 한겨레 그림판을 맡았다가 애니메이션에 뜻을 두고 신문사를 나와 장편 애니메이션 〈오돌또기〉를 준비 중이다.

함께한 사람들

이수연_기획(hdandylee@hanmail.net)
편엘리_외교(pyunsik101@hanmail.net)
안선영_물음(universalsy@hanmail.net)
강민희_사진(kmh279@hanmail.net)
김유진_최종 보고서(browneyes879@hanmail.net)

보고서에 대한 간단한 소개

서울 양재동에서 박재동 선생님을 만났다. 일하고 있는 사무실에서 만났는데 바쁘실 텐데 만나줘서 정말 기뻤다. 인터뷰를 하기 전에도 한 후에도 잘 몰랐는데 많은 사람들이 박재동 선생님을 알고 있고 유명하다고 하기에 정말 영광이었다. 진로에 대한 이야기, 책에 관한 이야기, 교사 생활할 적 이야기 들을 들었는데 말할 수 없는 비밀도 있다고 하셔서 아쉬웠다.

배우고자 하는 것은 학생들의 특권이야

외교 | 편엘리(2학년 2반)

《못난 것도 힘이 된다》. 요즘에 정말 내가 못났다는 생각이 들어서, 이 책이 상당히 끌린 것 같다. 독서 시간 숙제로 이 책을 읽고 작가를 만나야 한다. '내가, 세상에? 작가를 만나다니.' 걱정 반 기쁨 반이었다. 제비뽑기를 해서 각자 할 일을 정했는데, 나는 외교관(?)이 되었다. 낯선 사람과 만나야 하는 것, 더군다나 그 낯선 사람이 작가라니, 정말 부담스러웠다. 작가라는 사람은 왠지 내가 사는 현실과 동떨어져 있다는 느낌이 들기 때문이다. 작가는 자기의 글에서만 사는, 그래서 나는 책으로만 만날 수 있는 사람이라고 생각했다. 그런데 작가도 사람이었다. 나는 남양주에 숨 쉬고 있는 독자이고, 이상석은 부산에서 숨 쉬고 있는 작가였다.

외교의 첫 시작

우리가 읽은 책에는 글쓴이, 그린 이가 있다. 책에 글쓴이 이상석 선생님 사진과 이메일 주소가 실려 있었다. 나는 2주일 정도 빨리 진행해야 한다는 생각에 2권 앞부분을 읽을 때쯤 이메일을 보냈다. 새벽에 보냈다. 부산에 가고 싶다고, 선생님을 만나 뵙고 싶다고, 아주 길게 썼다. 그날 집으로 돌아와서 바로 메일을 확인했다. '안녕하세요, 펀엘리?'라는 제목으로, 아주 긴 답장이 와 있었다.

편지 잘 받았습니다.

참 좋은 국어 선생님 만나서 재미난 수업을 하고 있나 봅니다. 작가와 인터뷰나 편지를 해 보라? 그 참 좋은 경험이 될 것 같습니다. 내 책을 읽어 주어서 고맙고 반갑습니다. 나는 이 책을 아이들이 읽고 힘을 내 주었으면 좋겠다 하는 마음으로 책을 내놓았는데, 아무도 읽어 주지 않으면 그만큼 김새는 일 없지요. 다행히 제법 많은 사람들이 여기저기서 책 읽고 힘을 얻었다고 편지가 와서 나도 힘을 얻고 있습니다.

지금 펀엘리(별명인가? 애칭인가? 본명인가? 엘리? 천주교 본명에서 따왔나?)가 책 2권을 읽고 있다는데 다 읽고 나서 물어볼 게 있으면 물어보세요. 내용 가운데 궁금한 것이라든가, 자기 생각과 다르다든가, 이해가 되지 않는 것 따위.

아직 박재동 선생님한테는 전화를 못했다고요? 국어 선생님이 박재동 제자라면 아휴! 뭐 겁날 게 있어요. 바로 전화해 보세요. 매우 바쁜 일이 없으면 아주 반갑게 맞이할 것입니다. 사실 박재동 아저씨도 옛날에 선생님이었거든요. 참 국어 선생님이 박 선생 제자랬지……. 그러니까 박재동은 아이들을 참 좋아합니다.

찾아가면 재미난 이야기 많이 해 줄 겁니다. 이상석의 비리도 다 물어보세요. 박재동은 내 비리까지도 다 아니까. 그러고 난 뒤 내게 편지해서 박재동 비리도 다 물어보세요. 난 박재동의 비리를 다 아니까.

세상에서 내 온 마음을 있는 그대로 이야기하고 또 서로 이해하며 힘을 줄 수 있는 사람. 그리고 늘 상대방의 삶의 모습을 보면서 나도 저렇게 해야지 하고 배울 수 있는 사람. 이런 벗 한 사람만 있으면 이 세상은 별 걱정 없이 살게 될 것 같아요. 나는 그런 면에서 아무 걱정 없지요. 엘리도 이런 친구를 한 사람이라도 사귀도록 해 보세요.

어떻게 사귀냐고요?

첫째, 내 마음을 열고 친구를 대한다.

둘째, 친구를 끝없이 믿는다. 한두 번 믿음이 깨어졌다 해도 끝까지 믿으면 상대는 감동하게 되고 서로 믿을 수 있는 새로운 관계가 됩니다.

셋째, 나쁜 모습(게으르거나, 거짓되거나, 제 이익 챙기기에 바쁘거나 하는 짓)을 친구에게 보이지 않는다.

넷째, 편지를 자주 한다.

어때요?

허허허 유쾌한 웃음

이상석 선생님의 격려로 나는 드디어 전화기를 들었다. 그리고 박재동 선생님 전화번호를 조심스럽게 눌렀다. 방 안 공기가 긴장으로 가득 차던 순간이었다. 나는 수첩을 놓고, 조금이나마 긴장을 풀기 위해 펜을 들었다. 통화음이 스무 번 넘게 울린 것 같았다. 아주 오래 수화기를 붙들고 있었다. '전화를 받지 않아서 다행이다. 정말 긴장되는데.' 하는 순간, 목소리가 들려왔다. 나는 허겁지겁 인사를 드렸다. 그리고 우리 숙제의 자초지종을 얘기했다. "허허 허허." 유쾌하고 조용한 웃음이 들려왔다. 그리고 대략 날짜를 정하고 다시 전화하기로 했다. 아마 이십 분 정도 이야기했던 것 같다. 나는 그때 소리가 잘 안 들려서 귀를 수화기에 바짝 붙이고 선생님 이야기를 들었다. 이야기가 끝난 뒤 귀가 조금 빨개졌고, 귀가 수화기 속으로 쏘옥 들어간 건 아닌가 했다. 입가에서는 저절로 웃음이 일어났다. 그때부터 박재동 아저씨와의 인터뷰를 기다렸다.

13일에 다시 전화를 드리고, 일정을 잡았다. 15일 월요일. 얼마 남지 않은 시간이었다. 이틀 뒤면 전화 속의 주인공, 박재동 선생님을 만나는 날이었다. 선생님은 친절하게 주소를 잘 가르쳐 주셨다.

"지하철 3호선 양재역에서 꼭 7번 출구로 내려서 시민의 숲 가는 버스를 타고 조금만 가서 내려. 강 건너 다리를 건너는데, 다리를 건너서 좌회전을 해. 소나무 숲 '약수터' 식당의 다음다음 건물이야. 4층 회색 건물, 1층에 임대라고 써 있어. 사무실 전화번호는 000에 0000야. 아, 그리고 이성균 선생님께 올 수 있는지 물어보고 같이 오너라."

주소까지 알게 되고, 이제 가는 일만 남았다. 홀가분했다. 왠지 박재동 선생님과 친해진 기분도 들고, 그랬다.

우리는 만나기 전 많은 고민을 했다. 선물은 뭘 사 가야 할까? 일기장을 사 갈까? 일기를 많이 쓰시잖아. 아냐, 센베이 과자 어때? 옛날 생각나고. 음, 그래 센베이 과자 좋다. 아, 배갈이란 술 사 갈래? 아, 차라리 우리 저녁을 짜장면 집에서 먹으면 되겠다. 와우, 탕수육 시키자. 그런데 우리 선물은 꼬마 병 주스다. 조금 허무했다.

오랜만에 나간 서울 나들이에 마음이 들떴다. 그리고 양재동은 처음 가 보는 곳이라서 어떨지 궁금했다. 조금 늦은 저녁 양재동에 도착해서 택시를 탔다. 그리고 사무실에 들어가기 전 슈퍼에서 주스를 샀다.

만나기 100미터 전

박재동 선생님을 만나기 전 이성균 국어 선생님께 박재동 선생님 이야기를 들었다. 이성균 선생님이 고등학교 다닐 때 박재동 선생님이 미술을 가르쳤다고 한다.

"박재동 선생님이 미술 선생님이었을 적에는 한마디로 촌닭 같은 외모셨다. 장비의 칫솔 같은 수염도 아니고 관우의 수탉 꼬랑지 같은 수염도 아닌, 가뭄에 콩 난 듯한 턱수염이 제멋대로 자라고 있었다. 못 먹어서 마른 듯 보이는 광대뼈에 복사뼈가 드러나는 짧은 바지를 입고 흰 고무신을 신고 있었다.

미술 시간 준비물은 때때로 종이비행기와 병뚜껑이었다. 미술 시간에 종이비행기와 병뚜껑으로 수업한 곳은 아마도 전국에서 우리들뿐이었을 것이다. 종이비행기와 병뚜껑의 용도는 이랬다. 미술 시간을 이용해, 그렇다 수업 시간을 이용해, 한강의 지류인 탄천으로 달려가 그 기슭에서 맞은편에 있는 정신여고 쪽을 향해 고래고래 소리를 지르며, 준비해 간 종이비행기와 병뚜껑을 날리는 것이었다. 정말 신 났다. 미술 시험은 백지에 두 개의 네모 칸이 있었는데 하나는 오른쪽 위쪽 모서리에 종이비행기를 그려 놓고는 그 비행기가 날아가는 모습을 그리라는 것이었다. 또 한 문제는 빈 네모 칸에 우리가 잔디밭에 나가서 그림을 그릴 때 보이던 교사(校舍) 옆의 가로등을 그리라는 것이었다.

우리는 키득대며 장난 반 걱정 반으로 시험을 치렀다. 미술 필기시험이란 것이 "다음 중 인상파 화가가 아닌 사람은? 또는 황금비는 얼마인가^?^" 같은 문제가 출제되기 마련인데 이런 시험은 보도 듣도 못 했고, 또 시험공부도 전혀 필요 없는 시험이었다. 따지고 보면 박 선생님의 수

업 시간에 그런 것들을 배운 적이 없었기 때문에 지극히 당연한 문제였
는지도 모른다."

소중하게 남을 기억, 박재동 선생님

나는 박재동 선생님 키를 보고 정말 놀랐다. 훤칠한 키에 단발머리(?),
정말 인상 깊은 얼굴이었다. 그리고 후줄근한 티셔츠에다가 슬리퍼를 신
은 맨발, 정말 자유로움 그 자체였다.

그래서 아마 조금 더 편안하게 다가갈 수 있었다고 생각한다. 왠지 그
냥 아저씨처럼. 우리가 만약에 무슨 대학교 교수라는 사람을 만났다면
아주 불편했을 것이다(아닌 사람도 있겠지만).

인터뷰는 밥 먹고 하자는 소리를 듣고 정말 좋았다. 그때 정말 배고팠
는데, 선생님이 내 배에서 나는 꼬르륵 소리를 들었을지도 모르겠다.

식당에서 선생님은 쌈밥을 시켜 드셨다. 식당 주인이 바뀌기 전에는
맛있었는데 바뀌고 난 뒤 맛이 없어졌다며 괜히 우리를 여기로 데리고
왔다고 후회하셨다. 그렇지만, 내가 먹은 냉면은 정말 맛있었다. 저녁을
먹으면서 우리에게 커서 뭐가 되고 싶은지 물으셨다. 그리고 자신감이
없는 나에게 좋아하는 마음이 있으면 잘하게 된다며 격려해 주셨다.

저녁을 먹고 난 뒤 인터뷰에 응하는 선생님은 정말 옛날로 돌아간 박재
동이었다. 선생님은 초등학교 때부터 명문 학교를 다녔는데, 정말 공부
를 잘했다고 하셨다. 그런데 중학교 때 미술만 해서 성적이 뚝 떨어졌다.
미술 대회에 나갔다 오면 수업 진도가 너무 빨라서 정신이 아찔했다고
한다. 그리고 그 시절에는 선생님께 매일매일 얻어맞아서 맞지 않으면
불안할 정도였다고 말씀하셨다.

그 시절에 쓴 공책이 있는데 보여 주겠다고 하셨다. 그 공책은 선생님의 어렸을 적 추억을 고스란히 담고 있었다. 짝꿍이랑 오목한 것, 여학생과 펜팔 하려고 캔디 소녀 같은 그림을 그려 놓은 것이 있었다. 처음에는 공부로 시작했는데 마지막에는 선생님이 좋아하는 그림으로 끝나 있었다.

학교가 끝나면 보충 수업을 땡땡이치고 영화를 보러 다녔다고 한다. 〈폭풍의 사나이〉라는 영화를 두 번 봤는데 공책 하나에 시나리오를 줄줄 외워서 다 써 놓은 것도 있었다. 중학생 시절 사진도 있었는데, 꽤 미남이셨다.

고등학교는 시험을 쳐서 가는 거였는데, 시험에 떨어져서 꼭 인생에 실패한 사람이라는 생각이 들었다고 했다. 일기장에 쓴 자신의 글도 인생의 쓴맛을 알고 나서 바뀌었다고 했다. 항상 성공만 하면 실패하는 사람의 아픔을 모른다는 말씀도 하셨다. 이 시절 글쓴이 이상석 아저씨와 만나게 됐다. 고등학교에 떨어졌다는 상처를 서로 보듬어 주면서 친구가 되었다고 하셨다. 꼭 연애하는 사이였다고. 그리고 그 시절이 가장 좋았던 시절이라고 그러셨다. 인생의 쓴맛도 경험하고, 인생에서 소중한 친구를 얻었기 때문일 것이다.

그리고 그때 첫 만화를 완성했다. '내 가슴에도 봄이 왔습니다.' 였다. 박재동 아저씨에게 재수 시절은 따뜻한 봄이었던 것이다. 실제로 보았는데, 정말 대단했다. 그 나이에 그런 작품을 완성시킬 수 있다니 놀라울 뿐이었다.

박재동 선생님이 휘문고등학교 선생님이었을 때 우리 학교 이성균 선생님이 쫓아다니셨다고 했다. 그때 박재동 선생님은 차가운 분이셨다. "너 나에게 더러움을 주려고 하느냐?"라는 말을 서슴없이 내뱉는, 아픈 상처가 있는 사람이었다. 그래도 이성균 선생님은 박재동 선생님과 친해지고 싶었단다. 그래서 이렇게 가까이 앉아서 옛날 얘기까지 꺼낼 수 있는 가까운 사이가 된 것이다.

인터뷰가 무르익어 갈쯤 박재동 선생님 주머니에서 휴대폰 소리가 띠리리 울렸다. 선생님은 휴대폰을 받지 않으셨다. 두 번째로 왔을 때 선생님은 "회의 중이니까 조금 있다가 전화해 주세요."라고 하셨다. 우리하고 있는 시간을 정말 소중하게 생각하는 것 같았다. 그리고 우리를 많이 좋아하시는 게 느껴졌다. 어린 시절에 썼던 일기를 보여 준다고, 열 권 넘는 그 추억의 일기장들을 갖고 오고, 또 갖다 놓기를 수없이 하셨다.

선생님의 작은 배려 하나하나가 우리에게 감동을 주었다. 마지막으로 인터뷰에 응해 주셔서 고맙다고 인사하는 우리에게, "배우고자 하는 것은 학생들의 특권이야."라고 말씀하셨다. 우리에게 학생들의 특권을 누릴 수 있게 해 준 박재동 선생님을 정말 잊지 못할 것이다.

옆집 아저씨, 박재동

물음 | 안선영(2학년 2반)

책 엿보기

이 책은 글쓴이의 어릴 적 이야기부터 시작된다. 글쓴이 집안은 그리 넉넉하진 않았지만 사람 사는 냄새가 나는 정겨운 곳에 산다. 자연과 함께 살고 또 같이 놀며 자연 속에서 많은 것들을 배운다. 책을 보면 그 시대 배경을 알 수 있는 놀이나 풍경들을 엿볼 수 있다.

어린아이가 이제 소년이 된다. 골방에서 혼자 자취하는 누나를 몰래 훔쳐보다가 간 큰 장난까지 저질러 엄마한테 호되게 혼나기도 하고, 여선생님의 하얀 종아리를 보기도 한다. 글쓴이는 목젖으로 이런 이상한 기분을 느낀다. 이런 느낌들을 정말 솔직하게 알 수 있었다.

글쓴이 반에서는 떠든 아이 이름을 한 명 적어 내 선생님께 혼나는 그런 시간이 있었다. 글쓴이는 반 아이들한테 자기 이름을 적어 내라고 한다. 아이들은 정말로 그랬고 글쓴이는 담임 선생님께 펜치로 허벅지를 집히는 말도 안 되는 벌을 받는다. 이 선생님 때문이었을까. 글쓴이는 그

뒤로 점점 마음의 문을 닫고 불량 학생으로 생활한다.

그러다가 변산 농부 윤구병 아저씨가 "세상에 이런 우정을 찾아보기도 힘들다."라고 추천하는 글에서 썼던 박재동 아저씨를 만난다. 둘의 우정은 정말 놀랍고 대단할 정도이다. 어찌 보면 사랑하는 사이였다. 둘은 얘기도 많이 나누고 술과 담배도 같이 했다. 서로 할 얘기가 어찌 많은지 바래다주면서 얘기하고 또 바래다주고, 결국 끝이 없을 것 같아 어느 때는 중간 지점에서 딱 헤어지기도 한다.

이런 둘에게 바바리라는 한 여학생이 나타난다. 처음에 가위바위보로 박재동 아저씨가 바바리를 차지하긴 했지만, 셋이 항상 같이 다녔다. 박재동 아저씨는 바바리에게 별로 마음이 없어졌다. 글쓴이는 결국 박재동 아저씨에게 바바리를 자기가 사랑하겠다고 하고 각서를 내밀어 도장을 찍게 한다. 그래도 이 셋은 항상 같이 다니며 어울렸다. 이 때문이었을까, 글쓴이는 시험만 보면 점수가 나오는 체육 시험을 보지 않고 바바리와 박재동 아저씨와 놀러 가고 만다. 그래서 결국 2차 시험에서도 떨어진다. 글쓴이는 자신의 교복과 배지에 열등감을 느끼는데, 열등감을 감추려고 공부는 안 하고 온갖 껄렁한 짓을 다 한다. 가출도 하고 죽으려고도 했지만 결국 자신은 아무것도 아니라는 것을 알게 된다. 글쓴이는 공부를 하지 않아서 대학 시험에서도 떨어진다. 그해 봄날 고향으로 내려가 봄을 만끽한다. 이 부분을 읽는데 나도 행복했고 글쓴이도 정말 행복해 보였다. 글쓴이는 재수를 하지 않으면 이런 봄을 느낄 수 없었을 것이라며, 재수한 것을 좋게 생각했다.

대학에 들어갔는데 박정희 정권이 난리 치던 시절이라 시위를 하다가 무기정학을 당한다. 어떤 교수님의 도움으로 다행히 위기에서 벗어난다.

군대에 간 글쓴이는 옷을 갈아입으라고 했는데 팬티는 갈아입지 않았다. 없었기 때문이다. 첫날부터 얻어맞는다. 원래 군용 팬티는 한 개씩 모자라게 주는데 거기에 글쓴이가 걸린 것이다. 다른 곳으로 배치를 받고 보초를 서는데 '공이파'를 '고깃배'로 잘못 들어 엄청난 실수를 저지를 뻔한다. 글쓴이는 군대 생활은 자기와 정말 맞지 않다고 생각한다. 그러다 자기 체질에 맞는 일을 할 때가 있었는데 초소가 있는 곳까지 옷을 다 벗어 버리고 발가벗고 숲을 걷는 것이었다. 놀랍도록 엉뚱한 분이다.

글쓴이는 나중에 선생님이 된다. 글쓴이는 공부를 부지런히 하지 못하고 책을 많이 읽지는 못했어도 자신을 키워 준 것이 있다고 말한다. 그것은 사람과 자연이다. 지금의 글쓴이를 있게 한 사람들의 이야기를 쓰며 글을 마무리하고 있다.

첫 만남

우리는 학교가 끝나고 다울(이성균) 선생님과 함께 서울 양재동으로 향했다. 우리는 버스를 타고 지하철을 타고 택시를 타고 한참 동안을 간 후에야 도착할 수 있었다. 우리끼리 찾아갔으면 아마 한참 헤맸을 것 같다. 7시까지 만나기로 약속을 잡았는데 7시 30분이 넘어서야 박재동 아저씨를 만날 수 있었다. 선물용 주스를 사 들고 회사(?)에 들어갈 때는 우리가 들어가도 되나 하는 생각이 들었다. 인터넷으로 자료를 찾으며 박재동 아저씨의 얼굴을 보긴 했지만 실제는 매우 달랐다. 첫인상이 되게 좋았다. 나이도 많은 것 같고 해서 할아버지 스타일을 생각했는데 전혀 아니었다. 키도 되게 크고 머리는 은색을 띠고 곱슬거리는 약간 긴 머리였다. 어색하게 인사를 나누고 작은 탁자에 둘러앉았다.

약속 시간에도 늦었고 해서 우리는 서둘러 인터뷰할 준비를 했다. 내가 대충 정리해 간 물음 종이를 꺼내서 애들한테 주었다. 그런데 박재동 아저씨가 하나 집어 드는 것이 아닌가. 난 가슴이 콩닥거렸다. '눈빛을 보낸다.'와 '감탄사를 연발한다.'라고 적은 부분이 있었는데 이 부분을 읽고 웃으셨다. 우리도 따라 웃었다. 그러다가 인터뷰를 어떻게 할지 잠시 얘기를 나눴다. 우리들도 배가 고팠고 박재동 아저씨도 배가 고프셨나 보다. 우리는 일단 밥부터 먹고 하기로 했다. 박재동 아저씨는 앞장서서 우리를 식당으로 데리고 갔다. 우리는 박재동 아저씨의 첫인상에 대해 말하느라고 정신이 없었다. 생각보다 키가 되게 크고 무엇이 좋은지 모르겠지만 되게 좋다는 것. 박재동 아저씨의 뒷모습을 보면서 걸어갔다. 편안한 옷차림에 맨발이었다. 우리와 같은 사람인 것 같아 난 괜히 기분이 좋아졌다.

얼마 가지 않아 도착한 곳은 갈빗집이었다. 나는 속으로 '우와, 맛있겠다. 그런데 돈은 많이 없는데…….' 하고 생각했다. '혹시나 사 주실까?' 하는 생각이 은근히 들었다. 우리는 방으로 들어가 앉았다. '뭘 먹게 될까?' 생각하고 있는데 박재동 아저씨께서 쌈밥에서 밑으로 고르라는 거였다. 위에는 고기 종류였고 쌈밥부터는 저렴한 밥 종류였다. 조금 아쉽긴 했지만 그래도 내색을 하면 안 되는 그런 자리였다. 우리들은 선뜻 메뉴를 고르지 못했다. 그래서 박재동 아저씨가 쌈밥부터, 메뉴를 하나하나 부르면서 "먹을 사람?" 하면서 손들어 보라고 하셨다. 나와 수연이와 유진이는 비빔밥을 시키고 민희와 엘리는 물냉면을 시켰다. 그때는 유명한 사람과 내가 같이 식사한다는 것이 어리둥절했는데 지금 생각해 보면 되게 대단한 것 같다. 민희가 캠코더로 녹화를 하기 시작했다. 나도 무언가 쓸 게 있겠지 하면서 종이와 펜을 꺼내 놓았다. 음식을 기다리는 동안 좀 어색했다. 박재동 아저씨는 우리 이름을 하나하나 물어보고 장래 희망에 대해서도 물어보셨다. 그리고 이런 숙제를 하는 것이 정말 좋은 거라고 말씀하셨다. 우리는 크게 웃지 않고 살짝살짝 미소만 지었다. 다울 선생님이 우리를 가르치는 선생님이 송승훈 선생님이라고 말씀드렸다. 그러자 박재동 아저씨는 "아, 그 깡깡 마른……." 푸풉, 웃겼다. 깡깡 마른 선생님이라니, 표현이 재밌었다.

밥을 먹었다. 우리는 배가 너무 고팠기 때문에 먹느라고 정신이 없었다. 음식을 서로 바꿔 먹기도 하고 박재동 아저씨와 다울 선생님이 말하는 걸 엿들으면서 우리끼리 수다도 떨었다. 그 집 냉면 육수가 정말 맛있었다. 우리는 식사를 마치고 다시 그 건물로 향했다. 밥은 박재동 아저씨가 사 주셨다. 우리는 조용히 하나, 둘, 셋 하고 "잘 먹었습니다."라고 인사를 했다. 아, 이제 배도 부르겠다, 인터뷰를 시작해야 했다. 펜과 종이를 들고 설치는 내가 무슨 잡지사 기자 같았다. 헤헤. 박재동 아저씨는 우리가 사 들고 간 주스를 나누어 주셨다. 우리는 이제 본격적으로 인터뷰를 하려고 했다.

박재동 아저씨와 즐거운 수다

내가 박재동 아저씨를 찾아가기 전에 쓴 준비 물음 부분들이다.

'물음을 맡은 나와 기획을 맡은 수연이는 나란히 앉는다. 사진을 찍는 민희는 자유롭게 움직일 수 있게 제일 끝에 앉는다. 외교를 맡은 엘리는 우리보다 먼저 박재동 아저씨와 교섭이 있었으므로 박재동 아저씨 옆에 앉는다. 간단히 산 선물을 전해 드린다. 그리고 그 자리에서 풀어 보게

한다. 어떤 선물을 고를까 고민한 우리들의 얘기를 잠시 해 드리면서 자연스럽게 인터뷰를 시작한다.'

그런데 자리는 그냥 아무렇게나 앉게 됐고, 선물은 원래 '센베이'를 사려고 했는데 약속 시간도 늦었고 파는 곳이 보이지도 않았다.

"부부의 인연보다 더 깊은 인연인 이상석 선생님에 대해서 가르쳐 주세요. 이상석 선생님의 비리, 이상석 선생님이 박재동 선생님 만나면 물어보라고 하셨거든요. 뭐든지 다 알고 있다고 하셨어요."

박재동 아저씨가 이상석 선생님의 비리를 얘기하면 재미있을 것 같아서 귀를 세우고 잘 들으려고 했다. 그런데 그거는 말하면 안 된다고 하셨다. 너무 쉽게 대답하셔서 아쉬웠다. 그리고 이상석 선생님의 비리를 얘기하면 선생님이 손해라는 묘한 말을 하시고선 다음 물음으로 넘어갔다.

"책에서 골방이 자주 나오는데 골방은 어떤 곳이에요?"

이 질문을 하자 박재동 아저씨는 너털웃음을 웃으셨다. 그리고 자세하게 가르쳐 주셨다.

"부산 서면은 지금의 명동이나 종로 같은 곳인데, 거기 골목으로 들어가면 조그마한 가게가 있어. 거기에서는 어묵, 국수 같은 먹을거리와 담배를 팔았거든. 탁자를 붙여 놓고 그 주위에 의자가 있었어. 우리들의 자유로운 얘기 방이었지. 담배를 피면서……."

골방 얘기를 하다가 우리는 담배 얘기로 넘어갔다.

"요즘 학생들이 담배를 피우는데 어떻게 생각하세요?"

나는 아저씨가 어렸을 때 담배를 피우기도 했지만 이제는 어른이니까 우리한테 담배를 피우면 안 된다고 하실 줄 알았다. 그런데 아니었다. 박재동 아저씨는 아들 얘기를 하면서 담배 얘기를 하셨다. 아들은 우리와 동갑인 고2였다. 자식을 초등학생으로 생각하고 있었는데 어느 순간 생각하니 고1이란다. 그래서 박재동 아저씨는 이렇게 생각하셨다고 한다. '이제부터 친구로 지내자. 지도하려는 생각은 하지 말고 친구로 지내자. 알아서 할 수 있는 나이인 만큼 정말 친구가 되자.' 하고 생각하셨단다. 그렇게 지내다 보니 서로 더 존중하게 되고 함부로 말하지도 않았다고 한다. 담뱃값이라도 줘야 할 텐데 하는 생각도 하셨다고 한다.

선생님과 학생이 친한 것이 중요하다고 하셨다. 잘하라고만 하는 것은 위선적이란다. 난 위선자라는 부분에서 조금 놀랐다. 생각해 보니 정말 그럴 듯했기 때문이다. 나는 왜 평소에 이 단어가 생각나지 않았는지 의아했다.

"하하, 뽀뽀 얘기 재밌었어요. 언제 진짜 뽀뽀를 해 보셨어요?"

"여자를 만나게 되면 뽀뽀를 하게 된다 이거지, 아침에 양치질하고 어떻게 어떻게 하다가 뽀뽀를 했어. 대학교 2학년 때, 눈 오는 날 학교 뒷산에서 했지."

정말 솔직하게 말씀해 주셨다. 그리고 우리들한테 뽀뽀를 하게 되면 멋있는 뽀뽀가 되길 바란다고 센스 있는 말도 덧붙이셨다. 우리는 부끄러워서 웃는 건지, 센스 있는 말 때문에 웃는 건지 웃고 말았다.

"일기는 지금도 계속 쓰고 있나요?"

"계속 쓰고 있지." 하시며 우리가 보여 달라고 말하기 전에 "보여 줄까?" 하셨다. 우리는 일기장이 너무 궁금했다. 뒤척뒤척하더니 되게 많이 갖고 오셨다. 우리가 그 일기장을 처음 보는 것 같았다. 나는 뭔가 대단한 일을 하는 것 같아 기분이 좋았다. 그림을 중학교 때부터 그리셨는데 그림 실력이 정말 훌륭했다. 고등학교 때는 80퍼센트가 여학생 이야기였다고 하신다. 대학생 때는 인생이 허무해서 일기를 쓰셨다고 한다. 일기는 그림과 함께 쓰여 있었다. 두세 장씩 넘기며 그림들을 하나하나 설명해 주셨다. 지우개를 파서 그걸 한 바닥 찍어 놓은 부분은 개구쟁이 같아 보였다. 글씨를 잘 써서 칠판에다가 글씨도 자주 쓰셨다고 한다. 어렸을 적부터 그림 그리기를 좋아하고 또 그만큼 실력이 있었으니까 지금의 박재동 아저씨가 있지 않았나 하는 생각이 들었다.

영화를 보고 와서 쓴 부분이 있었다. 시나리오를 다 기억해서 일기장에다 적었는데 공책 한 권을 다 써 버렸다고 하셨다. 인터뷰가 계속 진행되고 조금 후에 또 한 무더기의 일기장을 가지고 와서 보여 주셨다. 중지에 침을 묻히면서 넘기는 모습이 보기 좋았다. 그런데 조금 지루하기도 했다. 일기장 양이 너무 많았기 때문이다. 선생님이 한 권도 빠짐없이, 우리들이 잘 볼 수 있게 일기장을 들어서 쪽수를 넘기며 설명해 주셨다. 지루한 모습은 보여 드릴 수 없었다.

"일기장을 이상석 아저씨와 서로 바꿔 보기도 하셨는데 자기만의 얘기가 적힌 일기장을 스스럼없이 다른 사람에게 보여 준다는 것이 남에게 자기의 솔직한 마음을 잘 표현하지 않는 우리들에게는 대단하게 보여요. 일기장을 보여 줄 만큼 이상석 아저씨는 정말 편한 친구였나요?"

"아, 자기 일기장처럼 생각했지. 이상석 아저씨가 없어도 내가 일기장 찾아서 내 이야기 쓰고 이상석 아저씨도 그러고. 내가 서울에 살고 이상석 아저씨가 부산에 살았을 때 만약 돈 5000원을 빌려 주면 100원 더 동봉해서 주고 이랬지. 꼭 그랬어. 이런 예의가 좋았다. 서로 비밀이 없었거든. 생각이 약간 다를 수도 있겠지만 안 싸우려고 하고 서로 고민해서 이해하려고 했어. 헤어지기 싫어서 서로 바래다주면서 얘기를 나누고 또 바래다주고 얘기 나누고 계속 반복했지. 하하. 그런데 이러면 정말 못 헤어질 것 같은 거야. 그래서 딱 중간에서 헤어지기로 하고 헤어지곤 했지."

이것이 친구일까? 나는 친구를 넘어선 무엇인 것 같았다.

"이상석 선생님과 박재동 선생님은 어렸을 적부터 지금까지 친구인데 서로 다툰 적은 없나요?"

"한 번도 없다." 딱 한마디만 하셨다. 아까 이상석 아저씨가 정말 편한 친구인지 물었을 때 해 주신 답이 이 대답을 대신했다.

"고교 시절을 평범하지 않게 보내셨는데 지금 박재동 아저씨와 같은 학생이 있다면 해 주고 싶은 말이 뭐예요?"

"알아서 살아야지. 나는 부모님 생각을 너무 안 했어. 억지로 하지는 말고, 걱정을 덜어 드리면서 일도 좀 도와 드리고 했으면 좋겠다."

책을 많이 읽으라고도 하셨다. 그럼 훨씬 훌륭하게 될 수 있다고 하셨다.

"미술 선생님이었을 때 다른 미술 선생님들과 다르게 가르치고, 시험 문제도 좀 특별났는데 그렇게 내신 이유가 뭐예요?"

"내가 선생님이 처음이라 미숙하고, 아이들이 입시에 찌들어 있어서 미술 시간만큼은 숨통 틔어 줄라고 그랬지."

나도 박재동 아저씨께 미술을 배워 보고 싶었다. 미술을 좋아해서 지금 미술을 선택했지만 정말 흥미를 갖고 하는 것은 별로 없기 때문이다.

"휘문고등학교 시절에 어떻게 하다가 움막에서 생활하셨어요?"

"그 집은 직접 지었는데 너무 추워서 나중에는 못 견뎠어. 직접 집을 지어서 사는 게 내 꿈이었거든. 그런데 나중에는 너무 추워서 못 견뎠지."

엉뚱한 분 같았다. 하하, 자기가 직접 집을 지어서 사는 게 꿈이었다니, 그것도 으리으리한 집이 아니라 움막같이 정말 최소한의 집을.

"이상석 아저씨와 바바리랑 셋이서 돌아다닐 때 어떤 것이 제일 재밌었나요?"

"나는 한 가지 일에 몰두해서 끝까지 생각하고 일 위주로 생각하는데 이상석 선생님은 사람, 사람 위주로 생각했어. 그래서 서로 잘 모르는 것을 배우기도 하고 그랬지. 바바리는 자꾸 내 손을 잡는데 그때마다 창피해서 난 뺐지. 나중에는 바바리가 이상석 선생님의 여자 친구가 되었어. 마음은 아프지만 셋이 같이 있는 그 자체가 좋았지. 질투는 없었고. 진정으로 좋아한 건 이상석 선생님이니까. 바닷가에 갔을 때 나는 가만히 있고 이상석은 조개도 줍고 바바리랑 놀아 주고 했지. 그때 참 좋았지."

그리고 나는 마음이 이상석보다 좁다, 우리는 셋이 다 좋았어, 다 좋았어라고 말씀하셨다.

우리는 그때 당시 제자였던 다울 선생님하고도 잠깐 인터뷰를 했다.

"학교 다닐 때 박재동 선생님은 어떤 분이셨나요?"

"미술을 그다지 좋아하지 않았는데 난생 처음 '수'를 받았어요. 다 선생님 덕분이죠. 나는 그때 스케치북에다가 그림은 안 그리고 선생님이 말씀하시는 거 다 적었어요. 하나도 빠뜨리지 않고. 그랬더니 실기 점수 '수'를 주셨어요. 미술을 싫어하는 사람도 행복감을 느낄 수 있었어요. 그리고 시험 문제 중에 네모 칸에 비행기를 그려 넣으라는 문제가 있었는데 점수를 어떻게 주셨냐 하면, 네모 칸을 벗어나거나 구멍을 뚫어 뒷면까지 그린 학생들에게 점수를 잘 주셨어요. 2학기 때는 자기 점수를 스스로 말하라고 했는데 미술 시간에 보람을 느끼고 행복했다면 '수', 그냥 재밌었다면 '우', 그냥 만족스러웠다면 '미', 별로 재미없다 '양', 미술 시간에 안 왔으면 좋겠다는 '가', 이런 식으로 점수를 주셨다고.

그때 내가 1번이었는데 난 솔직하게 '우'라고 했지. 그런데 다른 학생들은 거의 '수'를 말하는 거야. 몇몇은 '미'라고 했는데. 솔직하게 말해서 '우'를 받았는데 그냥 '수'를 말할 걸 그랬어. 그냥 '수' 말한 애들도 많은데 말이야. 가장 기억에 남는 일이 자기 점수를 직접 말하라는 거였어요."

다울 선생님이 박재동 선생님께 "그때 쫓겨나셨죠?" 하고 묻자 머리를 긁적이며 웃으시는 박재동 아저씨. 다울 선생님은 우리를 바라보며 얘기하다가 또 박재동 아저씨와 얘기하고 그러셨다. 박재동 아저씨가 그때 그렇게 한 이유를 설명해 주셨다.

"자기 점수는 자기가 매길 수 있지. 그렇다고 다 '수'는 아니었어. 어떤 애는 다시 와서 점수를 고치기도 했지. 스스로 판단할 수 있다고 생각했기 때문에 그렇게 한 거야. 그런데 나중에 그것이 위험천만한 일이 된 거야, 하하. 애들은 믿어 주면 다 양심적으로 나오게 돼 있어. 자기가 생각한 것이 진정한 점수야."

박재동 아저씨가 다울 선생님에 대해 말씀하셨다.

"다울 이성균은 눈빛과 태도가 달랐어. 그런데 내가 다정하고 따뜻하게 못 해 준 것 같애."

"네. 차가운 느낌이 있었어요."

"내 세계에 너무 골몰해 있었어. 혼자 다니길 좋아했거든. 지금은 아쉽고, 여유 있게 학생들과 놀지 못한 것이 선생으로서 부족한 점이었던 것 같애."

"자기 틀에서 벗어날 수 있는 자극을 주셨어요. 선생님은 내 애인처럼, 온 마음을 드리고 싶었는데 선생님께서 부담스러울까 봐 잘 표현을 못 했어요."

다울 선생님은 우리를 보고 말씀하셨다.

"어쩌다 박재동 선생님을 만났어. 반가워서 쫓아가 잠깐 얘기라도 같이 했으면 어떻겠냐고 했는데, 박재동 선생님이 '너 나에게 더러움을 주려고 하느냐?'라고 하셨지."

우리는 전혀 예상하지 못했던 말에 웃고야 말았다. 더러움이라니, 정말 웃겼다. 그러면서 박재동 아저씨 얼굴을 쳐다봤는데 아저씨도 웃고 계셨다. 그래도 더 불타는 사랑이 있었다고 다울 선생님이 말씀하셨다.

"나는 모범생의 틀에 있었는데, 나와 전혀 다른 미술 선생님을 좋아했어."

"이성균은 진짜 순수했다. 나는 그 정도까지는 아닌데 순수하게 다가오니까 좀 부담스러웠지. 나는 꼴통이지만 봐줄 만한 그런 사람이었던 거 같애. 선생님들마다 다 다르겠지."

말씀하시는 동안 박재동 아저씨의 전화벨이 울렸다. 그런데 바로 끄는 것이었다. 중요한 일일 수도 있는데 말이다. 나는 속으로 우와 하고 생각했다. 중요할지도 모르는 전화보다 지금 우리와 인터뷰하는 게 더 중요하다고 생각하시는 거구나 하고 생각했다. 그런데 또 전화가 왔다. 다울 선생님이 받아 보시라고 하자 얼른 받고 '회의 중'이라고 하셨다. 우리는 아저씨가 일하는 작업 회의만큼 중요한 인터뷰를 하고 있다는 걸 알았다. 우리를 배려해 주는 모습이 인상 깊었다.

움막에서 살았을 때 박재동 아저씨께는 학생들이 주소 가르쳐 달라고 하면 신경이 곤두섰다고 하셨다. 주소가 있어야지, 그리고 아무한테도 들키고 싶지 않았다고 하셨다.

시간이 꽤 흘렀다. 우리는 1시간 정도 질문할 준비를 해 갔는데 박재동 아저씨가 귀찮아하지 않고 성의 있게 대답을 잘해 주셔서 시간 가는 줄도 모르고 2시간 동안이나 인터뷰를 했다.

"바쁘신데 오늘 인터뷰에 응해 주셔서 고맙습니다. 하하. 이렇게 어리숙한 인터뷰는 처음이시죠? 숙제로 박재동 아저씨와 만났는데 많은 것을 얻고 가는 것 같아요. 지금 하는 장편 애니메이션 〈오돌또기〉 잘되길 바라구요, 이상석 아저씨와의 우정 영원하시길 바라요."

이렇게 준비한 대로 대충 마무리를 지었다. 그런데 〈오돌또기〉는 지금 투자가 끊겨 중단된 상태라고 한다. 우리는 아저씨의 씁쓸한 표정을 봤다. 아차, 말을 잘못했다 싶었다. 그래도 끝까지 할 거라고 하시는데, 굳은 의지가 엿보였다. 그리고 학생들한테는 약하다는 말씀을 몇 차례 하셨다. 배우는 것은 학생의 '특권'이다, 배우겠다고 하면 온 우주가 도와 줘야 한다는 말씀을 하셨다. 나는 이런 생각을 하는 박재동 아저씨가 존경스러웠다. 우리와 얘기를 더 하고 싶어 하는 모습을 볼 수 있었다. 그런데 집이 멀고 시간도 늦었고 해서 아쉽게 인터뷰를 끝내야 했다. 박재동 아저씨는 원래 야행성이라서 이때쯤 일을 시작한다고 하셨다. 문 밖까지만 배웅해 주실 줄 알았는데 택시 타는 곳까지 데려다 주셨다. 우리와 악수를 하고 가볍게 어깨도 토닥이며 인사를 하셨다. 우리는 집으로 가면서도 박재동 아저씨와 했던 인터뷰에 대해 계속 얘기를 나누었다.

느낀 점

유명한 분이어서 혹시 우리를 귀찮아하는 건 아닐까 생각했다. 그런데 오히려 우리가 초대받은 것 같았다. 미흡한 점이 많았지만 박재동 아저씨와 인터뷰하는 동안 옆집 아저씨와 얘기를 나눈 것 같았다. 책에 나왔던 그 일기장을 실제로 보게 되어서 정말 좋았다. 숙제로 박재동 아저씨와 만났지만 이렇게 책을 읽고 책과 관련된 사람을 한번 만나 보는 것이 정말 뜻있고 추억에 남는 일 같다. 다음에 또 만날 기회가 생길지는 모르겠지만 우리를 꼭 기억해 주셨으면 좋겠다.

이 일 훈 ✿ 마 음 속 에 도 집 을 짓 는 건 축 가

읽은 책

《모형 속을 걷다》는 건축가가 집만을 설계하지 않고 사람도 설계한다는 느낌
을 준 책이다. 집을 단순히 재산이나 거주지로 생각하는 모든 사람들에게 추
천한다.

글쓴이

이일훈.

만난 분

이일훈. 겉모습은 야수. 하지만 알고 보면 부드럽고 센스 만점인 건축가. 한양대학교 건축과를
졸업하셨고 많은 상을 받았다. 경기대학교 건축전문대학원 대우교수로 계셨고, 지금은 건축 스
튜디오 '후리'를 꾸려 나가고 있다.

함께한 사람들

주동환_기획(blackcat929@naver.com)

김주성_외교(jusung37@naver.com)

권형한_물음(food45@naver.com)

정세준_사진(janghyunri@naver.com)

박상열_최종 보고서(gho456@hanmail.net)

보고서에 대한 간단한 소개

우리는 이일훈 선생님을 인터뷰하기 위해 약속 장소인 서울시 마포구 연남동을 향해 일찌감치
출발했다. 선생님은 첫인상이 매우 강렬했다. 하지만 사람을 첫인상만 보고 판단하지 마라. 이
일훈 선생님 특유의 말솜씨와 말씀 도중 나오는 말장난에 모두들 매료되고 말았다. 맨 처음 인
터뷰를 시작하자마자 이일훈 선생님의 어린 시절 이야기를 들었다. 초등학교 시절 글라이더 대
회에 나갔다는데 중요한 것은 꼴등을 하셨다는 것이다.

열 번 찍어 안 넘어가는 나무 없다

외교 ∣ 김주성(2학년 7반)

국어 시간에 정말로 생각지도 못한 일이 일어나고야 말았다. 이번 수행평가도 단순히 책 읽고 서평 쓰기라고 생각한 나는 방학 때 산 책과 도서관에서 빌린 책을 조금씩 읽으면서 인생에 도움 되는 부분을 열심히 쓰고 있었다. 그리고 서평을 어떻게 써야 할지도 생각하고 있었다. 드디어 문제의 국어 시간이 되었다. 송승훈 선생님은 여전히 환한 미소와 함께 들어오셨다. 책을 읽으라고 하시더니 갑자기 수행평가 이야기를 시작하셨다.

"이번 수행평가는 인터뷰로 하겠습니다. 5명이 한 모둠이 되어서 기획, 외교, 물음, 사진, 최종 보고서로 역할을 나누어서 하겠습니다. 마음 맞는 사람들끼리 모둠을 짜서 같이 앉으세요."

정말 충격적이었다. 뒤통수를 맞은 기분이라고 해야 하나? 더군다나 모둠이라니, 모둠을 잘못 만나면 끝이잖아. 이런 생각을 했는데 상열이, 형한이, 동환이, 세준이와 한 모둠이 되었다. 정말 만족스러운 모둠이었다. 한 가지 흠이라면 상열이었다. 형한이는 모두 다 인정하는 모범생이고, 동환이는 모범생에 운동도 잘하고 리더십까지 뛰어나고, 세준이는 모범생이며 평소 사진 찍는 것이 취미이기 때문에 여기까지는 정말 최고의 모둠원이다. 하지만 상열이는 머리는 똑똑한데 수업 시간에 잠만 자고, 숙제를 절대 하지 않는 그런 친구이다. 지난번 서평 때도 0점이라는 점수를 당당히 받은 상열이가 글을 쓰느냐 마느냐에 우리 모둠의 운명이 걸려 있는 거 같았다.

누구를 만나지? 외교는 누구야?

역할을 정하기 전 우리는 누구를 만나야 할지 생각했다. 여러 의견이 오갔다.

형한 야, 우리 천재 유근이를 만나 보자. 구리에 살아서 만나기 쉬울 거 같아. 그리고 어린 나이에 대학도 다니고 있고 우리에게 많은 이야기를 해 줄 수 있지 않을까?

나 아니야. 유근이같이 어린애한테 들을 게 어디 있냐? 자존심 상하잖아. 프로게이머는 어때? 권돼(권돼는 형한이 별명이다), 옛날에 나랑 같이 스타크래프트 많이 했잖아. 임요환이라는 프로게이머도 엄청 좋아하고. 너네도 스타크래프트라는 게임 좋아하잖아, 아닌가? 내 친구 중에 준프로게이머도 있어서 만나기 쉬울 거 같기도 하고, 나는 프로게이머가 좋은 거 같은데.

동환 아니야. 너 영돈이 말하는 거지? 단순히 우리 숙제 때문에 이런 부탁을 할 순 없어. 영돈이도 엄청 난감해할 거야.

세준, 상열 맞아! 동환이 말이 옳소!

형한 건축가는 어때? 옥주(옥주는 내 별명이다), 너 건축가 하고 싶다며, 상열이도 건축가 하고 싶고, 다들 건축가 싫어하지는 않잖아?

나 그래, 그거 좋겠다.

동환 공대 관련 직업이니까 괜찮은데?

상열, 세준 나도 찬성!

　우리는 건축가로 결정을 내렸다. 그런데 우리는 건축에 대해서 잘 몰라서 어떤 책을 읽어야 할지 고민이었다. 그래서 우리 모둠은 송승훈 선생님에게 도움을 요청했다. 선생님은 《모형 속을 걷다》(이일훈), 《르 코르뷔지에 VS 안도 타다오》(최경원), 《건축, 우리의 자화상》(임석재) 등을 추천해 주셨다. 이 중에서 만날 사람을 고민하던 우리는 우선 인터넷으로 조사를 해 본 뒤 누구를 만날지 정하자고 했다. 그날 저녁 나는 집에 와서 저자들을 검색해 보기 시작했다.

　검색을 해 본 결과 임석재 선생님만 사진이 있었다. 나머지 선생님들은 사진이 나오지 않았다. 사진이 뜬 것으로 보아 엄청나게 바쁘고 유명한 분인 거 같았다. 그래서 임석재 선생님은 포기했다. 이일훈 선생님과 최경원 선생님 중에 한 분으로 좁혀졌다. 그런데 최경원 선생님 건축 기사가 이일훈 선생님 기사보다 적었다. 그래서 우리는 이일훈 선생님으로 결정했다. 책은 한 가지만 읽으면 다양한 각도의 질문이 나오기 힘들 거 같아서 《모형 속을 걷다》, 《르 코르뷔지에 VS 안도 타다오》, 《건축, 우리의 자화상》을 하나씩 사기로 했다.

　이제 남은 것은 역할 분담이었다. 역할은 각자 성격과 취미에 맞추어서 될 수 있으면 자기에게 맞는 역할을 주도록 노력했다. 동환이는 리더십이 뛰어나기 때문에 기획이 딱인 거 같았다. 모두들 동의하자 동환이도 흔쾌히 승낙했다. 사진은 당연히 사진 찍기가 취미인 세준이가 했고 문제는 나와 상열이가 문제였다. 형한이는 무엇을 하든지 잘할 수 있기 때문에 걱정이 없었다. 하지만 나와 상열이는 글 쓰는 재주도 부족했다. 많은 이야기 끝에 상열이는 최종 보고서가 적절한 거 같았다. 최종 보고서는 기획, 외교, 물음, 사진이 쓴 보고서를 합쳐서 쓰는 것이기 때문에 생각을 조금 덜 해도 되니까 머리 쓰는 것을 싫어하는 상열이에게 제격인 거 같았다. 이세 남은 외교와 물음이 문제였다. 처음에는 내가 물음을 맡았다가 다시 형한이가 했다가 몇 번 왔다 갔다 하다가 결국에는 내가 외교가 되고 말았다. 외교가 엄청 힘들어 보여서 싫다고 했으나 어쩔 수 없이 외교를 하기로 했다.

끈질긴 전쟁

외교를 하게 된 나는 우선 이일훈 선생님의 연락처를 얻는 게 시급했다. 송승훈 선생님께 어떻게 연락처를 알아낼지 질문을 했는데 출판사에 연락해 보라고 하셨다. 그래서 집에 가자마자 《모형 속을 걷다》를 살펴보았다. 출판사는 솔이라는 곳이었다. 바로 연락을 시도했다. 전화 신호가 가는데 정말 긴장이 되고 침이 말랐다. 전화를 받아서 "안녕하세요?" 하는 순간 "몇 번을 누르면 편집부입니다." 이런 것이 나왔다. 정말 어이가 없었다. 3번이 편집부라 3번을 눌렀다. 그 순간 소리가 들렸다.

상담원　안녕하세요? ○○○입니다.

나 안녕하세요? 저는 김주성이라는 학생인데요. 《모형 속을 걷다》라는 책을 읽고 정말 감명 깊어서 그런데요. 이일훈 선생님 연락처 좀 알 수 있을까요?

상담원 그러세요? 이일훈 선생님께 연락해 보고 연락드릴게요.

나 (웃으면서)네, 알겠습니다. 잘 부탁드립니다.

전화를 끊었다. 준비한 건 이런 게 아닌데. 너무 긴장해서 준비한 말이 전혀 나오지 않았다. 다음 날 학교에 가서 모둠 친구들에게 말했는데 전화를 그렇게 하면 안 된다고 비난을 받았다. 그 모습을 본 형한이가 나랑 질문과 외교를 여러 번 바꾼 것이 미안해서 그런지 자기가 해 보겠다고 했다. 그래서 나는 전화번호를 주면서 ○○○ 씨를 공략하라고 단단히 말했다.

다음 날 형한이가 전화 내용을 이야기해 줬다. 나한테 한 태도와는 전혀 다른 모습이었다. 평소 말주변이 없는 나는 형한이가 정말로 부러웠다. 우리 모둠은 긴 이야기 끝에 내 이름으로는 처음에 실패했기 때문에 권형한 이름으로 전화를 하기로 했다. 그 후 나는 형한이의 도움을 받아 전화를 다시 했다.

나 여보세요? ○○○ 씨 좀 바꿔 주세요.

상담원 제가 ○○○인데요.

나 안녕하세요? 저는 저번에 전화했던 권형한이라는 학생인데요. 연락 주신다고 하셨는데 연락이 없어서 이렇게 전화 드렸습니다.

상담원 아직 이일훈 선생님께 연락이 없어서요.

나   그러시군요. 저는《모형 속을 걷다》라는 책을 읽고 건축에 대해서 다른 생각을 가지게 되었어요. 제 꿈이 건축가인데 이일훈 선생님께 건축가에 대해서 질문하고 싶은 게 정말 많아요. 특히 왜 제목이《모형 속을 걷다》인지 직접 선생님께 듣고 싶어요. 정말 다시 한번 부탁드립니다.

상담원   네. 알겠습니다.

나   (웃음, 귀엽게)잘 부탁드립니다.

이번 전화는 성공적인 것 같았다. 다음 날 학교에 가서 모둠 친구들에게 이야기했더니 잘했다고 칭찬을 받았다. 그러나 여전히 상담원에게는 연락이 오지 않았다. 계속 전화하는 것이 실례인 것 같아서 이번에는 상담원에게 이메일을 보냈다.

10월 24일 5시쯤 전화했던 학생입니다. 저는 남양주에 위치한 광동고등학교 2학년인 권형한이라고 합니다. 다시 전화 드리려다, 혹시 귀찮아하실지도 모른다는 생각에 이렇게 메일을 보내게 되었습니다.

건축에 대해서 '단순히 집 짓는 것'이지 했던 저는《모형 속을 걷다》라는 책을 읽고 생각이 많이 바뀌었습니다. 책을 읽으면서 이일훈 선생님은 건축을 하나의 작품으로 보는 게 아니라 무언가 뜻을 담고 건축을 하신다는 생각이 많이 들었습니다.

이일훈 선생님을 만나 뵙고 '건축이 무엇인지' '건축가라는 직업은 어떠한 것인지' 꼭 인터뷰를 하고 싶습니다. 만일 저자분과 연락이 되신다면 저의 사정을 잘 이야기해 주시면 감사하겠습니다. 너무 귀찮은 부탁만 드려서 정말로 죄송합니다. 감사합니다.

이메일을 보냈지만 답장이 없었다. 그래서 송승훈 선생님께 다시 한 번 도움을 청했다. "선생님, 연락을 여러 번 했는데도 출판사에서 연락이 안 와요. 어떻게 해야 해요?" "이런, 노력이 부족한 거 같군. 계속 끈질기게 귀찮아질 정도로 해야지. 그러면 될 거야."

이 말을 듣고 다시 한번 모였다. 우리는 결론을 하나 지었다. "귀찮은 게 뭔지 보여 주자. 이제부터 협동 작전이다!" 이 순간 상열이가 특유의 웃음으로 웃기 시작했다.

백지장도 맞들면 낫다

한 사람이 하루에 1통 이상씩 하기로 정하고 모두 다 전화를 걸기 시작했다. 단 조건은 우리는 권형한이다, 깊숙한 내용으로 들어가면 들킬 수 있으니 '연락 왔나요?' 이런 간략한 내용으로 할 것. 평균 나는 두 통, 다른 애들은 한 통 정도, 상열이는 세 통 정도 전화를 했다. 나는 상열이를 우리 조의 흠이라고 생각했는데 정말 이런 생각을 한 것이 부끄러웠다. 상열이도 알고 보니 최고의 도움원이었다. 이런 협동 작전을 펼친 지 5일째, 이제 지칠 대로 지쳤다. 정말 우리는 포기하기 직전까지 갔다. 다른 분을 만나야겠다는 생각까지 했으니 말이다. 나는 힘없이 집에 와서 평소와 같이 출판사에 연락을 했다.

나 안녕하세요? 저 누군지 아시죠?

상담원 권형한 학생 아닌가요?

나 네. 연락 왔나요?

상담원 어? 메일 못 보셨어요? 이일훈 선생님 이메일 주소 메일로 보내 드렸어요.

나 정말요? 정말 감사합니다. 그동안 귀찮게 해서 정말로 죄송합니다.

상담원 아니에요. 저희가 늦게 알려 드려서 죄송하죠. 인터뷰 잘하시길 빌게요. 수고하세요!

나 수고하세요. 감사합니다.

나는 이메일을 바로 확인했다.

권형한 님, 답 많이 기다리셨죠? 어제까지 신간을 한 권 내느라 눈코 뜰 새 없이 바빴네요. 저희가 이일훈 선생님 메일 주소를 알려 드릴게요. 연락해 보세요.

그럼, 공부 열심히 하시고, 원하시는 답 찾길 바랄게요.

솔 출판사 ○○○ 드림.

나는 이메일을 읽고 이번에 실패하면 안 된다는 생각에 형한이에게 이메일 주소를 알려 주고 이메일을 써서 보내라고 도움을 요청했다. 형한이가 가장 빨리 《모형 속을 걷다》를 읽었기 때문에 잘 쓸 수 있을 것이라고 확신했기 때문이다.

안녕하세요. 저는 광동고등학교 2학년에 재학 중인 권형한입니다.

학교 국어 생활이라는 수업 시간에 현장 인터뷰라는 주제로 조를 짜서 인터뷰하는 수업을 하게 되었습니다. 저를 포함하여 건축학과를 가기 희망하고, 건축에 흥미를 가진 친구들 5명이 모여 건축가 분을 인터뷰하기로 했습니다. 건축에 대해 까막눈이었던 저희들은 건축에 대해서 알기 위해 건축 관련 책을 읽게 되었습니다. 그러다 선생님이 쓰신《모형 속을 걷다》라는 책을 읽게 되었습니다.

선생님 책은 건축을 비평하고 설명하는 다른 여러 책들과 달리, 설계했던 이야기들이 담겨져 있었습니다. 건축에 대해서 까막눈인 저희들도 그 속에서 건축에 관하여 선생님의 장인적 면모를 볼 수 있었습니다. 선생님을 꼭 한 번 만나 뵙고 싶다는 생각을 하게 되었습니다.

선생님 책을 읽으면서 정자와 나무 사이의 관계라든지, 유산거에 관한 부분을 보면서 "건축이란 주변 자연 환경과 조화를 이뤄야 하는 인간이 만들어 낸 또 하나의 자연물이다." 그리고 수도원 이야기를 읽으면서 "건축은 건물을 짓는 것만이 아니라 그곳에 사는 사람들의 삶을 짓는 것이다."라는 것을 알 수 있었습니다.

시간이 되신다면 선생님을 만나서 건축가는 어떠한 직업이며, 건축이란 무엇이고, 앞으로 나아가 건축가가 가져야 할 올바른 자세와 신념 등을 주제로 인터뷰해 보고 싶습니다.

저희가 숙제여서…… 이번 주 일요일이나 다음 주쯤 가능하시다면 이메일이나, 000-000-0000으로 연락을 해 주시면 좋겠습니다. 선생님만 가능하시면 저희 조가 선생님 스튜디오로 가겠습니다. 귀찮게 해서 정말로 죄송합니다. 연락 부탁드리겠습니다.

감사합니다.

다음 날 이일훈 선생님한테서 문자가 왔다. "전화를 안 받네요. 이일훈입니다. 11월 2일 일요일에 만납시다." 이메일에 핸드폰 번호는 내 번호를 적어 놓아서 나에게 문자가 왔다. 문자를 보자마자 바로 이일훈 선생님께 전화 못 받아서 죄송하다고 사과를 한 뒤에 약속 장소를 잡기 시작했다. 장소는 연남동주민센터, 시간은 12시 30분이었다. 연남동주민센터를 어떻게 가냐고 질문을 했다. 선생님은 친절하게 홍대입구역에서 내려 마을버스 타고 5분 정도 가면 연남동주민센터라고 버스에서 방송한다고 하셨다. 약속을 잡고 전화를 끊은 뒤 홍대를 어떻게 해야 빨리 갈 수 있을지 지하철 노선을 봤다.

우리는 강변역에서 출발해 홍대까지 가기로 했다. 우리는 홍대에서 내려 음료수를 한 상자 사고 나서야 이일훈 선생님을 만날 수 있었다.

역경 끝에 얻은 보물

정말 이번 인터뷰를 통해서 모둠의 협동이 얼마나 중요한지 알았다. 정말 우리 모둠의 협동 작전이 없었더라면 이일훈 선생님을 못 만났을지도 모른다. 그리고 사람은 겉모습만 보고 판단하지 말아야 한다는 생각이 들었다. 처음 상열이랑 같은 조가 됐을 때는 정말 앞이 캄캄했지만 내 예상이 깨졌다. 상열이의 끈질긴 전화가 이일훈 선생님을 만나게 했을지도 모른다. 하지만 이것도 상열이 혼자 했다면 가능한 일이었을까? 아니다. 우리 모두가 있기 때문에 가능한 일이었다. 우리 모둠은 힘을 모아서 위기를 극복했고 서로서로 도왔기 때문에 이일훈 선생님을 만날 수 있었다. 이런 기회가 또 온다면 지금 모둠과 함께 다시 한번 인터뷰를 하고 싶다.

사람과 세상을 사랑해야 해

물음 | 권형한(2학년 7반)

　매일 똑같이 학교와 학원을 오가면서 늘 반복되는 삶에 질려 지루함을 느끼던 2008년 늦가을, 어렵고 힘든 것만 시킨다고 생각했던 송승훈 선생님이 '현장 인터뷰'라는 것을 소개했다. '이거 잘하면 새로운 사람을 만날 수 있는 재미있는 기회가 될 것 같다.'라는 생각이 번뜩 났다. 나는 빠르게 동료들을 찾아 나섰다. '멋진 직업인 만나 인터뷰하기'라는 공통된 목표 아래 나름 개성 있고 재미있는 동환, 주성, 상열, 세준이가 모였다. 몇 번 헷갈리기는 했지만 건축학과에 가기를 희망하는 사람이 상열이와 주성, 둘이나 있었기에 현장 인터뷰 대상을 어렵지 않게 건축가로 정했다.

　송승훈 선생님이 현장 인터뷰를 소개하면서 "앞으로 너희들 인생에 도움이 되고, 그 직업에 소신을 가진, 대표할 만한 사람을 만나라."고 말씀하셨다. 내가 미래에 갖기 원하는 직업은 정확히 없다. 단지 나의 재능을 잘 살려서 세상에 도움이 될 만한 사람이 되는 것이 나의 꿈이다. 내가 건축에 재능이 있는 것은 아니지만, 건축은 사람을 지켜 주는 보금자리인 집을 짓는 일이다. 그러한 점에서 내 꿈과 잘 맞기에 어느 정도 마음에 드는 선정이었다.

하지만 나는 건축에 대해 별로 아는 것이 없었다. 나에게 멋진 건물이란 단지 크고 웅장한 건물들이었다. 나는 이러한 나의 수준을 잘 알고 있었다. 그래서 건축가가 보았을 때 창피하지 않고 너무 지루한 질문을 만들지 않기 위해 얼른 읽을 책을 찾으러 도서관에 갔다. 도서관에는 생각보다 건축에 대한 책이 많이 있었다. 하지만 여러 건축물을 설명하고 비평하는 책이 대부분이었다. 내가 원하는 것은 '건축가가 말하는 건축은 어떠한 것이며 또 진정한 장인 건축가는 어떤 생각으로 일을 하는가?' 이런 것들이었다. 그러다 도서관 한 귀퉁이에서 만족스러운 책 한 권을 찾을 수 있었다. 그것은 국어 선생님이 추천해 주신 《모형 속을 걷다》였다.

나는 책을 읽으면서 참으로 멋있는 사람을 한 분 만날 수 있었다. 그분은 책의 저자이자 건축 일을 하시는 이일훈 선생님이었다. 그분은 건축을 하나의 생명, 자연으로 보셨고, 또한 건축은 사람들의 삶과 사회를 바꾸는 힘이 있다고 믿으셨다. 그러한 내용들을 통해서 건축에 대한 그분만의 소신과 철학을 살짝 맛볼 수 있었다. 나는 단번에 매료당했다. 이책을 어느 정도 읽고, 우리 동네 근처에 있는 건축가를 포함하여 여러 후보들 사이에서 고민하는 친구들에게 말했다. "우리 이 책 저자분 만나자." 우리 조 애들은 흔쾌히 동의해 주었다. 참 고마웠다.

이일훈 선생님을 만나는 것은 역시나 쉽지 않았다. 외교를 맡은 주성이가 인터넷도 뒤져 보고, 114에 전화도 해 가며 출판사에 연락을 했지만 그분 신상 정보에 대해서 전혀 단서를 잡지 못했다(나중에 인터뷰 끝나고 알았는데 이일훈 선생님은 자신의 신상 정보가 유출되는 게 싫어서 인터넷에 신상 정보가 올라오면 모두 삭제 요청을 한다고 하셨다). 인터넷을 보고 조사를 하다가 우리가 알게 된 사실은 이일훈 선생님이 송승훈 선생님의 집을 지어 줄 정도로 두 분이 아주 친하다는 정보뿐이었다. 우리를 도와줄 거라 굳게 믿었던 송승훈 선생님은 호락호락하지 않았다. 우리 힘으로 해결하라고 하시며 더욱더 강하게 하라는 말씀만 남기셨다.

주성이가 연락을 했던 출판사에서 대답이 없자, 우리 모둠이 모두 총동원된 출판사 전화 대작전이 시작되었다. 결국 출판사를 통해 우리는 이일훈 선생님의 이메일 주소를 받을 수 있었다. 10월 31일, 출판사 직원이 알려 준 선생님의 이메일 주소로 책을 가장 먼저 읽은 내가 이메일을 보냈다. 보고서를 쓰는 기간을 고려해 봤을 때 우리가 선생님을 만나야 하는 시간의 마지노선은 11월 2일이었다. 사실 이틀 뒤에 약속을 잡기에는 너무 때늦은 연락이었다. 답이 없는 상황이라서 거의 포기하고 근처에 있는 건축가를 찾으려고 했다. 그런데 11월 1일 토요일에 연락이 왔다. "이일훈입니다. 11월 2일 일요일에 만납시다. 전화 주세요." 위와 같은 내용의 문자와 부재중 전화가 주성이한테 와 있었다. 거의 포기한 상태에 연락이 와서 너무나 감격이었다. 그 느낌은 마치 마지막 버스를 놓치고 집에 갈 수 없었을 때 뛰고 뛰어서 그 버스를 탈 때의 느낌과 비슷했다. 나는 인터뷰 막차의 감격을 가라앉히고 얼른 전화를 했다.

"아, 내가 생각해 봤는데, 평일에 너희들이 남양주에서 여기까지 오면 너무 늦을 것 같아. 그리고 내가 다음 주에는 일이 있어서 서울에 못 와. 그러니까 11월 2일, 내일 보자고."

건축을 작곡하다

11월 2일 아침 10시. 우리는 정광산호아파트 앞 정류장에 모이기로 했다. 우리의 약속 장소는 2호선 홍대입구역 근처에 위치한 연남동주민센터였다. 너무 급작스럽게 잡힌 약속이었기에 나는 새벽까지 물음을 추가하고 손봐야 했다. 결국 늦잠을 자 버린 내가 아주 약간 지각을 한 덕분에 '우리가 뵙자고 한 건데 늦으면 어떡하지?' 하는 걱정에 가슴을 졸이며 버스에 올랐다. 나는 버스와 지하철을 타고 가면서 애들에게 질문을 나누어 줬고, 새로 생각한 질문도 추가했다. 버스와 지하철을 타고 가서 인터뷰하는 것이 처음이고, 또 인터뷰 대상이 워낙 굉장한 분이라 긴장감이 감도는 상태에서 연습했다.

홍대입구역에 도착하고 나니 시간 여유가 있었다. 그래서 이천 원씩 모아서 만팔백 원짜리 주스 세트를 샀다. 주스 세트를 사 가지고 전화국 앞에서 마을버스를 탔다. 약속 시간인 12시 30분보다 30분 먼저 약속 장소에 도착했다. 거기서 준비했던 질문을 순서대로 다시 연습하는 시간을 가졌다. 12시 30분이 되었는데도 선생님이 오시지 않아서 '우리가 약속 장소를 잘못 찾아왔나?' 하는 생각에 다들 긴장하고 기다렸다. 5분 정도 기다리다 선생님에게 전화를 했다. 선생님은 아무렇지 않게 전화를 받으시면서 말했다.

"잘 찾아왔네. 정류장에서 마을버스가 지나가는 방향으로 걷다 보면 오른쪽에 대문 열린 집이 하나 있을 거야. 그리로 들어오면 돼."

선생님 안내를 따라 우리는 걸었다. 도착한 곳은 외형은 가정집 비슷하게 생긴 선생님 건축 사무소 '후리'였다. 그 안의 모습은 역시 건축가 사무소답게 멋있는 모습이었다. 사무소에 들어가자 거대한 덩치에 콧수

염이 수북하게 난 모습이 마치 레슬링 선수 이왕표 선수를 연상케 하는 선생님이 나오셨다. 상상과는 전혀 다른 모습이라 당황했다. 선생님은 일을 하지 않는 일요일에도 나오셔서 반갑게 우리를 맞아 주셨다. 사무실 앞 정원에서 테이블 2개를 붙여 우리 조 5명과 선생님, 다 합해 6명이서 둥글게 앉았다. 선생님은 담배를 피우면서 담배 피는 사람이 있으면 피우라고 하시면서 우리의 긴장감을 풀어 주셨다. 선생님은 우리가 선물로 사 간 주스를 나눠 주셨고, 그것을 마시면서 우리의 인터뷰는 시작되었다.

이일훈(이하 이)   지금이 12시 30분이면 점심시간이잖아. 인터뷰 빨리하고 자장면 먹으로 가자고. 그건 내가 사 줄게.

우리 모두   정말요? 감사합니다.

이   자, 선수들답게 질문들 해 봐. 학교 공부할 거 있음 빨리 해야 되잖아.

세준   (웃으면서)선생님은 어렸을 때부터 꿈이 건축가셨어요?

이   건축가를 미리 정해 놓은 건 전혀 아니었고, 잘하고 못하고 판단하기 전에 뭐든지 그리고 만드는 게 좋았어. 초등학교 4학년 때 이런 일도 있었어. 수업 시간에 동력 글라이더(고무 동력기) 만들기를 했는데, 반에서 1등을 했어. 내가 만든 게 90퍼센트는 조립이고 날개에 종이 붙이는 것 정도만 내가 한 거야. 반에서 잘 만들어서 학년 대회를 나갔는데 또 내가 1등을 했어. 그래서 시 대회를 나갔어. 그런데 꼴찌를 했어. 현장에서는 약간 부끄러웠지만, 별로 안 부끄럽더라고. 꼴찌는 발표도 안 해. 기록 나온 것 보고 자기가 그냥 아는 거야. 그래도 난 기분이 좋더라고. 왜냐하면 내가 만들었기 때문이야. '만드는 게 즐겁다.' 생각하면서 학교를 다녔어. 별 생각 없이 학교를 다니다가 전공을 정해야 될 때 그 생각이 들더라고 '아, 무엇을 할까?' 부모님이 권하는 학과는 딴 곳이 있었어. 내가 원했던 과와 달랐어. 나는 건축과를 갔어. 그냥 내가 좋아하는 것을 많이 만들 수 있겠구나 생각했지. 건축과 가는 것을 꿈꾸었던 것은 아니야. 단지 만드는 게 좋았던 거지.

세준 건축가는 어떤 직업이에요?

이 집을 지을 때 많은 사람들이 협력을 해야 하잖아. 건축주는 새로 집을 짓겠다 마음을 먹고 경제력을 부담하는 사람이야. 건축주가 집이나 건물을 지으려고 할 때, 맨 먼저 집을 디자인해야 돼. 건축가는 그것 전체를 구상하는 사람이야. 구상이 끝나면, 도면으로 만들든지, 서류로 만들든지 무엇을 만들어. 만드는 것들이 객관적이어야 해. 그것을 시공사들이 받아서 건물을 만드는 거지. 시공사에는 전기, 설비, 콘크리트, 목재 등으로 일하는 사람이 있고 그 공정을 관리하는 현장 소장이 있어. 연주회로 얘기하면 현장 소장은 지휘자야. 그러면 건축가는 뭐냐면 작곡가야. 많은 사람들이 현장 소장이 전체를 지휘하니까 건축가라고 생각해. 그런데 그것은 연주만 지휘하는 거거든.

건축가는 집을 지을 때 총체적 구상을 하는 사람이야. 연주회를 할 때 악보를 만드는 사람이라고 보면 돼. 연주회에서 작곡가는 기타는 어디에 동원할지…… 아, 오케스트라에 기타는 없지(책도 쓰시고 유명하신 건축가 분을 만나 잔뜩 긴장했던 우리들은 이 한마디에 웃으며 긴장감이 풀렸다. 그리고 작은 실수에서 선생님의 귀여움(?)을 볼 수 있었다).

음 다시, 작곡가가 바이올린은 어떤 곳에 동원해야 할까, 피아노는 어디에 들어왔으면 좋겠다, 클라리넷과 협주를 시킬까 독주를 시킬까 등을 짜잖아. 건축가도 똑같아. 음악에는 악기들만의 음색이 있잖아. 건축에는 자기들만의 특성을 가진 재료가 있어. 건축가는 재료를 어떻게 사용해야 할까, 공간을 크게 할까, 작게 해야 할까 이런 것들을 구상하는 사람이야. 그리고 구상을 객관적 정보로 바꾸어 주지. 그게 건축가야. 그런 일을 하고 건축주에게 경제적 보상을 받지.

이 말을 듣고 흠칫 놀랐다. 우리는 처음 인터뷰 대상을 우리 주변에서 찾고 있었다. 반 친구들이 아파트를 짓는 창연이 아버지를 인터뷰하라고 추천해 주었는데, 창연이네 아버지는 현장 소장이시구나 하는 생각이 들었다. 실제로 나를 포함한 우리 모둠 친구들, 반 친구들이 그랬던 것처럼 많은 사람들이 건축가가 어떤 일을 하는지 잘 모른다는 것을 알 수 있었다. 한편으로 인터뷰 섭외를 잘못할 뻔했다는 생각에 아찔했다.

사람을 사랑하지 않고 디자인하는 것은 죄악이다

동환 일을 하면서 제일 힘들었던 것이 있다면?

이 (한 치의 고민도 하지 않으시며 당연하게)사람이지 뭐, 사람. 건축과 관련된 모든 사람. 건축주, 건설 회사, 건설 인부, 협력 업체 쪽 사람, 공무원, 옆집 사람 등 사람이지. 건축은 너무나도 즐거운 일이고, 사회에 유익한 일이지.

우리들이 예상했던 가난하고 배고팠던 시절, 더럽고 치사했던 기억…… 모두 빗나갔다. 사람이 하는 건축에서 '사람이 가장 힘들다.' 라는 무언가 의미심장한 말에 우리들은 당황하여 잠깐 몇 초 간 정적이 흘렀다.

이　물질은 말을 안 해. 콘크리트가 무슨 말을 하고, 유리가 무슨 말을 하겠어? 물질들은 정확한 장소에 쓰이면 되는 거거든. 재료들은 쓰이면 말을 하지. 그 말들은 재료들이 어떻게 활용되었나 하는 표현의 말이야. 그런데 사람들은 일과 관계되거나 이해타산과 관계되는 경우가 많아. 그 때문에 사람들은 옳다 그르다, 좋다 나쁘다 같은 여러 가지 시시비비가 많지. 시시비비와 관계되었을 때 가장 힘들지. 결론적으로 건축하는 행위가 힘든 것이 아니라 사람들과의 관계가 힘든 거지. 나는 가장 힘든 게 사람이 아닌가 하고 생각해.

　참 느끼는 것이 많았다. 책에서 선생님은 건축은 경제적인 여건을 벗어나기 힘들다고 말하셨다. 그래서 나는 돈이 나쁜 것이고 안 좋은 것이라고 생각했다. 하지만 지금의 문제는 '돈' 자체가 아니었다. 사실 그 문제는 사람이 만들어 낸 이해관계에서 나타나는 것이고 이해관계에 집착하는 사람들의 문제였다.

동환　선생님이 지은 건축물 중에 가장 기억에 남는 건축물은 어떤 것인가요?
이　내가 설계한 건축물들은 다 마음에 들고 다 마음에 안 들지. 다 마음에 드는 이유는 내가 열정을 바쳤기 때문이고, 다 마음에 안 드는 것은 더 잘할 걸 하는 반성 때문이지. 그러니까 뭐 대답이 너무 멋있었나? (호탕하게 웃으신다)하하하하.

우리 모두 (크게 웃는다)하하하하하.

주성 그러면 저희가 미래에 건축가가 된다고 했을 때, 저희에게 조언을 해 주신다면 어떤 조언을 해 주고 싶으세요?

이 첫째는 건축가가 안 되는 게 좋겠어. 그 이유는 건축가가 사양 업종이거든. 사회에서 내세우는 경제적 관점을 기준으로 얘기하면 장래가 촉망되고 유망한 직업이 아니야. 건축이란 것은 건설 경기가 굉장히 활발해지거나, 사회가 경제적으로 풍요로운 속에서 계속 안정적이면서, 창의적인 건축물을 많이 필요로 한다는 사회적 동기가 전제되어야 하잖아? 그런데 매일 집을 부수고, 산을 까고, 새로 아파트를 지으면서 계속 성장해 나간다면 환경에 좋지 않잖아. 그리고 세상은 계속 성장할 수가 없어.

우리 인구도 봐봐. 점점 줄어들고 있잖아? 사람이 줄어들면 필요한 집도 줄어들겠지. 그리고 환경 문제가 대두되면서 무차별적인 건설에 대해 반성하고, 만들어진 도시를 잘 가꾸고 좋게 고치는 방법을 강구해야 할 시기가 온 거지. 앞으로 건축가가 할 일이 굉장히 많을까 적을까? (우리 모두 "적어요"라고 대답했다) 그렇지. 생계유지의 의미를 가지는 직업으로 볼 때 부모의 입장에서, 또 선배 건축가의 입장에서 볼 때 걱정이 되잖아? 그래서 난 안 했으면 좋겠다는 거지.

우리 주변을 살펴보면 건축을 통해 큰돈을 벌어 부자가 됐다는 소문이 많다. 나도 그런 말을 많이 들었고 건축가는 매우 유망한 직업이라고 생각했다. 건축가가 사양 직업이라는 말이 의외였다. 알고 보니 우리가 알고 있었던 소문은 시공 회사들의 상업적이고 무차별적인 건축을 말하는 것이었다.

이　인간이라고 하면 누구나 강이 깊은 줄 알면서도 수영을 하고, 원하는 곳을 가기 위해 비행기가 떨어질 수 있다는 걸 알면서도 비행기를 타고, 높은 곳에 서서 자신을 보기 위해 위험한 줄 알면서도 산에 가잖아. 산에서 미끄러지면 다쳐. 하지만 그런 것이 마음속의 열정이야. 열정이 막 끓어올라 건축가가 되고 싶다, 그렇다면 막지 않아. 오히려 '멋있다! 한번 해 보아라.' 격려해 주겠어.

　첫째 좋은 건축가가 되려고 할 때 꼭 필요한 소양은 세상과 인간을 사랑하는 것이야. 사람과 세상을 사랑하지 않고 디자인하는 것은 죄악이야. 나는 사랑을 가지지 않고 음식을 만드는 사람을 미워해. 부모님한테 왜 고마운 거지? 부모님이 너희들을 사랑해 주기 때문이야. 그것을 직업으로 옮겨 와도 똑같아. 음식이나 미용처럼 소비성이 있는 것들도 사랑이 필요하지만, 건축은 오랜 기간 존재해야 한다고, 그리고 실제로 그 안에 사람이 들어간다고. 그렇기 때문에 사람에 대한 사랑이 전제가 되어야 해. 그리고 그 사람이 세상에 존재하기 때문에 세상을 사랑해야 해.

　두 번째로 여러 가지 공학적인 요소를 갖추고 난 후에, 역사나 철학과 같은 인문 소양을 많이 쌓는 게 제일 필요하지. 왜냐하면 건축을 공학적 소양으로만 본다면 기술적인 면만 파악하게 돼. 그런데 건축은 기술과 인문학적 이해가 공존하는 것이지.

　특히 이 부분에서 "기본적으로 사람과 세상을 사랑해야 해." 이 말은 의외이면서 소름이 쫙 돋았다. 아까 가장 힘든 일을 질문했을 때 "건축은 참 즐거운 일이지만 사람을 만나고 또 관계를 맺는 것이 가장 힘들다."라고 하셨다. 하지만 선생님은 자신이 좋아하는 일을 힘들게 하는 사람들을 사랑하신다. 그리고 그 사람들을 위해 디자인을 하신다. 나는 문득 내가 어떤 일을 할 때에 나를 가장 힘들게 하는 것을 사랑할 수 있는 사람이 되어야겠다고 다짐했다.

책 속을 걷다

우리는 이 정도에서 건축가가 어떤 직업인가 하는 이야기를 끝냈다. 선생님이 쓰신 책《모형 속을 걷다》를 읽고 느낀 점과 궁금했던 내용들을 물어보기 시작했다.

주성   책 제목을《모형 속을 걷다》라고 표현하셨는데, 책 속에서 말하는 '모형을 읽는다' 라는 표현과 비슷한 뜻인가요?

이   이렇게 생각하면 어떨까? 악보를 볼 때 악보의 음악적 구성을 회화성으로 본다면 '본다.' 라고 말할 수 있을 것이고, 악보를 보면서 음악 내면의 문학성을 본다면 '읽는다.' 라고 말할 수 있을 거야. 연주자들은 악보를 보면서 뭐라고 그럴까?

우리 모두   (머뭇머뭇)음.

이   나는 악보를 '듣는다.' 라고 할 것 같은데. 실제로 음악인들이 악보를 보면 음이 들리잖아. '모형을 읽는다' 도 그런 뜻인 거야. 모형 안에 숨어 있는 의미를 본다는 것이지.

모형은 축소된 공간과 형태지만 축소된 비율만큼 확장시키면 내가 들어갈 수 있잖아? 그러면 모형 안에 들어가서 걸을 수도 있고. 우리가 좋은 책을 읽으면 이렇게 표현해도 되잖아? 나는 가끔씩 돌아가신 선생님 책을 읽으면서 선생님을 만나. 마치 음악인들이 베토벤의 음악을 들으면서 베토벤을 만나는 것처럼. 나도 모형을 걸을 수 있는 거지. 그러니까 '모형 속을 걷다'는 공간의 간접 체험을 적극적으로 표현한 것이랄까?

사실 이 질문을 만들 때 나와 주성이는 살짝 의견이 맞지 않았다. 나는 그 제목이 단지 전에 설계했던 옛 추억들을 생각한다고 짐작했고, 주성이는 '모형을 읽는다.'라는 표현과 같은 뜻일 거라고 짐작했다. 실제로 들어 보니 그 둘 사이의 오묘한 경계인 것 같아서 조금 아쉬웠다. 그러면서 어느 정도 선생님과 비슷한 생각을 했다는 생각에 '나도 《모형 속을 걷다》를 읽으면서 선생님과 만났던 것이 아니었을까?' 하고 마음속 한 귀퉁이에서 뿌듯한 감정이 들었다.

형한 책을 읽어 보면 선생님은 건축을 통해서 더 좋은 삶을 권유하시는데, 어떻게 건축이 그런 힘을 가지고 있다고 생각하셨어요?

이 세상에 많은 건물들 속에 건축가가 작업한 건축물은 많지 않아. 엄마가 한 밥은 요리라고 안 하잖아. 누구나 할 수 있기 때문이야. 우리 사회에서 누가 사는지, 어떻게 만들어졌는지 묻지 않는 아주 보편적인 것들은 건축가가 작업한 것이 아니야. 우리 사회에서 건축가가 작업한 것은 5퍼센트 정도라고 보면 돼. 그렇다면 '이 시대에 건축물을 어떻게 지으면 세상에 유익할까?'라는 생각을 해야 하거든. 그것이 건축가의 의식이나 철학이거든. 건축가가 좋은 의식을 가지고 디자인을 잘한 건축이 있고, 사람이 그 속에 살면 사람을 바꿀 수 있는 거지. 예를 들자면 요즘 고층 아파트가 너무 획일적이라고 많이 비판하잖아. 그런 얘기 들어 봤지?

우리 모두   예, 들어 봤어요.

이   비판을 받는 것은 좋지 않다는 뜻이잖아. 처음 지을 때 그 집을 잘 지었다면 그런 말이 나왔을까? 바람직한 철학을 구현한 집이 있고 그것이 사회에서 보편성을 지니게 된다면, 그 속에서 사는 사람들을 바꾸고 더 나아가 세상을 바꿀 수 있는 거지.

동환   그러면 여담으로, 선생님이 자식들에게 집을 지어 준다면 어떠한 삶을 권하는 집을 지어 주고 싶으신가요?

이   내 자식들한테? 뭐 지들이 알아서 하겠지. 내 삶이 아닌데. 그런데 나한테 건축주가 되어서 정식으로 부탁한다면, 책 뒤에서 말한 '채나눔'이라는 것을 통해 내가 꿈꾸던 삶을 권유하겠지. 채나눔은 불편하게 살기, 밖에 살기, 동선을 늘려 몸을 움직이며 살자는 이야기야. 만약 정식으로 부탁하면 그걸 권유하는 것이지. 부탁도 안 하는데 지어 줄 생각은 없어. 할 일도 많은데.

상열   선생님 책에서 '건축은 새로운 지형이다.' '건축물은 자연과 조화를 이뤄야 한다.' '나무와 정자는 친구 관계를 맺는다.' 이런 표현들을 보면 건축을 새로운 자연의 일부라고 보고 있는데 어떠한 이유로 건축을 자연의 일부로 보게 되셨어요?

이   건축이 자연과 조화를 이루어야 하는 이유는 건축의 출발이 자연이기 때문이야. 건축의 출발은 사람이 아니야. 건축은 사람이 필요한 것이지, 건축의 출발은 자연이야. 건축은 사람들의 피난처로 만들어진 거야. 배도 물 위에 떠 있는 건축이라고 볼 수 있고, 자동차도 달리는 건축이 되는 거야. 그런데 우리가 많이 익숙하게 보는 것은 땅에 고정되어 있는 건축이야. 나무가 자연의 일부 요소로 땅에 고정되어 있듯이 건축 또한 자연적인 원리를 잘 따라야 하는 거야. 건축에는 기술적 요소, 수학적 요소 등이 들어가잖아? 그런 것들도 자연의 원리를 모두 포용하고 있는 거야. 바람이 통하고 햇빛이 들어오는 자리에 있는 나무 중에 죽은 나무 본 적 있어?

주성 (너무나 자신감에 차서)아니요. 그런 나무들은 웬만하면 다 살죠!

이 그래, 그런 데서 죽는 나무는 하나도 없지. 건축도 자연의 일부로서 비슷한 거야. 자연의 일부이니까 나무들처럼 그 속에 바람이 통하고 햇빛이 들어가야지. 결국 그런 의미에서 건축은 근본적으로 자연을 잘 관찰하고, 자연 요소들 중에서 인간의 삶에 필요한 요소들이 건축 속에 다 스며들어 있어야 하지. 그래서 자연을 본받고 하나의 자연처럼 조화를 이루어야 된다는 것이지.

동환 선생님이 설계하신 건물이 주변과 너무 맞지 않는 경우가 있으셨다면, 그 당시에 어떻게 대처하셨어요?

이 (농담 삼아 웃으면 말하신다)아, 이거 참, 괴롭구먼. 가급적 주변 건물들을 존중하려고 하지. 사회에서 볼 때 내가 디자인한 건물이 주변과 어울리지 않는 건물이 있겠지. 그런데 나는 집을 지을 때 이렇게 생각해. '이 주변은 이렇게 바뀔 것이다.' 하고 예상을 하는 경우가 많아. 꼭 주변의 건물들을 존중해야겠다고 생각할 수 있는 근거나 이유가 없는 현장도 많거든. 그럴 경우에는 이 주변은 이러하게 변할 것이라고 객관적 자료를 근거로 해서 예측을 하는 거지. 그렇게 변했을 때에 이것이 어울리겠다고 제안하는 거지. 전문적으로 얘기하면 그 주변의 맥락, 환경, 상황을 강하게 인식하는 것을 건축에서는 '맥락주의'라고 말하지. 그런데 맥락주의 성향의 작품이 아니라 할지라도 건축할 때 주변의 맥락을 살피는 것이 바람직한 것이지.

형한 들어 보니까 글쓰기와 건축이 참 비슷한 것 같아요.

이 같지. 글쓰기를 할 때 주제가 있고, 글쓴이가 구상한 핵심들을 각각의 위치에 배치하잖아. 나중에 다듬고. 불필요한 것은 없애고, 강조할 것은 한 번 더 말하잖아. 그리고 글 전체에서 말하고자 하는 것이 무엇인가 생각하고, 누가 읽을 것인가 생각하잖아.

세준 예, 글을 쓸 때 그렇죠.

이 건축도 같아. 건축물 안에 누가 살 것인가. 내가 지은 건축물이 전체로 어떻게 존재할 것인가. 내년 후년 계속 사람들이 사용할 것인가. 건축도 글쓰기와 똑같은 거지.

세준 책에서 보면 선생님은 건축물의 요소, 천장이나 벽, 계단 같은 것들에 각각의 의미를 부여하면서 집을 지으시는데요. 그런 경우에 각자 가지고 있는 특성 때문에 전체 조화가 잘 안 이루어지는 경우도 있지 않으세요? 그럴 때는 어떻게 대처하세요?

이 나는 매 경우마다 깊은 의미를 넣으려고 하지. 하지만 전체 속에 통합된 의미가 더 중요해. 건축이 글쓰기와 같다는 말이 그런 뜻이야. 글쓰기에서 단어가 아무리 예쁘면 뭐 해? 문장이 안 되면 중구난방이잖아. 각각의 문장들이 다 명문이면 뭐 해? 전체 조화가 되어야 할 것 아니야. 전체로 조화가 되면 뭐 해? 글의 의도가 유익해야 할 것 아니야. 유행가를 보면 각 소절마다 다 예쁘게 다듬어져 있잖아? 그런데 다 부르고 나니까 무슨 말인지 모르겠네?

우리 모두 (다들 공감한다)맞아, 맞아 흐흐흐흐흐.

이 그런 경우에는 전체가 가지는 큰 뜻 속에서 불필요하면 그 의미를 빼게 되지. 경우에 따라서 의미가 없는 부분도 생기게 되고. 하지만 그 의미의 침묵이 의미를 죽이는 것만은 아니야. 침묵이 나머지 것들에게 더 힘을 줄 수도 있잖아?

상열 선생님이 주장하시는 채나눔이라는 것이 어떤 것인지 책에 잘 소개되어 있는데, 그것이 어떻게 만들어진 것인지 알 수가 없어요. 어떻게 그 방법을 생각하셨어요?

이 아, 그거 아주 간단해. 이 시대, 지금 세상에서 건축이 잘못되고 있다고 생각했지. 모든 것을 다 짧고, 크게, 한 덩어리로 만드는 것이 세상의 추세인데 이러한 추세는 바람직하지 않다는 생각이 들었어.

주성 그래서 갑자기 생각이 나신 거예요?

이 음 그러다 보니까, 우리 조상들은 그렇게 살지 않으셨더라고. 이렇게 좋은 것이 있는데 내가 지금까지 왜 무관심했나 느꼈지. 그것을 조금 조금씩 다듬어서 채나눔이라는 주장을 하게 되었지.

형한 그러면 책에서 말하신 것처럼 한옥의 공간 구성 방식에서 채나눔이 유래된 것이라고 볼 수 있겠네요?

이 채나눔이란 것은 이론적인 용어이지. 조상님들의 구성 방식에서 아이디어를 얻어서 한 것이라고 볼 수 있지.

동환 그러면 채나눔을 다른 건축가들에게 권하는 이유는?

이 다른 건축가들이 굳이 채나눔이라는 표현을 쓰지 않더라도, 내 주장에 동의하고 공감해 주어서 작업을 해 준다면, 세상을 위해서 반갑지. 뭐, 내가 반가운 것이 있겠어?

매일 우울한 건축가

책을 읽으면서 궁금했던 점을 다 물어보았다. 책을 읽으면 참 많은 것을 배울 수 있지만, 궁금한 점을 해결하기 힘들다는 단점이 있는데, 내 스스로 발로 뛰어 해결하니 무언가 뿌듯했다.

이어서 사회적인 질문을 던지기 시작했다. 사실 인터뷰를 기획할 때 사회적인 질문을 물으려고 하지는 않았다. '애들이 책을 제대로 읽었나?' 하는 걱정을 하면서 각자 걱정되는 건축 관련 사회 문제에 관해서 이야기해 보았다. 우리가 시작할 때는 건축에 대해서 까막눈이었지만, 각자 다른 책을 어느 정도 읽은 뒤라 그런지 '지하철역 문제', '고층 아파트로 인한 도시 문제', '골프장 건설로 인한 환경 파괴 문제' 등 여러 가지 문제들이 나왔다. 그런데 우리가 해결책을 제시하기에는 아직 역부족이었다. 선생님 생각을 듣고 싶어 약간 사회적인 질문을 몇 가지 만들어 보았다.

마침 강변역을 출발해서 꽤 오랜 시간 지하철을 타야 했기에, 지하철을 타고 가면서 지하철역 모습을 찍고, 획일적인 모습을 보여 드리면서 선생님께 질문해 보았다.

주성 이번에는 좀 사회적인 문제라고 볼 수 있는데요. 저희가 강변역에서 홍대입구역까지 오면서 역을 몇 군데 찍어 보았어요. 역 이름만 다를 뿐이지 생긴 것은 거의 똑같다고 봐도 무방한데, 이런 획일적인 모습을 보면서 선생님은 어떤 생각을 하세요?

이 이해하면서 슬프지. 획일적인 게 이해되지. 나는 그것을 이해하거든.

상열 왜 꼭 다 비슷하고 똑같은 모습으로 짓는 거예요?

이 싸기 때문이야. 짓는 사람들은 그렇게 해야 가장 많은 이윤을 얻을 수 있고, 사는 사람들은 가장 저렴하게 살 수 있거든. 경제적 이유, 이해가 되지. 이해하니까 슬프지. 조금 더 좋은 풍경과 환경으로 획일화된 모습을 탈피할 수 있을 터인데, 그 방법이 넉넉지 않거든. 그 생각을 하면 좀 우울하지. 매일 우울해.

이때를 놓치지 않고 재칫덩어리 세준이가 말했다.

세준 그 우울함 때문에 많은 양의 담배를…….

이 아, 담배(크게 웃으신다)! 하하하하. 우울함의 산물이야 이게. 우울함의 산물.

동환 우리나라는 다른 나라에 비해 작은 영토를 가지고 있잖아요. 효율적인 면에서 우리나라에 적합한 고층 아파트는 어떻게 생각하세요?

이 효율성은 밀도 조절에 있는 거야. 고층으로 짓는 것은 밀도와 관련되어 있거든. 사람들의 비판은 밀도를 조절하는 과정에서 다른 어떤 것도 고려하지 않고 무조건 고층으로만 짓는 것을 비판하는 것이지. 고층 자체는 비판을 받아야 할 것이 아니야.

형한 효율성 문제에서 어떤 해결책이 있을까요?

이 집들 자체를 작게 지어야겠지. 한 사람, 한 가정, 한 사회가 필요로 하는 공간을 최대한 작게 잡고, 석유 소비형 생활을 빨리 고쳐야 하고.

상열 건축에 관해서 우리 사회의 최대 문제점은 무엇이라고 생각하세요?

이   건축물을 재산 가치로만 보는 것. 어른들이 처해 있는 어쩔 수 없는 상황이긴 하지만 자식 세대에게 물려줄 만한 바람직한 현상일까 되묻는다면, 바람직한 것은 아니지. 건축물을 문화의 산물로 생각하고 인식하는 날이 오면 좋을 텐데. 이것을 가장 큰 문제라고 생각하지만 현실적 대책은 없어. 세상 모두가 합의를 봐야 하는 것이지.

주성   마지막으로 선생님에게 건축이란 어떠한 의미인지…….

이   나한테 건축은 즐거움이자, 괴로움이자, 아무것도 아니자, 전부이지. 나한테는 종교 같은 거지.

이걸로 인터뷰를 끝내고 은근히 계속 궁금했던 사무실 구경을 했다. 기대가 크면 실망하기 마련인데 전혀 실망스럽지 않고 오히려 생각보다 더 분위기 있는 공간이었다. 사무실 구경을 하다가 지하실에서 선생님이 만든 모형도 봤다. 책에 나왔던 모형들은 다 부숴 버려서 없었지만, 그래도 책에 나온 모형과 같은 방법으로 제작한 것들이 있어서 신기했다. 책에 나온 내용을 실제로 보니까 작은 것 하나하나도 신기하게 눈에 들어왔다. 역시 아는 만큼 보이나 보다. 인터뷰를 끝내고 기념사진을 찍었다. 선생님이 연속 촬영을 신기해하며 마치 아이처럼 좋아하셨다. 선생님의 순수함에 또 한번 웃었다.

기념사진을 찍고 우리는 점심을 먹으러 중국집에 갔다. 나는 도서관에서 빌린 책이었기 때문에 주성이가 책에 선생님 사인을 받을 때 내 이름도 적어 달라 했다. 자장면과 군만두가 나왔다. 모두 다 배가 고팠는지 맛있게 먹었다. 자장면을 다 먹고 버스를 타러 갔다.

"여기서 버스 타면 될 거야. 그럼 난 약속 때문에. 잘 들어가라." 이때 선생님이 돌아서서 가시는데, 정말 '감사'라는 감정이 마음에서 끓어올랐다. 그래서 나도 모르게 말해 버렸다. "선생님, 정말 감사합니다."라고. 선생님은 "응, 그래." 하고 대답해 주셨다. 선생님이 듣지는 못하겠지만 다시 한번 외쳐 보고 싶다. '선생님 감사합니다.'라고.

내 마음속에도 집을 지으셨다

우리의 인터뷰는 이렇게 끝이 났다. 이 선생님은 세상의 집을 짓는 건축가이다. 또 건축 일을 하시는 장인이다. 선생님은 자신의 주장과 감정 그리고 뜻을 담아 집을 지으신다. 그리고 건축을 통해서 세상과 소통하고, 세상을 사랑하신다. 인터뷰가 끝이 났지만 인터뷰 내용들이 머릿속을 맴돈다. '나도 선생님처럼 자기 직업에 대한 철학과 신념이 뚜렷한 사람이 될 수 있을까?'라는 생각이 머릿속에 강렬히 남는다. 또 선생님의 여러 생각에서 참 많은 것을 배웠다. 짧다면 짧다고 할 수 있는 한 시간가량의 인터뷰 시간 동안 선생님은 내 마음속에도 집을 지으셨나 보다. 앞으로 선생님이 지은 집이 말하듯이 사람을 사랑하고, 또 세상을 사랑하는 '진짜 직업'을 가진 사람으로 한 발 한 발 나아가야겠다.

이 총 각 ❀ 당 당 한 여 성 의 후 회 없 는 삶

읽은 책

《숨겨진 한국 여성의 역사》. 1970~80년대 여성들의 노동 현실과 열악한 노동 조건을 바꾼 다섯 명의 여성 노동자 이야기다.

글쓴이

박수정. 〈삶이 보이는 창〉 여성노동자글쓰기교실 기획, 진행을 맡고 있다.

만난 분

이총각. 한국자활후견기관협회 인천지부 지부장. 청솔의집 대표이다.

함께한 사람들

이보람_외교(555bo@hnamail.net)

전아랑_물음(shygirl@hanmail.net)

이경화_사진(kung-_-ah@hanmail.net)

한지현_최종 보고서(beautifulhdo@hanmail.net)

보고서에 대한 간단한 소개

우리가 이총각 선생님을 만나러 간 곳은 동암역이다. 그곳에서 선생님을 만났고, 김밥천국에 가서 허기를 채웠다. 그때부터 우리의 대화가 시작되었다. 대화 중에 지금도 기억에 남는 이야기는 인천 학교 비리 이야기이다. 우리는 그 이야기를 심각하게 들었다. 선생님 이야기를 들으면서 음식을 다 먹고 난 뒤, 삶이보이는창 카페에 들어가서 수사님과 마리아라는 여성 분께 인사를 드렸다. 그 후에 수사님께서 자리를 안내해 주셨고, 앉아서 간단하게 이야기를 나누다가 본격적인 인터뷰에 들어갔다.

이총각, 그녀를 담다

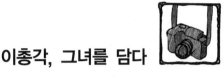

사진 ㅣ 이경화(2학년 1반)

만남을 준비하면서

이번에 내가 맡은 임무는 사진이었다. 평소에 사진 찍는 것을 좋아했던 나는 무조건 사진을 맡겠다고 고집부렸고 결국 나는 사진을 맡게 되었다. 다른 담당은 보고서를 다섯 장이나 써야 하지만 사진 담당은 두 장만 쓰면 된다는 이점도 있었다. 하지만 사진 담당이 생각처럼 쉬운 것은 아니었다.

약속 시간이 미뤄지고 제출 날짜가 다가오자 조급했다. 우리들이 만나려는 분은 '이총각'이라는 여성 노동 운동가였다. 그래서인지 너무 바쁘셨다. 어렵게 약속 시간과 약속 장소가 잡히고 우리는 나름대로 만남을 준비했다.

이미 인터뷰를 마치고 보고서까지 쓴 조가 있었다. 그 조에서 사진 담당인 인구가 인터뷰 때 찍은 사진을 시디에 담아 왔다. 선생님 컴퓨터로 사진을 보는데 잘 찍었고 슬라이드처럼 넘어가는 사진이 너무 멋있었다.

디지털카메라로 찍었다는데 화보집에서 보던 사진같이 너무 멋있었다. 기가 죽었다. 걱정이 됐다. 사진 찍기만 좋아하지 잘 찍지 못하는 나는 사진 찍는 것도 걱정되고, 인구나 정근이처럼 사진을 시디에 담을 줄도 모르니 걱정이 이만저만이 아니었다. 하지만 걱정만 하고 있을 수는 없었다. 나는 나대로 또 열심히 하면 된다는 생각으로 부지런히 몸을 놀렸다.

우선 디지털카메라와 수동 카메라를 같이 사용하기로 했다. 내 디지털카메라는 실내에서는 잘 찍히지 않기 때문에 수동 카메라를 주로 사용하기로 했다. 수동 카메라를 사용하려면 필름값과 현상료가 필요했다. 혼자 감당하려니 2만 원 가까이 되는 돈이 부담되어서 친구들과 분담하기로 했다. 선생님께 드릴 선물과 필름을 사기 위해 만 원씩 내기로 하고 9월 24일 조 친구들과 함께 우리네 마트에 갔다. 선생님께 드릴 선물로 녹차를 사고 필름 두 개와 아이스크림 네 개, 녹음테이프 한 개, 편지지 한 개를 샀다. 27,000원을 썼다.

인물 사진을 잘 찍기 위한 방법을 친구들에게 물어보고, 인물 사진이 많이 담긴 화보집을 봤다. 사진 한 장에 그 사람의 인생이 보였다. 주름 가득한 할머니 사진에는 그동안 살아온 세월이 느껴졌다. 나도 그런 인생이 보이는 사진을 찍고 싶었다. 정근이가 사진은 순간 포착이 중요하다고 했다. 순간 포착을 잘하려면 디지털카메라가 유용하다고 하는데 나는 수동 카메라를 주로 사용할 것이기 때문에 나에게 맞는 사진 찍는 법을 공부했다.

27장짜리 필름이 두 통이니까 54장을 찍을 수 있다. 안 찍히는 사진도 있을 테고, 버려야 할 사진도 있을 테니까 우리가 찍을 수 있는 사진을 총 40장으로 생각했다. 인터뷰 과정을 세 부분으로 나누어(가는 길, 인터뷰,

오는 길) 사진을 배분했다. 가는 길은 떠나는 초조함과 설레임이 드러나도록 하며, 다섯 장 정도 찍는다. 인터뷰할 때는 인터뷰하는 장소의 느낌을 살리고, 인터뷰할 때의 진지함을 담는다. 선생님 표정을 포착하여 인터뷰의 생생함을 담는다. 함께한 이들이 어울리는 모습을 담아서 30장 정도를 찍는다. 돌아오는 길에는 인터뷰가 끝난 후 긴장이 풀린 친구들의 모습을 담는다. 다섯 장 정도를 찍는다.

그렇게 인터뷰를 준비했다. 그리고 인천으로 떠났다.

당당한 노동자 이총각 선생님과 만나다

선생님이 약속을 까먹었으면 어떻게 하나, 대답을 잘 안 해 주면 어떻게 하나, 분위기가 어색하면 어떻게 하나, 질문이 이상하지는 않은가……. 엄청난 걱정과 불안을 안고 약속 장소인 동암역으로 출발했다. 버스 안에서 초조해하는 친구들 모습을 카메라에 담았다. 아랑이가 준비해 온 질문지를 검토하고 수정하다 보니 동암역에 도착했다. 수동 카메라에 날짜와 시간이 안 찍힌다는 점을 감안하여 출발 시간과 도착 시간을 기록했다. 약속 시간이 지나도록 선생님이 오지 않았다. 우리는 몇 번이고 질문지를 검토했다. 질문지를 검토하는 모습도 카메라에 담았다.

약속 시간이 30분 정도 지나서야 선생님이 오셨다. 환하게 웃으며 우리를 반겨 주셨다. 작은 키에 호리호리한 체구가 노동 운동가를 떠올리기 힘든 모습이었다. 어디 들렀다 오시는 길이라며 늦어서 미안하다고 말씀하셨다. 선생님이 배고프냐고 묻고는 점심을 사 주셨다. 우동, 떡볶이, 칼국수, 오므라이스를 시키고 선생님과 마주 앉았다. 책에서 봤던 것보다 더 늙어 보였다. 선생님은 음식을 먹으며, 식사를 다 하고 선생님이 아는 가게에 가서 이야기하자고 말씀하셨다. 신부님이 운영하는 '삶이보이는창' 이라는 가게인데 노동자를 위한 가게라는 설명도 덧붙이셨다. 내가 인터뷰를 하면서 카메라와 녹음기를 사용해도 되겠냐고 물었는데 그건 싫다고 하셨다. 난감했다. 내가 사진 담당인데 사진을 못 찍게 하면 어떻게 하나 걱정이 되었다.

식사를 마치고 삶이보이는창으로 갔다. 가게에 들어가서 선생님이 수사님들을 소개시켜 주셨다. 이효신 수사님과 이영석 수사님, 마리아 자매님은 우리를 반갑게 맞아 주셨다. 사람들이 모두 고향에 내려갔는지 가게에는 아무도 없었다. 가게는 매우 깔끔했다. 한쪽에는 작은 무대도 있고, 컴퓨터를 사용할 수도 있었다. 수사님께 양해를 구하고 사진을 찍었다. 잔잔한 음악이 흘러나오고, 우리는 한쪽에 자리를 잡았다. 선생님은 노동자를 만날 때는 맥주를 마신다고, 맥주는 사람을 편하게 해 준다며 우리에게 맥주를 권하셨다. 옆에 계신 수사님도 그 나이면 맥주 정도는 한잔해도 괜찮다며 거드셨다. 그렇게 300cc 맥주 한 잔씩 놓고 마리아 자매님이 만들어 주신 오징어, 땅콩, 뻥튀기, 과일 안주를 놓고 인터뷰를 시작했다.

이런저런 이야기를 나눴다. 때로는 심각하게, 때로는 웃으면서 분위기가 무르익었다. 다시 한번 선생님께 카메라를 사용해도 되겠냐고 물었을 때는 다행히도 허락해 주셨다. 그때부터 열심히 사진을 찍었다. 처음에는 욕심이 앞서 사진을 너무 많이 찍어서 죄송스럽기까지 했다. 역시 주된 화젯거리는 선생님의 결혼이었다. 아직까지도 미혼인 선생님은 앞으로도 결혼 계획이 없다고 했다. 책에는 나와 있지 않은 선생님의 러브 스토리도 들을 수 있었다. 선 많이 봤다고 말하면서 수줍게 웃는 모습은 영

락없이 수줍음 많은 여자였다. 이런 몸으로 어떻게 힘든 노동 운동을 했을까 싶었다. 그래서인지 우리는 이총각 선생님이 더 대단해 보였다. 너무 대단하시다는 우리들 칭찬에 선생님은 그렇지 않다고 하셨다. 선생님만 한 것이 아니라 학생, 재야인사, 노동자, 농민이 합심해서 한 거라며 겸손하게 말씀하셨다. 한 여성 노동자가 한길을 걸어온 것일 뿐이라고 하셨다. 청소 한 번 하고도 생색을 내던 내가 너무 부끄러워졌다.

시간이 얼마 지나지 않아 나는 선생님이 사진 찍는 걸 왜 싫어하는지 알게 되었다. 선생님은 사람들의 시선을 받으면 우쭐해질 수 있고 그러면 선생님이 만나는 가난한 사람들이 불편해할 수 있으니 방송 출연 같은 것을 싫어한다고 말씀하셨다. '튀어야 산다'는 요즘 시대에 이렇게 묵묵히 자신의 일을 해 나가는 선생님이 너무 멋있어 보였다.

한 시간 정도 지났을 때, 김정대 신부님이 오셨다. 선생님은 신부님에게 우리를 소개했다. 어린 나이에 노동 운동에 관심이 많다고, 참 의식 있는 학생들이라고 좋아하셨다. 우리는 숙제 때문에 만나러 온 건데 너무 띄워 주시니까 부끄러웠다. 신부님은 삶이보이는창을 만든 분이다. 노동자들이 저렴하게 먹으면서 편하게 지낼 수 있는 곳을 만들고 싶어 이곳을 만들었다고 말씀하셨다. 그래서 인테리어 할 때도 편안함에 중점을 두었다고 했다. 뜻이 있는 곳에 길이 있다고 10년 전부터 계획했는데 여러 사람의 도움을 받아 만들게 되었다고 좋아하셨다. 신부님도 선생님 말씀에 함께 귀 기울였다.

인터뷰를 끝내며 선생님은 우리에게 마음만 먹으면 무엇이든 열려 있으니 열려진 길을 활짝 열고 당당하게 살라고 당부하셨다. 그 당부를 마음속에 담았다. 이효신 수사님은 보람이한테 《한강》이란 책을 읽어 보라고 권하며, 이런 만남을 갖게 해 준 선생님에게 감사하다는 말씀을 전해 달라고 하셨다. 수사님과 신부님, 자매님께 인사를 드리고 선생님과 우리는 다시 동암역으로 갔다. 동암역에서 선생님과 우리는 헤어졌다. 그렇게 이총각 선생님과의 짧은 만남이 끝났다.

만남이 내게 준 것

솔직히 처음에는 송승훈 선생님을 욕했다. 시험 기간도 다가오는데 뭐이런 숙제를 내서 사람 귀찮게 하나 싶었다. 하지만 이총각 선생님을 만나고 와서는 달라졌다. 이효신 수사님 말처럼 이런 만남을 갖게 해 준 선생님에게 감사했다.

내 임무였던 사진은 조금 실망스럽다. 우선 내 계획대로 사진 분배를 못했다. 돌아오는 길에 피곤해서 자다가 사진 찍는 것을 깜박했기 때문에 분배가 고르지 못했다. 또 인물들 특징을 잡아내지 못했다. 그때그때 표정을 담아내지 못했기 때문에 표정이 너무 일률적인 것 같다. 사진은 만족스럽지 않지만 그래도 이번 만남에서 많은 것을 느끼고 배웠기 때문에 난 이번 만남이 매우 만족스럽다.

선생님이 이런 말씀을 하셨다. "책을 보고 지혜가 느는 것은 아니다. 주위 사람과 더불어 사는 것이 지혜다." 난 이번에 그 말이 무슨 뜻인지 깨달았다. 교과서 속에서 배울 수 없었던 것을 배운 짜릿함이 있었다. 비록 몇 시간 동안의 짧은 인터뷰였지만 정말 내 인생에서 길이 기억될 소중한 추억을 만든 것 같아 기분이 좋다.

한길을 걸어온 내가 대견해

물음 | 전아랑(2학년 1반)

 쉬운 역할을 하려고 몸부림치다가 모임 친구들의 권유로 하게 된 인터뷰어. 질문을 만들면서 전혀 쉽지 않은 역할이란 것을 깨달았다. 많은 고민과 함께 나름대로 열심히 질문을 만들었지만 자신감이 생기지 않았다. 하지만 선생님을 만나 직접 여쭈어 보면서 큰 자신감이 생겼다. 그리고 '나도 하면 되는구나!' 하는 자기 만족감은 인터뷰했던 당일부터 지금까지 내 마음속에서 지워지지 않는다. 하지만 뜻밖의 어려움도 있었다. 선생님이 사진 촬영과 녹음을 거부하셨을 때는 정말 난감했다. 하지만 맥주 한 잔을 받아 들고 화기애애한 분위기가 되자 보람이가 용기를 내서 선생님에게 양해를 구했다.

보람 선생님, 한 번만 더 부탁드릴게요. 대답을 녹음해도 될까요?
이총각(이하 이) 뭐, 사진도 찍는데 녹음 못 하게 하면 안 되지……. 하하.
우리 모두 고맙습니다!

선생님 허락이 떨어지자마자 기다렸다는 듯이 녹음기를 꺼내서 녹음 버튼을 눌렀다. 빙글빙글 돌아가는 녹음테이프가 너무 반가웠다. 그리고 선뜻 물어보지 못한 내가 소심하게 느껴졌고, 선생님을 만나 뵙기도 전에 무서운 분일 거라고 단정 지은 나와 모임 친구들이 한심했다. 우리 모임이 생각했던 것과는 반대로 선생님은 옆집 아주머니같이 푸근하고 정겨운 분이셨다.

참혹했던 60~70년대 노동 현장

맛있는 안주들이 나오고 선생님과 우리 조원 모두는 건배를 했다. 그리고 한 모금 쭉 넘긴 뒤 서로 눈치를 보다가 성격 급한 보람이가 질문을 시작했다.

보람 선생님이 책에서 '일만 열심히 해서 돈만 잘 벌면 그게 잘사는 거라고 생각하다가 노동조합을 알게 되면서 조금씩 생각이 달라졌고 인간답게 사는 것은 일만 열심히 하는 것이 아니라 우리가 일한 만큼의 대가를 받고, 인간의 존엄성을 인정받아야 한다.'고 말씀하셨는데 현재의 노동자들이 인간답게 살면서 인간의 존엄성을 인정받고 있다고 생각하세요?

이 물론 60~70년대보다는 지금 노동 현장 조건이라든가, 상황, 더 크게 정치적 상황이 많이 달라졌고, 구체적인 많은 변화가 있었지. 노동자들의 근로 조건이라든가, 삶의 현장도 많이 나아졌고. 하지만 아직도 노동자들이 인간적인 대우를 받지 못하는 데가 더 많아. 그런 건 무엇으로 알수 있냐면 정규직 노동자가 있지만 비정규직 노동자도 있다는 거. 비정규직 노동자들은 정규직 노동자보다 저임금을 받고 일하고 있는데 이것들만 봐도 아직도 비인간적이고 비인격적인 대우를 받는 노동자들이 많은 거야.

그러면서 선생님은 60~70년대 노동 현장 이야기를 자연스레 말씀해 주셨다. 책에 실리지 않았던 이야기를 듣는 기쁨은 인터뷰해 본 친구들은 잘 알 것이다. 그렇게 직접 선생님에게 들은 그 시대의 노동 현장은 선생님 말씀 대로 생지옥 중의 생지옥이었다.

이 그래도 지금 노동자들은 정규직이나 비정규직이나 일주일에 한두 번은 논다는 거. 그러나 그때 우리는 한 달에 한 번도 못 놀았어요. 일하고 와서 잠자는 시간에 놀고, 그 다음 날 월요일 새벽에 새벽일을 갔어요. 오전 6시에 교대해 들어가서 오후 2시에 나오거든. 오후반은 2시에 들어가서 10시까지 해요. 야간반들은 오후 10시에 들어가서 그 다음 날 오전 6시에 나오고. 그러니까 기계는 24시간 돌아가면서 사람만 3교대야.

그런데 8시간만 하느냐 하면 그게 아니야. 8시간 교대로 하려면 사람을 많이 뽑아야 하는데, 기업주들이 돈을 아끼기 위해서 12시간 일을 시켰어. 정상적으로 하려면 아침밥을 아침 7시나, 7시 반에 먹어야 하는데 나는 새벽 5시에 밥을 먹고 현장에 들어가서 일을 했어. 그리고 오후 2시까지 일해 봐. 얼마나 배가 고프겠어요. 그래서 오후 2시에 먹느냐? 아냐. 옷 털고, 집에 가고, 그러다 보면 오후 3시, 4시가 된다고. 그럼 그때 점심을 먹는 거야. 그러면 저녁은 거의 못 먹어. 야간반일 때는 9시에 들어가서 자정에 먹어야 할 야식을 가져다가 먹고 오후 10시부터 그 다음 날 새벽 6시까지 하는 거야. 나야 원래 피부가 누렇잖아. 태생이 누러니까(하하). 거기 방직 공장에 다니는 사람들은 햇빛을 보지 못하니까 얼굴이 누렇게 떴어.

그 자리에 앉아 있던 모임 친구들도 대부분 얼굴이 누렜다. 그래서 선생님 말씀에 다 같이 웃었다. 하지만 선생님이 지금은 웃으면서 이야기하지만 그 당시에는 얼마나 고생을 많이 하셨을지 새삼 깨닫게 되었다.

이 방직 공장 기계가 집채만 해요. 거기서 나는 소음이 엄청나다고. 그 안에서 쓰는 용어가 일본 말이라서 못 알아듣는 것도 있지만 기계 소음이 너무 커서 아무것도 안 들리는 거야. 그래서 호루라기를 팩~ 하고 불면 '아, 빨리 나가라는 거구나.' 하고 좋다고 막 나가고, 또 실이 많이 끊어지면 막 뭐라고 해. 그러면 '아, 실이 많이 끊어졌다고 야단치는가 보구나.' 그렇게 생활했다고.

소음도 소음이었지만 땀이 너무 많이 나서 병원을 가야만 했다고 했다. 책에도 나왔지만 땀이 너무 많이 나서 옆에 친구한테 다가갈 엄두도 못 낼 정도로 악취가 풍겼다고 한다. 목욕 시설도 없어서 옷을 올릴 수 있는 데까지 당겨 올려서 물만 대충 뿌리고⋯⋯. 화장실도 공동 화장실이었다고 한다.

여공들의 꿈과 희망
아랑 그런데 그렇게 어려운 조건에서 일해야 하는데도 방직 공장에 들어가는 게 하늘의 별 따기라고 하셨거든요?

이　그때는 공장이 없었어. 인천에 큰 공장이 성냥 공장하고 방직 공장이 있었거든. 그때는 성냥 공장이 돌아가기는 했는데 잘 안 되고 방직 공장이 잘됐어. 취직하려고 관리자들 집에 들어가서 식모 살았어. 빠르면 6개월, 길면 1~2년을 살았어. 일자리를 마련해 준다는 조건으로. 나는 우리 언니가 먼저 들어가서 일했는데, 연평도에 조기가 유명해, 그 조기랑 언니 백으로 들어갔지.

　책에서도 읽지 못했던 이야기였다. 지금보다 조금 나은 생활을 위해서 투자하는 것은 이해하지만 도대체 그 썩어 빠진 공장에 들어가기 위해서 비싼 조기와 언니의 도움이 필요했다니! 하지만 그만큼 그 시대는 가난했고 어려웠다. 그랬기 때문에 식모살이를 하면서도 1~2년은 버텨 낼 수 있었을 것이다. 선생님은 그때만 해도 희망이 있었다고 하셨다.

이　그 당시에 70원을 벌었어. 내가 돈을 벌어서 동생 학비도 내고 부자도 될 수 있겠다 싶었어. 포부가 있었지. 그러다가 노동조합을 알면서 달라졌지. 우리 엄마가 너는 동일방직 들어가서 인생 조졌다 그러셔(하하). 시집 안 갔다고. 한잔하자(찰캉, 건배하는 소리)!

　선생님뿐만 아니라 공장의 모든 여성들이 그랬을 것이다. 내가 조금 힘들어도 차곡차곡 모아서 남동생 학비 대 주고, 시집도 가고, 조금 더 욕심내서 부자가 될 수 있을 거라는 희망으로 힘든 시간을 이겨 냈을 것이다. 선생님도 노동조합을 알기 전에는 모범생 여공이었다. 그렇지만 선생님은 노동조합을 알게 되었고, 그렇게 한길을 걸어오셨다. 꿈과 희망만 보이던 때와는 달리 잘못된 노동 현장이 눈에 들어오고, 그것을 보면서 잘못되었음을 깨닫고 고쳐 나가기 위해 싸우면서 여공의 꿈과 희망을 버려야 했다. 하지만 선생님 마음속에는 새로운 꿈과 희망이 생겨났다. 열심히 싸워서 노동 현장을 바꿔 보고자 하는 희망. 그 희망은 아직 끝나지 않았다.

종교와 동료를 사랑하는 이총각 선생님

선생님은 가톨릭 노동청년회에서 활동했다. 그런데 가톨릭 하면 종교가 생각난다. 종교와 노동 운동이 어떻게 합쳐질 수 있을까?

경화 선생님, 가톨릭 노동청년회는 종교와 관련이 있는 거잖아요. 신기했어요. 종교 안에서 그런 모임이 생길 수 있다는 게. 그게 가능할 수 있었던 계기가 뭘까요?

이 종교하고 노동하고는 분리할 이유가 하나도 없지. 왜냐하면 모든 사람이 먹고살기 위해 노동을 하잖아. 나는 육체적인 노동을 하면서 제일 밑바닥에서 생활했지만, 종교는 누구나, 교수든, 노동자든, 자기가 원하면 선택할 수 있는 거야. 종교 중에서도 가톨릭은 모든 인간들은 하나님의 모습을 닮은 하나님의 자녀들이다, 하나님의 모습을 닮은 사람들은 높고 낮음 없이 차별 없이 인간이라면 모두가 인정받고 사랑받아야 할 자격이 있다, 그리고 모든 사람들은 자신의 권리를 주장할 수 있다고 말해. 노동자라는 이유만으로 왜 차별을 받아야 하고, 왜 인간 이하의 대우를 받아야 하나, 이건 분명 모순이야. 노동자들도 인간답게 살아야 할 권리가 있지. 그런데 노동자한테는 힘이 없어. 노동자들한테 명예가 있어,

지위가 있어, 없다고. 그래서 가톨릭 노동청년회가 만들어졌어. 우리들이 인간 이하의 대우를 받을 때 과감하게 떨치고 일어나서 인간의 권리를 찾을 수 있게 하기 위해 만든 거지.

사실 그런 것 같다. 노동자가 힘이 없는 건 당연하다. 그런데 종교는 누구나 믿을 수 있고 종교 안에서는 모두 같은 인간이다. 노동 운동처럼 사람들이 뭉쳐서 큰 힘을 발휘해야 하는 일에는 종교가 큰 힘이 될 것이다. 실제로 가톨릭 노동청년회는 선생님의 인생을 바꿔 놓을 정도였다.

이 그때는 아무리 바빠도 일주일에 한 번은 모였거든(가톨릭 노동청년회 활동). 관찰하고 판단하고 실천했어. 동료들을 관찰하는 거야. 내가 경화를(경화를 보고 웃으셨다) 보며 '경화는 고향이 어딜까? 가족은? 그리고 경화의 취미는 뭘까?' 이런 것부터 시작하는 거야. '경화의 장래 희망이 뭔가?' 이런 걸 알아내서 다가가는 거야(하하).

한 사람 만나고 두 사람 만나고 그렇게 해서 대여섯 사람이 모이면 소그룹을 만들어. 그 다음에 함께 생활하는 거야. 그러다 보면 거기서 문제도 생기고 그래. 그럼 그런 것을 관찰하고 '야, 문제가 있는데 이렇게 하면 되겠다.' 의논하면서 실천을 해. 그런데 실천을 못했다, 그러면 또 왜 못 했는가 알아내지. 아주 정확하게 알아내야 해. 문제가 있을 때도 꼭 한 이불 덮고 자야 해. 부부들도 그렇잖아. 한 이불 덮고 자면서 정이 생기듯이, 우리들도 한 이불 덮고 이런저런 이야기하면서 자고 나면 어제의 보람이, 어제의 경화가 달라져 있는 거야. 그래서 알게 됐지. 우리가 함께 자는 게 참 중요하구나(아하하하).

책에서도 느끼고 선생님과 만나서 이야기를 나누면서도 느꼈는데 선생님은 그때 같이 활동했던 동료들을 너무나도 소중하게 생각하셨다. '힘든 일을 같이 겪고, 같이 생활하며, 같이 이불 덮고 잠을 잔 동료들이 너무나도 소중했기 때문에 선생님은 이성을 좋아할 여유가 없으셨을까?' 하는 궁금증이 생겼다. 노동자로서의 선생님도 궁금했지만 한 여자로서의 선생님도 궁금했고, 꼭 연애 이야기를 듣고 싶었는데 선생님이 자연스럽게 이야기해 주셨다.

이 　내가 스물여덟 살 때 이성을 알았는데, 그런데 나, 선 많이 봤어(하하). 그때 선을 보러 가려고 했는데, 회사하고 막 싸울 때야. 서울 남자를 만나러 가려고 했지. 빙그레 알지? 거기가 남대문인가? 아무튼 조금 외진 덴데, 거기서 대리점을 하는 사람이었어. 우리 부지부장이 소개시켜 줬어. 그때는 커피숍이 아니고 다방이었어(하하). 저녁 몇 시에 다방에 가기로 되어 있었는데, 그날 내가 경찰서에 잡혀간 거야(아하하하). 내가 거기서 이틀 만에 나왔나? 그래서 그 일은 끝났구나 생각하고, 공장에 들어가서 소개시켜 준 부지부장을 만났는데, 걔가 그러는 거야. 언니가 이러이러한 일로 못 나왔다고, 이해하라고 말해 줬대. 그런데 그 남자가 '아, 멋있다! 매력 있다!' 그러면서 나를 꼭 만나고 싶다고 했대.

　솔직히 말해서 내가 그 남자를 14번 만났나 봐(하하). 인천에서 만나면 들통 날까 봐 서울 가서 만나고. 나중에 결혼 이야기까지 나왔는데, 그 남자네 어머니가 내가 마음에 안 든다고 하셨나 봐. 공장 다닌다고. 그 말을 들으니까 정이 딱 떨어지는 거야. 그래서 그 뒤로 안 만났지. 내가 하는 일을 인정 못 하는 그런 집에 시집가고 싶지 않았어. 그렇게 끝났지.

여자라면 당연히 이성을 만나서 시집 잘 가는 게 삶의 목표이기도 하고 왠지 그래야만 한다는 압박감 속에 살아가는데, 선생님은 자신의 일을 위해서 과감히 결혼을 포기하셨다. 선생님은 우리 눈을 쭉 둘러보면서 강조하셨다. "너희는 나중에 좋은 사람 만나서 결혼해." 사실 나는 하지 말라고 주위에서 말려도 하고 말겠다고 우길 것이다. 나는 자신의 일을 선택한 선생님이 너무나도 대단해 보였다. 선생님은 우리 조원들을 바라보면서 또 한마디 하셨다. "나중에 남자 친구 생기면 꼭 데리고 와. 내가 만나도 되는 놈인지 좀 봐야겠어(하하)."

후회 없는 부자

보람 여러 측면에서 평범함 삶을 살아오신 건 아니잖아요. 그래서 겪는 불편함도 많을 것 같은데 지금의 삶을 후회하지 않으세요?

이 후회 안 하지. 내가 노동조합을 몰랐다면 그냥 평범하게 가정에 만족하고 살았겠지. 그런데 여자이기 때문에 꼭 결혼을 해야 한다, 그렇게 살아야 하는 것은 아니야. 지금 상태에서 보면 내가 결혼을 안 해서 얻은 게 상당히 많다고 생각해. 그중에서도 큰 보물이자 자랑은 내가 다양한 사람들을 많이 알고 있다는 거. 다양한 사람들을 많이 만났고, 좋은 선생님들을 많이 만났어. 살아가는 데 많은 힘이 되어 주고, 어려울 때 그런 선생님들이 힘이 되어 줘서 지금의 내가 있고. 또 어려운 노동자들, 빈민들과 내가 할 수 있는 만큼 함께 이 길을 가는 거, 그게 내가 받은 것에 대한 보답이 아닌가 생각해.

지금 현재는 굉장히 자유롭고, 어디에도 얽매이지 않아. 물질적인 것은 체념했기 때문에 돈 때문에 못 하는 것도 없어. 자유롭게 생활하면서 내가 해야 한다고 생각하면 어떤 것이든 할 거야. 그러니까 이총각이란 인물을 어디다가 갖다 놓아도 영어는 못 하지만 손짓 발짓 해서 살 수 있는 거, 이런 힘들이 내 안에 있는 거야. 학생들이 커서 사회생활을 하면 알겠지만 우리들이 할 수 있는 건 무한정이야. 그런데 우리가 스스로 가둬 두잖아. 우리가 살아서 죽을 때까지 자기 것을 발휘하고 죽는 사람이 10퍼센트밖에 없잖아. 그만큼 내 안에는 잠재된 것들이 많은 거야. 내가 아까도 버스를 타고 가면서 초등학교 학생부터 대학원 학생들까지 봤는데, 자기가 이루고자 하는 것을 이루려면 몇 년이 걸릴까?

땅콩을 집어 먹거나, 다른 사람의 음료수를 탐내며 부산스럽던 경화가 눈을 빛내며 한참 계산을 하더니 대답했다.

경화 17년 정도요!

이 17~20년 정도겠지? 내가 이 길을 걸어온 게 거의 40년이 돼 가. 이렇게 한길을 걸어온 내 자신이 대견한 거야. 내 안에 그런 게 있었구나, 그렇게. 지금 너희들도 미래를 너무 걱정하지 마. 왜 걱정해? 할 수 있겠지, 왜 안 되겠어, 이렇게 매사에 긍정적으로 사는 거야. 그리고 냉정할 때는 냉정하게 예스, 노를 분명하게 하고. 어떤 사람들이 "이총각 씨, 연애 얘기 좀 해 봐." 그러면 연애를 걸어 봤어야지(하하하), 창피해요, 그렇게 말해. 앞으로는 어떻게 할 거냐, 그러면 나는 친구도 많고, 그래서 외롭지 않고, 고독하지 않고, 지금 삶이 재미있다고 대답해. 이렇게 살다가 갈 거야.

인터뷰 시작부터 선생님 말씀을 경청하던 보람이가 활짝 웃으면서 큰 소리로 말했다.

보람　선생님이 사람들한테 배운 것이 재산이라고 하셨잖아요. 그럼 선생님은 정말 부자세요.
이　맞아! 나 부자야! 만일 나한테 불행한 일이 있다면 제일 먼저 달려올 사람들이 있잖아.

정말 누가 뭐라고 해도 선생님은 부자다. 정말 부러운 부자다. 같은 여자이지만 나는 그렇게 어딘가에 몰두하며 40년을 투자해서 살아갈 수 없으니까. 사람이 죽을 때는 자신의 일생이 파노라마처럼 머릿속을 스쳐간다고 한다. 그때 주위에 진정한 벗이 한 명만 있어도 그 삶은 후회 없고 행복한, 부자보다 더 부자인 삶이라고 한다. 선생님 주변에는 그런 벗이 있다. 나도 그런 부자가 되고 싶다.

이　나중에 크면 또 만나자. 지금처럼만 자라 줬으면 좋겠네.
지현　그때는 저희도 성인이니까 당당하게 호프집에 선생님 초대해서 인사드릴 거예요. 그때 꼭 만나 주세요.
이　당연하지, 그럼 나중에 꼭 보자.

헤어질 때 한 명씩 이름을 부르면서 악수해 주신 이총각 선생님. 정말 잊지 못할 밤이 될 것이다. 우리는 모두 되돌아오는 지하철 안에서 선생님과 다시 만날 그날을 기다렸다.

김 순 천 외 ❀ 사 라 지 는 삶 에 대 한 기 록

읽은 책
《청계천 사람들의 삶의 기록, 마지막 공간》. 청계천 사람들의 삶을 있는 그대
로 기록한 책이다.

글쓴이
학보사 기자인 윤홍은 외 14명.

만난 분
김순천_르포 문학 강사. 〈삶이보이는창〉 '사람, 사람들' 필자.
류인숙_〈삶이보이는창〉에서 일했음. 문학 교실 공동 기획, 진행.
안미선_〈작은책〉 편집 위원.
신대기_프리랜서 사진작가.
김정하_사진작가.

함께한 사람들
장영식_기획(bullestherock@hanmail.net)
강아름_외교(vitamin_n@hanmail.net)
변지훈_물음(singerjob@hanmail.net)
이애진_사진(althsu0410@hanmail.net)
김자명_최종 보고서(malzzang123@hanmail.net)

보고서에 대한 간단한 소개
우리는 세운상가부터 황학동까지 청계천 일대를 직접 돌아다니며 인터뷰를 했습니다. 선생님들
과 그곳을 함께 다니며 책에 나오는 분들도 만나 뵙고 청계천 상인들과 함께 이야기를 나누었
습니다. 우리 모임 친구들에게 너무나 소중한 경험이었던 인터뷰 내용을 이 보고서에 실었습니
다.

마지막 희망의 노래

최종 보고서 | 김자명(2학년 1반)

'인터뷰?!'

즐거운 방학이 끝나자마자, 우리들은 물밀 듯이 밀려오는 여러 수행평가와 더불어 이번에도 어김없이 서평을 써내야만 했다. 우리 모임 친구들은 힘겹게 9월에 서평의 산을 넘었고, 그 산을 넘었다는 성취감을 맛보기도 전, 눈앞에 인터뷰라는 거대한 산을 보고 경악했다.

"우리가 무슨 기자도 아니고 무슨 인터뷰야!"

"그러게! 그리고 우리가 무슨 수로 작가를 만나냐? 작가분들이 우릴 만나 주기나 하겠냐고."

우리들은 인터뷰 회의 시간에 회의는커녕 온갖 불평과 불만을 내뱉었다. 하지만 그런 불평만큼이나 기대심에 부풀어서인지, 아니면 날짜가 임박해 올수록 조여 오는 부담감 때문인지, 인터뷰에 대해 한번 진지해지니 속도감 있게 일이 진행되었다. 어떤 조는 작가분이 바빠서 시간을 못 내는 경우도 있었고, 어떤 조는 대구까지 가는 큰 결정을 내리기도 했는데, 우리는 외교 담당 아름이의 정성 가득한 메일 덕택에 한 번에 인터뷰를 승낙받았다. 다음은 아름이와 작가 선생님의 메일 내용 일부이다.

제가 선생님께 메일을 쓴 이유는 다름이 아니오라 저희 학교 독서 시간에는 한 달에 한 권씩 책을 선정해 읽고 서평을 씁니다. 많고 많은 책 중에 저희 모둠은 선생님께서 쓰신 《마지막 공간》이라는 책을 택하였지요. 이번 중간고사의 수행평가가 바로 책의 작가를 만나 인터뷰를 하는 것입니다. 그래서 선생님을 만나 뵙고 싶어서 이렇게 메일을 보냅니다. 참 부탁드리면서도 죄송스럽습니다. 많이 바쁘실 텐데, 방송사 기자도 아니고, 잡지사 기자도 아닌 학생들을 만나야 하니까 말입니다. 난감하시겠지만 승낙해 주신다면 저희는 말로 표현할 수 없을 만큼 행복할 것입니다. 인터뷰에 응해 주신다면 내용을 알차게 준비해서 저희를 만난 시간이 아깝지 않도록 노력하겠습니다.
인원은 여자 3명에 남자 2명, 5명이 갑니다. 시간은 저희가 선생님 시간에 맞추겠습니다. 만약 저희 인터뷰에 응해 주신다면 선생님께서 좋은 시간을 정하셔서 이 주소로 메일을 보내 주세요.
마지막으로 첨부 파일 글은 《마지막 공간》을 읽고 쓴 저의 서평입니다. 비록 형편없는 글재주로 쓴 것이지만 청계천에 대한 제 생각을, 그리고 선생님을 만나는 것이 숙제로만 생각하는 것이 아님을 보여 드리고자 첨부하였으니 읽어 주세요. 그럼 연락 기다리겠습니다.

그리고 다음 날 우리는 안미선 선생님한테서 답장을 받을 수 있었다.

안녕하세요, 안미선입니다. 보내 주신 글 반갑게 잘 읽었습니다(그런데 제 메일은 어떻게 아셨는지 궁금하네요^^). 저희들이 만든 책을 정성껏 읽어 주시는 학생분들이 있다니 힘이 나네요. 보내 주신 독후감을 《마지막 공간》 다른 필자분들에게도 보여 드렸더니 참 솔직하고 순수한 글이고 있는 그대로 받아 주고 보아 주어 고맙게 생각한다고들 말씀하셨습니다. 그리고 저희들은 작지만 이런 진실한 만남을 소중하게 생각합니다.

그 책은 여러 사람들이 같이 작업한 책입니다. 그래서 저희 필자들이 같이 모여서 학생분들을 만나면 어떨까요? 서로에게 좋은 배움의 자리가 되리라고 생각합니다. 여러 분을 만나실 예상으로 인터뷰 준비를 해 오시면 좋을 것 같은데요. 그리고 인터뷰의 방향을 미리 알려 주셨으면 합니다. 예컨대, 작업 과정에 대한 질문인지, 청계천 사람들 삶에 대해 더 깊이 알고 싶은 게 있는지, 정해진 방향을 미리 알려 주시면 저희가 답변을 생각하는 데 도움이 되겠습니다.

이번 주 일요일 19일에 저희가 시간을 낼 수 있겠습니다. 서울에 오시는 게 편하신지요, 아니면 저희가 남양주시로 가두 되구요. 부담 없이 말씀해 주세요. 답변을 받고 시간과 장소를 다시 얘기하지요. 정성 어린 글과 마음을 보내 주셔서 감사합니다.

야간 자습 시간에 아름이가 메일을 인쇄해서 가져왔는데 우리 모임 아이들은 얼마나 기뻐했는지 모른다. 모임 친구들 5명이 돌려 보고 또 돌려 보면서 들떴다. 그렇게 우리는 인터뷰할 날짜만을 기다리며 하루하루를 보냈다.

드디어 출발!

드디어 출발이다. 출발하기 며칠 전부터 우리들은 설렘과 긴장, 그리고 고민으로 가득했다. 처음 그분들을 뵙고 어떤 말씀을 드려야 하나, 뭘 여쭈어 볼까, 이런 생각들을 많이 했다. 그리고 첫인상이 중요하다는데, 혹시라도 우리들이 평상복을 입으면 안 좋게 보실까 걱정되는 마음에 일요일인데도, 나름대로 용기 있고, 과감하게, 교복을 입었다.

작가 선생님들과 약속한 장소는 종묘공원, 시간은 2시였다. 얼핏 계산을 해 보니 청량리까지 1시간, 지하철 타고 30분, 여유 시간 30분을 생각해 우리는 12시에 학교 앞 버스 정류장에서 만나기로 했다. 그런데 지훈이와 영식이가 신동아 정류장에서 탈 테니 잘 맞춰서 타라고 했다. 우리의 뛰어난 감각으로 같은 버스를 무사히 탈 수 있었다. 나와 애진이와 아름이는 맨 뒷자리에 앉았고 영식이와 지훈이는 그 바로 앞자리에 앉아서 갔다.

우리들은 버스에 앉자마자 이야기를 했다. 인터뷰를 어떤 식으로 해야 되는지, 각자 맡은 일을 어떻게 해야 되는지 여러 이야기를 나누었다. 그런데 내가 결정적인 실수를 하고 말았다. 내가 사진 담당인데, 사진기를 집에 두고 온 것이었다. 난 모임 친구들에게 엄청난 원망을 받았지만, 할 말이 없었다. 미안한 마음에 내가 인터뷰 숙제 중 제일 어려운 보고서를 하겠다고 했다. 다른 친구들은 별 실수 없이 준비를 잘해 주었다.

전날 밤 뭘 한 건지 두 남자아이는 이야기가 끝나자마자 잠이 들었다. 아름이는 김순천 선생님에 대한 기사를 읽었고, 애진이와 나는 《마지막 공간》을 다시 한번 살펴보았다. 그런데 나도 얼마 안 가서 잠에 빠졌다. 한숨 자고 나니 어느새 청량리에 도착했다.

청량리역에서 지하철을 기다렸다. 운이 좋게도 청량리에서 출발하는 지하철이어서 우리는 종로 3가까지 앉아서 편히 갈 수 있었다. 지하철역에서 나와 종묘공원을 찾아 걸어갔다. 종묘공원 이곳저곳을 구경하고 있는데 아름이 핸드폰으로 안미선 선생님이 전화를 하셨다.

작가 선생님들과의 첫 만남

선생님들은 공원 정자 안에서 기다리고 계셨다. 우리는 그것도 모르고 계속 그 주위만 빙빙 맴돌기만 해서 결국 선생님들이 전화를 한 것이었다.

처음 만난 분은 안미선 선생님(이하 안 작가님)과 김정하 선생님(이하 김 사진작가님)이었다. 어색함과 어떻게 인사를 드려야 할지 모르는 난감함이 공존했다. 그렇게 다들 어색해하고 있을 때 작가 선생님이 외교를 맡은 아름이에게 먼저 아는 척을 하셨다. 아름이도 좋아하며 반갑게 인사를 드렸다. 한 명이 먼저 줄을 끊으니 다른 친구들도 작가 선생님과 반갑게 인사할 수 있었다. 안 작가님은 우리들에게 〈작은책〉 10월 호를 선물로 주셨다. 그렇지 않아도 우리 모임은 학교에서 10월에 읽는 책으로 〈작은책〉 9월 호를 보고 있어서 그 책을 받는 순간 기쁜 마음과 함께 이 책을 편집하는 분과 그날 하루를 함께 보낼 수 있다는 생각에 설렜다.

안 작가님이 아직 안 온 분이 있다면서 잠깐만 기다리자고 하셨다. 그래서 선생님들과 우리는 함께 가벼운 이야기를 하면서 기다리고 있는데, 3분쯤 지나니 신대기 선생님(이하 신 사진작가님)이 오셨다. 신 사진작가님은 멋진 사진기를 메고 오셨다. 그리고 얼마 뒤 《마지막 공간》을 만들 때 전체 책임을 맡으셨다는 김순천 선생님(이하 김 작가님)이 오셨다. 김 작가님은 밝게 인사하면서 원래 목소리는 은 쟁반에 옥 구슬 굴러가는 듯한데, 지금 감기 때문에 목 상태가 좋지 않다며 이해해 달라고 하셨다. 우리들은 감기까지 걸렸는데도 우리를 만나려고 이렇게 나와 주셔서 너무 감사했다. 작가 선생님들이 이렇게 잘 대해 주시니, 우리도 좀 더 많은 것을 배워 보자는 생각을 했다.

사실 그분들을 만나 뵙기 전에 우리는 작가분들은 어떤 모습일까 많은 상상을 했다. 아름이는 왠지 고독하고, 자기만의 세계에 빠져 있는 그런 모습을 상상했고, 지훈이는 부잣집 아주머니 같은 품위 있어 보이고 고급스러운 모습을 상상했다고 한다. 그런데 실제로 만나 보니, 우리 주위에 있는 보통 사람들과 별로 다를 게 없는 모습이었다. 그분들 모습을 보고 실망했다는 느낌은 아니다. 오히려 그 모습이 더 진정한 작가의 모습 같아 보였다. 학교에 돌아와서 독서 선생님에게 우리가 느낀 첫 모습을 말씀드렸다. 선생님도 그런 모습이 속이 꽉 찬 진정한 작가 모습이라고 하셨다. 겉모습 치장에 바쁜 작가는 내면에 갖고 있는 게 없는 작가나 하는 짓이라면서, 진정한 작가는 자기 내면에 있는 것으로 충분히 자신이 있기 때문에 겉모습 따위는 신경 쓰지 않는다고 하셨다. 우리는 왠지 더 자부심을 갖게 되었다.

우리는 작가분들과 만난 뒤 청계천 일대를 살펴보기로 했다.

근대화의 상징, 세운상가

종묘공원에서 도로만 건너면 세운상가가 있다. 김 작가님은 우리에게 조금이라도 빨리 세운상가를 보여 주고 싶었는지 초록 불이 깜박거리고 있는데 뛰자고 하셨다. 그래서 나와 지훈, 영식은 작가님 뒤를 따라 뛰었는데 도중에 신호가 빨간 불로 바뀌었다. 앞뒤로 차들이 쌩쌩 달리기 시작했다. 우리들은 도로 한가운데 갇히고 말았다. 그 당시에는 너무 당황했지만, 지나서 생각하니 그것도 참 재미있고 기억에 남는 추억이 되었다.

우리 일행은 세운상가 안에 들어섰다. 드디어 《마지막 공간》에 첫발을 내딛은 것이다. 세운상가라고 해서 좀 오래되고 고풍스러운 모습을 상상했는데, 의외로 최신 전자 제품이 가득했다. 일요일이라 상가가 많이 닫혀 있어 이리저리 헤매다가 밖으로 나왔다.

세운상가는 만들 당시 엄청난 주목을 받았다. 지금의 타워팰리스 정도라고 해 두면 될 것 같다. 아무튼 당시 최고의 건축가들이 심혈을 기울여 설계를 했다고 한다. 채광도 잘되어 있고, 발코니도 설계했다고 한다. 하지만 자본가와 의견이 어긋나서 발코니를 다 만들지 못해 원래 계획한 것과 다르게 흉측한 모습이 되어 버렸다고 했다.

우리는 다음 세운상가로 발걸음을 옮겼다. 일요일이라 통로를 막아 놓은 곳이 많아서 이곳저곳 정신없이 다니다가 드디어 한 상가 앞에 도착했다. 작가 선생님들은 입을 모아 그 건물 옥상에 굉장한 예술 작품이 있다고 말씀하셨다. 우리들은 잔뜩 기대를 하고 상가 안으로 들어갔다. 허름하게만 보이는 건물 안에 엘리베이터가 있어서 의외였다. 그런데 역시나 뭔가가 부족한 엘리베이터였다. 문이 너무 빨리 닫히고 문 닫힐 때 소리가 무슨 공포 책에 등장하는 엘리베이터를 연상시켰다. 아무튼 우리는 그 엘리베이터를 타고 5층에 갔다. 경비 아저씨가 그곳에 떡 버티고 계셨다. 우리가 옥상에 올라가는 걸 경비 아저씨에게 걸리면 안 되니까 허겁지겁 문을 닫고 6층 버튼을 눌렀다.

옥상에 도착했다. 옥상 문을 열자마자 우리들은 모두 입을 딱 벌렸다. 책에서 보았던 항아리로 꾸며진 벽면과 계단, 그리고 한눈에 들어오는 서울 풍경. 정말 그렇게 멋진 곳이 있을 줄은 몰랐다. 세운상가를 기준으로 한쪽에는 허름한 집들, 또 다른 한쪽에는 현대식 높은 건물들이 있었다. 그런데 그 허름한 집들 가운데 몇 개는 일제 때 지은 건물이라고 했다. 또 한번 놀랐다. 그 다음 우리는 계단을 따라 올라갔다. 높은 계단에서 보는 항아리 벽화는 더욱더 아름다웠다. 애진이는 계단을 올라가며 고소 공포증이 있다면서 무서워했지만 꿋꿋하게 올라갔다. 우리는 어떤 층에 들어갔다. 그곳에는 사람들이 살고 있었다. 그런데 김 작가님이 그곳 구조가 감옥 구조라고 하셨다. 왜 그렇게 만들었는지는 모르겠지만 아무튼 참 신기한 형태였다.

그곳에서 나와 계단을 내려갔다. 나와 김 사진작가님은 우연인지 둘 다 걸음이 느려 함께 뒤로 처져서 내려왔다. 김 사진작가님이 항아리 벽화에 대해 요모조모 설명해 주셨다. 지금 보기에는 항아리 조각이 많이 떨어져 나가 이상해 보일지 모르지만, 그 당시에는 굉장한 예술 작품이었고, 건물에 이런 미적 요소를 가미한 것은 참 훌륭한 것이라고 말씀해 주셨다. 나는 항아리 벽화를 보면서, 새삼 세월의 멋과 함께 뭐라고 말로 표현할 수 없는 특별한 감정을 느꼈다.

작가 선생님들과 우리들은 다시 그 허름한 엘리베이터를 타고 내려와 세운상가를 빠져나왔다. 그리고 나서 옥상에서 보았던, 그 허름해 보이던 풍경으로 발걸음을 옮겼다. 그 풍경 속에서 김보영 씨가 일하고 있었다고 했다. 미로같이 얽힌 복잡한 골목을 이곳저곳 헤매다 우리는 김보영 씨가 일하던 곳을 찾았지만, 안타깝게도 그곳에는 다른 분이 일을 하고 있었다. 김보영 씨는 '뇌출혈관 출혈'이라는 무서운 병을 앓고 있어서 더 이상 일을 할 수 없다고 김 작가님이 알려 주셨다. 우리들은 안타까운 마음을 뒤로하고 발걸음을 옮겼다. 김 작가님이 덥냐고 물어보더니 음료수를 사 주겠다고 하셨다. 우리는 소중한 시간을 우리에게 내 준 고마움에 사 드리려고 했지만 괜찮다며 사양하셔서 결국 우리가 얻어먹고 말았다. 모두 감사해하며 남김없이 맛있게 먹었다. 그 미로 같은 공간에서 나와 우리는 또 다른 마지막 공간으로 향했다.

100년의 역사, 광장시장

광장시장에 도착했다. 광장시장이 생긴 지 100여 년이 되었다고 한다. 겉으로 봐서는 잘 모르겠지만, 교과서나 사진 속에서 보던 우리 조상들의 장터 풍경이 이런 모습이겠구나 생각하니 재미있었다. 광장시장에는 사탕 할머니가 장사를 하고 있었다. 사탕 할머니는 어떤 모습일까 궁금해하며 광장시장 이곳저곳을 살펴보았다.

길을 걷다가 애진이가 약국으로 뛰어 들어갔다. 잠시 후 감기약을 들고 나왔다. 내가 무슨 감기약이냐고 물어보니까 김 작가님이 감기 걸렸으니까 드릴 거라고 했다. 애진이가 기특하게 느껴졌다. 약을 사느라 일행보다 뒤처져서 헐레벌떡 뛰어갔다. 김 사진작가님이 기다려 주셨다. 얼마 걷지 않아 김 작가님이 한 노점상 할머니께 아는 척을 했다. 그분이 사탕 할머니셨다.

작가 선생님들과 할머니는 매우 친근감 있게 대화를 나누었다. 우리들도 책에서 봤던 할머니를 만나서 반가운 마음에 큰 소리로 인사를 드렸다. 할머니는 사진보다 예쁘셨다. 주름도 별로 없고, 책에서는 왠지 쓸쓸해 보였는데, 그때보다 얼굴도 훨씬 좋아 보였다. 그런 할머니의 모습을 보니 덩달아 우리들 기분도 좋아졌다.

김 작가님이 콩 맛 사탕을 사셨다. 나도 땅콩 맛 캐러멜 천 원어치를 샀다. 그런데 원래 천 원어치는 한 소쿠리인데 할머니가 한 주먹을 더 넣어 주더니 모임 친구들에게도 잔뜩 나누어 주셨다. 힘들게 장사하시니 죄송한 마음도 들었지만 한편으로는 친할머니에게서 느끼는 정을 느낄 수 있어서 좋았다.

광장시장 안에 들어섰다. 많은 풍경이 있었지만 그중에 특히 기억에 남는 건 역시나 먹을거리들이다. 모두들 출출하던 참이라 주위에 있는 부침개와 찹쌀순대만 눈에 들어왔다. 김 작가님이 배고프냐고 묻더니 어디 가서 뭣 좀 먹자고 하셨다. 꼭 일부러 사 달라고 먹을 타령을 한 것 같아 창피했지만, 역시 우리들은 공짜에 약했다. 결국 어떤 식당 안에 자리를 잡았다. 호박죽, 비빔밥, 부침개, 찹쌀순대를 주문해 놓고 음식이 나올 동안의 짬을 이용해서 녹음기를 집어 들고 잠깐 동안 인터뷰도 했다.

어느새 우리는 각자 앞에 있는 그릇을 깨끗하게 비우고 밖으로 나왔다. 음료수에 밥까지 얻어먹어 죄송하고 고마운 마음을 잘 먹었다는 인사로 대신했다. 광장시장의 이곳저곳을 더 구경하다가 평화시장으로 발길을 돌렸다.

전태일의 숨결이 묻어 있는 평화시장과 동대문 쇼핑센터

평화시장. 광장시장이나 세운상가에 비해 낯설지 않은 이름이다. 아마도 전태일 열사의 분신 사건 때문에 익숙한 것 같다. 평화시장 바로 옆이 우리가 즐겨 가던 동대문 쇼핑센터인데, 그곳에 비해 너무나도 조용해서 이상한 기분이 들었다. 인터뷰하기 전에 안 선생님이 청계천 일대를 돌다 보면 바로 옆인데도 마치 다른 세상에 와 있다는 느낌이 드는 게 묘미라고 했는데, 여기도 그 묘미들 중 하나겠구나 하는 생각이 들었다.

평화시장을 살필 때 작가 선생님들과 우리들은 슬슬 지치기 시작해서 인지 처음에 비해 이야기를 많이 나누지 못했다. 하지만 작가 선생님들은 구석구석 돌아다니며 우리들에게 하나라도 더 보여 주려고 애쓰셨다. 우리도 고마운 마음에 열심히 따라다니며 보고 배웠다. 책에 나온 매듭 가게도 가 보았는데 일요일이라서 문이 닫혀 있었다. 다른 곳이라도 들어가서 직접 보고 싶었는데, 원래 평화시장은 일요일에 문을 닫는다고 하셨다. 우리는 아쉬운 마음을 뒤로하고 발걸음을 돌렸다.

평화시장을 걷다가 우리들 중 누군가가 전태일 열사 이야기를 꺼냈다. 김 선생님은 당시 열악했던 작업 환경과 노동법 이야기를 하면서 전태일 열사가 분신했던 장소를 찾기 시작하셨다. "분명히 이 근처일 텐데." 혼 잣말을 하며 찾았는데 결국 찾을 수가 없어 주위 사람에게 물어보았다. 그런데 그 사람이 바로 우리들 옆을 가리켰다. 우리들은 그 사람이 가리킨 곳을 보면서 황당해했다. 전태일이 분신했던 장소에 짐들이 쌓여 있었기 때문이다. 우리들은 어떻게라도 그 비석을 보기 위해 애썼지만 잔뜩 쌓여 있는 짐 때문에 결국 보지 못했다. 어떻게 노동자들을 대표해 항의하다가 분신하여 돌아가신 분의 흔적을 그렇게 소홀하게 방치해 놓을수가 있나! 다들 어이없어했다.

평화시장 앞 도로는 청계천 복구공사가 한창이었다. 그곳이 원래는 고가가 있던 자리였는데 지금은 그 고가를 허물었다고 하셨다. 우리들은 공사장 근처에 가서 자세히 살펴보면서 그 자리가 어떤 모습으로 변할지 기대했다.

평화시장은 상점들이 닫혀 있어서 자세히 보지 못한 아쉬움이 남았다.

별수 없이 동대문 쇼핑센터를 향해 갔다.

지금까지 돌아다닌 곳 중에서 우리에게 가장 익숙한 곳이다. 역시나 주변은 음악 소리와 차 소리로 시끌벅적하고, 사람들도 물밀 듯이 밀려왔다. 우리는 일요일인데도 교복을 입고 간 게 창피해서 익숙한 장소에 가서 반가우면서도 자기도 모르게 움츠리고 다녔다.

우리는 밀리오레 옆 벤치에서 또 한 분의 작가 선생님을 만나 뵐 수 있었다. 류인숙 선생님(이하 류 작가님)이셨다. 선생님을 만나 뵙고 우리는 동대문 쇼핑센터로 갔다. 원래는 밀리오레에서 일하는 리바이스 아저씨도 만나야 하는데, 선생님들이 이곳은 우리가 자주 오는 곳이기도 하고 피곤해 보이기도 하니 그냥 넘어가자고 하셨다. 책을 읽으면서 그 아저씨가 하는 일이 우리에게 제일 익숙한지라 꼭 한번 만나 뵙고 싶었는데 아쉬웠다.

우리는 동대문운동장 안으로 들어갔다. 그곳은 청계천 길거리에서 노점상을 하던 분들이 복구공사로 장사를 못 하게 되자 대책으로 마련한 곳이다. 들어가 보니 구석구석 없는 게 없었다. 이곳에는 책에 나오는 고물 장사 아저씨가 일하고 있다. 그런데 아쉽게도 아저씨를 찾을 수가 없어 만나 뵙지 못했다.

한국 속의 작은 러시아, 러시아 타운

이태원에 외국인들이 많이 모여 있고, 인천에 차이나타운이 있다는 얘기는 들어 봤지만, 러시아 타운 이야기는 이 책에서 처음 봐서 어떤 곳일지 참 궁금했다. 러시아 타운은 우리가 즐겨 가던 동대문 쇼핑센터에서 얼마 떨어지지 않은 곳에 있었다. 프레야타운 건너편에서 조금 들어가니

러시아 타운이었다.

점점 들어갈수록 영어랑 비슷하지만 영어는 아닌 것 같은 특이한 문자의 간판들이 보였다. 간판들이 눈에 들어오면 들어올수록 이곳이 러시아 타운이라는 것이 실감 났다. 하나둘씩 외국인들도 많이 눈에 띄었다. 우리는 잘 구분이 안 갔지만 작가 선생님들이 이곳에는 몽골 인들도 많다고 알려 주셨다. 러시아 타운인 만큼 러시아 인들도 많았다. 러시아 여자는 키도 크고 피부도 하얀 게 정말 인형 같았다. 남자아이들이 날씬하고 예쁘다고 칭찬을 했다. 보통 같았으면 여자아이들이 반박했을 텐데 러시아 여자들은 우리가 보기에도 예뻤다.

어떤 골목으로 들어가니 우리가 책에서 보았던 곳이 눈에 들어왔다. 정말 직접 다녀 보니 이런 것도 보고 신선한 경험이었다.

너무 많이 돌아다녀서 피곤해진 우리는 잠시 누군가를 기다리는 사이에 길거리에 털썩 주저앉아서 쉬고 있었다. 쇠도 씹어 먹는다는 10대에 우리들은 지쳐서 낑낑거리는데 작가 선생님들은 여전히 활기찬 모습으로 우리에게 여러 가지를 알려 주셨다. 러시아 인들은 마땅히 잘 곳이 없어 모텔을 한 달 동안 빌려서 사용하기도 한다는 것 들을 알려 주셨다. 역시나 타향 생활은 외로움과 고통이 따르는 것 같다. 어쨌든 우리는 그 이국적인 거리를 뒤로하고 이번 인터뷰의 마지막이자, 하이라이트라고도 할 수 있는 황학동을 향해 힘차게 걸어갔다.

삶과 주름의 거리, 황학동

드디어 마지막 코스인 황학동이다. 지금 와서 생각해 보면 그때 인터뷰를 더 했어야 하는데, 그 당시에는 발바닥에 느껴지는 고통 때문에 마지막 코스인 황학동에 도착하자 기쁜 마음이 더 컸던 것 같다.

황학동 거리는 생긴 지 오래된 것만큼이나 고풍적이면서도 정말 없는 게 없는 만물 거리였다. 단순한 생활용품에서 작가 선생님들이 큰 소리로 "청소년은 보면 안 돼요!"라고 경고를 했지만 다들 곁눈질로 훔쳐보며 민망해했던 성인 용품들까지 가지각색이었다. 어쨌든 그런 많은 볼거리 덕택에 가는 길이 심심하지 않았다. 맞은편에는 삼일아파트도 보였다.

한참을 가니 붕어 아저씨가 장사하는 곳에 도착했다. 이번에도 지금까지 책 속의 주인공을 만났을 때처럼 큰 소리로 씩씩하게 인사했다. 아저씨는 정말 말 그대로 사람 좋게 생기셨다. 책에서 붕어 아저씨는 날이 풀리면 붕어랑 햄스터를 팔겠다고 했는데 말씀하신 그대로 그날은 붕어와 햄스터와 거북이를 팔고 있었다. 붕어가 조그만 게 귀엽게 생겼다.

우리들은 붕어 아저씨와 한 마디라도 더 하고 싶어서 이것저것 여쭈어보았다. 아저씨는 주위 친구분과 함께 《마지막 공간》에 나온 본인의 모습을 보며, "이게 뭐여. 주둥이만 툭 튀어나와가지고." 하시며 불평과 농담이 섞인 푸념을 늘어놓으셨다. 사실 붕어 아저씨의 삶은 참 힘들다고 한다. 그런데 웃음을 잃지 않는 모습이 너무 보기 좋았다. 아저씨가 우리들에게 좋은 말씀을 해 주셨다.

"아니, 뭐, 얘기할 거 있나, 여러분들이 건강하고 앞으로 미래를 위해서 생각을 허고, 공부 열심히 허고, 남을 도와야겠다는 정신으로 살아야제."

우리는 붕어 아저씨의 말씀을 마음에 새기고, 다방 아주머니를 만나 뵙기 위해 갔다. 다방 아주머니는 붕어 아저씨가 일하는 곳에서 그리 멀지 않은 자리에서 식혜와 커피를 팔고 있었다. 다방 아주머니도 사탕 할머니와 붕어 아저씨처럼 실물이 더 예뻤다. 그리고 패션 감각도 뛰어나셨다. 다방 아주머니는 우리에게 식혜를 한 컵씩 나누어 주셨다. 우리들은 목이 말랐던 참이라 식혜를 꿀꺽꿀꺽 원샷 했다. 우리들은 마시고 나서 500원씩 걷어서 아주머니께 드렸는데, 아주머니는 괜찮다면서 사양하셨다. 죄송한 마음이 들어서 우리는 손님들이 먹고 간 컵도 치우고 돈도 거슬러 드리며 어설프게나마 일손을 도왔다. 작가 선생님들도 능숙하게 아주머니 일을 도우셨다. 작가 선생님들의 손놀림을 보니, 다방 아주머니를 인터뷰하기 위해 자주 찾아오셨나 보다.

우리는 지금은 서울식당으로 바뀌었지만, 몇 개월 전만 해도 다방 아주머니의 공간이었던 곳으로 올라갔다. 올라가면서 우리는 한 장소를 보고 충격을 먹었다. 계단 옆, 춥고 어둡고 불편해 보이는 공간에서 다방 아주머니가 주무신다고 했다. 그곳을 어떻게 묘사해야 하는지 막막할 정도로 너무 안타까운 공간. 우리들은 다방 아주머니의 잠자리를 보고 어느새 숙연해졌다. 또 괜스레 죄송스런 마음이 들었다. 아무튼 우리는 서울식당 안으로 들어섰다. 서울식당에는 책에서 보았던 서울다방의 모습이 하나도 없었다. 아쉬웠다.

우리는 서울식당 아주머니에게 이곳에서 인터뷰를 해도 되겠냐고 여쭈었다. 다행이 서울식당 아주머니도 참 좋은 분이라 우리가 인터뷰를 할 수 있게 선뜻 자리를 내주셨다. 우리는 작가 선생님들과 한참 동안 인터뷰를 했다.

헤어짐, 마무리
집으로 가는 길, 김 사진작가님과 류 작가님이 지하철역까지 데려다 주셨다. 끝까지 배려해 주니까 우리들은 정말 고맙고도 미안했다.

역에 도착했다. 작가 선생님들과 우리들은 마지막 작별 인사를 했다. 인사를 하고 나서도 계속 아쉬운 마음에 뒤를 돌아보게 되었다. 작가 선생님들과 우리의 만남은 그렇게 끝이 났다.

이번 인터뷰 숙제를 하고 우리 모임 친구들은 나름대로 꽤 만족했다.

우선 기획을 맡은 영식이는 총지휘자로서 무엇부터 해야 하는지 많이 고민을 했다고 한다. 그런데 처음부터 일이 순조롭게 진행되어서 비교적 쉽게 인터뷰 숙제를 마친 것에 대해 조원 친구들에게 감사하다는 말을 하고 싶다고 했다. 그리고 무엇보다 작가 선생님들의 배려에 감사하다고 했다.

외교를 맡았던 아름이는 《마지막 공간》의 작가분들 중 어떤 분에게 인터뷰를 요청해야 하나 많은 고민을 했다고 한다. 그리고 힘들게 결정한 안미선 작가 선생님이 답장을 안 보내 줄까 봐 엄청 두근거렸다고 했다. 안미선 선생님이 보낸 메일을 봤을 때가 제일 기억에 남는다고 했다. 아름이는 "수수한 옷차림과 평범함, 그리고 자신의 일도 아닌 다른 사람들의 어려운 삶을 가슴 아파하는 마음. 그런 것에 눈물을 흘리는 그들에게서 진정한 사람의 향기를 느낄 수 있었다."고 멋있게 인터뷰 소감을 말했다.

애진이는 사진을 맡았다. 처음에는 보고서였는데, 맨 처음 부분에 말했듯이 내 실수로 사진으로 바뀌게 된 것이다. 애진이는 선생님들과 인터뷰하랴, 사진 찍으랴 고생을 많이 한 것 같다. 애진이는 인터뷰를 다녀와서 배운 점이 있는데 그것은 어려운 삶 속에서도 힘들어하지 않고 항상 밝은 모습이 인상 깊었고, 그런 그분들에게서 희망이라는 것을 배웠다고 했다. 그리고 베풀 줄 아는 사랑, 동정이 아닌 진정한 사랑을 그분들에게서 느낄 수 있어서 좋았다고 한다.

질문은 지훈이를 중심으로 해 나갔다. 평소 말이 많던 지훈이가 처음 선생님들 앞에서는 꿀 먹은 벙어리처럼 얌전했지만 시간이 지날수록 질문을 이끌어 나갔기 때문에 이번 인터뷰 숙제에서 더 많은 것을 배울 수 있었다고 생각한다. 지훈이는 이번 인터뷰 숙제가 평생 기억에 남을 것 같다고 소감을 말했다.

마지막으로 난 보고서를 맡았다. 처음에 보고서를 쓰기 시작했을 때는 정말 막막했는데 어느새 마무리라는 소제목을 채워 나가고 있다. 뿌듯한 마음이 든다. 처음 인터뷰 숙제를 한다고 했을 때 정말 이런 걸 왜 해야 할까 생각했는데 지금 생각해 보니 작가분들을 언제 한번 더 만나 뵐 수 있을까 하는 생각이 들면서 더 많은 것을 배워 오지 못한 점이 안타깝다. 하지만 앞으로 나도 그분들처럼 사회의 어두운 곳을 밝혀 나가는 사람이 되도록 노력해야겠다고 생각했다.

정말 배운 것도 많고, 많은 것을 생각해 볼 수 있었던 인터뷰 숙제. 어려웠던 만큼 남는 것도 많아서 정말 보람차다. 아마 우리 모임 친구들 모두 나와 비슷한 느낌을 갖고 있겠지?

아픔의 공간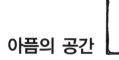

물음 | 변지훈(2학년 1반)

우리는 종묘공원에 먼저 도착해 작가분들을 기다리고 있었다. 작가분들은 10여 분 뒤 정자에 오셔서 우리를 반겼다. 우리도 설레는 마음에 어쩔 줄을 몰라 하면서 첫인사로 짧지만 긴 시간을 시작했다.

처음 작가분들을 만났을 때, 내 예상을 깬 게 하나 있었다. 바로 옷차림이었다. 작가라면 화려하진 못해도 어느 정도는 차려입을 줄 알았는데, 그냥 평범한 사람들처럼 옷을 입고 있었다. 어떻게 보면 신기하고, 괴상했다.

처음으로 세운상가 안을 둘러보았다. "여기서 살았던 사람들이 삶을 버티고 견뎌 온 힘이 있기 때문에, 꼭 슬프다고만 할 수는 없는 거지. 원래 청계천이란 곳이 성격도 엄청 다양하고, 그렇기 때문에……." 처음 들어가자마자 김순천 씨에게 들은 말이다.

지훈 이곳은 어떤 곳이에요?

김순천(이하 순천) 아, 이곳은 볼트, 너트 이런 거 만드는 곳이고요. 크리스마스트리 만들 때, 철사로 사슴 같은 거 만들어서, 거기에 전구를 연결해 반짝거리는 거 있잖아요, 그런 거 만들어요.

세운상가를 쭉 둘러봤는데 문을 닫은 가게가 많아서 광장시장 쪽으로 향했다. 드디어 기다리고 기다리던 정 씨 할머니를 만났다.

순천 옆모습이 그런 거 같은데, 여기 계시네요(할머니께《마지막 공간》을 건네 드렸다).

할머니 아이고 나를 이렇게 꼴 뵈기 싫게 만들었어. 아주 고냥, 내가 죽을 때가 다 됐을 때 찍어가지고 사진이 못 쓰겠어.

순천 옆에 계시는 신대기 씨가 사진을 찍었거든요. 하하하.

할머니 왜 찍었어! 찍으려면 잘 찍어야지! 하하하.

신대기(이하 대기) 죄송합니다. 하하하.

김순천 씨와 우리 조원들은 할머니가 파는 사탕을 한 주먹씩 샀다. 우리는 사탕과 젤리를 마구 씹으며 광장시장 안으로 들어갔다. 그곳은 내가 예상했던 것처럼 그렇게 더럽지 않았다. 여기저기서 부침개 익는 냄새, 팥죽과 호박죽 냄새, 그리고 따끈따끈한 찹쌀순대 냄새가 내 코를 찔렀다. 우리는 어느 음식점에 들어갔다.

아름 인터뷰하실 때, 거부하는 분들도 있잖아요? 그런데요, 책 읽어 보면 이쪽에서 일하는 분들은 다 마음이 여린 것 같아요. 꿈도 있고.

순천   응, 맞아.

지훈   책 이름을 굳이 《마지막 공간》이라고 한 이유가 있나요?

순천   처음에는 주름의 시간으로 하려고 했어. 주름과 주름이 겹친 그런 곳이 청계천이고, 사람들이 나이 들어가면서 삶을 만드는 곳이어서. 그래가지고 주름의 시간으로 하자고 했더니 반대를 하더라고.

지훈   그래서 어떻게 하셨어요?

순천   그냥 글 제목 중에 하나를 따자고 했지. 서울다방 아줌마 알지? 서울다방 아줌마가 사는 곳이 삼일아파트인데, 내년이면 거의 헐려요. 아줌마가 22년 동안 자신의 삶을 묻었던 곳이 없어지는 거지. 마지막 공간이지. 그걸 생각하면서 제목을 따자고 해서 딴 거야.

우리들   아, 그렇구나.

아름   학교 독서 선생님이 저희에게 이 책 참 좋은 책이라고 그러셨어요.

순천   학교 선생님이 입김을 불어넣으셨구나? 하하하.

애진   아니에요. 저희가 이 책 봤을 때 제목이 마음에 들어서 고른 거예요.

  우리들은 찹쌀순대와 호박죽, 그리고 비빔밥, 부침개를 먹으면서 대화를 나눴다.

지훈   책 겉표지가 붕어 아저씨 사진이잖아요? 군이 그렇게 겉표지에 붕어 아저씨 사진을 쓴 이유가 있으신지……

순천   그것도 고민이 많았는데, 편집 디자이너에게 맡겼거든요. 청계천에서 인터뷰한 사람들이 다 나오는 그런 편집 디자인이 있었어요. 그런데 그렇게 하니까 너무 난잡하더라고. 그럼 인물로만 하자, 그랬거든요. 그런데 그렇게 하니까 또 책에 거리감이 느껴져요, 다큐멘터리처럼. 거리감이 있고 인간적인 접근이라는 게 많이 표현이 안 된다, 그래서 한 분만 뽑아서 해 보자고 했는데, 붕어 아저씨가 걸린 거예요. 대담하게, 붕어 아저씨 사진을 써서 디자인을 해 보니까 우리가 취재해서 그런지 모르지만, 느낌이 굉장히 좋았어요. 그분의 표정과 그분의 삶이 표현되는 거 같았어요. 화려하지 않고, 평범하게 있는 그대로의 모습이 좋았어요. 그러니까 그분의 삶이 가슴 안으로 확 들어오더라고요.

우리들 아, 그렇군요.

애진 이 책에요, 퀵서비스 하는 분이 있잖아요? 많고 많은 직업 중에 하필이면 퀵서비스를 하는 사람을 인터뷰한 이유가 있나요?

순천 청계천에 사는 다양한 사람들을 인터뷰하는 과정에서 퀵서비스 말고 청계천에서 짐을 배달할 수 있는 사람들이, 지게꾼도 많은데……. 지금 청계천에서 새로 나온 직종이기도 하면서 그분이 재단 일을 오래 했다가 지금 퀵서비스로 전환한 것, 그런 것도 있었구요.

애진 아, 그렇군요.

지훈 이 책에 나와 있는 사진을 보면요. 좀 이해할 수 없는 사진들이 있거든요? 사진을 찍을 때 어떤 모습을 찍으려고 노력하셨어요?

김정하(이하 정하) 사진을 많이 찍기보다는 그 사람들 얘기를 많이 들어요. 얘기를 듣다 보면 사람들의 공간을 알 수 있거든요. 그렇게 찍었어요.

우리는 세운상가, 광장시장, 평화시장을 3시간 동안 돌아다니면서 얘기를 나누었다. 다리가 무척 아팠지만, 작가분들의 얘기를 들으면 힘이

나고, 또한 새로웠다.

그리고 어느덧 십 대, 이십 대들의 패션의 장인 동대문 거리에 도착했
다. 그곳에서 어떤 선생님이 기다리고 있었다. 안경을 쓰고, 평범한 옷차
림을 한 분. 바로 류인숙 씨였다. 작가라는 말이 어울리지 않는, 평범한
사람 같았다. 우리는 류인숙 씨와 함께 러시아 타운을 찾았다. 러시아 타
운이란 러시아 사람들이 돈을 벌기 위해 한국으로 건너와 함께 모여 사
는 곳을 말한다. 이곳에는 러시아 사람들뿐만 아니라 몽골 사람들도 있
었다. 러시아 타운으로 깊이 들어가서 이것저것을 봤다. 러시아 언어로
된 간판들과 러시아 사람들이 즐기고 있는 거리. 참 색다른 거리였고, 안
타까운 거리였다.

우리는 걷고, 걷고, 또 걸어서 붕어 아저씨가 있는 곳을 찾았다. 처음에
갔을 때는 붕어 아저씨가 안 계셨지만, 2분 뒤에 붕어 아저씨가 모습을
드러내셨다. 약주를 조금 하신 것 같았다. 김순천 씨는 붕어 아저씨가 오
자 밝은 얼굴로 붕어 아저씨를 반기셨다. 오랜만에 봐서 기분이 좋으신
가 보다.

순천 붕어 아저씨, 학생들에게 한 말씀 해 주세요.
붕어 아저씨 아니, 뭐, 얘기할 거 뭐 있나. 여러분들이 건강하고 앞으로
미래를 위해서 생각을 허고, 공부 열심히 하고, 응, 남을 도와야겠다는 정
신으로 살아야제.

붕어 아저씨와 헤어지고 나서, 우리는 바로 옆에 있는 서울다방 아주머
니를 만났다. 아주머니는 우리에게 식혜를 주셨다. 아주머니의 정성이

담긴 식혜라서 그런지 달짝지근했다. 아주머니가 더 먹으라고 하셨지만, 우리는 사양했다.

서울다방 아주머니가 파는 식혜는 꽤 인기가 많았다. 단골손님들이 줄지어 왔다. 우리는 아주머니한테 죄송해서 500원씩 모아서 드리려고 했지만, 아주머니가 사양하셨다.

우리는 아주머니를 뒤로하고 그 건물 2층으로 올라갔다. 그곳은 예전에 아주머니가 운영하던 다방이었다. 하지만 지금은 서울식당으로 이름이 바뀌고, 모든 것이 바뀌었다. 그곳에는 아주머니가 예전에 주무셨던 조그마한 침실도 있었다. 침실이라고 하기보다는 복도라고 하는 편이 더 나을 것 같다. 계단과 계단이 이어지는 조그마한 복도에 의자와 이불 몇 개밖에 보이지 않았다. 우리는 식당 안으로 들어갔다. 식당에는 예전 다방의 흔적이 조금씩 남아 있었다. 우리는 모두 식탁에 둘러앉아 본론으로 들어갔다.

순천 서울다방 아주머니를 보니까 어때요?

자명 저희가 지금 고2잖아요? 스트레스를 많이 받고, 불평을 많이 하거든요. 그런데 서울다방 아주머니를 보니까 좋고요. 힘들 때 오늘 일을 생각하려고요. 쟤(변지훈)한테도 한번 물어봐 주세요. 하하하.

지훈 오늘 좋았고요. 재밌었어요. 서울다방 아주머니가 제일 기억에 남네요. 초라하지만 자신이 하는 일에 자신감을 가지고 열심히 장사하는 모습이 보기 좋아요. 그리고 여기 있는 분들 모두 다 행복해하는 거 같아서 좋았습니다.

류인숙(이하 인숙) 지금 이야기한 친구, 표정도 그렇고 꼭 만화책에 나오는 분 같아요. 하하하.

　우리는 작가분들과 이런저런 이야기를 나누었다. 중간고사 얘기, 추석 얘기…….

아름　아까 물어보셨잖아요. 둘러보고 어땠냐고. 저희는 항상 동대문 같은 곳만 보다가 이런 곳을 보니까 좀 신기하기도 하고 이상하기도 하고 그랬거든요. 그런데 작가분들은 처음에 저희처럼 걸어 다녔을 때 어떠셨는지…….

안미선(이하 미선)　저도 청계천 사람들을 처음 보고, 처음 취재하고 그랬기 때문에 학생들이 느낀 거랑 다른 점이 없는 것 같아요. 굳이 말하자면 사람들이 이렇게 사는구나, 힘들게 사신다, 이렇게 보기 쉬운데 서울다방 아주머니처럼 밝고 강하고 정직하게 사는 모습이 인상 깊었어요.

인숙　살아간다는 자체가 장난이 아닌 사람들인데도 결론은 독후감에서 썼듯이, 늘 이런 식으로 끝이 나잖아요. 남한테 피해 안 주고 열심히 살겠다는 그런 열망들이 굉장하잖아요. 그래서 마음이 안 좋으면서 아프기도 하고. 이런 개발이, 대체 사람들이 살라는 건지 말라는 건지 모르는 개발이잖아요. 그랬을 때, 다시 한번 생각해 봐야 할 문제들인 것 같아요.

지훈　그렇군요. 그럼 그때 청계천에 왔을 때 주위 환경과 배경은 어땠어요?

인숙　저희가 왔을 때는 겨울이었거든요. 겨울이었으니까 풍경이 황량했고, 그리고 여기 처음에 들어왔을 때, 아마 2003년일 거예요. 그때는 지금 시대에 이런 곳도 있구나 하고 생각했어요. 굉장히 낡을 대로 낡았고 나무 때는 난로가 있었는데, 그런 건 초등학교 다닐 때나 있었던 거잖아요. 정말 신기했어요.

지훈 그런데 여기 있는 사람들은 왜 계속 여기에 남아 있는 건가요? 다른 곳으로 갈 수도 있는데…….

순천 여기 아주머니와 아저씨들은 옛날 시골 어른들이 시골을 떠나 살 수 없는 것처럼 그렇게 생각하는 것 같아요. 청계천이 고향이고, 청계천 같은 곳은 없다고, 생각하고 있는 것 같아요. 거지 밥을 먹고, 빌어먹더라도 여기가 좋은 거예요. 물을 떠난 물고기가 살지 못하는 것처럼, 살 수 없을 것 같은 느낌이 있는 거예요.

애진 그럼 청계천 복원에 대해서 어떻게 생각하시는 건가요?

순천 복구 자체는 반대 안 해요. 처음에 물이 흘렀던 곳에 물이 흘러야지. 지금 하고 있는 공사는 물을 일직선으로 흐르게 하는 공사거든요. 일직선이 아니라 예전에 굽이굽이 흐르던 하천으로 복원이 돼야 한다는 거죠. 여기에 있던 것도 손상하지 않고, 인공적인 게 아니라 정말 자연적인 모습으로 복원해야 한다는 거죠.

애진 더 구체적으로 어떻게 복원을 했으면 하세요?

순천 고가 도로 같은 것들이 다 군사적인 발상이잖아요. 복원되기를 원하는데 지금처럼 무작위적으로 개발하는 복원은 원치 않는다는 거죠. 우리는 사람들이 함께 공존하면서 사는 그런 곳을 원하는 거지. 차라리 아예 안 하는 게 더 나을지도 모르죠.

자명 청계천 홈페이지에 들어가 봤는데요. 홈페이지에서는 교통도 신경 쓰고 다른 분야도 신경 쓴다고 했는데, 그건 눈가리개일 뿐이네요?

순천 황학동 시장이 굉장히 유명한 곳이거든요? 전 세계에서 이런 시장이 없거든요. 그렇다면 이런 시장을 살려 줘야 하거든요. 왜냐면 굉장한 풍물이니까. 그리고 여기에 시장이 있을 때는 사람들이 엄청나게 많이 찾아왔어요. 하지만 지금은 많이 줄었어요.

영식 우리 주위에 어렵게 사는 분들이 많잖아요. 그런데 그 많은 곳 중에서 왜 청계천 상인들을 소재로 책을 썼는지 궁금합니다.

인숙 그때 저희가 르포 문학 교실을 열었어요. 문학 교실에서 공동 작업을 기획했는데 그때 마침 청계천 복원 공사가 사회적인 사건으로 터졌어요. 시기가 맞은 거죠. 그리고 의미 있는 작업이잖아요. 힘든 사람들을 소재로 한다는 게. 저희가 취재하러 왔을 때는 기자들이 한바탕 쓸고 갔을 때라 사람들이 굉장히 지쳐 있었어요. 그랬을 때 저희가 인터뷰를 한 거죠. 정 씨 할머니 만나려고 사탕 100번은 넘게 사러 갔어요. 하하하.

지훈 붕어 아저씨에 대해서 조금 더 구체적으로 설명해 주시겠어요?

순천 붕어 아저씨도 굉장히 힘들게 생활했어요. 책에는 붕어 아저씨의 삶이 60퍼센트밖에 나오지 않았어요. 진짜 보석 같은 이야기 40퍼센트는 아저씨 가슴속에 숨어 있는 거예요.

영식 조금 전에 서울다방 아주머니는 사진 찍는 것을 싫어한다고 하셨는데, 무슨 이유가 있나요?

인숙 서울다방 아줌마 같은 경우는 공간이 특이하고 아줌마 캐릭터가 특이하잖아요. 그래서 언론이나 그런 쪽에서 눈독 들이는 사람이 많았어요. 취재하고 싶어 하고 사진 찍고 싶어 하고. 서울다방 아주머니는 그런 것 싫어하세요. 그런데 처음으로 저희한테 허락하신 거죠. 저희는 붙어서 얘기도 많이 하고 그랬어요. 가장 중요한 건 믿음 같아요. 하루 만에 이루어지는 것이 아니라 꾸준히 찾아뵙고 대화하는 게 마음을 여는 길

같아요.

애진 인터뷰한 내용을 보면 요점만 딱 잡아서 질문을 하셨는데요, 어떻게 하신 거예요?

인숙 처음에 인터뷰한 내용이 엄청 많았는데 많이 줄였어요. 질문은 순서대로 한 게 아니고, 저희가 시간 순서에 맞게 배열한 거예요. 그리고 저희가 사람들 말을 그대로 풀어서 썼어요. 지어내지 않고.

아름 책을 내서 사회적으로 상인들에게 달라진 점이 있어요?

미선 제 생각에는 이 책이 나와서 정책이 바뀐다는 것은 어렵다고 생각해요. 책이 나온다는 것은 책을 읽는 사람이 있다는 것이고, 책을 읽으면 공감을 하고 마음에서 잊혀진 이야기들이 나오고, 그렇게 사람들을 알아간다는 것. 그런 것들이 변한다고 할 수 있다고 생각해요.

지훈 그렇군요. 그럼 상인들에 대해서는 어떻게 생각하시나요?

인숙 한마디로 얘기하면 사라지는 삶들을 기록하고 싶었어요. 그거였어요. 앞에, 머리말에 그 얘기가 나올 거예요. 광장시장 할머니는 글씨를 못 읽어요. 그게 너무 마음이 아팠어요. 글을 몰라서 글을 쓰지도 못하시잖아요. 정말 안타까웠어요. 사라지는 것들을 기록하고 싶었어요.

아름 제가 처음에 메일을 보냈을 때 답장이 빨리 왔는데, 답장을 안 보낼 수도 있는데 저한테 메일을 보낸 이유가 있으신가요?

순천 아름 양의 마음이 저에게 전해졌어요. 그래서 못 본 체할 수가 없었어요. 되게 고맙더라고요. 저희가 역경을 겪으면서 기록했던 것을 애정을 가지고 읽어 줬다는 게 너무 고마웠어요.

지훈 이렇게 힘들게 기록하신 이유가?

순천 뭔가 바꾸겠다고 인터뷰를 시작한 것은 아니었어요. 솔직히 책 하나 낸다고 우리가 원하는 대로 바뀐다면 참 좋겠죠. 하지만 그게 아니잖아요. 저희는 단지 이제 없어질지도 모르는 그분들 이야기를 기록으로 남기고 싶었어요. 세월이 지나더라도 그분들을 잊지 않았으면 했거든요. 이런 걸 왜 기록했냐고 하면, 문학과 정치의 차이라고 하면 될 거예요. 정치는 사람을 움직이지만 문학은 사람의 마음을 움직이는 거라고 생각해요.

우리는 일제히 "우아!" 하고 감탄했다. 이렇게 우리들의 인터뷰는 끝이 났다.

인터뷰를 끝마치고

인터뷰를 끝마치고 우리들은 김정하 씨와 류인숙 씨가 안내해 주는 길로 걸어갔다. 계속 걷기만 해서 다리는 아팠지만 작가분들과 만났다는 생각을 하니 어떻게 보면 이색적인 만남이라고 생각한다. 내 기억에서 사라지지 않을 그런 만남이었던 것 같다. 우리는 깍듯이 작가분들에게 인사를 하고서 지하철을 타고 그리운 집으로 향했다. 집으로 가는 중에 졸음을 못 이겨 모두들 잠에 빠져 버렸다.

사라지는 청계천. 정부의 무작위한 인위적인 개발. 사람들의 생계를 파괴하는 정부의 정책. 사람들을 살라고 하는 정책인지, 아니면 죽으라고 하는 정책인지 분별이 서지 않는다.

앞으로 청계천을 사랑하는 사람들이 힘을 모아 제대로 된 청계천의 복구를 외치는 그날이 올 때까지 내 마음을 청계천에 쏟아 부어야겠다.

2부

몸으로 사랑하기, 마음으로 사랑하기

산 소 ✹ 성 으 로 한 걸 음 다 가 가 기

읽은 책
《섹스북》은 독일에서 큰 인기를 얻은 성교육 책으로, 성에 관한 내용뿐 아니라 가정, 사랑, 여성 등의 주제도 담겨 있어서 우리 청소년들이 읽기에 참 좋다.

글쓴이
권터 아멘트. 사회학 박사. 대학에서 사회학을 전공하여 박사 학위를 받았고, 함부르크의 성문제연구소에서 일하고 있다.

만난 분
우리 조는 권터 아멘트가 독일에 있어서 독일로 찾아가지는 못하고, 성에 관련된 일을 하는 한국여성민우회의 산소 선생님을 만났다. 그분은 성 평등을 위해 여성 대중 운동을 하고 있는 분이다. 여성의 노동권을 찾는 일과 성폭력 없는 세상 만들기, 성 평등한 사회 만들기 같은 좋은 일을 하는 분이다.

함께한 사람들
이슬기_기획(tmfrl-love-@hanmail.net)
이지은_외교
손설희_물음(vmson@hanmail.net)
원지혜_사진(w_jihe@hanmail.net)
조혜림_최종 보고서(011-665-9380@hanmail.net)

보고서에 대한 간단한 소개
우리는 한국여성민우회 사무실에서 산소 선생님을 만나 성을 주제로 인터뷰를 했다. 성에 대해 이야기하는 게 조금 쑥스럽기도 했지만, 그래도 많은 것을 배울 수 있었던 좋은 기회였다.

산소 님 산소 님, 정말 정말 궁금해요

물음 | 손설희(2학년 2반)

"말도 안 돼!! 다시 해!!"

정신없던 독서실이 우리 조 누군가가 지른 고함 소리에 싸해졌다. 순간 주변 조원들이 우리 조 쪽으로 눈을 돌리는 소리가 들렸던 것도 같다.

"다시 해! 정말로 나 이거 하기 싫단 말이야."

"그러는 게 어디 있어. 공평하게 제비뽑기했잖아."

어떤 조에서는 외교를 끝내 놓았을 것이고, 또 어느 부지런한 조에서는 이미 인터뷰까지 끝내 놓았을 시기에 우리 조는 이제 인터뷰에서 담당할 역할을 정하고 있었다. 그 과정에서 서로 마음에 들지 않는다고 불만의 목소리가 불거져 나왔고, 결국 제비뽑기는 내가 화장실을 다녀온 뒤 다시 하게 되었다.

인터뷰 과제가 주어졌을 당시부터 내가 하고 싶었던 분야는 외교였다. 결국 내가 맡게 된 것은 질문이지만. 다른 것을 마음에 품고 있던 나한테는 종이 위에 적혀 있는 '질문'이라는 글씨가 그리 반가운 것이 아니었기에 아주 친절히 종이를 반으로 잘라 주었던 것 같다. 하지만 그런 기분도 잠시, 친구들이 내가 질문을 하는 게 좋다는 말에 풀어지긴 했지만.

그때 즈음, 어느 수업 시간에 질문을 어떻게 만들까 고민을 무지했던 기억이 난다. 성에 관련된 책을 읽고 나니 이 분야에 통달한 것 같은 느낌에, 궁금했던 것들도 잘 생각하니 문제가 해결되고…… 정말로 궁금했던 사실들은 어딘가로 쏘옥 숨어 버리고 생각이 나질 않는 것이었다.

설렁설렁 책을 훑어보면서 가볍게 넘어간 부분에서 궁금했던 사실을 찾아보기도 하고, 조원들에게 물어보기도 하고, 다른 조에게도 물어보았지만 내가 만족할 만큼의 질문을 얻지 못했다.

그래서 선택한 것은 인터넷

질문에 관한 고민을 하면서 내가 생각해 낸 것은 인터넷 지식 검색이었다. 평소 지식 검색을 애용해 왔는데 이럴 때 도움이 될지는 몰랐다. 지식 검색을 하면서 무조건 성에 대한 질문을 뽑아낸 것이 아니라 내 입장에서 생각해 보고 질문의 수준도 보면서 뽑아냈는데 막상 질문을 만들고 보니 양이 너무 많았다. 시간을 보니 9월 18일 목요일 오전 1시 54분, 질문 정리는 다음 날 해야지.

해가 중천에 떴을 때 조원들에게 질문 뽑은 걸 대충 보여 주었다. 20개가 넘는 것 같았는데 머리를 맞대고 알맞게 뽑아 보니, 그래도 조금 많은 18문제 정도. 많다는 다른 조원들의 성화가 있었지만 친절하게 무시해 주었다. '이 정도는 돼야지 쓸모 있는 걸 건지지.' 생각하면서 말이다.

9월 19일 오후 10시 22분, 다시 한번 정보를 얻기 위해 지식 검색을 활보했다. 어제와는 또 다른 정보를 얻기도 했지만 정말로 재미있었던 사실은, 질문을 올리는 사람들이 자신의 경험담을 올려서 그런지 시간 가는 줄도 모르고 사정없이 클릭을 해 댔다. 이 부분에서 우리도 우리들의 성 경험담을 소재로 질문을 해 보는 것은 어떨까…… 잠시 생각을 했지만 말 그대로 잠시뿐. 곧 삐죽삐죽 생각나는 건 '경험이란 게 있을 리 없지.'였다. 경험은 포기하고 뽑아 놓은 질문들 중 연관성이 있는 질문들로 정리해서 흐름이 어색하지 않게 나름대로 신경 썼다. 하지만 이런 노력을 알아주는 건 아무도 없는 듯하다.

22일 독서 시간, 말 많고 탈 많던 우리 외교 문제가 오늘로서 종지부를 찍나 보다. 질문 담당자로서 세심한 것까지 알지는 못하지만 진행 상황이 순탄하지 않다는 정도는 알고 있었다. 하는 수 없이 조원들이 총동원이 되어서 외교에 힘을 쓰기 시작했고 우여곡절 끝에 민우회라는 곳에 연락이 닿았다. 민우회는 '민우(民友)' 곧 백성의 친구라는 뜻을 가진 곳이었고, 그곳에서 활동하시는 산소 님이 인터뷰에 응해 주셨다.

당일치기

22일 인터뷰를 따내고 22일 그날 인터뷰를 가야 하다니. 시간이 촉박했기 때문에 사소한 것까지 따질 시간이 없었기에 외교 담당자에게 산소 님의 메일 주소와 팩스 번호를 알아 달라고 부탁하고 질문 타이핑에 들어갔다. 우선 질문 5장을 뽑아 챙겨 두고 산소 님 메일로 인터뷰할 때 할 질문을 보내 드렸고, 팩스로는 우리 조원들이 쓴 서평 가운데 가장 대비되는 두 개(슬기, 설희 것)를 보내 드렸다. 그런데 팩스는 무사히 도착했는지 의문이었다. 독서 선생님이 행정실에 부탁하긴 했지만 밀려 있는 사무들이 많아서 밀린 것들을 처리한 뒤에 보내 주겠다고 했기 때문이었다. 인터뷰 장소로 이동하면서 타이핑한 질문들 중 오타가 없나(혹시나 조원들이 이해를 못 할 수도 있기 때문에) 확인하고, 빠뜨린 질문이 없는지 다시 한번 확인해 보았다. 조금 더 미리 섭외가 되었다면 이렇게 허둥거리지 않았을 것이고, 이렇게 일 처리를 불확실하게 할 필요도 없었을 텐데. 외교 담당자가 조금 원망스러워지는 순간이었다.

우리들은 버스를 탔고, 다시 지하철도 탔다. 내가 준비해 놓은 질문지를 기획자에게 전해 주고 기획자는 질문지를 조원들에게 나눠 주면서 질문할 순서를 정해 주었다(지하철에서, 오후 5시 45분).

9월 22일 오후 6시 10분 즈음

인터뷰 장소에 들어서기 전 빌딩 앞 민우회 팻말 앞에서 스산하게 사진 한 방을 찍어 주고, 지은 지 좀 된 빌딩이라는 것을 증명하는 듯한 엘리베이터를 타고 도착한 5층 민우회.

유리문을 지나 발을 디디자 초록색 알림판에, 민우회가 활동하는 모임이나 운동, 앞으로 활동할 계획들이 아담하게 전시되어 있는 게 눈에 띄었다. 이제부터 진짜 시작이라고 말하는 듯한 다섯 발자국 앞의 모퉁이. 모퉁이를 돌면 쭉 이어진 길 양쪽으로 입구가 있었는데 미로를 탐색하는 듯한 느낌이었다. 인기척에 왼쪽으로 고개를 돌렸더니······.

"어떻게 오셨어요?"

"인터뷰하러 왔는데요."

"인터뷰요? 산소 선생님 만나러 오셨죠? (사무실 안쪽을 보며)산소 선생님."

잠시 후······.

"안녕하세요?"

"네, 안녕하세요? 제가 산소예요. 반가워요. 그런데 잠시 기다려 주겠
어요?"

정말 정말 좋으신 분

도착한 시간은 6시 27분 정도. 우리들과 만나기로 한 선생님은, 키는
155센티미터 정도 되어 보였고, 나이는 20대 후반 정도, 정감 가는 얼굴
에 안경을 끼고, 편안한 캐쥬얼 스타일. 어머니(혹은 언니)의 향이 느껴지
는 분이었다. 한마디로 정말 정말 좋으신 분.

우리들　네. 그런데 너무 늦어서 죄송해요. 퇴근도 하셔야 하고 하시는
일도 있을 텐데…….

산소　아니요, 괜찮아요. 저도 방금 회의가 끝났고요. 퇴근 시간이라고
해도 계속 일하거든요. 그리고 여기서 밤새는 경우도 종종 있어요. 저쪽
에서(휴게실을 가리키며) 잠시 앉아서 기다려 줘요.

우리들　(휴게실로 걸어가면서)네.

휴게실이라는 이름표는 없었지만, 갈색 컵에 알록달록 섞여 있는 칫솔
들과 비닐봉지 안의 종이컵들(또는 유리컵 몇 개) 그리고, 우리 아버지가
즐겨 드시는 인스턴트커피 들이 휴게실이라는 인상을 주었다. 창밖으로
는 동네 거리 풍경이 보이고 창 안쪽으로는 우리 학교 독서실에서 쓰는
수납장하고 비슷한 녹색 장이 두 개(복도의 교육 정보 수납장 정도) 정도 있
는데 그 안에는 성에 관한 책들과 민우회에서 나온 책들이 겹겹이 쌓여

있었다. 잘못하면 지저분하고 정신없어 보일 수도 있지만 활동적인 걸 좋아하는 나에게는 오히려 생동감이 느껴지고 정감 가는 모습으로 느껴졌다.

산소　미안해요, 제가 정리하던 게 있어서요.

우리들　아니에요, 저희가 오히려 너무 죄송한 걸요. (사 온 음료수를 건네며)이렇게 늦은 시간에…….

산소　괜찮아요. 찾아오느라 힘들었을 텐데, 음료수 고마워요. (음료수를 따며)학생들도 음료수 좀 마셔요, 덥지는 않죠?

우리들　(음료수를 받으며)감사합니다. 아니요, 괜찮아요.

산소　(지나가는 동료분들을 가리키며)잠깐 사람들한테도 음료수 좀 나눠 주고 올게요.

우리들　네(각자 몸에서 원하는 수분만큼 음료수를 마시며……).

슬기　너무 착하신 것 같아(정말로 감동했다는 표정으로).

설희, 지혜　맞어 맞어(강한 동감).

혜림　정말 그래. 전화 통화하면서도 말하시는 게 너무 착하다고 느꼈는데. 내가 좀 착하게 말하기는 했지만. 그래도 정말 좋은 분 같아.

지은　(고개를 끄떡끄떡)

　처음 선생님을 뵙고 와 닿은 느낌. 좋은 분 같다는 느낌이 나만 그런 것은 아니었나 보다. 선생님이 들어오시고…….

산소　저한테 전화했던 학생이 누구였어요?

혜림 저예요.

산소 아, 반가워요.

혜림 선생님 성함이 어떻게 되세요?

산소 우리같이 상담소에서 일하는 사람들은요, 본명을 사용하는 경우는 드물어요. 대신, 닉네임을 주로 쓰거든요. 제 닉네임은 '산소'예요. 산소…….

우리들 산소요? 그러면 산소 선생님이라고 부를게요.

산소 네. 그럼 우리 학생들 이름도 가르쳐 줘요.

산소 선생님과 전화 통화를 한 혜림이부터 나, 지은, 슬기, 지혜 순으로 소개. 산소 선생님은 시종일관 웃으며 대화를 하셨다. 내가 준비한 질문 용지를 꺼내고 있는데…….

산소 미안해요. 질문은 제가 읽어 보지 못했는데, 물음에 잘 답해 줄 수 있을지 걱정이네요.

슬기, 혜림 그러세요? 아니요, 저희가 오히려 너무 죄송한걸요. 이렇게 갑자기 당일에 너무 많은 걸 요구해서요. 만나 주시는 것만 해도 얼마나 감사한데요.

설희, 지혜, 지은 정말 감사해요.

산소 (질문 용지를 훑어보시고) 궁금한 게 많네요.

설희 (부끄럽고 죄송한 듯) 조금 많아요. 그럼 이제부터 인터뷰 시작하겠습니다. 아, 그전에 잠시…… (산소 선생님을 바라보며) 대화 내용을 녹음해도 괜찮을까요?

산소　물론이에요. 하세요. (녹음 준비를 끝내 놓고)

설희　잠시 선생님에 관한 사적인 질문 몇 가지만 드릴게요.

산소　(설희를 바라보며)네.

설희　이 일은 언제부터 하게 되셨어요?

산소　사회생활을 하면서 직장을 다니는데 왠지 모르게 남자들과는 다르게 차별받는 것을 느꼈어요. 인터넷으로 이런 활동을 하는 곳을 찾아다니고 관심을 가지다가 아는 분 소개로 민우회라는 곳을 소개받고 시작했어요.

슬기　그러면 이곳에서 일한 지 얼마나 되셨어요?

산소　그게 1996년부터니깐 8년 됐네요.

　우리들이 읽은 《섹스북》을 꺼내 놓았다.

설희　이 책은 저희가 읽은 책인데요.

산소　《섹스북》이요? 어때요?

슬기　(너무너무 놀랐다는 듯)어! 이 책 읽어 보셨어요!?

산소　물론이죠. 이 책으로 공부도 했는걸요.

설희, 지은　우아(감탄, 감탄)!

설희　그럼 첫 번째 질문 드리겠습니다. 보통 청소년들이 초·중학생 나이 때보다는 고등학교에 올라오면서 성에 대해 개방적으로 변하게 된다고 하는데 어떻게 그런 변화가 올 수 있는 것인가요?

산소　글쎄요……. 그런 질문은 어디서 나온 거예요?

설희　인터넷에서 본 질문이에요.

산소 어때요? (설희를 바라보며)고등학생인데 개방적인 것 같아요? 질문에서 개방적이라는 말은 성을 얼마나 흔하게 여기나, 그런 정도로 들리는데요. 아무래도 사람에 따라 차이가 있겠지요. 많이는 아니지만 성을 감추는 옛날에 비해 요즘은 성을 드러내기 시작하면서 그런 것 같은데요. 글쎄요, 질문이 조금 그러네요. 이건 아무래도 개인적인 차가 클 것 같거든요.

슬기 (잠깐의 공백을 가진 뒤)그러면 보통 첫 성관계는 언제가 가장 적당해요?

산소 (슬기를 바라보며)언제가 가장 적당하다고 생각하는데요?

슬기 (얼굴이 발그레)글쎄요, 흠……

지혜 20대 정도 되면…….

슬기 맞아요. 20대 정도 되면…….

혜림 책임질 수 있을 때가 되면요.

산소 그래요. 성관계를 갖는 시기는 정해져 있지 않아요. 그렇다고 누가 정해 주는 것도 아니고요. 서로가 책임을 질 수 있을 때도 좋지만은 성에 대해, 그러니깐 피임 같은 성에 대한 기본 지식을 갖고 있을 때부터 성관계를 가지는 것도 괜찮아요.

지혜 그러면요, 보통 저희 주변 학교에서는 막 몸 굴리는 애들이 많다고 그러거든요. 그런 애들이 우리 학교 애들을 보면서 아직도냐는 식으로 비웃기도 한다고 그러는데요.

산소 굴린다는 말을 왜 쓰죠? 이상해요.

지혜 더럽잖아요. 이 남자, 저 남자…….

지은 더러워.

산소 더럽다기보다는…… 자기가 그 사람과 성관계를 가지고 싶을 때, 상대방도 자신과 성관계를 가지고 싶다고 했다면 괜찮아요. 더러운 게 아니거든요. 피임에 대해 잘 알고 있다면 더욱 좋고요.

우리들 모두 이 이야기부터 산소 선생님 말씀에 더욱 집중하기 시작했고, 준비한 질문 외에도 자신이 궁금한 이야기를 물어보기 시작했다.

지은 (어색하게 질문지 그대로 읽으면서)보통 청소년 시기에 남녀가 성에 눈을 뜨는 시기가 다른데요. 그 차이점이 뭘까요?
산소 왜 그렇게 생각해요?

질문을 했는데 그것을 다시 우리들에게 물어보는 것을 보면서, 유치원 다닐 정도의 아이가 엄마 아빠에게 "엄마 애기는 어떻게 해서 생기는 거야?" 하고 물어보았을 경우 당황하지 말고 "너는 애기가 어떻게 생긴다고 생각하는데?" 하고 물어보라고 했던, 그때 즈음 보았던 어느 텔레비전 프로가 생각이 났다. 그리고 우리 학교 독서 선생님도……. 이 이야기를 인터뷰가 모두 끝난 뒤 친구들에게 해 주자 몇몇은 자기들 또한 그렇게 생각했다며 공감했고 몇몇은 새로운 사실을 알게 됐다며 신기해했다.

지은 (당황해하며 대답을 못 하고)
산소 이것도 개인적인 차이에 따라 다르겠지만요. 남녀가 성에 관심을 갖는 시기는 거의 비슷해요. 그것을 표현하는 경우나 성에 대해 접하게 되는 경우가 많고, 그래서 겉으로 드러나는 정도가 남자들이 더 많아서 그래요. 여자들도 남자들같이 성에 대해 관심을 많이 가져요.

설희, 슬기 맞아요. 저희도 책에서 봤어요.

산소 그럼······. 다음 질문은 뭔가요?

지혜 피임약에 대해서 알려 주세요.

산소 피임의 종류에 대해서······ 아니지, 이건 직접 보면서 하는 편이 좋겠어요(자리에서 일어나며). 잠시만 기다려요.

우리들은 순간 당황스러우면서도 학교에서 하는 텔레비전과 스피커 방송보다는 더 나을 거라는 호기심이 생겼다. 작은 긴장감이 돌던 휴게실은 설레임과 흥분으로 바뀌어 가고 있었다.

피임법은요, 이게 가장 좋아요

산소 (화이트 파일을 열며)아무래도 성교육을 하는 것 같아. 정말 먼 곳까지 잘들 왔어요.

우리들 하하.

화이트 파일을 열었을 때 피임약과 남자 성기 모양의 찰흙, 병 속에 담겨 있는 알록달록한 고무 재질의 물건들이 보였다.

산소 피임 종류에는 제일 먼저 콘돔, 가장 좋은 피임 방법 중의 하나인데요. (포장을 뜯으며)이렇게 들어 있는데요. 본 적 있어요?

우리들 (고개를 설레설레)

산소 안에는 이렇게 접혀서 들어 있어요. 콘돔에는 이렇게 모양이 있는 것도 있고요…….

슬기　정말로 기름 같은 게 묻어 있어. 봤어요! 콘돔, 모양 있는 거랑 맛이 나는 게 있다는 거.

설희　나도 책에서 봤어. 야광이랑 먹으면 과일 맛 나는 것도 있다고 하던데.

산소　그래요. (남자 성기 모양의 것을 꺼내며)이렇게 남자 성기가 항상 발기해서 큰 것은 아닌데요, 이건 남성의 성기가 발기하기 전이에요. 크기에 차이가 있죠. 콘돔에 묻어 있는 액체는 남성의 성기를 콘돔에 삽입할 때 무리가 없도록 도와주는 윤활 젤리예요. 또 어떤 콘돔은 살정제가 코팅되어 있어 콘돔이 찢어질 때를 생각해 이중 예방 장치를 해 놓은 것도 있어요. 콘돔에 따라서는 정자를 죽이는 성분뿐만 아니라, 병균을 없애는 성분을 발라 놓은 콘돔도 있어요. 사용 방법은요, (콘돔을 들고서)이렇게 콘돔 끝에서 공기를 빼고 살짝 비튼 다음에 성기에 끼우는 거예요. 잘못해서 여기에 공기가 들어가거나 콘돔이 찢어졌을 경우에는 피임이 안 될 수가 있죠. 콘돔을 그냥 빼면 안 되고요, 여자의 질에서 뺄 때 손으로 콘돔을 잘 잡고 성기와 같이 빼내는 거예요. 이걸 잘못하면 피임이 안 될 수도 있어요.

지혜　남자 성기가 너무 커서(부끄럽다는 듯) 콘돔이 찢어질 일은 없어요?

산소　잘 늘어나는 재질로 콘돔을 만들어서 그럴 일은 없고요. 그렇게 큰 남자 성기는 없어요. (약간은 부끄럽다는 듯)그러니깐 그런 걱정은……. 먹는 피임약은요. 이렇게 포장지에 날짜가 적혀 있어요. 생리 첫날 복용해서 21일을 꾸준히 먹은 다음 7일을 쉬면 생리를 시작하는 거예요. 성관계를 가지기 직전에 먹는 건 소용이 없는 거구요. 이 약은 호르

몬 변화가 생기는 건데, 여자가 임신한 걸로 착각하게 하거나 수정란의 착상을 방해해서 피임이 되는 건데요. 여성의 호르몬에 변화를 주는 것이라서 부작용이 일어날 수 있어요. 속이 울렁거려 구토를 하는 증상이 있거든요. 자신의 몸에 맞는지 안 맞는지도 확인을 해야 해요.

이때 즈음에 사진 담당 지혜의 손놀림이 가장 바빴던 것 같다. 모두 갑자기 불빛이 터져서 깜짝 놀라기도 하고…….

혜림 어, 이건 좌약 비슷해요. 선생님.

설희 맞어. 좌약. 나 이거 이름 생각하고 있었는데…….

산소 모양이 비슷하지요. 이건 좌약식 살정제라고 하구요. 성관계 전에 질 속에 삽입해서 정자의 활동을 중지시키면서 피임이 되게 하는 건데, 실패할 확률이 높아서 콘돔과 함께 사용하는 게 좋아요. 그리고 성관계를 가졌던 여성이나 결혼해서 아이를 원치 않는 경우에 많이 사용하는 루프라는 거 알지요? (여자 성기 모양과 루프를 들고)이렇게 여자의 몸에 장치를 다는 거예요. 그리고 그 외에는 난관·정관 불임술, 월경 주기법 등도 있고요. 이건 책에서도 나올 거예요. 페미돔이라고 우리나라에서는 별로 안 쓰는 피임 방법 중에 하나인데요.

우리들 말도 안 돼(모두들 놀라며).

슬기 책에서 봤어요.

설희 나도. 정말 저걸 여자 몸속에 넣어요?

지혜 여자 몸에다 넣는 거야?

설희 넣는 거야.

산소 크기가 좀 크지요? 이걸 이렇게 접어서 성관계를 가지기 전에 질 속에 넣는 거예요.

지혜 아프지 않아요?

산소 당연히 아프지요. 크기가 큰 만큼. 우리나라에는 거의 없어요, 효과도 그렇게 높은 게 아니에요. 가장 안전하고 확실한 게 콘돔이에요. 콘돔을 사용하는 게 가장 좋아요. (화이트 파일을 정리하시면서)정말로 성교육 하는 기분이네요.

혜림 성병에 대해서요…….

산소 성병 종류에 대해서요? 성병 종류는 아주 많지요. 에이즈부터 해서…….

지혜 에이즈에 걸리면 죽어요? 에이즈는 주사기나 수혈하면서도 감염된다는데요.

산소 성병 중에서도 가장 무서운 게 에이즈라 할 수 있죠. 그렇게 해서도 감염이 되지만 성교에 의해서도 감염이 가능하고요. 다른 성병들도 있는데요. 그냥 단순하게 몸에 두드러기가 나는 정도도 있고요.

설희 성병에 걸리지 않기 위해서는 어떻게 해야 하나요?

산소 청결이 가장 중요하지요. 생식기를 항상 깨끗하게 해 주는 거예요.

성병에 관해서는 우리가 읽었던 책에서도 이미 언급된 바 있어 모두 어느 정도는 알고 있는 것 같았다. 그래도 직접 선생님 설명을 들으니 다른 느낌이 들기도 했다(왠지 모두들 '나도 그 정도는 이미 알고 있어.' 하는 분위기).

설희 성폭행에 대한 질문인데요. 남자들은 성폭행을 저지르고 나서도 죄책감을 느끼지 못하고 그걸 재미로 받아들이는 거예요?

산소 어떻게 생각해요? 남자들이 그러는 것에 대해서?

설희 자기 과시 아니에요? 막 자랑하고…….

산소 막 따먹는다고들 이야기하잖아요. 그런데 이건 무조건 '성폭력은 억제할 수 없는 남자들의 성 충동 때문에 일어난다.'라고 말할 수는 없어요. 여성들에게도 책임은 분명히 있지요. '여성들의 야한 옷차림'이라고 생각하는 사람들이 있을 것 같은데요. 그것도 그렇지만은 않아요. 성폭행이 옷을 두텁게 껴입는 겨울에도 많이 일어나거든요. 남성의 욕구나 감성은 이성으로도 다스릴 수가 있어요. 그런데 그게 쉽지만은 않은 예외라는 게 있기 마련이죠.

설희 그렇다면요. 남성이 여자를 성폭행, 성추행, 강간을 하면 법적으로 처벌을 받는데요. 여자들은 그렇지 않다고 들었는데요. 왜 그런 거예요?

혜림 정말 민망하겠다. 부끄럽고.

산소 옛날에는 그랬어요. 요즘 들어서 여성들 또한 남성들을 성폭행, 성추행, 강간을 하면 처벌을 받게 되는 법이 생겨났지요. 모두 여성 운동을 하는 분들의 노력으로 이루어진 거죠. 맞아요. 부끄럽기 때문에 숨기게 되고…… 오래 전부터 있었던 사실을 숨겨 왔기 때문에 그런 일이 없었다고 보는 거죠.

지은 생리 기간 중 성관계를 가지면 불결해요?

산소 불결하지는 않아요. 생리 기간 중에도 성관계를 가질 수 있어요. 물론 서로가 원할 때지만요.

지은　특별히 안 좋은 것은요?

산소　청결상 안 좋을 수 있어요. 생리로 인해서 병균이 옮을 수 있거든요. 되도록이면 생리 중 성관계는 피하는 게 좋아요.

슬기　일본도 우리나라와 비슷하게 유교 문화를 받아들였는데 우리나라에 비해 개방적인 이유가 뭐예요?

산소　정말 궁금한 게 많네요.

　몇 시쯤 됐을까? 시계를 꺼내 시간을 확인하는 건 우리들 입장에서는 예의가 아니라는 생각에 시간 확인을 못 했는데……. 하늘은 이미 하늘이라기보다는 어둠이라고 표현하는 게 맞을 것 같고, 맞은편 상가들과 그 뒤편의 빌딩들 불빛이 예쁘게 보이는 시각…….

설희　그거 있잖아요. 옛날에 폭탄 터지고 나서 여자들에게 기모노 입히고 길 가다가 남자를 만나면 기모노 허리에 묶여 있는 리본(오비)을 풀어 이불 대용으로 쓰고 바로 성관계를 갖는다고 들었는데요.

산소　그래요. 성매매 같은 것도 있고. 우리나라하고 차이라? 우리나라 역시 남성들이 찾는 윤락가 같은 곳이 많잖아요. 개방적이라는 말뜻에 따라서 달라질 수도 있지만 그렇게 많이 다르지만은 않아요.

지혜　낙태한 아기들은 어떻게 돼요?

산소　그건 저도 잘 몰라요. 따로 알려진 바가 없거든요. 그건 병원마다 다르기 때문에…….

설희　그냥 쓰레기통에 버린다고도 들었고요. 태우기도 한다고 하던데…….

혜림　그냥 버려?!?

설희　응 그렇대. 텔레비전에서 봤어.

산소　확실한 게 없어서요. 저희도 그건 잘 모르겠어요.

설희　법적으로 정해 놓은 것도 없어요?

산소　낙태한 아이를 버리는 것보다⋯⋯. 그전에, 법적으로는 낙태를 하는 것 자체가 금지되어 있는데도 사람들이 낙태를 하는 거예요.

지혜, 지은, 슬기　아⋯⋯.

혜림　마지막 질문인데요. 우리 청소년들에게 성에 대해서 마지막으로 해 주고 싶은 말씀이 있다면 해 주세요.

산소　고2라고 했지요?

우리들　네.

산소　이렇게 여러분들처럼 직접 찾아와서 질문하고 이야기를 듣는 학생들이 정말 얼마 안 될 텐데요, 여러분들에게 너무 좋은 계기가 되는 것 같아요. 오늘 배운 거 다른 친구들한테도 이야기 많이 해 주고요. 우리 민우회나 아니면 인터넷 찾아보면 성 상담소 많이 나오니깐 궁금한 점 있으면 찾아도 보고, 자주 성에 대해 책도 읽고 토론도 하세요. 오늘 이렇게 만나게 된 것 너무 반가웠고요.

혜림　저희야말로 정말로 너무 감사해요.

산소　밖이 깜깜한데, 찾아오는 것도 힘들었는데 돌아갈 때도 힘들겠어요.

설희　힘들어도 얻은 게 많아서 괜찮아요. 저희는 선생님 못 만날까 봐 얼마나 조마조마했는데요(모두들 같은 생각이었다는 듯이 고개를 끄떡끄떡).

산소　그럼 여러분들은, 이렇게 이야기를 듣고 나니깐 어때요? 이야기해 줄래요?

우리들 모두 한순간 당황하지 않을 수 없었다. 너무 방심했다. 이런 상황은 생각 못 하고 있었는데…….

여러분 생각도 이야기해 줄래요?

지혜 책으로만 보았는데요. 정말로 이렇게 듣고 나니깐 뭔가 더 내가 확실하게 배웠구나 하는 생각이 들어요. 똑똑해지는 기분이에요.

지은 신기하고요. 정말 이렇게 직접 인터뷰를 하면서 설명을 들으니까 기억이 더 오래 남을 것 같아요.

슬기 책 읽고 모르는 점이 많았는데 그때마다 물어볼 사람이 없었고, 있다 하더라도 물어보기가 민망해서 못 물어보았는데요. 이렇게 선생님을 만나서 궁금했던 것도 물어보고, 좋은 말 많이 들어서 좋은 것 같아요.

혜림 저희 독서 선생님이 남자분인데요. 이런 민망한 부분이 나오면 물어보기 뭐했는데, 이렇게 편하게 물어볼 수 있어서 좋았어요.

설희 질문을 준비한 것 말고 또 다른 궁금한 점이 있는데 기억이 잘 안 나는 것 같아요. 그래도 궁금했던 걸 책을 통해 알게 되고, 또 직접 들으니깐 알았던 걸 더 확실히 알게 되고, 잘못 알고 있었던 사실을 바로 알게 되어서 좋은 것 같아요.

산소 저도 여러분들 만나 이야기를 할 수 있어서 기뻤고요. 많은 것을 배웠다고 하니 다행이네요. 시간이 늦었는데, 조심히 가시고요(웃으시면서 마지막까지 친절하게 대해 주셨다).

이것으로 우리들의 성에 관련된 질문 시간은 끝이 났다. 처음에 마신 음료수 병을 치우고, 민우회에서 나온 성에 대해 알아야 할 상식을 정리해 놓은 작은책도 두 권 샀다. 산소 선생님께 각기 다른 모양의 성 배지도 선물로 받았다. 10월 12일 일요일에 '민우회 주최 2003 웃어라, 여성! 걷기 대회'를 하는데 참석할 수 있으면 연락 한번 해 달라고 하셨다.

"혹시 시험 기간인가?"

"아니요. 딱 시험 끝날 때예요."

"시간 내서 올 수 있으면 연락 줘요."

"네, 연락드릴게요."

우리들은 처음에 재미있겠다고 시작해서 '가자.'라는 의견이 많이 나왔다. 반대 의견이 나왔다면, 인터뷰에 응해 준 산소 선생님께 '예의'를 지키기 위해서라도 '가야지.'라고 이야기했을 것이다. 아마 우리들은 시험이 끝난 후에 다시 한번 뭉칠 것 같다. (안녕 — 오후 8시)

그래도 오늘은 좋은 날

인터뷰를 마치고 일어나니 온몸이 땀으로 축축하게 젖은 것 같았다. 그리 좋은 기분은 아니었다. 그만큼 긴장을 하고 있었나……. 나도 모르게 긴장해서 인터뷰를 했나 보다. 처음 느꼈던 대로 '나 조금 살았어.'라고 말하고 있는 엘리베이터를 타고 빌딩 밖으로 나왔다. 땀을 식히는 간질간질한 바람에 기분이 조금은 좋아졌다.

"아, 끝났다. 하늘이 까맣네. 샛별도 보이고, 역시 서울은 야경이 예쁘단 말이야."

한껏 여유도 부려 본다.

"우리 이제 밥 먹으러 가야지."

"아, 배고프다."

모두들 긴장감이 풀려서 그런지 배에서 거지가 울어 댄다며 밥을 먹으러 가자고 했다. 그럼 무엇을 먹지? 밥을 먹으러 가는 것까지는 좋은데 배고프다며 울어 대는 배에서는 '맛있는 거.' 하고 외치고 있어 눈앞에 보이는 식당에 막무가내로 들어갈 수는 없었다.

생각하고 생각하며 걷다 보니 청량리에 도착했다. 이곳에서 우리들은, 교문리에 있는 맛있는 닭갈빗집으로 가기로 의견을 모았다. 다시 버스를 타고…….

오늘 일과에 대한 수다를 떨다 보니 한 판 가득했던 3인분의 닭갈비는 사라지고, 본래 모습이었던 후줄근한 쇳덩어리가 모습을 드러냈다. 배 속의 배고팠던 거지들은 이제 배가 부르다며 음식 섭취를 거부하고 있었고, 우리들은 불뚝한 배를 붙잡고 네온사인이 현란한 길을 걸어 집으로 향하는 1번 버스를 탔다.

이런, 버스 안에서 제일 싫은 게 다른 사람 생각 안 하고 수다 떠는 교복 입은 여학생들인데, 지금 상황이 딱 내가 싫어하는 여고생이 되어 있었다. 아직도 인터뷰에 관해 할 이야기가 그렇게나 많은지 수다, 수다, 수다. 버스 안에서는 담소, 담소, 담소가 되어야 하는데 수다, 수다, 수다라니 그래도 오늘은 좋은 날이니깐…… 집에 가려면 아직 멀었나?

시간은 다시 되돌릴 수 있는 것이 아니기에 지나간 인터뷰에 대해 후회 같은 건 하지 않는다. 다만 아쉬움이 느껴질 뿐.

갑자기 몰아닥치는 복잡한 생각에 창밖을 보았다. 시선을 아래로 돌리면, 밤하늘이 어두운 만큼 반대편 길가의 자동차들은 주황빛 라이트를 켜고 슝슝 달리고, 다시 시선을 위로 돌리면 둥그런 주황 달님들이 화면이 되감기듯 날아다니고 있었다.

창밖은 아래도 주황, 위도 주황, 주황, 주황…… 갑자기 주황 공주님이 된 기분이었다. 우와, 시선을 창밖에서 돌려 앞자리 사람들의 머리를 바라보니(우연인지), 딱 내 자리 쪽의 형광등이 고장 나서 바깥의 주황빛이 들어와 물들어 있었다. 뒷자리부터는 다시 새하얀 형광등의 나라였지만. 이번 방학 때는 머리 색을 오렌지색으로 물들여 볼까…… 생각하는 사이에 주황 달님들은 내가 사는 곳의 풍경을 보여 주고 있었다. 친구들이 차례차례 버스에서 내리고, 나도 버스에서 내리니 익숙한 주황 달님이 머리 위에 떠 있었다. 익숙한 길을 걸어 익숙한 문 앞에서 익숙하게 들어서고 익숙하게…… 자야지.

다시 하게 될 인터뷰는 여유 있게, 익숙하게 해내야지.

성에 대한 내 첫 번째 인터뷰는

기획 ｜ 이슬기(2학년 2반)

고등학교 2학년이 되어서 지금까지 한 달에 한 권씩 책을 읽고 꼭 서평을 썼다. 맨 처음 서평을 쓸 때는 힘든 점도 많고 하기 싫었는데, 어느 정도 시간이 흐르고 서평 쓰는 것이 익숙해졌을 때는 그다지 힘들다는 걸 못 느꼈다. 왜냐하면 책을 읽으면 서평을 쓰는 것이 당연하다는 듯이 몸에 배었기 때문이다. 하지만 여전히 서평을 쓰는 데 기본 4~5시간이 걸리기는 마찬가지이다. 그런 나와 친구들에게 이번에 주어진 과제는 인터뷰였다.

처음에 선생님이 2학기 수행평가를 설명해 주실 때 차라리 한 달에 서평을 두 번 쓰는 게 낫다는 생각도 했다. 이유는, 인터뷰를 하려면 철저한 계획을 짜야 하고, 작가와 약속을 잡아 만나고, 직접 인터뷰도 해야 하고……. 재미있을지는 몰라도, 막상 하려고 보면 쉬운 일이 없을 거라고 느꼈기 때문이다. 하지만 결국 우리는 성교육 관련 책을 읽고 서울시 종로구에 있는 한국여성민우회라는 곳을 찾아가 산소라는 닉네임을 사용하는 선생님을 만나 인터뷰를 하게 되었다.

역할 담당, 이렇게 정했어요!

선생님이 우리가 맡아야 할 역할을 설명해 주셨다. 인터뷰의 기획을 하며 총책임을 질 감독과, 인터뷰할 분을 조사하고 그분과 약속을 잡는 외교 담당자, 그리고 인터뷰하는 동안 느낌이나 분위기 같은 것을 촬영할 사진 담당자, 인터뷰하러 갈 때 인터뷰할 내용을 질문으로 만드는 질문 담당자, 그리고 최종적으로 인터뷰 내용을 정리해서 기록하는 최종 보고서 담당자로 나누어 주셨다.

나는 처음부터 인터뷰의 감독을 맡아 인터뷰를 잘 만들어 보고 싶었다. 그리고 설희는 외교를, 지혜는 사진을 맡고 싶어 했다. 하지만 나머지 질문과 최종 보고서는 어려워서 모두 꺼렸다. 결국 우리는 제비뽑기로 역할을 나누기로 했다. 제비뽑기를 했는데, 나는 외교, 혜림이는 질문자, 지혜는 바라던 대로 사진, 설희는 감독, 지은이는 최종 보고서 담당자가 되었다. 하지만 만족스러워하는 사람은 지혜밖에 없었다. 그래서 지혜의 반대에도 불구하고, 우리는 마지막으로 제비뽑기를 하기로 결정하고 다시 한 번 제비뽑기를 했다. 지혜의 뜻을 수렴하여 사진 담당자로 뽑힌 지혜는 제외하고 제비뽑기를 했는데 내가 원하던 대로 됐다. 나는 감독을 맡고, 지은이는 외교, 설희는 질문, 혜림이는 최종 보고서를 맡게 되었다.

이렇게 일했어요!

제비뽑기를 해서 역할을 맡은 뒤 아이들 반응은 제각기 달랐다. 우선 나 같은 경우에는 내가 처음부터 하고 싶었던 역할이기 때문에 매우 만

족스러웠다. 제비뽑기를 해서 내가 원하는 것을 하게 되어 다행스러웠
고, 한편으로는 신기하기도 했다. 나는 조 아이들과 책 이야기도 많이 나
누고, 인터뷰 전과 후에 인터뷰에 대한 이야기도 나누었다. 물론 인터뷰
하기 전에 어떻게 인터뷰를 할 것인지 계획도 짜 보고, 아이들이 맡은 역
할을 잘하도록 지도도 해 주었다.

제비뽑기를 해서 제일 만족스러워한 친구는 바로 지혜이다. 역할 중
그나마 제일 쉽다고 생각되는 것이 사진 담당인 것 같다. 보고서 분량도
2장이고, 전지에 사진을 붙이고 설명만 하면 되기 때문이다. 하지만 그리
쉽지만은 않았는지 나중에는 지혜가 후회를 많이 했다. 지혜는 버스를
타고 가는 중이나 지하철을 타고 가는 중에 조원들과 나란히 걸어가지
않고 좀 떨어져서 아이들의 행동을 하나하나 카메라에 담았다. 인터뷰
중에도 자신이 싣고자 하는 사진을 잘 찍기 위해 노력했다. 무엇보다 내
가 놀란 것은 늘 서평을 늦게 내던 지혜가, 조원 모두의 글을 모아서 보고
서를 내야 한다는 말에 늦지 않게 보고서를 작성했다. 나는 처음으로 그
런 지혜가 대견스러웠다.

그리고 설희는 사실 외교를 무지 하고 싶어 했다. 하지만 질문을 하게
되어 아쉬운 마음에 다시 제비뽑기를 하자고 했는데, 더 이상 우리 조는
제비뽑기를 하지 않았다. 그 후 설희는 자신이 맡은 역할에 투정 부리지
않고 열심히 최선을 다해 주었다. 인터넷에서 사람들이 성에 대해 어떤
것을 궁금해하는지 알아보고, 학급 친구들과 조원들에게도 성에 대해 궁
금한 점이 있는지 물어보며 맡은 일을 잘 수행했다.

지은이는 외교를 담당하게 되었다. 처음 제비뽑기를 할 때는 서평을
맡았는데 그나마 두 번째는 서평보다 부담감이 적은 외교를 맡게 되어서

그런지 만족스러워했다. 지은이는 나름대로 '아우성' 성 상담소 사이트에 들어가 글도 남기고 메일도 보내며 성 상담소의 상담원에게 끝까지 매달리며 인터뷰 신청을 했는데, 결국은 외교가 제대로 이루어지지 못했다. 기획인 나는 다급한 마음으로 지은이에게 계속 외교를 해 보라고 했지만 지은이는 그쪽에서 인터뷰를 하지 않으려고 한다면서 속상해했다. 보다 못한 혜림이가 지은이를 도와 도서실에 있는 한국여성민우회와 관련된 성교육 책을 보고 그쪽으로 전화를 해서 성공적으로 외교를 이끌어 주었다. 지은이는 자신이 열심히 노력한 보람을 못 느낀 것 같아서 그런지 기분 상했지만, 그래도 화가 풀려서 다행이다.

마지막으로 혜림이는 최종 보고서를 맡게 되었다. 혜림이는 최종 보고서를 정말 하기 싫어했는데 최종 보고서에 당첨되어서 정말 절망적이었을 것이다. 하지만 이미 결정이 났기에 혜림이도 그 뜻을 받아들여 열심히 최종 보고서 쓰기에 최선을 다했다. 책에 대한 이야기도 나누고, 성에 대한 이야기도 나누었다. 《섹스북》을 읽고 나서의 생각도 서로 주고받았다. 혜림이가 차분하게 최종 보고서를 정리하는 모습을 보면서, 역시 혜림이가 최종 보고서를 맡은 게 정말 잘된 것이라는 생각을 했다.

내가 본 우리 모임 친구들은

우선 내가 내 성격을 쓰려니 막막해서 아이들에게 물어보았더니 착하고, 재미있고, 친구들을 잘 이해해 주고, 마음이 따뜻하고, 친구들을 잘 챙겨 준다는 말이 많았다. 내 스스로 이렇게 말하기 좀 쑥스럽지만……. 내가 생각하는 내 성격을 말하자면 기분이 상하면 말도 잘 안 하고, 표정 관리도 잘 못해서 상대방이 내가 기분 나쁘다는 걸 다 안다. 그래서 가끔 분위기가 처져서 미안한 마음이 많이 든다. 그런데 워낙 낙천적이어서 그런지 아님 단순해서 그런지 금방 풀리고, 언제 그랬냐는 듯 금세 밝아지는 것 같다. 그리고 내 생각으로 난 리더십이 있는 것 같고, 맡은 일에 책임을 질 줄 안다고 생각하고 그렇게 하기 위해 노력을 한다. 그래서 이번 인터뷰도 내가 한번 잘 이끌어 보고 싶어서 감독을 하고 싶은 마음이 간절했는데, 내 바람대로 감독을 할 수 있어서 좋았다.

혜림이는 믿음직스럽고, 꼼꼼한 성격이다. 그리고 착하고, 항상 주위 사람들에게 친절하게 대해 사람들을 편하게 해 주며 예의 바르고 싹싹한 친구이나. 그리고 무척 순수하다. 가까이 지낼수록 좋은 것 같고, 책을 읽을 때마다 작가가 전하고자 하는 것을 잘 파악해서 서평도 잘 쓰는 것 같다. 그래서 나는 처음부터 혜림이가 보고서를 썼으면 했다. 본인은 무척이나 하기 싫어했지만……. 혜림이에게는 미안한 말이지만 혜림이가 최종 보고서를 쓰게 되어서 안심이 되었고 너무 기뻤다.

설희는 성격이 말 그대로 쿨 하다. 시원시원하고, 화끈하고, 낙천적인 것 같다. 우리 조에서 책을 가장 많이 읽고, 빨리 읽는 친구이다. 요번에 책을 읽을 때 모르는 단어나 말이 나오면 대부분 설희에게 물어보았다. 그러면 조금 민망해하면서도 쉽고 자세하게 알려 주었다. 성에 대해서는 우리 조에서 설희만큼 잘 아는 친구가 없는 것 같아서 은근히 설희가 질문을 맡기를 바랐는데, 역시 바람대로 되어 좋았다. 왜냐하면 성에 대해 잘 아는 만큼, 질문을 잘 꼬집어 낼 것 같고, 수준 높은 질문을 만들 것이라는 생각이 들었기 때문이다. 설희는 내 기대를 저버리지 않았다. 나름대로 좋은 질문을 만들기 위해 준비를 많이 하는 모습을 보여 주었다.

외교를 맡은 지은이는 자기가 옳다고 주장하는 한 가지는 끝까지 바꾸는 않는 고집이 있다. 지은이가 한 번 고집부리면 그 고집은 누구도 따라잡을 수 없다. 그래서 한 사람을 집중 공략해서 끝까지 약속을 얻어 내야 하는 외교에 적당하다고 생각했고, 잘해 낼 것이라고 생각했다. 그리고 지은이는 요즘 친구들과 다른 순수함이 있고, 타인의 부탁을 거절 못하는 착한 아이다. 어쩔 때 옆에서 지켜보면 답답한 마음이 들 때가 한두 번이 아니다. 하지만 그런 꾸밈없는 마음이 지은이 장점인 것 같고, 부끄러움을 많이 타는 모습이 꼭 귀여운 오리 같다.

마지막으로 우리 조의 애물단지 지혜는 정말 재미있는 친구이다. 지혜의 그 생각 없이 내뱉는 한마디 한마디가 우리 조를 웃음바다로 만든다. 가끔은 엉뚱한 질문으로 당황스럽게 만들기도 하고 어쩔 때는 너무 진지하고 착해서, 이게 지혜의 진짜 모습인가 싶을 때도 많다. 그리고 이번 책만큼 지혜가 관심을 갖고 재미있게 본 책이 없는 것 같다. 인터뷰하는 동안 진지하게 몰두하는 지혜의 태도에 놀랐다. 인터뷰에 몰두하는 지혜의 모습이 보기 좋았다.

책 읽기 전 그리고 그 후

우선 나는 솔직히 이 책을 읽고 싶지 않았다. 이 책 말고 다른 책을 읽고 싶었고, 이 책을 읽자는 지혜의 제안에 나는 절대 반대를 했다. 하지만 지혜가 가위바위보를 계속 이기는 바람에 1순위의 책을 선택하지 못하고 결국 마지막 하나 남은 이 책을 선택하게 되었다. 어쩔 수 없이 나는 이 책을 읽게 되었다.

내가 이 책을 읽기 싫어했던 이유 중 하나는 제목 때문이다. 제목이 너무 야해서 이상한 내용의 책인 줄 알았다. 책 속에 있는 사진들도 야해서 정말 읽기 싫었는데, 읽고 나니 이만한 성교육 책도 없다는 생각을 하게 되었다. 그리고 많은 청소년들에게 이 책을 추천해 주고 싶다. 어른들 몰래 보는 음란물과는 차원이 다른 정말 성에 대해 제대로 알 수 있는 책인 것 같다는 생각을 하게 되었다. 이 책을 읽고 그동안 몰랐던 것도 알게 되어 뿌듯하고 재미있었다.

설희는 이 책을 고를 때 장난으로 《섹스북》을 읽고 싶다고 말한 적이 있다고 했다. 친구들은 그걸 잘 기억 못하는 것 같은데, 우리 조가 《섹스북》을 정말로 읽게 되었을 때는 왠지 자신이 말실수를 한 것이 아닌가 그런 생각도 했단다. 촌스럽게 느껴지는 책 표지와 민망한 그림과 사진은 누가 봐도 오해할 수 있다며……. 그렇다고 책을 잘 읽지 않은 것은 아니었다며 책 표지는 마음에 안 들었지만 내용은 성에 대한 상식을 배우는 데 도움이 많이 되었다고 말했다. 친구들과 멋모르고 한 이야기, 인터넷에서 이래저래 주워들은 이야기 등 성에 대한 미숙한 지식만 가지고 있었는데 이 책을 읽으면서 성에 대한 기초 지식을 제대로 배운 것 같다며 뿌듯해했다.

혜림이는 쑥스러워하면서 솔직히 기대를 많이 했다며 입을 열었다. 모든 학생들이 관심을 가진 책이 바로 이 책일 것이라며, 제목부터 심상치 않았다고 했다. 더구나 이 책의 사진들은 정말 직접적이라며 그중에서 23쪽의 아이들이 그린 그림을 펴 보이며 놀라움을 감추지 못했다. 그런 혜림이가 너무 순진해 보였다. 다른 조 아이들의 이상한 눈빛과 부러워하는 눈빛을 동시에 받으면서 이 책을 결정한 것에 만족스러워했다. 하지만 이 책이 1순위는 아니었다는 것을 말하며 아쉬움을 감추지 못했다. 그리고 《섹스북》을 읽고 나서 약간 실망했다며 씁쓸한 표정을 지었다.

앞부분은 너무 직설적이라서 보기 민망했고, 사진 부분을 펼치게 되면 야한 장면 때문에 주위 시선들이 민망해서 다른 종이로 가리거나 몰래 보게 되었다며, 확 펼치고 보기에는 자기 얼굴이 그리 두껍지 않다며 수줍어했다. 정말 수줍음이 많은 친구란 걸 느꼈다. 그리고 뒤로 갈수록 재미가 없었다고 솔직하게 말했다. 그리고 이 책이 독일에서 발간된 책이라서 그런지 우리가 전혀 알지 못하는 법적인 성 문제가 자주 언급되어서 그리 달갑지 않았다며 아쉬워했다.

지은이는 부끄러워하며 이 책은 정말 민망해서 집에서 혼자 몰래 봐야만 했다고 말했다. 집에서 책을 보는데 엄마가 우리들이 보아도 되는 책이냐고 물어보셨단다. 그 말에 지은이는 이렇게 대답했다고 한다. "선생님이 읽어도 된다 하셨어." 지은이다운 대답이었다. 지혜보다 지은이가 더 책을 열심히 읽은 것 같다. 나중에 조원들끼리 모여 책 이야기를 나누는데, 지은이가 정말 성교육 박사가 된 것처럼 말을 잘하는 모습을 보고, 책이 사람을 이렇게 똑똑하게 만들 수 있구나 하는 생각을 하게 되었다.

마지막으로 이 책을 가장 읽고 싶어 했던, 문과 반에서 《섹스북》을 무척이나 읽고 싶어 했던 아이로 소문이 난 지혜가 입을 열었다. 지혜는 이 책을 보면서 배운 점이 많은데 말로 표현하기도 힘들고 표현하더라도 부끄러운 단어들이 많아서 말을 못하겠다면서 웃음으로 넘기려 했다. 그리고 우리나라와 독일이 다르기 때문에 이 책에서 말하는 것을 모두 다 받아들이면 안 된다고 했다. 전화번호 같은 것을 두 쪽이나 적어 놓았는데, 그런 건 독일 전화니까 다 받아들이면 안 된다는 이야기를 하며 울분을 토해 냈다. 마치 우리나라 전화번호로 바꿔 달라는 말 같았다. 그리고 독일의 사고와 한국의 사고가 다르니까 그 점도 유의해서 받아들였으면 좋겠다고 말했다. 신문으로 책을 싼 뒤 읽었는데 책을 소중히 다루지 않아서 많이 지저분해지고 신문이 막 찢어지려고 했다며, 다시 신문으로 싸서 깨끗하게, 소중히 다루어야겠다며 미소를 지었다. 그리고 이 책에 경험담이 나와서 지루하지 않게 읽을 수 있었다며 만족스러워했고, 자신이 몰랐던 것을 알려 주고 잘못 알고 있는 것을 제대로 알려 주는 좋은 책이라며 즐거워했다.

인터뷰 전 그리고 그 후

인터뷰 전과 후의 아이들 생각과 내 생각을 정리해 보았다. 우선 나는 인터뷰하러 가기 전에는 막막하기만 했다. 외교도 잘 안 된 상태여서, 괜히 내가 잘 지도하지 못한 탓이라는 죄책감에 휩쓸려 조원에게 미안한 마음을 표현했다. 혜림이의 극적인 외교로 겨우겨우 인터뷰를 할 수 있게 되었는데, 그분이 친절하게 잘 대해 주셨다는 혜림이 말에 너무 기뻤다. 그리고 잘해야겠다고 다짐도 많이 했다. 인터뷰를 하면서 몰랐던 사실들을 많이 알게 되어서 매우 기뻤고, 처음 보는 피임 도구들이 신기했다. 그리고 산소 선생님의 충고와 지지에 많은 것을 느낄 수 있었다.

설희는 인터뷰했던 것을 생각하면 먼저 웃음부터 난다며 눈웃음을 치며 입을 열었다. 하루 만에 인터뷰를 따낸 것도 그렇고, 인터뷰 장소에 찾아가면서 했던 고생도 그렇고, 인터뷰를 하면서 예상하지 못한 조원들의 적극적인 태도와 인터뷰를 마치고 나서의 저녁 식사도, 모두 생각만 하면 웃음부터 난다고 했다. 그리고 인터뷰에 응해 준 산소 님이 너무 착하고 우리가 질문하는 것마다 막힘없이 답해 준 것도 신이 났다며, 그중에서도 피임 기구를 직접 본 게 제일 기억에 남는다고 했다. 항상 말로만 듣고 책에서만 봐 왔던 것을 본 것도 신기했고, 콘돔 같은 피임 기구 사용하는 방법을 직접 배운 게 민망하기도 했다며 멋쩍은 웃음을 지었다.

그리고 개인적으로 마음에 드는 것이 있었다고 했다. 우리가 인터뷰를 민우회 사무실 휴게소 비슷한 곳에서 했는데 사무실 분위기를 느낄 수 있었다고 했다. 학생이라서 그런지, 아니면 아직 그런 장소에 가 보지 못해서 그런지 칸막이마다 자리 잡은 책상들과 사람들…… 잘못하면 정신없어 보일 수도 있지만 설희는 정겹기도 하고, 포근함마저 느꼈다고 했다. 책꽂이의 어수선한 책들…… 그런 게 사회생활 하는 사람들의 모습이구나, 자신이 원하는 일을 하면서 그분들이 만들어 낸 것들이구나 생각했단다. 설희도 성인이 되면 자신이 하고 싶은 일을 하면서 그런 포근하고 익숙한 느낌에 싸여 보고 싶다며 부러워했다.

혜림이는 우선 인터뷰를 당일에 부탁했는데도 흔쾌히 응해 주신 산소 선생님에게 감사하다면서, 이제 우리도 나이가 있고 하니까 어느 정도 성에 대해 알고 있다고 생각했는데, 우리가 모르던 성에 대한 지식을 산소 선생님을 통해 많이 배웠다며 보람을 느끼는 것 같았다. 그리고 너무 재미있었다고 했다. 왜냐하면 다른 조와는 달리 우리 조는 역사나 정치에 관한 내용이 아닌 청소년들이 가장 궁금해하는 성에 관한 내용을 묻고 듣는 거라 그런 것이 아닐까 하고 말했다.

지은이는 우리가 한 시간 정도 늦게 도착했는데도 선생님이 정말 다정하게 대해 줘서 감사하고, 적극적으로 인터뷰에 응해 줘서 고마웠다고 했다. 그리고 우리 조에서 질문한 것 중에 피임법에 대한 것이 있었는데, 갑자기 우리한테 콘돔을 봤냐면서 직접 피임 도구와 약을 보여 주면서 설명을 해 주는 모습이 인상 깊었다고 했다. 처음으로 콘돔 같은 것을 보고 나니까 정말 놀랐고, 다들 많이 궁금했던 질문들에 대한 답을 들어서 그런지 어느 정도 궁금증도 해결되고 좋은 기회였다고 말했다.

마지막으로 지혜 또한 만족스런 눈빛으로 좋은 경험을 하게 되어 보람 있었다고 말했다. 다른 친구들과 마찬가지로 피임 도구가 가장 인상 깊었다고 말하면서, 그중에서도 여성용 콘돔은 정말 끔찍했다고 말했다. 갑작스런 인터뷰에 당황하기도 하고, 산소 선생님에게 죄송한 마음이 들었는데 선생님이 편안하게 잘 대해 주셔서 좋았다고 말했다.

대체로 우리 조원들 모두가 이번 인터뷰를 만족스러워했고, 뿌듯해하는 것 같다. 처음으로 한 인터뷰가 성공적으로 끝난 것에 아이들 모두 기쁨을 감추지 못하였고, 나 또한 마찬가지다. 미흡한 부분이 있기는 했지만, 조원 모두 협동하여 인터뷰를 잘 끝낸 것이 아닐까 생각한다. 힘들게 고생한 친구들이 대견스럽고, 기획에 서투른 점이 많았는데 많이 도와주어서 무척 고마웠다.

기획을 하면서

기획을 맡아 하고 싶었기 때문에 일하면서 나름대로 만족스러웠다. 아이들과 앞으로의 인터뷰에 대해 이야기도 나누고, 자신이 맡은 역할을 어떻게 해야 할지 이야기 나누면서 정말 내가 이 인터뷰의 감독이 된 기분이었다. 외교가 잘 안 됐을 때 내가 외교에게 충고를 하고 다른 방법도 권해 주어야 했는데, 그러지 못한 것이 가장 안타까웠다. 처음 외교를 하는 지은이에게는 힘든 일이었을 텐데, 외교를 못했다고 잔소리를 한 것이 인터뷰 내내 마음에 걸렸다. 그리고 인터뷰할 때 선생님이 여러 가지 피임 도구를 보여 주는데, 거기에서 정신을 못 차리고 피임 도구를 카메라에 담을 생각은 하지 못하고, 구경하는 데에 열중해 있던 지혜에게 눈치를 주며 촬영을 하라고 할 때는 조금 난감하기도 했다. 내 지도에 따라 소신껏 열심히 촬영을 해 주어서 고마웠다. 그리고 나름대로 인터넷에서 질문할 내용을 찾고, 묵묵히 열심히 해 준 설희와 가장 하기 꺼리던 최종 보고서 쓰기를 마다하지 않고 최선을 다해서 열심히 하려고 노력한 혜림이가 정말 고맙다.

인터뷰 기획을 하면서 정말 미흡한 점이 많았는데, 다시 한번 이런 기회가 주어진다면 잘할 수 있을 것 같은 자신감도 생겼다. 나름대로 기획 준비를 하긴 했는데, 막상 기획의 차질로 친구들이 고생한 것 같아서 미안하고, 다른 조 아이들은 밥도 얻어먹고 왔다는데, 우리 조는 그러지 못한 것이 정말 많이 아쉬웠다. 그리고 학교 도서실에 책을 기증하기 위해 돈을 모아 한국여성민우회에서 성교육 책 두 권을 샀는데, 그 책에 기증인 이름을 쓸 생각을 하니 뿌듯하다. 또 산소 선생님이 '평등·평화·나눔'이라는 주제의 걷기 대회에 대해 말씀하시면서 나중에 꼭 참여하라고 했는데, 인터뷰로 고생한 우리 조 친구들과 함께 꼭 이 걷기 대회에 참여해야겠다는 생각을 했다.

처음 하는 인터뷰인데 여성민우회라는 단체의 산소 선생님을 만나서, 좋은 이야기도 많이 듣고, 알차고 보람 있는 시간을 보내게 되어 뜻깊은 시간이었다. 인터뷰를 하면서 많은 것을 보고 느낄 수 있게 도와주신 산소 선생님에게 감사드린다. 어쩌면 내 무의식 속에 여성을 낮게 평가하는 마음이 있었을지도 모르는데, 그분에게 성에 대한 올바른 지식을 보고 배우면서 달라진 것 같다. 같은 여성으로서 산소 선생님의 당당한 모습이 매우 아름답고, 자랑스럽게 느껴졌다.

김 성 애 ⊛ 결 코 부 끄 럽 지 않 은 성 이 야 기

읽은 책
《우리가 성에 관해 알고 싶은 것, 그러나 하이틴 로맨스에도, 포르노에도 나와 있지 않은 것》은 학생들의 성 경험담을 담은 책이다.

글쓴이
김성애. 중앙여고 양호 교사이며, 여러 곳에서 성교육을 하고 있다.
이지연. 청소년 문화와 한국 사회에서 여성의 성 문제에 관심이 많은 분이다.

만난 분
김성애.

함께한 사람들
서혜림_기획(antlove13@hanmail.net)
박진희_외교(flamingo357@hotmail.com)
김소연_물음(thdustkddnsla@hanmail.net)
양지선_사진(heysung0486@hanmail.net)
한송화_최종 보고서(cort0101@hanmail.net)

보고서에 대한 간단한 소개
9월 20일 토요일, 중앙여자고등학교에서 김성애 양호 선생님을 만났다. 선생님은 친절하고 아주 반갑게 맞이해 주셨다. 선생님에게 책에 대한 질문도 하고, 우리가 모르고 있었던 성에 대해 자세하고 재미있는 설명도 들었다.

중앙여고 양호실을 다녀와서

물음 | 김소연(2학년2반)

　이 책은 성에 대해서, 그리고 사랑에 대해서 이야기하고 있다. 성에 관한 이야기를 할 때 꼭 빠지지 않고 나오는 스킨십, 그리고 성관계에 대해서. 그리고 사랑에 관한 이야기를 할 때 꼭 빠지지 않는 남자 친구에 대해서. 주로 여학생들 사연인데, 그 사연들에 대한 글쓴이의 생각이나 충고를 적은 이 책은 성교육을 어느 정도 받았다 하는 학생들에게는 더없이 좋은 책이라고 생각한다. 내가 느꼈던 것처럼 처음에는 황당하기도 하고, 당황스럽기도 하고, 어이가 없기도 하겠지만, 나중에 다시 생각해 보면 이해가 되기 때문이다. 포르노 비디오를 보고 느꼈던 점, 자위를 경험한 친구들, 성 경험을 하고 나서 느꼈던 점, 키스를 하고 느꼈던 점 등 황당한 사연들이 많이 있었다. 여학생들이 쓴 글이라 공감 가는 부분도 많았다. 그래서 더 읽기 편했는지도 모른다.

　성에 대해 궁금증이 생기기 시작한 나와 친구들은 책을 쓴 사람들을 만나고 싶었다. 그래서 친구들과 글쓴이 중 한 분을 만나러 나섰다. 그분을 만나러 가는 데는 엄청난 시간이 걸렸다. 버스, 지하철, 그리고 마을버스가 아닌 느린 걸음. 지하철을 내려 학교를 찾아가는데도 많은 시간이 걸렸다. 차라리 마을버스를 탈걸 하는 생각도 들었다. 어렵게 중앙여고를 찾아 양호실에 계신 선생님을 찾았다. 선생님은 반갑게, 아주 반갑게 우리를 맞아 주셨다. 책 속에 있는 사진과는 다른 분이셨다. 좀 더 흰머리가 있고, 안경도 썼고. 처음에는 아닌 줄 알았다. 맞게 찾아왔겠지 하는 생각으로 우리는 선생님이 가리킨 자리에 앉았다.

"그래, 어떤 인터뷰를 하러 온 거지?"

잠깐의 침묵 뒤에 먼저 말을 꺼내신 건 선생님이었다.

"아, 저희가 책을 읽고요, 선생님이 추천해 주셔서 책을 읽고 왔거든요. 성에 대해서 인터뷰를 하려구요."

"아 그렇구나. 그럼 시작해 볼까? 그래 물어볼 건?"

아이들이 머뭇거리는 와중에 먼저 질문을 한 사람은 송화였다.

"보통 양호실에 학생들이 성 상담을 하러 오나요?"

"그럼. 오지."

"자신의 경험들을 선생님한테 아무 거리낌 없이 말을 잘하나요?"

"말로는 안 하고 글로 쓰지."

"숙제를 내신다고 하던데……."

"그럼. 글로 쓰지. 그 대신 글로 쓸 때 비밀을 보장하고. 개인적인 거니까. 그냥 하는 게 아니라 그걸 다 분석을 하지. 심리학적으로. 그 분석을 들으면 뭐가 원인이고 왜 그런지 알게 되니까. 시원하잖아. 자신이 몰랐던 것들에 대해. 20년쯤 한 거, 쌓인 것들 중에서 아주 마음에 드는 것들만 뽑은 게 책이야. 잠깐만."

선생님은 책상 서랍을 뒤지셨다.

"아, 여기 여고였지. 착각했어."

"남학생들이 너무 많아가지고."

선생님이 무언가를 찾을 동안에 우리는 약간의 잡담을 나누었다. 그리고 무언가를 다 찾은 선생님이 우리 잡담에 가담하셨다.

"뭐, 어디에?"

"밖에요."

친구들이 모두 같이 말했다.

"아, 축제하느라고. 그 남자애들이 여고에 얼마나 오고 싶었겠니. 여학생들한테 굶주려가지고."

선생님이 웃으셨다. 당연한 일이라는 듯.

내가 중요해

곧이어 선생님은 우리가 질문한 것에 대해 아주 자세하게 설명해 주셨다.

"이렇게 숙제를 내 주지. 그러면 내가 다 읽어 보고 거기에 대해서 밑줄을 다 치고, 그게 무슨 의미가 있는지 그 애의 삶 속에서 어떤 영향을 줬는지 분석하는 거지. 물론 그런 것의 기반이 뭐냐 하면 프로이트, 정신 분석 같은 거야. 그런 걸 공부했기 때문에 그게 제일 많이 도움이 되지. 그걸 갖고 하는 거야. 이걸 한번 읽어 봐."

선생님이 어떤 종이를 한 장 주고는 송화에게 읽어 보라고 하셨다. 나는 송화 옆에 앉아 있었기 때문에 종이에 쓰여 있는 글이 무슨 글인지 볼 수 있었다. 성 상담을 하기 위해 학생들이 쓴 글이었다. 송화는 크게 읽어 내려갔다.

"나는 남자를 여러 번 사귀어 보았다. 뭣 모르고 사귀었을 때는 240일 정도 갔는데. 발렌타인데이에 초콜릿을 받고 그놈이 떼 버렸다. 친구를 시켜서 깬 것이다. 처음 사귀어서 당한 일이라 너무 당황했다. 그 다음부터 난 남자와 그리 오래간 적도 없고, 내 마음을 다 줘 본 적도 없었다. 만나는 남자마다 다 따먹으려는 애들뿐이었고, 세 번째 사귄 남자에게는 만우절 날 차였다. 남자는 우는 여자를 싫어한다던데 난 울었다. 그 애가 난처해하며 그냥 사귀자고 하는 걸 자존심 상해 거절했다. 당연한 것이었다."

"자, 거기까지만."

선생님이 글을 계속 읽고 있는 송화의 말을 끊었다.

"읽으면 무슨 생각이 나? 여기서 가장 중요한 포인트가 뭐고 이걸 어떻게 설명해 줘야 돼?"

"따먹으려는 애들뿐이었다."

"음, 또?"

"남자애들은 우는 여자를 싫어한다는데, 난 울었다."

"가장 중요한 게, 애들이 이성 교제에 굉장히 관심이 많잖아. 이성 교제를 하고 싶은데 어떻게 하고 싶어? 잘하고 싶잖아. 잘해야 되잖아. 그치? 잘한다는 건 뭐냐 하면 정말 진심으로 사랑하고, 또 사랑을 표현할 수도 있고, 사랑을 받을 수도 있고, 그게 서로서로 왔다 갔다 해야 되거든. 그럼 가장 중요한 사람이 누구야?"

"자기."

"자기야. 그런데 얘는 보면 자기가 있어 없어?"

"없어요."

"비어 있어. 그러니까 이성 교제를 잘하려면 어떻게 해야 돼? 자기 스스로 충실해야 돼. 내가 홀로 설 수 있을 때, 다시 말하면 자기가 혼자 시간을 잘 쓸 수 있어야 돼. 내가 혼자 시간을 잘 쓸 수 있는데 걔랑 같이 시간을 쓸 수 있으니까 더 즐거운 거야.

그런데 얘는 보면 어때? 울었다. 이건 뭐야? 굉장히 외롭거나 힘든 거야. 그러니까 걔는 누군가 특정한 남자가 필요한 게 아니라 그냥 불특정 다수, 바지만 입고 자기를 좋아해 주는 사람이면 좋다는 거야. 남자애가 자기가 싫다고 가면 견딜 수 없는 거야. 이렇게 되면 어떻게 돼? 남자가 해 달라는 대로 다 해 줘야 돼. 내가 받으려고만 하니까, 진정한 사귐과 나눔이 없는 거야. 이성 교제가 안 되는 거야. 계속 차이거나, 계속 물고 늘어지게 되는 거지. 그런 식으로 관계를 하면 성숙된 관계가 아니지. 뒤돌아보면 '재수 없어 차였어.' 이런 생각만 하게 되고. 자기 후회, 자기 연민으로 점점 더 나빠지는 거야. 사랑을 왜 하려고 해? 송화야? 사랑을 왜 하려고 해?"

"외로우니까 같이 그……."

"음, 혜림이는 왜 사랑을 하려고 해? 이성 교제 왜 하고 싶니? 하고 싶은 생각 없니? 별로 없어? 그럼 뭐 하러 공부를 해. 진희는?"

"본능인 거 같아요."

"본능인 거 같아? 알고 싶어서? 도대체 남자들이란 존재가 어떤 건지 알고 싶어서? 남자들은 어떨 것 같니? 마찬가지야. 남자 여자가 다를까? 다른 부분이 많을까, 같은 부분이 많을까?"

"같은 부분이요."

"인간이기 때문에 같은 부분이 더 많아. 다른 부분이 어떤 것들인지, 같이 만나면서 구체적으로 알아 가야 할 것들이지. 그런데 일대일 관계에서보다는 많은 사람이 모여 있는 데서 저런 남자도 있구나, 저런 애도 있네, 이렇게 좀 다양하게 알면 남자들의 속성도 알고 내 속성도 알고 이게 될 텐데, 우리 문제는 뭐냐면 전체적으로 함께 알 수 있는, 어떤 그룹으로 알 수 있는 그런 게 없어. 중학교고 고등학교고 보면 그냥 사귀자야. 그러니까 사귀면 뭐 해? 남자애들은 어떻게 하면 신체 접촉이나 해 볼까, 나 어제 몇 번 했다 뭐 이런 거 자랑이나 하려고 하지. 이런 쪽으로만 흐르니까, 안 그런 애들이 그런 애들 속에 파묻히는 거야. 정말 안 그러고 인격적으로 여자하고 만나고 싶은데. 왜냐하면 여자애들이 조금 더 빠르거든. 생각하고 이러는 것들이. 나누는 것도 남자하고는 달리 좀 괜찮은 것들을 나눌 수 있으니까, 그런 것들을 얘기하고 싶은데, 자기는 그렇게 생각하는데 주위 애들이 사귄다 그러면 어디까지 갔냐 뭐 이런 쪽만 얘기하니깐 '내가 이상한가?' 이래가지고 더 혼란이 오는 거야.

그리고 보통은 헤어질 수도 있고, 또 아픔 속에서 성장하고 성숙하는 거니까, 안타깝고, 보고 싶고 이런 감정들이 굉장히 소중한 거잖아. 그 소중한 감정들을 어떻게 가꾸어 나가고 어떻게 같이 함께할 수 있는가, 이런 것들을 배워 가는 건데 그거는……. 음, 사실 공부는 되게 쉽거든. 그냥 있는 거 외우면 되잖아, 하면 되잖아. 그런데 사람은 어때? 움직이잖아. 과녁이 움직여. 내가 원하는 대로 되는 게 아니잖아. 이렇게 가고 저렇게 움직이고. 그러니까 굉장히 바쁘게 훑는 거야. 동물들은 어때? 그냥 사랑해 주면 받을 뿐이잖아.

동물을 굉장히 좋아하는 애들은, 순수할 것 같고 그렇지? 사실은 어떤 면에서 보면 아니야. 왜냐하면 내가 주는 만큼만 받으니까. 그런 애들이 사람하고 관계는 어때? 내가 얘하고 싸워서 싫다. 그럼 어떻게 해야 되지? 뭔가 계속 생각을 해야 되잖아. 주고받는 관계이기 때문에. 그러니까 그 사람을 통해서 내가 성장할 수 있어. 상처를 받을 수도 있지만. 상처를 받을 때 '아, 내가 어떻게 해야겠구나.' 이런 생각이 들지만 동물은 그냥 해 준 만큼밖에 아무것도 오는 게 없는 거야. 물론 개가 나를 좋아하지. 그렇지만 개를 통해서 내가 어떻게 해야겠다, 이런 걸 배울 수는 없는 거지. 왜냐, 과녁이 움직이지 않으니까.

그래서 어떻게 해? 이성 교제는 적극적으로 해 봐야 되는 거야. 노하우가 없으니까. 깨지면 깨지는 대로. 그 대신 공부라는 게 있으니까 그거랑 병행할 수 없으면 하나를 포기하든지, 하나를 천천히 하든지, 안 그러면 자신 있을 때 두 가지를 병행하는 거지. 그런데 보통 보면 공부 잘하는 애들은 별로 안 하려고 하고, 공부 안 하는 애들이 많이 하려고 하지. 그러다 보니까 문제가 이상한 대로 가는 거야.

사실은 애들이나 어른이나 사람 사는 일이 다 문제가 복잡하거든. 문제가 생기면 좀 줄이고 문제를 해결하려고 애쓰고, 또 문제를 말할 수 있는 사람이 있는 게 굉장히 중요하거든. 친구 말고 좀 위에 사람한테, 정말 솔직하게 열어 보이면 그것을 통해서 굉장히 많이 배울 수 있단 말이야. 저 사람이 나를 어떻게 생각할까, 나 혼나겠지, 욕먹겠지 이런 생각만 하고 있으면 절대 성숙해지지 않거든. 옆에 자기 지지 세력을 구해 놓고 열심히 공부하고 만나기도 하고 그러면 좋을 것 같아. 지금 아니면 순수하고 아름답게 누구를 만날 수 있는 기회도 없잖아. 다 계산하고 그러느라고 정신이 없으니까. 묻지도 않는데 내가 답을 너무 많이 해 주나 봐. 하하, 빨리 물어봐."

선생님이 웃으면서 말하셨다. 짧은 질문에도 정성스럽게 답해 주셨다.

"묻는 거만 대답할게."

네 가지 성

"어떤 질문을 많이 해요? 어떤 경우에 상담하러……."

내가 물었다.

"아, 상담하는 거? 나는 좋아하는데 걔가 나를 어떻게 생각하는지, 어떻게 하면 걔를 뺏기지 않고 계속 사랑할 수 있는지, 이런 것들 많이 물어봐. 그건 내가 그 사람을 모르는 상태에서 뭐라고 얘기해 줄 수 없는 것들이잖아. 그리고 사실은 그만둔다 하더라도 내가 자신이 있어야 되거든. 그런데 무슨 수를 써서라도 내가 다 가지려고 하다 보면, 걔한테 굴종하게 되는 거야. 모든 것들을 다 걔가 원하는 대로 하다 보니까 내가 없어져 버리는 거지. 그거는 관계라고 볼 수 없어. 굴종의 단계로 들어가 버리는 거니까. 그런 고민들을 많이 하더라고."

"이성 교제에 관한 고민들이 제일 많나요?"

"이성 교제? 아니 친구 고민이 더 많은 거 같아. 여자 친구들끼리의 갈등."

"아, 싸우고."

"싸우고 쟤가 저렇게 말을 했는데 상처를 받았다. 어떻게 했으면 좋겠냐. 그런 관계 문제가 많은 거 같아. 그래서 세상에는 성이 네 가지가 있거든. 무슨 성이 있게?"

"남성, 여성, 중성……."

"네 가지 성이 있다니까! 남성이 보는 남성, 남성이 보는 여성, 여성이 보는 남성, 여성이 보는 여성. 그 네 가지 성이거든. 그럴 때 가장 중요한 게, 같은 성 속에서 인정을 받는 게 우선이야. 그런 사람들이 다른 성에서 인정을 받았을 때 참 관계가 튼튼해. 왜냐면 같은 여자가 봤을 때 저 사람 참 괜찮다, 그런 사람 있잖아. 남자들끼리 봤을 때도 같은 남자로서 참 멋있고 매력적이다. 이런 사람들끼리 연애를 했을 때는 잘될 확률이 많아. 그런데 같은 성 속에서도 아으 저런 또라이 되게 웃긴다, 그런 애들 있잖아. 튀거나 뒤로 살살 빠지고 이상한 애들이 있어. 그런 애들이 연애는 또 잘해요. 왜냐면 같은 성에서 인정을 못 받는다고 여기니까, 다른 방법으로 해서 상대방 성에 가서 굉장히 서로 잘하는 거야.

처음에는 굉장히 잘하는 거 같은데 좀 길어지면 계속 깨지는 거야. 문제점이 드러나니까. 그래서 같은 성 속에서 관계를 공고히 하는 게 중요하지. 사실은 성을 인간관계 위주로 풀어야 하는데. 관계가 중요하니까 친구 관계를 많이 이야기하는 거 같아. 그런데 친구 관계는 부모 관계부터 시작하는 거야. 내가 엄마 아빠한테 얼마나 사랑을 받았는지, 얼마나 진심으로 깊게 이야기를 할 수 있는지, 내가 사랑을 얼마나 느끼는지……. 그런 게 안 됐을 때 오는 문제들이 친구 관계, 이성 관계, 나중에는 결혼 관계에서 심각하게 나타나거든. 모든 게 다 드러나니까."

"성차별을 평소에 살면서는 별로 못 느꼈는데, 책을 보면서 많이 느꼈거든요. 남자 여자가 성관계를 맺을 때도 남자가 주도를 한다거나, 그런 거는 아이들한테 교육을 시킬 때는 특별히 어떻게 하세요?"

"성관계 속으로 들어가면 아직은 경험이 없는 사람들이잖아. 그리고 앞으로 경험할 거니까. 거기에서까지 성차별을 미리 얘기할 필요는 없을 거 같아. 그런데 내가 주체적이고, 내가 그런 게 확실하면 무슨 관계를 맺든지 상관없는 거지. 그러니까 성에서 이게 정상 성이냐, 비정상 성이냐 그런 것들을 논의할 수 있거든. 그리고 어디까지가 접촉의 한계냐, 그런 걸 얘기할 때 가장 중요한 것은, 둘의 합의점이 도출되지 않았을 때는 가장 낮은 것을 원하는 사람의 선이 기준이 되는 거야. 그치? 나는 키스까지만 하고 싶은데, 얘는 성행위 아니면 애무까지도 괜찮다, 그랬을 때 기준이 어디가 되는 거야?"

"키스."

"키스가 되는 거야. 성행위도 굉장히 여러 가지가 많거든. 한 사람은 원해, 한 사람은 싫어. 그럼 어떻게 해? 싫어하는 사람이 우선이야. 싫어하는 사람이 모든 것을 오케이 할 때까지 이 사람이 기다려 줄 수 있어야 돼. 그래야지 그게 정상적인 성에 들어가는 거야."

"그런데 여학생들이니까 싫다는 표현을 해야 할 것 같거든요."

"해야지. '나는 싫다. 그런데 너 왜 그래 새끼야, 미친놈아.' 이렇게 얘기하는 게 아니라, '나도 사실은 좋아, 나도 원해. 그런데 그 후에 내가 어떻게 변할지 모르는 거지. 그렇지 않아? 그런 것 때문에 두려운 거지. 그래서 나는 지금은 싫고 좀 더 뒤로 미루고 싶다.' 이렇게 얘기할 수 있다는 거지. 그러니까 말을 자기 위주로 하는 거야."

"그런 것도 특별히 학교에서 얘기……."

"그럼 얘기하지. 그런데 얼마나 기억할 수 있는지는 모르겠어. 아마 그런 거를 갈등한 애들은 귀에 쏙쏙 들어올 거야. 아무 생각 없는 애들은 아무 생각 없이 지나가겠지. 그러니까 1학년 때 했다고 안 하고 그런 건 아니고. 중요한 얘기니까 2학년 때도 하고, 3학년 때도 하고, 다시 한번씩

하지."

성 개방의 진정한 뜻

선생님이 말을 마치자 친구들이 모두 할 말을 잃었다. 잠깐의 침묵 끝에 진희가 말을 꺼냈다.

"고등학교, 여기 언제 오셨어요?"

"84년."

"꽤 오래 계셨네요."

"20년."

"그전에는?"

"병원에 있었어."

"아, 병원에 계셨어요?"

"응, 간호학과 나왔거든. 그래서……."

"여기가…… 그럼, 처음이세요?"

"응. 학교로 왔다가, 대학원에서 교육심리학을 공부했지. 박사도 하려고 시험 봤다가 떨어졌어."

"우와."

선생님은 웃으셨다.

"왜냐면 성에 관련된 거를 우리나라에서 전문으로 배울 수 있는 곳이 없어."

"너무 닫혀 있다는 생각이……."

송화가 말했다.

"닫혀 있어. 배울 데도 없고. 아, 여기서 정말 배웠으면 좋겠다 하는 곳이 없어. 그런 곳들을 만들어야 하는데."

"그럼 그런 것들을 배우려면 외국으로 나가야 돼요?"

"응. 외국 나가야 돼. 미국에 그런 것들을 전문으로 가르치는 데가 있
거든. 그 사람들은 시에코스라고, 미국에서 교육을 하는 기관이야. 성에
대한 것만. 거기에는 교사들을 위한 곳도 있어. 두 번만 갔다 오면 훨씬
낫지 않을까? 왜냐하면 미국에 가서 교육을 받더라도 문제는 미국하고
우리나라하고 문화 차이가 있으니까 그것을 그대로 가르칠 수는 없거든.
나는 현장에 있으니까, 되겠다, 안 되겠다 이런 것들을 좀 정리를 해야 되
지 않을까 그런 생각을 가지고 있어."

"성 개방화의 진정한 뜻이 어떤 건지 잘 모르겠어요."

"성 개방이라는 것이 누구한테나 내 성을 보여 주는 게 아니야. 개방은
성에 대해서 논의할 때 정말 떳떳하고 당당하게 얘기할 수 있어야 되고,
내 성에 대해서 내가 권리를 주장할 수 있어야 되는 거야. 내가 싫으면 싫
다, 좋으면 좋다, 그런 것들을 상대방한테든지 누구한테든지 떳떳하게
얘기할 수 있어야지. 그러니까 성적인 주체성이 다 세워진 뒤에는 성 개
방이 와도 별로 상관이 없는데, 성적으로 아직 주체적이지 않은데 개방
이 되면 이리저리 끌려 다니는 거지. 그러니까 청소년한테 성 개방이 된
다는 게 말이 안 된다는 거지. 왜냐면 지금 성적 주체성을 세워 나가야 하
는 판국에 개방이 됐다, 그럼 어떻게 돼? 포르노에 탐닉하다 보면 중독이
되는 거야. 이게 옳은지, 그른지, 뭐가 있는지, 현실적인 판단이 안 되는
거야. 어른들은 결혼을 했고, 성생활이 그 사람들의 일상 삶 속에 있기
때문에, 그런 것을 보면 정상이다 비정상이다 구별이 되거든. 그리고 만
날 머릿속에 있고 그렇지 않거든. 그런데 안 해 봤기 때문에 꿈만 꾸는 거

지. 그러다 보니까 다른 거 다 필요 없고, 그것만 계속 꿈꾸다 보면 탐닉에 빠지고 중독이 되지. 알코올 중독처럼 성 중독이 되면 너무 불쌍해."

"심하면 어느 정도 되나요?"

"심하면? 중독이 심하면 공부를 안 하지. 알코올 중독되면 밥 안 먹고 술만 먹거든. 그러다가 나중에는 술 안 먹으면 난리가 나는 거지. 성도 마찬가지야. 결혼을 해도 부인하고 성행위를 절대로 안 해. 재미없거든. 보는 게 더 재미있으니까. 중독된 사람들은."

"책 보면서 그럴지도 모른다는 생각을 했어요. 그렇게 큰 환상이 영화나 비디오 속에서는 존재를 하는데 실제로는 그렇지 않으니까."

"그렇지. 성이라는 것이 환상 속에 있는 것이 아니고 현실 속에서 아주 천천히 배워 가야 된단 말이야. 정말 이런 걸 알려면 5년에서 10년은 걸린단 말이야. 성행위 한 번 해 봤다고 성을 다 안다 이렇게 얘기할 수 없는 거지."

"포르노나 이런 걸 많이 본다고 해서 다 안다, 뭐……."

"전혀. 어떤 애들은 그래. 성교육 한다 하면, 선생님 저는 성에 대해서 다 알아요 해. 비디오로 다 봤고 다 안대. 난 결혼한 지 20년 됐고, 애들 둘 낳고, 성행위도 할 만큼 해 보고, 책이란 책은 다 읽어도 아직 모르는 게 많은 거 같은데. 애들은 도대체 뭐를 어떻게 했기에 성을 다 안다고 하는지, 참 멋있는 애들이라고 생각을 했지. 그런데 코를 팍 밟아 버리지. 하하. 그렇게 안다고 얘기할 수 없는 게, 포르노나 이런 것들은 굉장히 환상이 많거든. 앵글 각도를 조작하고, 항상 가장 멋있는 것만…… 환상적이게 만드는 게 수법이니까. 그게 사실이 결코 아니라는 거지."

"책에 나온 친구들 얘기 들어 보면, 나중에 보고 더러웠다, 뭐 그런."

"그래. 차라리 몇 번 보다가 더러웠다, 그리고 빠지는 게 정상이야. 그걸 보고 엉? 엉! 이러고는 엉, 엉이 3년이고 5년이고 지속된다, 이러면 문제야. 왜냐면 다른 데, 심리적인 다른 곳에 결함이 있는 문제를 포르노로 채워 가는 거야. 그러니까 빠져나오지 못하고 중독이 되는 거야."

"여기 친구들 중에요. 남자 친구하고 성관계를 거의 강제적으로 맺은 친구들도 있던데. 그런 친구들은 마음의 상처를 받잖아요. 그런 것도 가끔 상담하러 와요?"

"아니 직접은 안 와. 친구들이 와. 임신을 했거나, 뭐 그랬을 때는 친구들이 와."

"임신한 친구들은 직접 안 와요?"

"응. 직접은 안 오고 친구들이 와. 왜냐면 직접 나타나는 게 아직도 수치스럽고 어떻게 될지 모른다고 생각해서 그런가 봐. 그런데 직접 한 번 걸린 애가 있었지."

"걸려요?"

"응. 배가 불러가지고."

"얼마만큼 불렀어요?"

"6개월 정도."

"모르고 그냥 학교 다닌 거예요?"

가만히 있던 혜림이가 물어봤다. 선생님이 답하셨다.

"알지."

"얘가 좀 어리숙해요. 하하."

송화가 웃었다.

"6개월 정도면 얼마나 나와요?"

164

"배가 많이 나오지."

"알았으면 학교를 안 나와야…….."

"나중에는 엄마한테 얘기를 했어. 왜냐하면 임신 상담이 힘든 게, 누가 도와주더라도 생명에 관계된 거기 때문에 본인이 죽을 수 있거든."

"죽을 수 있어요?"

"아직 나이가 어리기 때문에 본인이 죽을 수 있으니까 도와줄 수가 없어. 법적으로 보호자가 아닌 사람. 보호자한테 연락을 할 수밖에 없지. 보호자의 동의를 받고 낙태를 하든지, 낳든지 그건 그쪽에서 결정하는 문제지. 상담하는 사람이 이래라 저래라 할 수 있는 게 아냐."

"참 힘든 일이네요. 그럼 그 사람, 아기 가진 거 알고 나서 학교 계속 다녔어요?"

여태까지 한마디도 안 하고 침묵을 고집했던 지선이가 갑자기 말문을 열었다.

"아니지. 엄마하고 얘기를 해서 낙태를 하고 학교는 졸업했어. 아무도 모르게."

"어우, 무섭다."

"그럼, 낙태 수술한다고 돈 꿔 달라는 사람은 없었겠네요?"

"그런 경우는 없었지. 왜냐면 주로 친구들끼리 아르바이트해서 해결하니까."

"그럼, 대부분 낙태 수술을 하려고 해요?"

"거의 다 낙태 수술을 하지. 요즘 인터넷 상담도 많이 하는데, 주로 그런 게 많이 들어와. 언제 성관계를 했는데요, 임신일까요 아닐까요."

친구들이 모두 어이없어하며 실소를 터트렸다.

"참 짜증나지. 왜냐면 상담은 심리적인 걸 해야 되는데. 어떤 생리적인 거라든가, 의학적인 거는 지나 봐야 아는 거지. 그리고 내가 그 사람에 대해 아무것도 모르는 상태에서 그 얘기만 믿고, 했다 안 했다 이렇게 해줄 수 있어?"

"요즘 친구들 성이 문란, 아직 문란까지는 아니어도 조금 많이 잘못된 생각들을 가지고 있잖아요."

"어떤 잘못된 생각들?"

"너무 가볍게 생각한다거나……. 선생님이 아무리 오랫동안 상담을 하셨어도 약간의 선입견을 가질 수 있을 것 같거든요?"

"누가, 내가? 어떤 선입견?"

"아이들 상담 같은 거 할 때 이 아이는 너무 심했다, 그럴 때는 어떻게 대처를 하세요?"

"그럴 때 어떻게 대처를 하냐고? 상담할 때는 심하고 안 심하고가 아니라, 애가 왜 이런 상태까지 갔는지 걔가 알 수 있게 도와주는 게 상담자야. 내가 걔를 도덕적으로 나쁘다, 왜 했냐 이렇게 야단쳐야 할 이유가 없는 거야. 상담할 때는, 아이가 상담자한테 자기 상태를 다 열어 보여서 자기가 왜 그랬는지 깨닫고 어떻게 해야겠다는 결정을 내릴 수 있도록 도와주는 거야. 때문에 이러니저러니 그런 것들에 중점은 안 두려고 하지."

"한 번의 성관계로 아기를 가질 수 있나요?"

성에 무지한 혜림이가 말했다.

"그럼."

"책에 나와 있어. 지지배야."

누군가가 말했다.

"그럼 선생님은, 친구들 이성 교제에 대해서는 크게 반대 안 하시는 거네요?"

"그렇지. 반대는 안 하지. 우리 딸이 고1이거든. 애인하고 1년 됐어 지금. 공부하는 만큼 자기 성적은 유지하니까, 자기 할 거 다 하면서 하니까. 자기 인생이니까, 니 인생이니까 니가 잘 가꿔라."

"아까도 말씀하셨는데. 남학생을 모르니까, 알고 싶으니까 이성 교제를 하는 건데 정말 남학생들 심리를 모르겠거든요. 도대체 여자를 한 사람으로 보고 이성 교제를 하는 건지, 그냥 성관계만을 원하는……."

"여자로 보는 경향이 많지. 원래 남자는 수컷의 속성이 있어. 수컷의 속성을 보면, 여자는 난자가 한 달에 하나만 나오는데 남자는 한 번 사정할 때 수억 개가 나오잖아. 수억 개가 나온다는 건 뭐야, 아무 데나 막 뿌리고 싶은 거야, 자기 씨를. 그러니까 여자가 열 명이든, 백 명이든 많으면 많을수록 좋은 거야. 속성 자체가 굉장히 양적이야."

"질보다 양이네."

"그렇지만 여자는 굉장히 질적이야. 왜냐하면 임신이 됐을 때는 내 난자에서 정자를 열 달 동안 키워야 되니까. 그러니 여자는 남자를 선택할 때 신중할 수밖에 없어. 남자는 퀵 배달 서비스처럼 탁 던져 놓고 가 버리는 거야. 여자 몸속에서 혼자 크니까. 낳고 나서도 일회적인 사랑을 하는 사람은 도망가 버리잖아. 그럼 여자는 미혼모가 되는 거야. 그러니까 어떤 사람을 골라야 돼? 지속적으로 책임을 질 수 있는, 그런 사람을 골라야 될 거 아냐. 여자는 까다롭고 신중할 수밖에 없어."

"외국 같은 경우에는 결혼 전에 성관계를 가져서 임신을 하게 된 경우,

청소년 같은 경우에는 남학생이 상담을 받는다고 하는데 우리나라는 그런 거 없나요?"

"남학생들이 상담 받는 일은 거의 없지. 임신이 됐을 때 남자애들이 '어 그래, 그 애 내 애구나, 내가 어떻게 책임질게.' 이럴 거 같으니? '난 몰라, 내 앤지 아닌지 어떻게 알아.' 이렇게 나오는 게 당연한 거 아냐? 얼마나 두렵겠어."

"외국에는 형벌 제도처럼 그런 게 있다고 하던데, 추진 중인 그런 건 없나요?"

"응, 아직 없어. 그게 참 힘들거든."

"그런 데서 성차별을 참 많이 느껴요."

"미혼모는 있지만 미혼부는 없잖아."

"미혼부 있던데."

"말 잘 안 하잖아. 미혼모 문제만 두드러지고. 그런데 미혼모가 있을 때는 반드시 미혼부가 있으니까 미혼모가 생기는 거 아냐. 책임도 다 여자한테로 돌리고. 그러니까 여자가 책임이 더 많고, 자식에 대한 집착 이런 게 더 많기 때문에, 자기 몸에서 기르기 때문에 여러 가지를 심사숙고 하는 게 더 많지."

동성애

"여고인데. 동성애에 관해서는 교육 같은 걸 시키나요?"

"동성애 하지 마라, 그런 건 아니고. 동성애 하는 애들이 있거든. 걔네 들을 너무 이상하게 보지 마라. 편안하게 보고 둬라."

"그런 친구들은 양호실에 안 찾아와요?"

"아니. 찾아와서 울고불고 했지. 왜 울고불고 했냐. 걔네들이 좀 잘난 척을 했어. 동성애를 하면서 너무 모든 애들 앞에서 그랬지. 남자 여자가 사귀더라도 사람들 앞에서 공공연하게 그러는 게 꼴 보기 싫잖아. 어느 정도 예의를 지켜 줘야 하는데. 애들은 만날 붙어서 화장실에 들어가고, 그러니까 애들이 얼마나 징그럽고 싫겠냐. 하나는 완전히 남자 같고 하나는 진짜 여자 같고. 남자 역할 하는 애는 반장이라 공부도 잘하고. 2학년 때 수학여행을 가는데 걔하고는 안 자겠다고 난리가 난 적이 있었어. 요즘은 잠잠하고 좀 조심을 하는지 괜찮아."

"그럼 친구들이 성 정체성에 대해 많이 흔들리고, 그런 건 없어요?"

"걔네들?"

"아니, 다른 친구들이요."

"사실 아직은 동성애가 왜 그런지 알 수가 없거든. 요인이 굉장히 복잡하고 많아서."

"그럼 남학생들은 한 번도 상담을 안 해 보셨겠네요?"

"남자애들은 인터넷으로."

"남자애들은 주로 어떤 상담을 하나요?"

"남자애들은 자기 성기 같은 것들. 또 성격. 남자애들은 관계 같은 것 때문에 상담하는 일은 거의 없는 거 같아. 여자들은 민감하게 갈등하는 게 많은데."

"여자는 참 복잡한 동물이지."

"남자는 너무 단순하고."

나와 송화가 한마디씩 했다.

"학교 다닐 때 이런 성교육 같은 걸 받아 보셨어요?"

"아니, 안 받아 봤어. 그래서 되게 답답했어."

"그럼 언제 처음 배우셨어요?"

"별로 기억나는 게 없어. 고등학교 때 조금 배웠는데 아주 답답하게 배워서 더 짜증만 났던 그런 기억은 있지. 어떻게 하면 정확하게, 더 많은 것들을…… 왜냐면 요즘은 잘못된 정보들을 입수해서 자기가 다 아는 것처럼 알고 있으니까 정확한 정보를 잘 주는 게 중요해. 인터넷으로 너무나 많은 잘못된 정보들이 넘나들고. 정보를 정확하게 잘 주고, 어떻게 해야 되고, 어떤 설명을 해야 되고, 전체적인 인간교육하고 관계 위주의 교육을 하려고 해."

"보통 학생들이 이성 교제를 하다가 성관계를 갖게 되면 어른들은 사고 쳤다고 표현을 하잖아요. 선생님은 그 말에 대해 어떻게 생각하세요?"

"사고 쳤다고? 그런데 이러면 상관이 없는 거지. 여자가 '난 내가 좋아서 했고 절대로 후회는 안 한다.' 그러면 할 말이 없는 거지. 사고 친 개념이 아니고, 자기 몸 자기가 알아서 하겠다는데, 절대 후회 안 하겠다는데. 그런데 어떨 때 후회를 할까? 그렇게 했는데 헤어졌잖아. 나는 후회를 안 해, 그런데 다른 사람을 만났을 때 그 사람이 싫다면 그때는 후회하는 거지. 하지만 남자가 싫다고 해도, 내가 결정했으니까 상관없어, 이렇게 되면 괜찮은 거지. 그것 때문에 떠난다 하더라도 내가 상처받지 않을 정도로 내가 서 있다면. 하지만 말이 그렇지 그게 진짜 힘든 거거든."

"그런데요? 19세 영화는 왜 하필 19세예요?"

"잘 모르지만 그때 자기 결정을 할 수 있다고 생각한 거겠지."

"남자는 첫 성관계를 할 때요, 첫 경험인지를 알 수 없는 거예요? 남자는?"

"남자는 모르지. 여자는 남자가 했는지 안 했는지 말하지 않으면 모르지. 알 방법이 없지."

"책에서도 잠깐 읽었는데요. 포르노나 광고나 매스컴 그런 데서 여성들을 성 상품화하는데 그것도 성차별의 하나잖아요."

"요즘 내의 광고에서는 남자들도 성 상품화하잖아. 그래도 여자 게 90개면 남자 거는 10개도 안 되는 거 같은데. 자본주의 사회에서는 성을 점점 자본화하는 게 아마 통제가 안 될 거야. 그거를 볼 수 있는 안목과 그런 것들을 가르쳐야지."

"예. 그런 게 중요한 거 같아요. 그냥 모르고 받아들이는, 당연하다는 듯이."

"초등학교 때부터 어떤 문제가 있는지 이런 것들을 알아야지. 중요한 건 사람들이 성적인 그런 게 안 들어가면 반응을 하지 않으니까."

"변태는 어떻게 생기는 거예요?"

여전히 침묵을 유지하던 지선이가 던진 한마디였다.

"바바리 같은 경우는 성행위를 통해서 만족을 하는 게 아니고 대상이나 사물을 통해서 만족을 하는 거야. 자기 거를 보여 주면 너무 괴물스러우니까 사람들이 무서워서 소리 지르면서 도망가잖아. 그 소리에 흥분을 느끼는 거야. 그게 도착이야. 그런 사람들을 만나면 어떻게 대처해야 하느냐. 놀라지 말아야지. 우아하게 지나가야지. 그런데 그게 되냐고."

친구들이 웃었다.

"여고 앞 같은 데 더 많아요?"

"그렇지. 일부러 그런 걸 노리기 위해서. 성 노출증 환자도 성 폭력범

이기 때문에 걸리거든. 그런데 어떤 사람이 전화를 한 거야. 내가 내 꺼 보여 주는데 그게 왜 죄야, 그러면서 막 따진 거야. 죄지. 성 문란 죄."

"정신적 충격을 받으면 그렇게 변할 수가 있는 거예요?"

"있을 수도 있지. 그런데 그렇게 많지 않아."

"어렸을 때부터 그런……."

"어렸을 때 굉장히 무서움을 많이 타거나 그런 경우에, 무서움을 피하기 위해 자위를 하면서 만족을 얻었을 때, 그게 대치가 되는 거야. 그래서 그런 쪽으로 가는 거야. 그게 성도착이야. 처음 보여 줄 때부터 기분이 그런 건 아니지. 그게 어쩌다가 딱 한 번 보여 줬는데 노출증 환자다 그런 건 아니고, 그런 행동이 6개월 지속됐을 때 문제야."

"왜 6개월이에요?"

"보통 기간을 둬. 정상인가 비정상인가 판단할 때 6개월 정도."

"치료 가능한 거예요?"

"본인이 원할 때는 치료가 가능한데 본인이 원하지 않고 강제로 했을 때는 치료가 안 되지. 그런데 아까 그 얘기하다 말았지. 그 사람한테 뭐라고 얘기해야 돼?"

"성 문란 죄요?"

"응. 아무리 당신 거지만 원하는 사람 앞에서 보여 줘라. 원하지 않는 사람 앞에서 보여 주는 건 죄다."

"여기 앞에도 나타난 적 있어요?"

"응. 여기 뒤에. 그럼 중학교 애들이 공부 안 하고 아저씨 왔다고 소리 지르고 난리야."

"그럼 신고해서 잡혀간 적은 있어요?"

172

"아니. 신고하기 전에 도망가더라고."

"우리 학교에도 있지 않았냐?"

"한두 번 출현했지. 남자애들이 막 잡으러 간다고 쫓아가고."

우리들은 우리 학교에서 일어났던 일들을 잠깐 이야기했다.

성 욕구는 에너지야

"남자들 자위한다고 하잖아요. 자위하고 몽정은 어떻게 달라요?"

혜림이었다. 이런 질문을 할 사람은 혜림이밖에 없었다. 그리고 이어지는 우리들의 비난.

"저 아이가 성에 대해 좀 둔해요."

"설명을 해 줘도 몰라요."

친구들이 입을 모아 말했다.

"몰라?"

선생님이 웃으셨다.

"어쨌든 여학생들도 그런 욕구를 갖고 있잖아요. 어떻게 풀어야 되는 거예요?"

"성적인 욕구는 에너지야. 에너지이기 때문에 에너지는 에너지 질량 불변의 법칙이 있어. 다른 것을 열심히 하면 성욕도 줄어."

"그래서 남자애들 자위할 때 차라리 그냥 운동을 하라고……."

"그렇지. 그렇게 하는 게 정말 운동을 열심히 하고 자기가 하는 거에 몰입을 하다 보면 많이 줄어."

"아, 운동을 하는구나."

"운동이나 뭐든지, 춤을 춘다든지 깊이 빠지거나 몰입을 하면. 오르가슴이 뭐야? 둘이 합쳐졌을 때 하나 되는 느낌이거든. 둘이 꼭 사람이 되라는 법은 없어. 공부를 하면서 몰입한다거나, 그림을 그리면서, 춤을 추면서 하나가 되는 거야. 춤과 내가 하나가 되는 거니까, 그때 고온 상태를 경험하는 거야. 그거를 정신적인 오르가슴이라고 하거든. 정신적인 오르가슴을 맛본 애들은 육체적인 오르가슴에 빠지려고 하질 않아. 정신적인 게 비어 있을수록 육체적으로 빠지려고 하는 경향이 많거든."

"남자들이, 주위에서 애들 얘기하는 거 보면 남자애들 거의 100퍼센트가 한다는데 그게 사실이에요?"

"100퍼센트는 아니겠지, 거의 다 하는 거지. 왜냐면 차니까. 차면 배출시켜야 되니까."

"여자들도 하죠?"

"그럼."

"그럼 여자들도 차는 거예요?"

모두들 웃었다. 역시나 우리의 기대를 저 버리지 않는 혜림이었다.

"남자들은 정액이 사출이 되는 거니까. 그러나 여자들은 정액이 사출되는 건 아니지. 그러나 육체적인 만족감을 느끼고 싶을 때 할 수도 있는 거지. 이걸 모르는 애들한테는 자극 점을 찾아서 일부러 할 필요는 없다고 얘기하지. 저절로 알게 되니까."

"여자애들이 보는 순정 만화나 로맨스 소설 이런 거, 여자애들의 상상이 더 커지는데 안 보는 게 좋아요?"

"아니. 만날 이거 가지고 10권, 20권 볼 필요는 없지만 한두 권은 봐도 괜찮다고 생각해. 봐서 어떤 꿈들을 꾸고 있는지는 볼 필요 있는 거 아냐?"

"완결 나올 때까지……."

"아니 그게 아니라, 한두 권은 완독해서 아 이런 게 있구나. 10권을 읽어도 스토리만 조금 다를 뿐이지 하는 행동은 다 똑같잖아. 그게 지겨워져야 될 거 아니야. 그런데 그것만 읽는 애들은 왜 그래?"

"좋으니까."

"좋긴 하지. 거꾸로 얘기하면 지금 현재 생활이 너무 싫기 때문에 그냥 공상 속에 빠지는 거지. 그럼 자아가 굉장히 허약해지는 거야. 현실에 기반을 두고 있지 않고 공상만 하니까. 10대에는 꿈도 꾸지만 현실하고 꿈하고 왔다 갔다 해야지. 현실하고 밀접해야지, 동떨어져 있으면 있을수록 나중에 힘들어지는 거야. 얘들 너무 가자는 소리 안 하는 거 아냐? 가자, 야."

선생님이 웃으면서 일어나셨다. 우리가 너무 시간을 많이 뺏은 것 같았다. 우리는 선생님에게 고맙다는 인사를 드렸다. 궁금한 점이 있으면 메일을 보낸다고 말씀도 드리고 고개 숙여 인사를 하고 양호실 문을 열고 나왔다. 한 시간 반에 걸친 긴 이야기였다. 결코 빈 시간이 아닌, 우리에게 많은 의미를 준 시간이었다. 그동안 몰랐던 것, 그리고 앞으로 알아야 할 것을 한 시간 조금 넘는 시간 동안 공부했다.

중앙여고를 빠져나오는데 친구들이 지쳐 있었다. 하지만 지쳐 있는 가운데 모두들 웃고 있었다. 나처럼 친구들도 나름대로 즐겁고 유익한 하루였다고 생각하고 있었나 보다. 그다지 성에 관심이 없었던 나한테는 더 없이 좋은 기회였다. 다시 한번 선생님에게 감사하다는 말을 마음속으로 드리고 이 글을 마친다.

3부

여 성 의 눈 으 로

김 혜 련 ⚙ 내 가 뭘 원 하 는 가

읽은 책

《남자의 결혼 여자의 이혼》. 가정의 이혼에 관한 책이다.

글쓴이

김혜련.

만난 분

김혜련. 석사 논문으로 '여성의 이혼 경험을 통해 본 가부장적 결혼'을 썼고, 현재 풍문여고에서 학생들을 가르치고 있다.

함께한 사람들

박정환_기획(other-side15@hanmail.net)

최승덕_외교(xcuteboyx@hanmail.net)

박선진_물음(anankiki@naver.com)

주형철_사진(gudcjfl7052@hanmail.net)

김태동_최종 보고서(sinceritys@hanmail.net)

보고서에 대한 간단한 소개

풍문여자고등학교 상담실을 찾아가서 김혜련 선생님과 인터뷰를 했다. 조원들이 결혼과 이혼에 대한 질문을 하고 선생님이 물음에 답해 주셨다.

짧은 만남 긴 여운
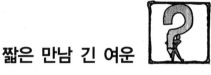

물음 | 박선진(2학년 4반)

책 내용 정리

이혼을 하기까지 | 여성들은 분명 이혼을 두려워하고 있었다. 그래서 끝까지 가정을 지키기 위해 가정의 문제를 자기 문제로 인식하지 않고 오히려 덮어 두려고만 한다. 여기서 그들은 분노를 하면서도 분노하지 않고 억울한 희생양의 모습으로 자기를 연출하기도 한다. 그들이 분노하지 않는 것이 잘하는 것일까. 그건 자기만족이 아닐까. 이들이 이혼을 결심한다면 더욱 편안해지리라 생각한다.

여성에게 이혼이란 | 여성에게 이혼이란 죽음과도 같다고 한다. 그래서 결혼의 내용이 어떠하든 그 속에서 살아 보려고 안간힘을 쓴다. 항상 이혼을 생각하고 있으면서도 자신의 이혼을 받아들이지 못한다. 불행한 결혼보다 이혼이 더욱 불행한 사건인 것이다. 여기서 이혼 당하기와 하기로 구분 지을 수 있는데 이혼을 당하는 여성은 자아 분열이 일어난다. 버림받은 것에 대한 배신감과 고통은 한 인간을 망가뜨릴 수도 있다. 정

말로 무서운 일이다. 하지만 이혼을 '한' 여성들은 자신들이 먼저 노력하고 변화한다. 자기를 통찰하고 스스로 질문한다. 어디에서부터 잘못된 것인지를 인지한다. 그것은 대단한 용기이자 세상에 대한 도전 의식이다. 그러한 여성들은 그렇지 못한 여성과 꽤 다른 모습의 삶을 살아간다.

이혼 후의 문제들 | 여성이 이혼을 해도 경제적으로 문제 될 것은 없다. 그것은 열심히 살아가려는 여성들의 힘이 있기 때문이다. 정작 문제는 사회의 편견이다. 사회에서 이혼자를 바라보는 눈은 따갑다. 그런 편견은 이혼자를 힘 빠지게 만든다. 그런데 여기서 드는 의문은 왜 여성만을 질타하냐, 이것이다. 왜 여성만이 피해 의식을 가져야 하는가. 남성이 잘못해서 이혼을 해 주고, 당한 것뿐인데 말이다. 부모에게조차 이해받지 못하는 상황은 이혼자를 더욱 힘들게 하며 살아갈 중요한 자원인 자신감을 잃어버리게 만든다.

결혼 제도 속의 문제 | 성 역할 구분을 큰 문제로 꼽겠다. 우리는 남편과 부인은 서로 하는 일이 다르다고 생각하며 남성과 여성을 엄격히 구분한다. 그리고 여기서 오는 성차별은 여성이 감당해야 한다. 남성이 경제적 역할을 하고, 여성은 남성을 내조해야 하는 관계로 어쩔 수 없이 상하 관계가 성립된다. 여기서 남성은 권력을 얻고 마음대로 휘두른다. 그러나 남성들도 피해자라고 지은이는 말한다. 이상적인 남성의 모습에 열등감을 가진 남성의 자괴감은 엉뚱한 형태로 나타난다. 이 문제를 막을 방법은 아주 간단하면서도 어렵다. 모두의 의식이 깨어나야 하기 때문이다. 우리가 옛날부터 규정지어 온 남성과 여성의 역할을 무시해 버리는 것이다. 함께 일한다는 것을 모토로 삼고 함께 최선을 다해야 한다. 그리 어려운 일이 아니다.

이혼으로 결혼 다시 보기 | 결혼하지 않는 것이 비정상이 아니며 이혼도 하나의 문화라고 말한다. 결혼하지 않는 것을 비정상으로 여긴다는 것은, 표현으로만 못했지 예전부터 느끼던 것인데 딱 알맞은 표현 같다. 정말 우리 사회는 결혼하지 않는 것을 비정상으로 여긴다. 그렇다면 정상인 결혼은 정말 정상일까? 재미있는 것은 정상의 모습을 한 결혼이 결코 정상이지 않다는 것이다. 우리는 왜 이런 이분법으로 생각해 왔을까? 사회의 편견 때문에 나까지 시야가 가려져 똑바로 볼 수 없었다. 그렇지만 이제는 말할 수 있다. 결혼이 무조건 행복한 것이 아니고, 이혼이 무조건 불행한 것은 아니라고.

인터뷰 계획

장현에서 2시 30분에 출발하여 4시 30분에 선생님을 만나야 한다. 5교시까지만 하고 6교시는 선생님에게 사정을 말하고 빠져야겠다. 김혜련 선생님이 없는 시간을 내 주신 만큼 빨리 인터뷰를 끝내는 게 중요하다. 그래서 이런저런 질문을 만들지 않고 핵심만 만들어야겠다. 최대한 예의를 갖춘 질문을 만들어야지. 결혼 생활이 궁금하긴 하지만 실례되는 질문이니 빼야겠다. 다짜고짜 질문을 하면 당황하실 텐데 가볍게 무슨 이야기를 하면 좋을까. 승덕이가 선생님과 그래도 꽤 연락을 많이 주고받은 만큼 분위기를 이끌어 주었으면……. 책에 대해서 제대로 파악하지 못하고 가는 것이 불안하다. 가는 길에 틈틈이 책을 읽고, 질문도 잊어버리지 않게 틈틈이 봐 두어야겠다.

고등학생들이 이혼에 무슨 관심이 있어서······

이런저런 이유로 출발이 늦어졌다. 가는 버스 안에서 승덕이는 선생님에게 연락을 해 늦을 것을 알렸다. 그런데 선생님이 일산으로 내려가야 한다고 하셔서 우리는 정 안 되면 일산까지 가서라도 인터뷰를 하자고 마음먹었다. 결국 선생님을 1시간이나 기다리게 만들고 말았지만 일산으로 내려가지는 않아도 됐다. 인터뷰 장소는 선생님이 계시는 풍문여고다. 풍문여고는 특이하게도 도시 중심에 학교가 있었다. 운동장에서 건물이 보이는 학교라니. 오래된 건물이라서 바닥이 나무였다. 또 미로처럼 생긴 재미있는 건물 때문에 인터뷰로 떨리는 마음이 조금 진정되었다.

이리저리 구경하면서 도착한 곳은 선생님이 일하는 상담실이었다. 여느 교무실과 별반 다를 바가 없었다. 상담실에 있는 소파에 자리를 잡고 인터뷰를 시작하려고 하는데 선생님이 우리가 오면 주려고 준비한 거라며 아이스크림을 주셨다. 우리는 미처 음료수나 선물을 준비하지 못했는데, 감동이었다. 흐흐, 선생님은 우리가 참 신기했나 보다. 낭만적인 사랑을 꿈꿀 고등학생들이 이혼에 무슨 관심이 있어서 이 책을 읽었냐며 물어보셨다. 그래서 우리는 이 수행평가를 내 주신 송승훈 선생님 이야기를 했는데 선생님에게 관심이 간다고 하셨다. 결국 인터뷰가 끝날 즈음에 선생님이 하는 라디오 프로그램을 알려 달라고 하기도 했다.

아이스크림을 먹으며 첫 번째 질문을 날렸는데 받아 적기가 너무 힘들었다. 나는 녹음기를 준비하지 않았는데 태동이가 준비를 한 것이다! 정말 녹음기가 없었다면 큰일 날 뻔했다. 서둘러 녹음기를 설치하고 다시 인터뷰에 들어갔다. 인터뷰는 매우 조용한 가운데 이뤄졌다. 특히 말을 많이 할 것 같았던 남자아이들이 굉장히 조용했다. 질문할 거리가 떨어져 고생도 좀 했다. 즉석에서는 질문거리가 생각나지 않는다는 것을 깨달았다. 질문을 많이 준비할 걸 하고 반성했다. 인터뷰 중간 중간에 선생님 핸드폰이 두 번이나 울렸다. 너무나 바쁜데도 시간 내 준 것이 굉장히 감사했다. 30분쯤 인터뷰를 하고 나왔을 때는 해가 떨어지고 거뭇거뭇한 밤하늘이 우리를 기다리고 있었다. 정말 우리가 김혜련 선생님을 만날 수 있을까, 가는 내내 걱정을 했는데 이렇게 실제로 만나고 나서도 실감이 나지 않았다. 비록 내가 생각한 대로 잘 되지는 않았지만 좋은 것을 많이 얻은 인터뷰였다. 정말로 감사드린다. 부족한 질문에 성심성의껏 답변해 주신 김혜련 선생님에게.

선진   이혼 문제가 책에서도 그렇고 가부장제 때문이라고 생각하거든요. 가부장제를 없애려면 어떻게 해야 하나요?

김혜련(이하 김)   가부장제라는 것도 사실은 많이 변화하잖아요. 요즘 젊은 사람들 참 많이 변하고 있다고 생각해요. 제도라는 게 어느 날 한순간에 사라질 수는 없잖아요. 개인의 의식이 변화하면 그게 모여서 새로운 제도도 만들어지는 거고 그렇게 해서 변화해 온 게 참 많죠. 가부장 제도도 마찬가지라고 생각해요. 옛날에는 우리가, 사회가 여자들에게 독립할 수 있는 기회를 안 줬다고. 경제력을 가질 수 없게 만들었잖아. 교육도 안 시켰고 직업도 못 가지게 했고. 옛날 여자들은 아주 단순하게 말하면 먹고살기 위해서 결혼을 했단 말이지. 결혼 안 하면 먹고살 수 없으니깐.

삼종지도! 삼종지도란 게 그런 거잖아. 어릴 때는 아버지한테 복종하고, 나이 들어서는 남편한테. 그런데 현대 사회에 와서 여자들이 점점 경제력을 갖게 되고 독립적인 삶을 살게 되니깐 여자들이 변하지. 옛날에는 안 참을 수가 없는 거지. 왜냐면 결혼을 깨고 나오면 먹고살 수가 없어 당장 죽으니깐. 하지만 이제는 참지 않아도 될 건 참지 않겠다, 이런 여자들이 많이 나오고, 요즘 독신도 많잖아. 그렇게 의식이 많이 변화한 여자들이 많아지면 남자들도 따라서 변화할 거라고. 결혼 제도 안에서는 남자들이 기득권이 많은데, 그걸 지금까지 너무 당연하게 생각하잖아. 학생들도 혹시 엄마 아빠가 똑같이 직장 생활 하는 분이 있어요?

태동 저요. 맞벌이를 하세요.

김 음. 똑같이 밖에서 일을 하시면서 집안일은 누가 해요?

태동 엄마가 주로 하세요.

김 엄마가 주로 다 하시잖아.

태동 빨래 같은 경우는 아빠도 하시고…….

김 그건 뭐 세탁기 갖고 돌리니깐. 좀 도와주는 정도고 그치? 가족생활은 다 여자들 몫이고, 같이 경제 활동을 하면서도……. 그러니깐 결혼이 여자들한테 점점 좋은 선택이 아니게 되는 거지. 그렇게 되면 나중에 남자들이 결혼도 할 수 없게 될 거라고. 가부장제는 굉장히 남성 중심이고 남성 우월적인 제도잖아요. 그게 변할 수밖에 없다고 봐.

남자들이 변하지 않으면 남자들도 정말 행복할 수가 없지. 특히 여러분 같은 신세대들은 많이 변화할 거라고 봐요. 부인하고 다 같이 경제력을 가져야지 안 그러면 살기가 힘들어지니깐. 같이, 함께 살아야지 여자가 해 주는 밥 먹겠다, 여자가 빨아 주는 옷 입겠다, 이렇게 해서는 앞으로 우리나라 이혼율이 점점 높아질걸! 가부장제는 개인의 의식이 변하면 제도도 결국 바뀔 수밖에 없다고 생각해요. 속도야 느리겠지만, 그렇지만 우리나라처럼 빨리 변화하기도 하죠. 지금처럼.

선진   요즘에 여성들이 결혼을 안 하려고 하잖아요. 집에서 가정생활만 해야 하니깐. 독신을 어떻게 생각하시는지.

김   이제 결혼은 필수가 아니라 선택이라고 보거든. 옛날 여자들은 먹고 살기 위해서 필수로 결혼해야 했지만 지금 여자들은 선택이지. 내가 이 나이 되면서 이렇게 보니까 사람에 따라서 결혼해서 오히려 더 잘 사는 사람도 있고, 독신으로 자유롭게 더 잘 사는 사람도 있어. 자연스럽게 여자들 독신이 늘 것 같고. 남자들도 가족을 먹여 살려야 하는 부담감이 되게 많잖아. 아이엠에프 때 우리나라 남성 노숙자들이 많이 생긴 것도 가족을 먹여 살릴 수 없으면 더 이상 인간이 아니라고 스스로 생각하기 때문에 집을 떠나와서잖아.

결혼이 개인의 자유나 그런 것들을 계속 구속하면 독신은 계속 늘 것 같아. 그거는 개인의 자유로운 선택이라고 생각해요. 스스로, 내가 어떤 삶을 선택해서 살 건지 자기 자신을 좀 이해하면 선택을 하게 될 거 같애. 그러니까 결혼해서 잘 살 수 있는 사람도 있고, 독신으로 잘 살 수 있는 사람도 있고.

태동   텔레비전 프로를 보니까요. 프랑스의 결혼에 대해서 나왔는데요. 프랑스에서는 먼저 동거를 한 후에요, 살아 보고 이 사람이 좋다 아니다 판단하고 그 다음에 결혼한대요. 어떻게 생각하세요?

김   동거도 좋은 형태라고 생각해요. 특히 우리는……. 여러분 학교는 남녀 공학이라서 너무 좋네. 여학교 남학교 갈라놓으니깐 이성에 대해서 잘 모르고 신비감만 많이 가지고 있고, 서로를 알 수도 없고, 그래서 서로 딴 꿈 꾸다가 만나서 너무 실망하고. 그래서 깨지고. 서로를 충분히 알기 위한 그런 기간들은 참 필요한 것 같고, 동거라는 형태도 좋든 나쁘든 앞으로 많이 생길 거예요. 그런데 이제 동거를 할 때 자세, 그게 참 중요한 거 같애. 정말 책임 있는 동거를 해야지, 잘못하면 또 여자한테 피해를 주는 선택이 될 수 있지. 동거를 하면서도 똑같이 결혼 형태로 될 수도 있고.

이혼할 때 제일 큰 문제는 사실 자식이잖아. 자기들은 성인들이니깐 새로운 삶을 살 수 있는데 아이들은 그게 아니니깐. 동거든 결혼이든 자기들이 정말 책임 있는 부모가 될 수 있을 때까지는 아이 안 낳는 거, 그거 참 좋은 일인 것 같아요. 우리는 결혼했다 하면 무조건 애 낳고 이러잖아. 부모가 되는 게 세상에서 제일 어려운 일인 거 같거든. 나도 아들이 고1이에요. 세상에서 제일 어려운 게 좋은 엄마가 되는 일인 거 같애. 아주 열심히 노력하면 좋은 선생님은 될 수 있을 거 같은데. 그러니까 함부로 아이를 낳지 않는 일, 동거도 책임 있는 동거가 돼야 하고. 뭐 좋은 선택이라고 생각해요.

선진 그런데 동거를 한 뒤 결혼을 해도요, 그게 더 이혼율이 높다고 하는데요. 동거를 해서 결혼을 하는데 그건 왜 그런 거죠?

김 글쎄 동거하다가 결혼한 게 이혼율이 더 높다는 건 어디서 나온 통계인가? 어쩌면 개인으로서 더 자유롭기 때문에 그럴 수도 있을 것 같아요. 서로 더 많이 알아서 그럴 수도 있을 거 같고. 남자들이 안 변하면, 남자들이 지금 여러분 아버지들처럼 계속 그렇게 살기를 고집한다면 앞으로 대한민국은 점점 이혼율이 높아질걸.

선진 요즘 이혼의 형태는 어때요?

김 여성학과 논문이 이 책으로 나온 거예요. 내가 이 논문을 쓸 때하고 지금하고 벌써 10년이 지났죠. 그런데 10년 동안 참 많이 변한 거 같아요. 이때만 해도 이혼이란 게 사회적으로 낙인찍혀서 이혼했다 그러면 무슨 전과자 취급을 받는, 그래서 다들 이혼을 하고도 얼굴을 가리고 살아야 되고……. 지금은 이혼에 대해서 훨씬 당당해지고 이혼율 자체가 굉장히 많이 늘어났어요. 특히 젊은 이혼층들하고 황혼 이혼이 늘었어요. 60~70세 넘어서 하는 이혼은, 할머니가 평생을 참고 살다가 남은 인생은 정말 그렇게 안 살고 싶다 이런 걸로 나오는 걸 텐데…….

이혼이 일단은 옛날보다 훨씬 늘었어요. 이혼한 사람을 바라보는 사람들 시선도 옛날처럼 그렇게 죄악시하거나 이상한 사람들로 보지 않는, 바람직한 방향으로 흘러가고 있는 거 같아요. 그렇지만 여전히 이혼한 사람들이, 이혼이라고 하는 것도 하나의 문화인데 건전하고 나름대로 건강한 문화를 만들 수 있는 상황은 아닌 거 같아요. 그래서 이혼하고 금방 재혼도 하고 그랬다가 또 이혼하고 이렇게 반복되기도 하는데 이혼이 옛날보다 확실히 많아지고 좀 더 자유로워진 것만은 사실이죠.

정환 이혼을요, 예전에도 하고 지금도 계속하잖아요. 예전하고 지금하고 그 사례가 많이 다른가요?

김 달라진 면이 있어요. 옛날에는 배우자 외도가 제일 컸을 거예요. 특히 우리나라 남자들 외도가 심하니까. 그런데 요즘은 성격 차이 이런 게 아주 많이 나와요. 예전에는 여자들이 견디다 견디다 못해서 이혼을 하는 경우가 많았다면 요즘은 예전에 비하면 좀 더 쉽게 이혼을 해요. 그만큼 요즘 사람들이 참을성이 없어졌다 얘기하잖아요.

똑같은 현상을 놓고도 어떻게 보느냐에 따라 다른데 어쩌면 요즘 젊은 사람들이 자신들의 자유에 대해서 옛날 사람들보다 훨씬 더 중요하게 생각한다고 할 수 있지. 안 맞는 결혼을 굳이 참고 살겠다는 생각이 없는 건, 그만큼 자기 자신의 삶을 소중하게 생각하는 면도 있겠죠. 옛날처럼 참다 참다 하는 이혼보다는 정말 내 인생이 이게 아니다 그러면 옛날보다 쉽게 이혼을 하는 거 같아요. 그런 면에서 많이 달라진 거죠.

이혼밖에 방법이 없나요?

형철 선생님께서 성격 차이 때문에 이혼을 많이 한다고 하셨는데요. 해결 방안이 이혼밖에 없는 걸까요?

김 그러게 말이에요. 해결 방안이 꼭 이혼밖에 없는 건 아닐 텐데. 우리나라 사람들, 관계 훈련들이 안 돼 있으니깐. 좋은 관계 훈련들, 요즘 그런 거 하는 데 많을 텐데……. 그거 참 좋은 질문이에요. 해결 방안이 꼭 이혼밖에 없냐, 그렇진 않을 거예요. 요즘 이혼을 쉽게 한다 해도 여전히 이혼을 하면 상처가 깊고 인생에서 큰 좌절감을 느낄 텐데. 그러니까 결혼할지 안 할지, 아까 얘기한 것처럼 자신에 대해서 잘 알고 상대에 대해서도 깊이 알아야 돼. 그러면서도 사실 결혼은 많은 걸 양보해야 하는 거예요. 양보할 마음이 없다면 결혼을 안 해야 될 거야.

사람들이 어쩌면 너무 쉽게 결혼을 하는 거겠죠. 이혼이 많이 늘어나는 거는 어떤 면에서 보면 너무 쉽게 결혼하고 헤어진다는 거지. 결혼할 때 어떤 마음가짐인가가 참 중요하겠지. 상대를 위해서 내가 뭔가 양보하고 돌봐 주고 그런 마음이 아니라면 결혼해서 행복해지기 힘들어요.

선진 학교에서도 결혼에 대해서는 교육을 하면서 이혼에 대해서는 가르치지 않는 것 같아요. 오히려 가부장제를 당연한 듯이 가르친다는 느낌을 받았거든요.

김 학교는 너무 보수적이야. 사회가 변하는 걸 학교가 못 따라가고 있어. 요즘 학교 붕괴니 뭐니 하는 게 결국 학교 구조가 너무 낡았기 때문이거든. 여러분들 지금 학교 너무 재미없고 싫잖아. 그만큼 학교가 문제가 많다는 거야. 여러분처럼 의식이 변화하는 사람들을 앞에서 이끌어 줘야 하는데, 그럴 능력이 지금 학교에는 없다고. 앞으로 학교는 계속 변해야 되고, 학교에서 가르친 대로 살면 여러분들 인생 잘 못 살아요. 의식이 깨어 있는 선생님들도 있겠지만 대부분 교사가 되는 사람들의 성향이 있거든. 굉장히 모범적이고, 기존의 것을 잘 따라가는 사람들이 모범생이잖아. 모범적이라는 건 어떤 면에서 굉장히 보수적인 거거든. 여러분들이 앞으로 살아갈 사회는 그 이전의 사회와는 많이 다른 사회일 텐데 선생님들이 그거에 대한 모델을 제시해 주는 게 굉장히 어려워요. 여러분들이 찾아야지, 그런 모델들을.

요즘 인터넷 같은 게 발달되어 있으니까 정보도 많고, 좋은 선생님이 있어서 이런 책도 읽고 오고 이러네. 앞으로는 다양성이 존중되는 사회가 되어야지. 당연히 개인들이 행복하고……. 예를 들어서 나는 결혼 안하고 싶은데 다들 결혼해서 너 왜 결혼 안 하냐고, 우리 학교 선생님도 그런 분이 계시거든. 40세가 넘었고 독신인데, 365일 동안 단 하루도 결혼에 관련된 질문을 안 받는 날이 없대. 그게 얼마나 폭력이야. 어디 아프면 거봐 시집 안 가니까 아프지, 모든 게 다 그런 거야.

사람들이 획일적인 삶을 살면서 타인에게 얼마나 폭력을 행하고 있는지 스스로 모르는 거지. 그런 사회에서는 개인들이 정말 행복할 수가 없다고. 다양성을 인정하는 사회가 되어야 하고, 그런 건 여러분들이 학교에서 배우기 어려울 거예요. 다른 데서 많이 배우려고 해야 되고, 또 여러분들 의식이 변하면 선생님들도 여러분들한테 밀려서 공부를 더 해야될 거야. 그렇게 되겠지 뭐…….

선진　부모님들도요. 자신들은 불행하게 결혼 생활을 하고 있으면서 자식들에게는 결혼을 하라고 하잖아요. 저희 부모님도 결혼하기 싫다고 하면 너는 행복할 거라고 그러거든요.

김　그래요. 부모들도 사회 구조 속에서 결혼이 어떤 위치에 있는지 지도를 가지고 있는 분들이 많지 않잖아. 부모님들 같은 경우는 당신의 불행을 내가 저 남자 잘못 선택했기 때문이야, 내가 저 여자 잘못 선택했기 때문이야, 이렇게 개인의 문제로 생각하기 쉽지. 그래서 우리 딸이 훌륭한 남자 만나고, 우리 아들이 괜찮은 여자를 만나면 다 행복할 거라고 생각하기 쉬워. 그런데 사실은 지도를 그려 보면 지금 같은 결혼 제도 속에서는 남자든 여자든 행복하기 쉽지 않거든. 부모님들 같은 경우는 내 자식들 데리고 모험을 하고 싶지 않잖아. 내 자식은 가장 안전한 길로 살아 주길 바라잖아. 그리고 기본으로 어른들은 변화를 두려워하고. 그런데 꼭 그런 부모들만 있는 건 아닐 거예요.

　내 아들이 농담 비슷하게 엄마 내가 혹시 게이가 되거나 변태가 되면 어떻게 할 거야 그래요. 그건 니 인생이지 내가 뭐 어쩔 수 있냐 그랬더니 자기한테 관심이 없는 거네 하는 거야. 관심이 없기는 누구보다 관심이 많지. 그런데 나는 내 자식이 진짜 자기가 원하는 대로 산다면 그게 자기 행복이라고 생각해요. 걔가 동성애자가 되든, 정말 극단적으로 생각할 때 그럴 수도 있고, 그게 뭐 그렇게 극단적인 것도 아니지.

　부모님들이 말은 그렇게 해도 속으로는 어쩌면 다른 생각을 하고 있을지도 몰라요. 겉으로는 안전한 말만 하니깐. 나도 내 자식이 안전하게 살면 좋겠지. 그렇지만 걔가 그렇지 않은 아주 변화무쌍한 모험적인 삶을 살고 싶다면 그것도 걔 인생이니깐. 그런데 부모님들은 어쩔 수 없이 선생님들하고 비슷하지. 기존의 제도에서 사니까 주로 그런 얘기를 하실 거예요.

승덕 행복한 삶을 살려면, 어떤 식으로 해야 행복한 삶을 살 수 있을까요?

김 글쎄 말이야. 제일 중요한 얘긴데. 우리 모두가 행복해지기 위해서 이 세상에 왔을 텐데. 제일 중요한 건 자기 자신을 가장 잘 아는 거라고 생각해요. 너무 막연하지? 그런데 우리는 자기 자신을 모르잖아. 사실은 학교 다니면서 공부하는 것도 내가 왜 공부를 해야 하는지 알고 공부해요? 남들이 다 하니까, 무조건 대학 가야 되니까 그치? 나는 이렇게 살아서는 행복해질 수 없다고 생각해. 대학을 가도 내가 왜 대학을 가는지, 한 번밖에 없는 내 인생에 대해서 정말 진지하게, 내가 왜 살까, 나는 어떻게 살고 싶은가, 그런 질문들을 계속하면서 살아야지. 그러면 결혼하든 안 하든 자기 행복은 자기가 지킬 수 있을 거 같애.

그리고 이건 진실인 거 같아요. 혼자 잘 살 수 있어야지 둘이서도 잘 살아요. 그리고 여럿이도 잘 살지. 예를 들어서 서로 의존적인 두 사람이, 서로 모자라는 두 사람이 만나서 모자란 부분을 서로 보완하면서 살 거 같잖아, 왠지. 그런데 그거는 정말 환상이거든. 모자란 두 사람이 만나면 서로 모자란 것 때문에 계속 부딪칠 수밖에 없다고, 미숙하기 때문에.

결혼을 하기 이전에 성숙한 개인으로 설 줄 아는 거. 성숙한 개인으로 선다는 건 구체적으로 경제적으로 독립할 줄 아는 거야. 이건 특히 여자들 경우가 그렇겠지. 만약 남자한테 의존해서 살려고 결혼을 한다면, 항상 그렇잖아, 누구한테 의존을 하는 건 그만큼 복종이라는 것도 따르는 거잖아. 남자들 같은 경우는 여자한테 생활적인 의존을 하면 또 거기에 묶이는 거야.

　나는 아들을 기를 때 어릴 때부터 그건 철저히 했던 거 같아요. 자기 먹을 거 자기가 챙겨 먹을 줄 알고, 설거지도 하고, 빨래도 다 하고. 한 번도 걔 교복이나 운동화 같은 거 빨아 준 적이 없거든요. 그거는 자기가 알아서 하는 거지. 나는 대한민국의 나이든 어른 남자들이 어떤 면에서 굉장히 불구라고 생각해. 온존한 인간이 못 되는 거야. 자기 일상을 책임질 줄 모르잖아. 자기 일상도 책임질 줄 모르면서 뭘 하겠다는 거야.

　여자들은 제일 심각한 게 심리적으로 남자한테 의존하고 싶어 하는 그런 마음 있잖아. 멋진 왕자가 나타나서, 신데렐라 꿈 같은 거 다 꾸잖아. 심리적으로 의존하려고 하는 마음을 여자들은 정말 많이 없애야 되고, 정신적으로 독립할 줄 알아야 될 거 같아. 남자들은 일상적인 독립을 할 줄 알아야 될 거 같고. 그러면 혼자 잘 살 수 있는 멋진 인간이 되거든. 그럼 혼자 잘 살 수 있는 멋진 인간이 되면 그 다음에는 결혼해도 좋고 안 해도 좋지. 살다가 정말 내 마음에 드는 짝이 나타나면 40세가 되든 50세가 되든 그때 결혼할 수도 있는 거고. 안 나타나면 좋은 친구들이랑 어울려서 살 수도 있고. 지금 다양한 공동체들이 생기는 거 같아요. 친구들끼리 공동체를 만들어 살기도 하고.

　정말 행복해지려면 내가 진짜 원하는 게 뭔가 그걸 확실하게 알아야 하는 거지. 그거는 하루아침에 알아지는 게 아니에요. 계속 자기한테 묻는 훈련을 해야 되지. 여러분이 지금부터 묻는 훈련을 하면 여러분이 내 나이쯤 되면 진짜 멋진 삶들을 살 거야. 나는 십 대 때 진짜 그런 얘기를 해 주는 어른이 아무도 없었어. "너 인생 어떻게 살아 봐라." 모델도 없고, 아무것도 없고, 혼자 막 여기저기 좌충우돌하면서, 상처투성이 되면서 내 길을 찾아온 거 같거든. 결혼을 하든 안 하든 자기답게 사는 게 행복한 거 아닐까?! 나는 농부가 되고 싶은데 대통령 시켜 놓으면 그게 뭐 행복하겠어, 불행하지. 나보고 대통령 하라고 하면 나는 절대 안 할 거거든. 왜냐면 나는 대통령 하면 너무 불행할 거거든. 행복은 남들이 다 가는 길을 가는 게 아니라 진짜 내가 원하는 길을 가는 건데. 그런데 중요한 건 내가 원하는 길이 뭔지를 모른다는 거잖아. 그러니까 그거를 찾기 위해서 우리가 계속 훈련을 해야 하는 거지.

선진 요즘 어떤 활동을 하시는지…….

김 사실 여러분들이 나 찾아올 때 처음에는, 장난을 치는 건가, 고등학생인데 이혼 이러니깐 약간 미심쩍었다가 그건 아닌 거 같고(웃음). 요즘 나는 학교 선생을 그만두려고 준비하고 있어요. 교사 생활을 20년쯤 했는데 처음에는 선생을 하기 싫었어. 나는 시인이 되고 싶었거든. 좌절된 시인인 거지. 대학 내내 시를 쓰고 결국은 밥 벌어먹어야 하니까 선생을 시작했어. 싫어하면서 시작했는데 내가 학교를 만나 보니까 내가 싫어하는 건 교사 문화지, 학생들을 만나는 일은 너무 좋았어. 그게 참 기뻤던 거 같애. 나는 학교 다닐 때 모범생도 아니고 맨날 지각하고 가끔 땡땡이 치고 그런 학생이었거든. 그런데 학교를 왔으니 얼마나 괴로웠겠어. 하지만 항상 행복했어요. 그래서 20년쯤 한 거 같아요. 지금까지도 교사 문화나 학교 문화 그런 건 잘 적응 못해요.

선생 그만두려고 하는 게, 더 이상 아이들하고 눈높이를 잘 못 맞추겠어요. 내가 나이 드니깐 내 관심과 아이들의 관심이 점점 멀어지고 옛날에는 서로 얘기하고 그러면 행복했는데, 더 하면 좋은 선생님이 될 자신이 하나도 없는 거야. 교사로서의 내 모습이 암흑 속에 있고 또 하나는 좀 다른 인생을 살아 보고 싶어요. 선생 아닌 제2의 인생. 그래서 올해 선생을 접고 내년 일 년은 좀 놀아야죠. 그동안 일을 했으니까. 그래서 인도 다람살라에 가서 놀고 영어 공부도 좀 하려고 3개월을 잡고 가요. 더 있을 수도 있고, 남은 인생을 즐겁게 살려고요.

우리들의 뒷모습

사진 | 주형철(2학년 4반)

우리 조원　주형철, 박정환, 김태동, 박선진, 최승덕.

날짜　9월 26일 금요일.

촬영 장소　학교 앞 정류장, 버스 안, 지하철 안, 청량리역, 김혜련 선생님의 상담실, 풍문여자고등학교 운동장, 음식점.

사진 속 인물들　박정환, 김태동, 박선진, 최승덕, 김혜련 선생님.

　처음에 사진기를 손에 들었을 때 잘 찍을 수 있을까 고민을 많이 했다. 내 나름대로는 각자의 표정을 잘 잡아내려 애썼는데 생각처럼 쉽지 않았다. 지금 현상한 사진들을 보면 너무 아쉽다. 좀 더 잘 찍을 걸 하는 마음이 아직도 간절하다. 하지만 촬영에 응해 준 친구들과 우리가 만나고 온 김혜련 선생님에게 너무나도 감사드린다. 사진을 찍는 게 얼마나 신기하고 즐거운 일인지 알게 되어 기쁘다.

사진기를 들게 된 계기

이번 독서 수행평가는 참 독특했다. 책을 쓴 저자들 인터뷰하기. 처음에는 누구도 감당 못할 과제였다. 우리들만의 전쟁이라고 해도 과언이 아니다. 인터뷰를 하기 전 준비 단계가 있었는데, 그것은 인터뷰란 과제를 수행하기 위한 분업이었다. 기획, 외교, 질문, 최종 보고서, 사진, 이 다섯 가지 중에 한 가지씩을 골라 각자 맡은 일을 해야 한다. 우리 조원 5명은 고민이 많았다. 먼저 사진은 사진기가 필요했기 때문에 사진기가 있는 사람을 찾았다. 아무도 없는 눈치였다. 우리 집에 사진기가 있었지만 난 사진을 찍는 것도 찍히는 것도 별로 좋아하지 않았기 때문에 되도록 피하려고 했다. 그러나 한번 해 보는 것도 좋을 것 같아 사진을 선택했다.

뒤를 이어 외교는 승덕이, 질문은 선진이, 보고서 작성은 태동이, 마지막으로 이번 인터뷰에서 우리 조 총책임자 기획은 정환이가 맡게 되었다. 우리는 서로 자기가 맡은 일에 충실하기로 약속하고 인터뷰를 위한 준비를 했다.

사진은 여백의 미

송승훈 선생님이 사진은 여백의 미라고 말씀하셨다. 여백의 미를 지키려 나름대로 애를 쓰며 촬영했는데 그게 내 마음대로 되는 것이 아니었나 보다. 잘 찍은 사진이 한 장도 없다. 내가 사진기를 들고 찍을 때는 표정도 좋고 구도도 좋았다고 생각했는데 현상을 하고 나니 그게 아니었다. 사진작가들의 살아 있는 사진은 아니라도 좀 더 활력 있는 사진을 원했는데 그게 아쉽다. 좀 더 자신감 있게, 과감하게 촬영을 했다면 좋은 사진들을 건질 수 있었을 텐데 말이다.

우리들은 사진 모델

나의 처음 의도는 다음과 같았다. 먼저 우리 조원 개개인 특유의 표정과 행동을 찾아내자. 둘째, 자연스러움을 사진 속에 담자. 이 두 가지였다.

내가 담고 싶은 아이들 표정은 이러했다. 첫 번째, 우리 대장인 기획 정환 군. 정환 군은 말이 많은 편이 아니다. 그래서 그런지 많이 웃는 편도 아니다. 난 정환 군 특유의 묵직한 모습은 제외하고 웃는 모습 같은 밝은 모습을 찾아내려 애썼다. 인터뷰 내내 즐거워서 웃는 정환이의 모습을 많이 본 것 같다.

두 번째, 승덕이는 엉뚱한 말과 행동으로 우리에게 많은 웃음을 주었다. 승덕이의 익살스러운 표정을 담아내는 건 비교적 쉬웠다.

세 번째 태동이는, 알 수 없는 베일에 쌓인 인물이다. 평소에는 과묵하고 말이 없는, 그렇지만 중간 중간 한 방씩 터뜨리는 말과 행동이 우리를 놀라게 하는 핵폭탄 같은 사나이다. 나는 그 순간을 놓치고 싶지 않아서 유난히 태동이를 관찰하고 또 관찰했다.

마지막 우리 조에서 유일한 여학생 선진이. 선진이는 학교에서 매일 잠만 자고 이야기도 많이 해 보지 않아서 조금 껄끄럽고 대화하기 어색할 줄 알았다. 하지만 김혜련 선생님에게 질문하는 도도한(?) 모습을 보고 그런 생각은 한순간 사라져 버렸다. 선진이가 질문하기 전에 준비해 둔 질문지를 정리할 때와 인터뷰할 때 긴장한 모습은 사진을 찍는 나한테는 왠지 뿌듯한 모습이었다.

그리고 마지막으로 어렵게 바쁘신 와중에도 인터뷰를 허락하신 김혜련 선생님. 참 고마운 분이셨다. 선생님이 성심성의껏 대답해 주는 모습이 너무 가슴에 와 닿았고, 인터뷰를 마치고 찍은 단체 사진에서 우리들의 어머니 같은 온화함을 느꼈다.

사진이란······

사진은 참 신기하다. 사진 찍는 그 순간을 마치 시간이 멈춘 것처럼 잡아낼 수 있다는 게 말이다. 이번 사진 촬영을 마치고 느낀 것이 있다. 모든 것은 각자의 모습이 있다는 것. 그것을 찾아내는 게 힘들다는 점이 신비스러울 정도였다. 너무 재미있는 점들이 많았다. 지금 사진들을 보고 있으면 웃음이 난다. 사진에 찍힌 당사자들도 너무나 재미있어한다. 사진은 여러모로 즐거움을 주는 신기한 물건이다. 이번을 계기로 사진에 관심이 생겼다. 다음에는 좀 더 살아 있는 사진을 찍고 싶다. 여러 가지 표정들로 가득한 사진을 말이다.

정 희 진 ◉ 페 미 니 스 트 를 만 나 다

읽은 책
《저는 오늘 꽃을 받았어요》. 여성의 인권 중에서도 '아내 폭력'이라는 사회
문제를 보수적인 시각에서 벗어나 새로운 시각으로 접근하여 해결해 보고자
한 책.

글쓴이
정희진.

만난 분
정희진. 여성 인권 전문가. 서울시립대, 서강대 강사. (사)한국여성의전화연합과 또하나의문화
여성과인권연구회에서 활동하고 있으며, 기지촌여성공동체 새움터의 운영 위원이다.

함께한 사람들
조은영_기획(fally88@hanmail.net)
김윤주_외교(dbswn557@hanmail.com)
성다소미_물음(-dasomi-@hanmil.net)
석유성_사진(tmprincess@hanmail.net)
백재욱_최종 보고서(dunkshoot1114@hanmail.net)

보고서에 대한 간단한 소개
이화여자대학교 정문 앞에 있는 찻집에서 인터뷰를 했다. 주로 '여성 인권'에 대한 이야기를 나
누었다. 책의 내용을 다시 한번 짚어 보기도 하고, 그 외에 우리 생활 속에서의 '성차별', '양성
평등'에 대한 많은 이야기를 나누고 쓴 보고서이다.

정희진을 잡아라

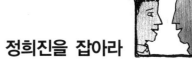

외교 | 김윤주(2학년 4반)

인터뷰? 난 그거 기자들만 하는 것인 줄 알았다. 그래서 처음 독서 선생님에게 과제 이야기를 듣고, 더럭 겁부터 났다. 과연 내가 할 수 있을까? 그렇게 걱정 반 기대 반으로 인터뷰를 준비했다. 하지만 아이들과 역할을 나누고 인터뷰할 대상을 정하자, 점점 인터뷰의 틀이 잡혀 갔고 차츰 자신감이 생겼다. 또 작년 선배들이 인터뷰한 내용이 잡지에 연재되었다는 이야기를 듣고, 우리 모임 인터뷰를 정말 멋진 작품으로 만들어 잡지뿐만 아니라 가능하면 신문에까지 실릴 수 있도록 완벽한 인터뷰를 만들겠다는 꿈도 꾸었다.

하지만 우리 모임의 인터뷰는 정말 눈물 없이 들을 수 없는 드라마 시나리오를 능가했고, 지금 생각하면 서러움에 코끝이 찡해질 정도로 힘들고 어려웠다. 쉽고 재미있게만 보였던 처음 생각과는 판이하게 달랐다. 내가 맡은 역할은 외교였다. 선생님이 인터뷰할 사람을 만나기 전까지는 외교가 가장 중요하다고 하셨다. 하지만, 우리 모임은 나부터가 문제였다. 아니 내가 제일 문제였다. 우리 모임의 인터뷰는 다른 모임처럼 그리 순탄하고 쉽지만은 않았다. 자, 그럼 지금부터 그 힘들고도 어려웠던 인터뷰의 시작으로 돌아가 보자.

적을 알고 나를 알면 백전백승!

좀 더 구체적이고 완벽한 인터뷰를 위해, 우선 인터넷 검색을 해서 정희진 선생님에 관해 가능한 많은 자료를 수집했다. 인터뷰를 하면서 서로 대화가 통해야 선생님에게도 우리에게도 좀 더 유익하고 즐거운 인터뷰를 만들 수 있겠다 싶어서 모임 아이들과 분량을 나누어 선생님이 쓴 사설들과 다른 곳에서 인터뷰한 내용들을 빠짐없이 읽었다. 다음 내용은 우리 모임에서 인터뷰한 정희진 선생님에 관한 정보들이다.

정희진

1967년생. 학부에서 종교학을, 대학원에서 여성학을 공부했다. (사)한국여성의전화연합과 또하나의문화 여성과인권연구회에서 활동하고 있으며 기지촌여성공동체 새움터의 운영 위원이다.
《한국 여성 인권 운동사》(한국여성의전화연합 편, 1999)에 '한국 매춘 여성 운동사'를 쓴 적이 있고, 그 책을 기획·편집했다. 여성에 대한 폭력과 집단 학살, 여성주의 심리 상담, 인간의 고통을 글로 표현하는 것에 관심을 가지고 있다. 요즘에는 사랑이 없는 믿음의 폭력성에 대해 고민하고 있다. 여성학자 정희진씨는 장안에서 알아주는 인기 강사다. 호쾌한 말투와 넘치는 지식이 장기다. 평소 대학 두 곳에 출강하는 것 외에도 여성 단체, 노동조합 등에서 사회 운동, 탈식민 여성주의, 성폭력 등 다양한

주제로 강의한다. (중략)

정희진 씨는 권력과 폭력, 대량 학살 문제에 관심이 많다. 역사와 세계, 인간을 들여다보고 해석하는 창(窓)이기 때문이다.

출처 : 다음미디어(www.daum.net)

선생님에 관한 자료를 본 후, 내용이 너무 어려워 인터뷰하는 것이 쉽지 않을 거라고 생각했다. 선생님의 소개마다 똑똑하고 지식이 많은 사람이라는 소리에 혹 우리와 말이 통하지 않아서 답답해하시면 어떡하나 걱정이 됐다. 좀 더 자세하고 더 많은 정보를 찾아서 인터뷰를 준비해야겠다.

안녕하세요? 저희는 광동고등학교 학생들입니다.

인터뷰 대상을 정희진 선생님으로 정하고 난 후 선생님과 연락하기 위해 좀 더 구체적인 정보를 찾기 시작했다. 혹시 선생님의 연락처를 알 수 있지 않을까 해서 선생님이 쓴 책들의 출판사에 전화를 해 봤지만 연락처를 알 수 없었다. 그래서 메일로 첫인사를 드리기로 하고 메일 주소를 찾았다. 두근두근 떨리는 마음을 가라앉히며 한 자 한 자 정성스레 글을 쓰고, 선생님 책을 읽고 쓴 서평들을 첨부해서 메일을 보냈다. 그렇게 메일을 쓰고 전송 단추를 누른 후 온 마음과 정성을 다해 신성한 마음으로 기도를 했다. 그리고 아주 특별한 주문도 걸었다. '메일아, 제발 선생님께 잘 도착해서 답장을 가져와! 답 메일아, 와라, 와라, 와라, 와라, 와라!' 이렇게. 다음은 선생님에게 처음 보냈던 메일 내용이다.

안녕하세요? 정희진 선생님, 저희는 남양주시에 있는 광동고등학교 학생들입니다.

저희가 이렇게 메일을 보낸 건 다름이 아니오라, 선생님을 인터뷰하고 싶어서요. ^_^ 이번 독서 과목 과제가 책을 읽고 책의 저자나 책 내용과 관련된 일을 하는 분들을 만나 인터뷰하는 것인데요, 저희 모임은 선생님이 쓴 《저는 오늘 꽃을 받았어요》라는 책을 읽었습니다. 선생님을 꼭 인터뷰하고 싶어서 이렇게 메일을 보냅니다.

선생님, 꼭 한번 만나 뵙고 싶습니다. 혹시 특별한 일 없으시면요, 제 메일로 연락 주시겠어요? 물론 시간이 없으면 하지 않으셔도 됩니다. ^_^ 너무 부담 갖지는 마시구요.

아, 참 제 소개를 안 했네요. 제 이름은 김윤주입니다. 선생님을 꼭 만날 수 있기를 간절히 바라고 있겠습니다. ^_^

그리고 저희를 혹시 못 만나 주셔도 메일은 꼭 보내 주셨으면 감사하겠습니다. 연락 기다릴게요.

요새 일교차가 크니까 감기 조심하시구요, 그럼 안녕히 계세요. ^_^

메일을 보낸 그 다음 날 하루 종일 선생님 메일을 기다렸다. 시간이 나는 대로 학교 선생님들의 컴퓨터를 빌려 메일을 확인하고 또 확인했지만 선생님이 보낸 메일은 없었다. 그렇게 하루가 지나고, 바쁜 분이니까 만나기 힘들겠구나 하는 생각으로 인터뷰할 다른 분을 찾기 시작했다. 그러다가 마지막으로 딱 한 번만 더 확인해 보자는 생각으로 메일을 확인했다. 그 순간 정말 놀랍게도 선생님의 답 메일이 있었다. 화면 안에 정희진이란 이름을 보고 너무 좋아서 소리를 질렀다. 너무 기쁘고 뿌듯해서 정말 날아갈 것 같았다. 하지만 만날 수 없다는 메일일 가능성도 배제할 수 없기에 흥분된 마음을 다잡고 조심조심 메일을 열어 보았다. 그러나 불안한 마음과는 달리 선생님은 흔쾌히 인터뷰를 허락하셨고, 나는 기쁜 마음으로 선생님에게 가능한 시간과 우리 모임 아이들에 대한 간단한 정보도 보내 드렸다.

다음은 선생님에게서 온 답 메일 내용이다.

> 학생들에게, 정희진입니다. 메일 받고 놀랐습니다. 고등학생이 이런 책을?^_^
> 남양주에서 제가 있는 서울까지 오려면 힘들 텐데요. 저는 서울 서대문구 이화여대랑 서강대 근처에 살아요. 서울시립대에서도 강의를 하는데, 전농동이 남양주에서 가깝나요? 가능한 날짜와 시간을 여러 개 적어 보내 줄래요?
> 정희진

하지만 비극의 시작은 바로 거기서부터였다. 두 번째 메일을 보낸 후 더 이상 선생님의 답 메일은 찾아볼 수 없었다. 그 후로도 선생님에게 세 통의 메일을 더 보냈으나, 답 메일은커녕 내가 보낸 메일을 확인조차 않으셨다. 어떻게 보면 선생님하고 연락이 끊겨 버린 것이나 마찬가지였다. 다른 대상을 찾을 수도 있었으나, 선생님이 분명 만나 주겠다고 약속하였기에 나는 선생님을 믿고 좀 더 기다려 보기로 했다.

그렇게 일주일이란 시간이 훌쩍 흘러가 버렸다. 이제 더 이상은 안 되겠다는 생각에 가정 폭력과 여성 인권에 관한 일을 하는 곳과 그곳의 연락처를 모두 찾았다. 그곳에 연락을 하려는 순간, 문득 이대로 포기하기는 너무 아쉽다는 생각이 들었다. 나는 정말 꼭 한 번 선생님을 뵙고 싶었다. 그리고 그 마음은 우리 모임 아이들도 마찬가지였다. 그래서 선생님이 계시는 곳을 물어물어 찾기 시작했다.

절망의 늪에 빠지다

선생님이 계시는 곳을 찾던 중, 문득 지난번 선생님이 보낸 메일에 서울시립대학교에서 강의를 한다고 했던 게 생각이 났다. 그래서 서울시립대학교에 전화를 걸어 정희진 강사님을 찾았다. 그곳에서 선생님의 연락처를 알 수는 없었지만 금요일 3시부터 6시 50분까지 선생님 강의가 있다는 것을 알 수 있었다. 이왕 이렇게 된 거 연락을 할 수 없다면 직접 만나서 약속을 정하는 것이 낫겠다 싶어서 선생님께 실례인 줄 알면서도 무작정 서울시립대학교로 향했다. 혼자 가려고 했는데, 혹시 갔다가 선생님이 시간이 나서 바로 인터뷰를 할 수 있을지도 몰라서 모임 아이들과 함께 시립대로 향했다.

사실 그때 아이들에게 잘 표현하지는 못했지만 정말 미안했다. 내가 맡은 역할을 제대로 해내지 못해서 이렇게 된 것이기에 정말 너무 미안했다. 다른 모임은 거의 다 인터뷰를 끝내고 보고서 준비를 하고 있었는데 우리 모임은 나 때문에 정말 많은 시간을 지체하게 되었다. 지금 생각해도 아이들에게 너무 미안하다. 시험 끝나고 맛있는 거 사 주면 용서해 주려나?

어쨌든 허겁지겁 아슬아슬하게 6시 40분쯤 시립대학교에 도착했고, 선생님에게 드릴 음료수를 사서 선생님이 강의하는 강의실을 물어물어 찾아갔다. 드디어 강의실을 찾았다. 하지만 그 기쁨도 잠시, 선생님이 강의하고 있어야 할 강의실은 문이 굳게 닫혀 열릴 줄을 몰랐다. 분명 시간표에는 그 시간에 선생님 강의가 있었는데, 혹시 휴강된 것은 아닌가, 너무 놀라서 지나가던 대학생 언니에게 물어보았다. 그 언니는 교양 과목은 대부분 추석 연휴가 얼마 남지 않아 휴강을 한다고 했다. 정말 그때 마른 하늘에 날벼락 치는 줄 알았다. 휴강이라니, 그게 웬 말인가? 이게 웬 청천벽력 같은 소리란 말인가?

놀라는 것도 잠시, 더 이상 우리에게는 지체할 시간이 없었다. 서둘러 그동안 찾아 놓았던 가정 폭력 상담소들과 여성의전화, 가정 법률 사무소 등에 전화를 했다. 그리고 가능한 가장 빨리 인터뷰 약속을 잡을 수 있는 곳을 찾았다. 그렇게 수많은 곳에 전화를 해서 인터뷰 목적을 알리고 가능한 시간을 물어보았다.

그러던 중 여성의전화에서 혹시 정희진 씨를 찾느냐고 물었다. 난 너무 놀라서 맞다고, 혹시 연락처를 아냐고 물어보았다. 그분은 잠깐 기다려 보라고 하더니 선뜻 선생님의 집 전화번호를 알려 주셨다. 선생님은 핸드폰이 없어서 집 전화번호밖에 없다고 하셨다. 드디어, 아주 어렵게 선생님의 연락처를 알 수 있었다. 나는 떨리는 마음으로 선생님에게 전화를 걸었다. 신호가 울리고, 제발 집에 계시기만을 간절히 바랐다. 하지만 그런 나의 간절한 마음을 아는지 모르는지 전화에서는 지금은 부재중이오니 메시지를 남겨 달라는 말만 흘러나왔다.

그 순간 다리에 힘이 풀려 주저앉고 말았다. 저녁도 못 먹고 이리저리 뛰어다녔는데, 그 순간 그렇게 배가 고플 수가 없었다. 가까운 편의점에서 김밥과 우유를 사 먹었다. 밥을 먹으면서 선생님에게 메시지를 남겼다. 지금 이곳은 서울시립대학교 앞인데, 선생님 만나 뵈러 왔다가 그냥 간다고, 이 메시지 확인하시는 대로 연락해 달라고, 내 연락처도 함께 남겼다.

드디어 빛이 보이다

시간이 흘러 추석 연휴가 되었다. 추석 연휴가 되었지만 내 마음은 무겁기만 했다. 다른 모임 아이들은 인터뷰 숙제 다 했을 텐데, 우리 모임은 이제 어떡하나 하는 불안한 생각에 마음이 너무 무거웠다. 하지만 서서히 먹구름 속에 숨어 있던 빛이 보이기 시작했다.

추석 날, 나는 친척 집에 갔다. 친척 집에 도착해서 가족들과 다 같이 밥을 먹으려고 하는데 전화가 한 통 걸려 왔다. 어떤 중년의 여성이 나에게 김윤주 학생이냐고 물었다. 나는 한 번에 알아차릴 수 있었다. 바로 정희진 선생님이었다. 나는 너무 기쁜 마음에 웃음을 감출 수가 없었다. 선생님은 그날 많이 기다렸느냐, 춥지는 않았느냐, 몇 명이나 왔느냐, 힘들지는 않았느냐 물으면서 우리 걱정을 하셨다. 그리고 우리에게 너무 미안하다고 하셨다. 선생님은 27일까지 서울에 계시지 않았다고 하셨다. 선생님이 우리 걱정을 너무 많이 하셔서 내가 걱정하지 말라고 말씀드렸다. 선생님이 전화 주신 거, 선생님이 만나 주시는 것에 비하면 아무것도 아니라고, 너무 걱정 마시라고 선생님에게 말씀드렸다. 그러자 선생님이 웃으면서 목요일에 만나자고 하셨다.

드디어 해냈다! 드디어 인터뷰 약속을 잡은 것이다. 나는 너무 기쁜 마음에 아이들에게 전화를 했다. 인터뷰 약속이 잡혔으니 걱정하지 말고 추석 잘 보내라고 말이다. 아싸! 인터뷰 성공했다!

그렇게 선생님을 뵙다

어렵사리 우리는 정희진 선생님을 만나 인터뷰를 했다. 선생님이 내 이름을 부르면서 제일 고생이 많았다며 격려해 주셨다. 선생님의 그 한 마디에 그동안 힘들었던 일들이 다 사라지는 듯했다. 나 때문에 많이 늦어졌지만 아이들은 각자 자신의 역할을 잘 수행했고, 결과적으로 선생님도 우리도 만족하는 훌륭한 인터뷰를 할 수 있었다.

고등학교 생활 중에 딱 한 번 하는 인터뷰였는데, 잘 해내지 못한 것이 너무나 아쉬웠다. 좀 더 열심히 노력해서 더 멋있는 인터뷰와 보고서를 만들었어야 하는 건데 많이 아쉽다. 많이 힘들고 마음도 많이 졸이고, 어려웠지만 그래도 이번 인터뷰는 나에게 정말 큰 도움이 되었다. 나 때문에 힘들었던 우리 모임 아이들에게 다시 한번 너무 미안하고, 이번 인터뷰는 힘든 만큼 더 값지고 훌륭했다.

어디든 갈 수 있는 내가 되기 위한 첫걸음

물음 | 성다소미(2학년 4반)

우리 모임이 9월에 읽은 책은 정희진 선생님의 《저는 오늘 꽃을 받았어요》이다. 처음에 우리 모임 친구들이 가위바위보를 해서 이 책을 정했을 때는 앞이 캄캄했다. 우리 모임이 가장 읽고 싶어 했던 주제와는 전혀 관련이 없는 책이었기 때문이다. 우려했던 것처럼 책 내용은 정말 어려웠다. 하지만 우리 모임은 책의 뒷부분이 거의 예시로 채워져 있는 걸 위안 삼아 한 장씩 읽어 나가기 시작했다.

9월 서평을 다 쓰고 나서 우리에게 주어진 또 하나의 숙제는 모임에서 읽은 책과 관련된 사람과 인터뷰하기. 모임 친구들과 각자가 맡을 일을 정했다. 우리 모임 중에서 서평 점수를 제일 잘 받는 재욱이가 최종 보고서를, 디지털카메라를 소유하고 있는 은영이가 사진을, 귀염성 있게 말 잘하는 윤주가 외교를, 나는 물음을 맡았다. 그날 없었던 유성이에게는 기획을 맡기기로 했다(나중에 은영이와 유성이가 서로 역할을 바꾸었다).

역할을 정하고 며칠 후에, 나는 책을 다시 들었다. 송 선생님이 일류 인

터뷰어는 책의 내용과 작가의 삶을 연관 지어 성찰하는 사람이라고 말씀
하셨기 때문이다. 책을 다시 읽으면서 이해되지 않는 내용들을 정리하고
질문이 생각나면 그때그때 책 안에 적어 두었다. 모임 친구들에게도 책
을 읽으면서 이해되지 않는 부분이나 선생님에게 묻고 싶은 내용이 없느
냐고 물어보기도 했다. '적을 알고 나를 알면 백전백승'이란 말이 있지
않은가. 물론 선생님이 '적'은 아니지만 책만 덩그러니 읽고 가서 질문하
는 것보다 선생님에 대해 더 잘 알고 가는 게 좋을 것 같아서 선생님이 다
른 사람들과 인터뷰한 내용, 신문에 난 선생님 기사, 선생님이 쓴 글들을
찾아 읽어 보았다. 그렇게 글에서 만난 선생님은 딱딱하고 똑똑한 여자
였다.

　윤주가 선생님 메일로 처음 연락했을 때는 금방 답 메일이 왔다. 두 번
째 메일을 보내고 우리 모임은 선생님을 금방 만날 수 있다는 생각에 들
떠 있었다. 그런데 하루가 가고 이틀이 가도 선생님의 답 메일은 오지 않
았다. 9월 24일 금요일. 우리 모임은 학교 수업을 모두 마친 후, 무작정
서울시립대로 출발했다. 그날 선생님 강의가 있다는 걸 윤주가 알아냈기
때문이다. 청량리로 가는 버스 안에서 나는 다시 선생님에게 질문할 내
용을 정리하면서 선생님이 오늘 인터뷰에 응해 주지 못하겠다고 할 경우
어떻게 말씀드리고 집에 돌아와야 할지, 인터뷰를 해 준다고 하면 어떤
분위기로 시작해야 할지 생각하고 또 생각했다. 하지만 연휴 전이었기
때문에 계획되어 있던 정 선생님 강의는 휴강이었고, 우리는 선생님을
만나 보지도 못하고 집으로 돌아왔다.

드디어 선생님을 만나다

추석 날 윤주 휴대 전화로 선생님이 연락을 하셨다고 한다. 24일에 알게 된 선생님 자택 전화에 윤주가 음성 메모와 자기 전화번호를 남겼는데 선생님이 그 음성 메모를 들으셨나 보다. 그래서 우리는 9월 30일 목요일 수업이 끝난 후, 약속 장소인 이대로 출발했다. 약속 시간인 7시 안에 도착하지 못하면 어쩌나 걱정했는데 이대 정문 앞에 도착해 보니 6시 55분이었다. 다시 한번 선생님에게 질문할 내용을 정리해 보고, 책도 꺼내 보고, 다들 긴장해서 선생님을 기다렸다. 7시가 조금 넘어서 우리는 선생님을 만날 수 있었다.

정희진(이하 정) 저기, 남양주에서 온 학생들 맞죠?

우리 (큰 소리로)네. 정희진 선생님? 맞죠? 꺄, 어떡해!

정 (당황하시며)엇. 배고프죠? 오느라 고생 많았을 텐데. 이리 와요. 그런데 이 남학생들도 같이 온 거예요?

우리 네, 다 같이 온 겁니다.

그랬다. 선생님은 우리가 당연히 여학교에서 온 학생들일 거라고 생각하신 거다. 선생님은 빠른 걸음으로 어디론가 가셨고, 우리도 종종걸음으로 선생님 뒤를 따랐다. 선생님이 우리를 데리고 가려 했던 음식점이 문을 닫아서 다른 음식점으로 들어갔다. 선생님이 비빔국수와 우동, 주먹밥을 시켜 주셨다.

정 오느라 고생 많았죠? 얼마나 걸렸어요? 2시간?

윤주 네, 버스 한 번 타고 지하철 두 번만 갈아타면 와요. 얼마 안 걸려요.

정 그런데 이런 숙제 다른 학교도 있나? 난 이런 숙제 있다는 학교 처음 봤는데.

다소미 (웃으며 친구들에게)이런 숙제 우리 학교밖에 없겠지?

친구들 (모두 긍정한다)

정 그런데 내 책은 어떻게 알게 된 거예요?

재욱 선생님이 달마다 책 목록을 정해 주시거든요. 거기에서 고른 거예요.

정 무슨 과목인데요?

은영 독서 과목이라고 있어요.

정 독서면 국어에 반영되는 건가?

은영 네, 국어 점수에 포함된다고 알고 있는데.

정 그 독서 선생님, 전교조인가 보네. 내 책을 다 알고. 그런데 그 선생님 총각이에요?

윤주 네, 총각이신데.

정 나이가?

윤주 30대 중반?

정 나 소개시켜 줄래요?

윤주, 은영, 다소미 (고개를 흔들며)아유, 안 돼요. 맨날 양말 기우셔야 돼요.

다들 웃음보를 터트리고 말았다. 5분 정도 이야기를 하고 있는데 주문한 음식이 나왔고, 우리는 10분 정도 아무 말 없이 주문한 음식을 먹기 시작했다.

정　그런데 인터뷰하면 주로 어디에서 한대요?
다소미　친구들은 거의 카페에서 했다고 하던대요.

선생님은 탈식민적 페미니스트

저녁을 다 먹고 찻집으로 자리를 옮겼다. 각자 원하는 음료수를 주문하고 선생님이 빵을 사 오신다며 밖으로 잠깐 나간 사이, 부산스럽게 이리저리 자리를 옮겨 앉기도 하고 호흡도 가다듬고, 메모지도 꺼내고, 선생님 책과 선생님에 대한 다른 자료들도 탁자 위에 다 올려놓았다. 선생님이 커다란 빵 봉지를 들고 들어오셨다.

정　다들 시켰어요?
우리들　네, 다 시켰는데, 선생님은 뭐 드실지 몰라서 안 시켰어요.

선생님이 레몬차를 주문하고 우리는 인터뷰를 시작했다. 나는 먼저 모임 친구들을 한 명씩 소개하려고 했다. 선생님은 윤주가 누군지 물어보셨다. 윤주가 대답하자 선생님은 웃으며 고생이 많았겠다고 하셨다. 우리는 제일 먼저 선생님에게 왜 답 메일을 안 주셨느냐고 물었다. 선생님은 첫 번째 답 메일 후로도 윤주에게 메일을 두 통 정도 더 보내셨다고 했다. 그런데 윤주가 그 메일을 못 받은 거다. 윤주가 선생님에게 보낸 메일도 가지 않고 말이다.

다소미　얘가 외교를 맡은 김윤주고요, 이 친구는 기획을 맡은 조은영, 저는 물음을 맡은 성다소미, 이 친구는 최종 보고서를 맡은 백재욱, 저기서 사진 찍고 있는 친구는 석유성이라고 합니다.

정　외교는 뭐고, 기획은 뭐예요?

　우리는 선생님에게 각자 맡은 일을 간단하게 설명해 드렸다. 선생님은 인터뷰를 물음이라고 이야기하는 우리가 신기하셨나 보다. 우리가 독서 선생님은 영어도 거의 다 한글로 바꿔서 쓴다고 말씀드리자 선생님은 "리얼리?"를 연발하면서 자신은 영어를 더 많이 접하고 또 여성학 원문을 보려면 그럴 수밖에 없는 상황이라서 일상 대화에서도 영어를 많이 쓴다고 하셨다. 선생님은 탁자 위에 올려놓은 종이에서 선생님 사진을 발견하고는 저건 몇 년 전 사진인데 하셨다. 정말 그 사진 모습과 지금 선생님 모습은 확연한 차이가 있었다. 이미지는 남아 있는데 살이 무척 많이 빠지셨다. 윤주와 은영이랑 내가 살 빼신 방법 좀 가르쳐 주세요 하니까 자기들은 뺄 살 없잖아, 나는 먹는 거 진짜 좋아하는데 어떤 일 때문에 살이 빠진 거라고, 일부러 뺀 건 아니라고 하셨다.

다소미　선생님, 혹시 67년생이세요?

정　예, 맞는데. 어떻게 알았어요?

다소미　선생님 메일 주소 보고 알았어요. 저희 엄마도 67년생이에요.

정　리얼리? 그럼 나도 이만한 자식이 있을 수 있다는 소리네(웃음). 그런데, 이 인터뷰 숙제 말이에요. 다른 친구들도 다 자기들이 읽은 책 작가 만나는 거예요?

우리 네, 거의 다 작가분들이 만나 주시더라고요.

정 리얼리(웃으며)? 나 그 사람들 기분 이해해요. 완전히 쇼킹이지. 학생들이 자기들 책을 읽었다는데, 그래서 없는 시간도 내서 만나 주는 걸 거예요. 어른들은 십 대에 대한 이미지가 있잖아요. 그게 일종의 편견이라고 해도. 나도 그랬거든요. 학생들이 내 책을 읽을 거라고는 상상도 못 했지. 그런데 내 책 읽었다고, 인터뷰하고 싶다고 메일이 왔잖아, 글쎄. 아이고, 인터뷰해야지. 자, 이제 질문해 봐요.

선생님은 처음에 우리가 생각했던 이미지와는 상당히 거리가 멀었다. 솔직히 말하면 나는 선생님이 고상 떨고, 말도 조심스럽게 조그만 목소리로 하고, 뭐든지 학문적으로 얘기하길 좋아하는 전형적인 '공부한 여자'인 줄 알았다. 그런데 실제 선생님 모습은 자유로운 옷차림에 시원시원하고 말 많고 큰 목소리를 가진 '아줌마' 그 자체였다. 화기애애한 분위기에서 본격적인 인터뷰를 시작할 수 있었다.

다소미 선생님이 여성학을 강의하시잖아요. 저희가 여성학에 대해서 자세히 아는 게 아니거든요. 그래서 말씀인데 여성학이란 어떤 학문인가요?

정 굉장히 어려운 질문이네요. 내 생각에는 그래요. 남성의 삶과 기존 우리 삶의 언어는 일치해요. 그런데 여성의 삶과는 불일치하거든요. 여성학은 여성의 삶의 언어를 만들려는 거예요. 새로운 인식 체계를 만드는 거죠. 난 백인 서구 남성 중심 언어에 도전하는 탈식민적 페미니스트예요. 결론적으로 여성학이란 건 여성의 고통을 드러내는 게 아니라 여성의 삶에 기초한 새로운 언어를 만드는 거죠.

216

다소미 이게 편견일지도 모르겠는데요, 여성학을 배우는 사람은 다 페미니스트가 되는 건가요?

정 페미니스트란 여성학의 지식만 가지고 되는 게 아니에요. 여성주의자죠. 여성 운동도 하고 가치관도 있어야 되는 거예요.

선생님이 여성학을 전공하게 된 계기에 대해 질문했다. 선생님은 대학 졸업 후 여성의전화에서 일을 하셨는데 그 경험을 계기로 더 공부하고 싶었다고 하셨다. 선생님은 여성주의 심리 상담, 사회 문화와 가부장제, 성폭력과 같은 문제들에 관심을 갖고 있다고 했고, 최근에는 광주 5·18과 같은 국가 폭력에 관심이 많다고 하셨다.

비가시화되어 버린 아내 폭력

다소미 선생님, 아내가 맞는 건 모든 가정의 60퍼센트잖아요. 그런데 아내가 맞으면 크게 문제가 되지 않고, 남편이 한 번 맞았다 하면 그건 뉴스에서 아주 크게 다루는 경우를 봤어요. 맞는 건 여성이 더 많이 맞는데, 왜 그런 걸까요?

정 여성들에 대한 폭력이 비가시화되어서 그래요. 서울은 맨날 텔레비전에 나오지만 지방은 자연재해나 입어야 텔레비전에 나오는 것처럼 말이에요. 하지만 여성들의 피해를 인정하는 것과 '피해자화' 하는 것은 달라요. 폭력을 당한 여성들은 '피해자화' 되는 걸 원치 않아요. 결식아동을 몰래 도와주는 건 좋지만 이 아이는 밥을 못 먹기 때문에 우리가 도와주는 거란다 하고 광고하면 안 좋잖아요.

다소미 제일 궁금했던 건데요. 책 읽다 보니까요. 아내 폭력의 원인이 쭉 나왔잖아요. 다른 원인들은 다 이해가 가는데 그중에 '자본주의'도 원인 중에 하나라고 나와 있었거든요. 자본주의랑 아내 폭력이랑 무슨 관계예요?

정 노동 시장에서 성차별이 있잖아요. 남녀의 평균 월급 차이가 100대 60이에요. 여성이 경제력이 없으면 가정 폭력을 당한다 해도 탈출할 수 없다는 얘기죠.

우리는 선생님에게 책에 나오는 사례들이 너무 충격적이라고 했다. 선생님은 더 심한 사례도 있지만 이 책을 낸 동기가 비참한 여성의 현실을 광고하기 위해서가 아니기 때문에 싣지 않았다고 하셨다. 더 심한 사례라는 말에 우리는 진저리를 칠 수밖에 없었다.

다소미 저희가 책을 읽으면서 가장 화가 났던 부분은 정작 책 내용이 아니었어요. 책을 읽고 나서의 남녀 반응이 너무 다르더라고요. 저희는 그런 사례들을 읽으면 열을 내고 그러는데 남자애들은 아무렇지도 않게 그냥 좀 그렇네 하면서 책을 덮어 버려요.

재욱 그건 남자애들이 평소에 폭력에 더 노출되어 있기 때문이라고 생각하는데.

정 반응은 다 다를 수 있어요. 반응보다 더 중요한 건 '그 문제가 왜 가시화되지 않았을까'죠.

다소미 '아내 폭력'의 범위는 어디서부터 어디까지라고 말할 수 있죠?

정 상당히 포괄적이에요. 신체적, 경제적, 언어적 폭력같이 말이죠.

은영 책에 나온 단어들이요. 선생님이 굳이 '아내 폭력'이라고 한 가지로 얘기하셨는데요. 제 생각에는 다른 단어랑 별로 다를 게 없다고 생각하거든요. 다 똑같은 의미 같아요. 그런데 선생님이 단어를 딱 하나로 정해 놓은 이유가 뭐예요? 뭐가 다른가요?

정 여성학에서는 언어 사용에 굉장히 의미를 둬요. 예를 들면, 성희롱이 영어로 섹슈얼 하레스먼트예요. 여기서 하레스는 굉장한 고통을 묘사하는 말이거든요. 그런데 번역할 때 그걸 '희롱'이라고 해 놓으니까 무척 가벼운 느낌이 들잖아요. 모든 언어는 중립적인 게 없어요. 뭐든지 주체가 있죠. 섹스는 삽입한다는 의미로 생각하는 경우가 많은데 그것도 남성의 언어죠. 여자는 삽입하는 게 아니죠. 여자 입장에서 보면 흡입이잖아요. 가정 폭력이란 말은 상당히 포함 부분이 넓어요. 말 그대로 가정에서 일어나는 폭력을 다 얘기하는 거죠. 부부 폭력, 자녀 학대, 노인 학대도 다 가정 폭력이라고 하잖아요. 내가 얘기하고 싶었던 주제는 아내에 대한 폭력이었어요. 그런데 그걸 나타낼 만한 단어가 없는 거예요. 그래서 하나 만들어 썼죠.

은영 그럼 선생님이 제일 먼저 쓰신 단어예요?

정 그렇죠.

선생님 이야기를 듣고 생각해 보니 정말 일상생활에서 아무렇게나 쓰고 있는 말들이 남성의 언어였다. 정말 신기하다는 생각이 들었다.

다소미 선생님, '맞는 남편'들도 있다고 하잖아요.

정 이 책을 읽었다면 그런 말 못 할 거라고 생각하는데…….

순간 선생님이 화나신 건 아닌지 걱정이 됐다. 내 의도는 그게 아니었는데 말이다. 선생님에게 질문을 다시 정리해서 물었다.

다소미　아니요, 그런 게 아니라 '아내'만 맞는 게 아니라 '남편'도 맞는다고 말하는 사람들 말이에요.

정　맞아요. 내 책을 읽고 나한테 공격하려는 마음으로 그렇게 말하는 사람들이 있죠.

다소미　아유, 그런 마음으로 질문 드린 건 아니에요.

정　맞는 남자, 성폭력 당하는 남자가 있다고 해서 그 비율이 반반이 아니잖아요. 실제로 1/100만도 안 되고, 그건 같은 시각에서 볼 수 없는 문제예요. 원인이 다른 문제죠. 남자가 맞는 이유는 대부분 돈을 안 벌어오거나 알코올 중독자이기 때문이에요. 하지만 여자가 맞는 이유는 그런 게 아니잖아요. 책에도 나와 있듯이 청소가 안 되어 있다, 반찬이 맛없다, 이유 같지도 않은 이유로 때리는 경우가 많아요.

선생님은 우리가 이해할 수 있는 평상 언어로 쉽게 풀어서 이야기하려니 무척 어렵다며, 말하는 게 이해가 가지 않으면 다시 설명해 줄 테니 얘기하라고 하셨다. 하지만 선생님의 땀나는 노력으로 우리는 인터뷰 내내 선생님 말씀을 금방금방 이해할 수 있었다.

정희진이 생각하는 세상
또 어떤 질문을 할까 질문지를 보고 있는데 갑자기 재욱이가 말을 꺼냈다.

재욱 선생님, 이건 제 개인적인 질문인데요, '신데렐라 신드롬'에 대해서 어떻게 생각하세요?

정 당연히 바람직하지 않다고 생각하죠. 그건 여성의 존재성을 외모로 환원하는 일이에요. 다 예쁘고 젊은 여자들이 멋진 남자랑 맺어지는 거잖아요. 신데렐라 신드롬은 여성이 남성과의 관계로만 지위를 획득할 수 있다는 생각을 갖게 하는 거예요. 실제로 어떤 여자가 변호사랑 결혼하면 그 여자의 가치나 지위도 같이 올라가게 되는 것처럼 말이에요. 또 그건 남성들 간의 계급 투쟁이에요. 권력이나 지위가 있어야 미인을 획득하죠. 〈파리의 연인〉을 보면 여자들이 윤수혁보다 한기주를 더 좋아하잖아요. 한기주가 가진 것도 많고 지위도 높으니까. 어떤 남학교 교훈이 '30분 더 공부하면 아내 얼굴이 달라진다'고, 어떤 여학교 교훈은 '30분 더 공부하면 남편 직업이 달라진다'래요. 웃기죠?

은영 (고개를 끄덕이며)저희도 이론적으로는 다 이해하는데, 한편으로는 그게 부럽잖아요.

정 (웃으며)아유, 다 그런 거지 뭐. 나도 〈파리의 연인〉 침 질질 흘리면서 봤는데…….

선생님의 그 한마디에 우리는 다 넘어갈 수밖에 없었다. 선생님은 드라마 같은 거 보지 않을 줄 알았는데 의외였다.

정 여자는 힘보다 행복을 더 원해요. 그런데 페미니즘은 힘을 주는 거거든요.

나는 선생님에게 우리 또래의 아이들, 그러니까 어른들이 말하는 십 대들의 이미지가 실제 우리들 모습과 차이가 있음을 말씀드리고 싶었다. 어른들은 우리 이미지를 자유롭고 개방적으로 볼 것 같은데, 요즘 남학생들도 기본적으로 가부장적인 생각을 가지고 있다는 이야기를 해 드렸다. 그래서 여자애가 여자답지 못한 짓을 한다는 소리도 많이 듣고, "어디 여자가!"라는 말도 많이 듣는다고. 그러자 선생님은 그게 '아줌마'와 '아저씨'의 차이라고 말씀하셨다.

정　'아줌마'라는 말 어원이 '애기 주머니'에서 나왔어요. 애 낳는 기계라는 거지. 남자들은 아저씨 소리를 들어도 괜찮거든요, 그런데 여자는 그게 아니야. 남자가 "여자가……"라는 말을 할 때랑 여자가 "남자가……." 하는 말은 전혀 다른 거예요. 양성평등이라는 건 5:5가 아니에요. 예를 들면 화장실 경우를 봐요. 남자는 화장실 사용 시간이 평균 1분 30초인데, 여자들은 들어가면 기본이 3분이거든. 부자와 거지가 세금을 다르게 내는 것처럼 조건에 맞는 양성평등이 이뤄져야 하죠.

　선생님이 공부한 전공이 몸과 성에 관련된 것이라는 말을 들은 은영이는 우리 나이에 하는 성관계를 어떻게 생각하느냐고 물었다. 선생님은 청소년도 성적 주체라고 말하며 섹스는 누가 금기하거나 허용하는 게 아니라 우리 자신이 생각해 봐야 한다고 하셨다. 선생님 말씀을 들은 재욱이는 그래도 혼전 순결은 중요한 게 아니냐며 반문했다. 선생님은 그게 왜 중요하냐며, 그게 밥 먹여 주는 게 아니라고 하셨다. 유성이는 그게 여자에게는 중요하다고 생각한다고 말했고, 재욱이는 여자든 남자든 혼

전 순결은 배우자에 대한 예의라고 생각한다고 했다. 나도 개인적으로 재욱이의 생각과 같았다.

어디든 가는 사람이 되라

시간이 9시쯤 되자, 선생님도 친구들도 피곤해 보였다. 선생님과 더 많은 이야기를 하고 싶었지만 안타까운 마음으로 마지막 질문을 드리겠다고 했다.

다소미 마지막으로 선생님이 생각하는 이상적인 여성을 말씀해 주세요.
정 (웃으시며)난 당신들한테 바라는 게 있어요. 솔직히 말하면 난 내 삶에 만족하지 않아요. 내 생각에 난 제도 교육의 희생자거든요. 내 시대에는 다양성이 없었어요. 선택이 아니라 진급이었죠. 서태지 같은 사람들이 많이 나와야 돼요. 난 쾌락과 욕망을 지향하면서 살고 싶어요. 히피나 예술가처럼 살고 싶은 거죠. '착한 여자는 천당 가지만, 나쁜 여자는 어디든 간다.'는 말이 있어요. 내가 제일 좋아하는 말인데, 난 '어디든' 가기를 원해요. 당신들도 그랬으면 좋겠어요. 다양한 사람들을 많이 만나고 자유롭고 가능성 있게 살아야죠. 내가 제일 좋아하는 영어 단어가 'insight'예요. 통찰력이라는 말인데, 여기서 in은 부정의 뜻이에요. 보지 않아야 된다는 말이죠. 눈을 감아야 새로운 삶을 볼 수 있다는 말이에요. 그러니까 너무 기존의 것, 보이는 것에 목숨 걸지 말았으면 좋겠어요.

그쯤에서 인터뷰를 끝내려 하는데 재욱이가 선생님을 다급하게 불렀다.

재욱 선생님, 마지막으로 하나만 더요. 저희들(재욱과 유성)에게도 해 주고 싶은 말씀 없으세요?

정 성폭력 하지 마라 같은 얘기는 안 해요(웃음). 이런 얘기해 주고 싶어요. 여성학은 남성이 하는 거거든요. 경계를 만나야 인식이 생겨요. 불이 꺼진 방에서 돌아다니다가 벽을 만나 봐야 자기 위치를 알 수 있듯이 말이에요. 남자들은 자기가 어떤 위치에 있는지 알려면 여성학을 알아야 해요. 요즘 대학 다니는 남학생들 중에는 '페미니즘 스토커'도 있거든요. 남자들에게 가장 해 주고 싶은 말은 이거예요. '남을 억압하는 사람은 자신을 해방시킬 수 없다.'

한 시간 반 정도가 지나서 인터뷰를 마칠 수 있었다. 선생님은 질문들이 상당히 어려웠다며 예전에 고려대 학생들과 인터뷰할 때 받았던 질문들과 비슷하니 참고할 자료를 보내 주겠다고 하셨다. 대학생들의 질문과 수준이 비슷하다는 말에 기분이 정말 좋았다. 우리가 가져간 음료수를 드렸더니 선생님이 무척 고마워하면서 우리를 지하철역까지 데려다 주며 조심해서 들어가라고 당부하셨다.

인터뷰를 하는 내내 선생님 말씀이 너무 빨라서 받아 적기가 조금 힘들었지만 그래도 사람이 사람을 만나는 일이 정말 멋지고 보람된 일이라는 생각이 들었다. 기자가 흥미로운 직업이라는 생각도 들었다. 선생님을 만난 그날 나는 '어디든' 갈 수 있는 내가 되기 위한 첫걸음을 뗐다.

4부

사람은 모두 같은 거야

고 상 만 ✽ 차 이 를 이 해 하 는 것 이 진 정 한 인 권

읽은 책

《니가 뭔데》. 인권 운동가로 10여 년을 살아온 고상만 선생님께서 인권 운동
을 하면서 현장에서 보고 느낀 감동적이고 안타까웠던 이야기를 담은 책이다.

글쓴이

고상만.

만난 분

고상만. 대통령 소속 의문사진상규명위원회 조사관으로 활동함. 수없이 많은 약자들을 보호하
고 그들을 위해 살아가는 인권 운동가로 일하고 있음.

함께한 사람들

이준희_기획(junhee0722@hanmail.net)

이 달_외교(moony1127@hanmail.net)

인 정_물음(loveyou3936@hanmail.net)

김현성_사진(kboyhs@hanmail.net)

김지향_최종 보고서(cutejunjin-@hanmail.net)

보고서에 대한 간단한 소개

구의동에 있는 민들레영토에서 고상만 선생님을 만났다. 그곳에서 선생님과 컵라면도 함께 먹
으면서 재미있게 이야기를 나누었다. 선생님의 따뜻한 마음을 알 수 있는 자리였다. 인권 현장
에서 일어나는 여러 가지 안타깝고 감동적인 이야기를 많이 해 주셨다.

인권을 제대로 알자

기획 | 이준희(2학년 3반)

내가 맡은 역할, 기획

이번 9월 독서 과목 숙제는 한 권의 책을 읽고 모임을 짜서 각자 맡은 역할을 수행하여 책의 저자를 만나고 오는 것이다. 모임 친구들 역할에는 기획, 사진, 물음, 외교, 최종 보고서가 있는데 그중에서 내가 맡은 역할은 기획이다. 원래는 사진을 하려고 했지만 가위바위보에서 져서 기획을 맡게 되었다. 내가 맡은 기획이란 역할은 말 그대로 책을 읽고 저자를 만나고 보고서를 쓸 때까지 모든 것을 기획하고 친구들이 맡은 역할을 잘할 수 있게 도와주는 것이다.

나에게는 조금 부담이 가는 역할이었다. 처음 기획을 맡게 되었을 때 무엇을 먼저 시작해야 할지 정말 난감했다. 이런 수행평가는 처음 해 보는 것이고 너무나 어렵게 느껴졌다. 물론 나뿐만이 아니라 물음을 맡은 같은 모임 친구인 정이나 외교를 맡은 달이 또한 처음에 어떤 것부터 시작해야 할지 고민하는 것 같았다. 보고서를 맡은 지향이는 저자를 만나고 와서 최종 보고서를 써야 하기 때문에 더 어려울 것이라고 생각했다. 그 반면 사진을 맡은 현성이는 별로 걱정하는 것 같지 않았다. 독서 선생님은 사진도 그리 쉬운 역할이 아니라고 하셨는데 현성이가 잘해 낼지 걱정이 되었다. 내가 모임 친구들이 맡은 역할을 잘할 수 있도록 도와줘야 하는데 내가 맡은 역할을 하는 것도 어떻게 할지 몰라 바쁘니 정말 걱정이 될 수밖에 없었다.

책 읽기 시작!

우선 우리들은 책을 선정하는 데 가장 고민을 많이 했다. 어떤 책을 골라야 서평 쓰기도 쉽고 저자 만나기도 쉬울지 생각하면서 마음에 드는 책을 각자 2~3개씩 정했다. 이 숙제는 문과 반 네 반이 각자 다른 책을 읽고 다른 저자를 만나야 하는 과제이기 때문에 조장들이 가위바위보로 마음에 드는 책을 차지하기 위해 쟁탈전을 펼쳐야 했다. 우리 조에서는 《너 행복하니?》《니가 뭔데》《새벽을 여는 사람들》《가끔 아이들은 억울하다》 등을 선정해 놓았다. 우리 조에서는 현성이가 대표로 가위바위보를 하기로 했는데 운이 좋게 《너 행복하니?》라는 책을 읽게 되었다. 이 책은, 1반에 정근이가 이 책의 저자와 만난 적도 있고 잘 알고 있다고 꼭 했으면 좋겠다던 책이었다. 조금 미안한 마음이 생겼다. 이왕 만난다면 잘 아는 사람을 만나는 것이 저자도 편할 것이다. 우리 조는 특별히 잘 아는 책의 저자도 없고 해서 굳이 이 책을 하지 않아도 되기 때문에 정근이에게 이 책을 양보하기로 했다.

책을 양보하고 보니 우리 조가 해야 할 책을 다시 골라야 했다. 그때 우리 눈에 들어온 책이 바로 《니가 뭔데》였다. 처음에는 제목이 특이해서 눈에 띄었다. 《니가 뭔데》를 보자마자 나는 제일 먼저 속으로 '난? 난데? 넌? 뭔데?'라고 생각했다. 왜 그렇게 반항적(?)인 반응을 보였는지 모르겠다. 누가 봐도 특이한 제목이라고 생각해서 그랬나 보다. 다른 책의 제목들과 비교했을 때 약간 반항적인 느낌을 주기 때문인 것 같다.

책의 내용은 인권 운동가인 고상만 선생님이 10년 동안 인권 운동을 하면서 만난 사람들과 사건에 관한 내용이었다. 인권 문제를 다룬 책은 《전태일 평전》《모래밭 아이들》 등, 처음 접하는 부분이 아니기 때문에 쉽게 읽을 수 있고 서평을 쓰는 데도 그리 어려울 것 같지 않아서 이 책을 선택하게 된 것 같다. 인권 문제에 관심이 많은 내 생각일 수도 있지만 말이다. 우리는 책을 정하고 최대한 빨리 읽기로 했다. 서평도 써야 하고 책의 저자를 만나 인터뷰도 해야 하기 때문이다. 이렇게 우리 조의 도전은 시작되었다.

처음 책을 봤을 때의 느낌을 모임 친구들에게 물어보았다.

지향 처음에는 특이한 제목을 보고 끌렸다. 왠지 심상치 않을 것 같은 느낌이었다. 그리고 인권이라는 것이 나랑은 먼 얘기인 것 같고, 어렵게만 느껴져서 잘 모르고 있던 터라, 인권에 대해 알고 싶은 마음에 《니가 뭔데》라는 책을 선택하려고 마음먹었다.

인정 이 책을 선정하게 된 계기의 30퍼센트는 제목 때문인 것 같다. 《니가 뭔데》라는 이 책의 제목은 다른 책들 제목과는 달리 굉장히 강압적인 느낌이었고 시선을 끌기에도 부족함이 없었다.

이달 책을 봤을 때 재미있을 거란 생각을 했다. 제목이 왠지 반항적인 이미지가 있어서 '음, 좋은데.'라고 생각했고, 훑어봤을 때 보기 편하게 보였고 지루하지 않을 거라고 생각했다. 그리고 3월에 《인권은 교문 앞에서 멈춘다》라는 책을 읽어서 인권에 대해서도 조금은 안다. 인권에 대해 조금 알 것 같아 서평 쓰기 편할 것 같아 좋다.

현성 처음 책을 봤을 때 제목에서부터 느껴지는 강력한 이미지가 내 호기심을 불러일으켰다. 책을 읽어 보니 추리 소설 같은 식의 내용이라 여태껏 읽었던 그 어떤 책보다도 즐겁게 읽었다.

또 다른 시작

우리들은 책을 읽고 나서 서둘러 서평을 쓰기 시작했다. 빨리 서평을 써서 저자에게 보내야 하기 때문이었다. 하지만 서평 쓰는 것도 그리 쉽지만은 않았다. 인권 문제가 주제라서 몇 번 써 본 내용이라 쉽게 쓸 수 있을 것이라고 생각했는데 무척 어려웠다. 여러 가지의 인권 사건들을 다루고 있어서 어떤 내용을 어디서부터 써 나가야 할지 정말 막막했다. 그래도 빨리 서평을 써야 인터뷰 준비를 할 수 있기 때문에 글자 하나 쓸 때마다 머리카락을 하나씩 뽑아 가며 간신히 다 쓸 수 있었다. 다른 친구들은 어떻게 하고 있나 걱정이 되었다. 물론 가장 걱정이 된 사람은 현성이었다. 다른 친구들은 모두 맡은 역할을 잘할 수 있을 것 같은데 유독 현성이만은 그리 신임이 가지 않았다. 그나마 현성이가 맡은 역할이 사진이라서 다행이었다. 같은 조 친구들을 모두 도와줘야겠지만 특히 현성이를 많이 도와줘야겠다고 생각했다.

나는 기획이라는 역할을 잘 수행하기 위해 제일 먼저 외교를 맡은 이달에게 저자인 고상만 선생님께 메일을 보내라고 요청했다. 처음부터 고상만 선생님과 연락하는 것은 쉽지 않을 것 같았다. 그래서 책에 적혀 있는 출판사에 연락을 해 보기로 했다. 다행히 출판사에서 고상만 선생님의 전화번호를 가르쳐 주었다고 했다. 외교에는 별문제가 없을 것 같았다. 다음 날 학교에 가 보니 좋은 소식이 기다리고 있었다. 이달이 선생님과 전화를 했는데 흔쾌히 인터뷰를 응해 주시겠다고 했다는 것이다. 게다가 선생님이 장현에 와 본 적도 있으니 직접 오시겠다는 것이다. 이 말을 듣는 순간 왠지 처음부터 너무 잘 풀려서 조금은 불안했지만 그래도 서울로 찾아가지 않아도 되어서 다행이라고 생각했다. 약속은 9월 18일로 잡았다. 선생님은 9월 11일쯤으로 생각을 하셨는데 아직 서평도 준비가 덜 된 상태이고 물음도 준비가 되지 않아서 선생님에게 보내 드리지 못했기 때문이다.

이제 선생님과 약속을 잡았으니 인터뷰를 위해 물음을 준비해야 했다. 물음을 맡은 사람은 인정이었다. 인정은 선생님과 약속을 했다고 하니 어떤 것을 물을지 고민하는 눈치였다. 그때 독서 선생님이 하신 말씀이 떠올랐다. "처음부터 너무 딱딱한 질문을 하는 것은 좋지 않다." "자연스러운 대화를 위해 처음에는 부드럽게 시작해라." 나는 인정에게 부드러운 대화를 이끌기 위해 처음에는 너무 딱딱한 질문을 하지 말자고 요청했다. 9월 16일 목요일 밤 외교를 맡은 달이가 선생님에게 우리들의 서평과 물음을 보냈다고 했다. 선생님이 우리 서평을 읽어 보고 실망을 하지는 않을지, 아니면 보지도 않는 것은 아닌지 걱정이 많이 되었다.

9월 17일 약속을 하루 앞두고 중식 시간과 석식 시간을 이용해 계획을 세웠다. 우선 선생님에게 드릴 선물 이야기가 나왔다. 선생님이 바쁜 분이니 제때 끼니를 챙겨 드시지 못할 것 같아서 이동하면서 간단하게 드실 수 있는 쿠키를 선물로 드리기로 정하고 각자 준비물을 확인했다. 대화를 녹음할 수 있게 내가 엠피쓰리를 준비하기로 하고 정이는 선물, 현성이는 사진을 맡았으니 카메라를 준비하기로 했다. 그리고 우리들은 선생님과 만날 장소를 정하고 있었다. 그때 전화가 왔다. 선생님이셨다. 내일 바빠서 이곳으로 오지 못하겠다는 전화였다. 선생님과 만나는 것을 쉽게 생각하고 있었는데, 조금 아쉬운 전화였다. 하지만 그나마 다행히 강변역에서 한 정거장만 가면 되는 건대 앞 민들레영토에서 보자고 하셨다. 그리 멀지 않은 거리였다. 어떤 조는 김포까지 가서 하룻밤 자고 온 조도 있었다. 강변역은 자주 가는 곳이라 길을 헤맬 일도 없었다. 점점 내일이 기다려졌다.

만남

9월 18일, 고상만 선생님과 만나는 날이다. 오늘을 위해 열심히 준비한 만큼 후회 없는 인터뷰를 하겠다고 굳게 마음을 먹었다. 우리는 학교가 끝나는 대로 출발하기로 했다. 모두 몹시 배가 고팠지만 혹시나 약속에 늦을까 걱정이 되어 밥은 선생님과 약속한 장소에 도착한 후 먹기로 하고 출발했다. 사실은 선생님이 맛있는 밥을 사 주지 않을까 하는 기대감을 품고 배고파 울고 있는 불쌍한 나의 배를 달랬다. 출발한 지 1시간이 조금 지나서 약속 장소인 민들레영토가 있는 구의역에 도착했다. 이제 조금만 있으면 선생님을 만나 뵌다는 생각에 약간 긴장이 되어 출구를 찾지 못하고 이리저리 서성이고 있었다. 그때였다.

고상만(이하 고)   혹시 광동고등학교 학생?
나   네(약간은 당황했다).

고　아, 나 고상만입니다. (악수를 청하시며)만나서 반갑습니다.

나　아, 예(당황하며 손을 내밈).

　당황했다. 입구를 찾지 못해 장난을 치며 지하철 입구를 서성이고 있던 우리에게 혜성같이 나타나서는 악수를 청하시니 당황하지 않을 수 없었다. 나는 걸어오는 선생님을 보았는데 알아보지 못했다. 책에서 본 선생님 모습이랑은 전혀 다른 모습을 하고 있었기 때문이다. 게다가 약속 시간보다 30분 정도 빠른 시간이어서 설마 선생님이 이곳에 도착하셨을 것이라고는 생각도 못 하고 있었기 때문에 더욱 당황했던 것 같다.

　이것이 만남의 시작이었다. 우리들은 모두 어색해하고 있었다. 너무나 갑작스러운 만남이라 모두들 정신이 없어서 제대로 인사도 못 한 것 같다. 선생님은 우리들과 돌아가면서 악수를 하고는 곧장 민들레영토로 향하셨다. 우리는 성급히 선생님 뒤를 따라갔다. 민들레영토에 도착했는데 예약 시간이 되지 않아 1층 자리에 앉아 시간이 되기를 기다리며 선생님과 얘기를 나누었다. 선생님이 현성이의 서평을 보더니 먼저 말씀을 꺼내셨다.

고　부폐 민국? 부폐의 폐는 이 글자가 아닌데.

현성　아, 네. 〉-〈

　선생님이 현성이에게 말한 후 '부패'를 '부폐'로 잘못 알고 쓰는 사람들이 많다고 하면서 우리나라 경찰에 대해서 말씀해 주셨다. 선생님은 직업이 직업인 만큼 경찰서나 파출소에 자주 가는데 우리나라 경찰들이 한글 맞춤법을 제대로 모른다며 안타까워하셨다. 선생님이 틀린 글자를 지적하면 경찰이 화를 내서 자주 경찰과 말다툼을 한다고 하셨다. 우리나라 경찰의 실태를 알 수 있었다. 선생님과 이런저런 얘기를 나누다 보니 예약한 시간이 되어 예약한 방으로 올라갔다.

이제부터 인터뷰를 시작하려고 하니 떨리기 시작했다. 처음 해 보는 인터뷰라 어떻게 시작해야 할지 난감해하고 있을 때 선생님이 편하게 여러 가지 얘기를 해 주셔서 우리들도 마음 놓고 선생님에게 인터뷰 도중 사진도 찍고 녹음을 해야 하는데 괜찮으시겠냐고 양해를 구하고 인터뷰를 시작했다. 선생님이 너무 편하고 친절하게 대답해 주셔서 순조롭게 진행되었다. 선생님은 우리가 질문을 하나 하면 30분 정도 얘기를 하면서 정말 정성스럽게 대답해 주셨다. 우리가 잘 이해하지 못하면 모두 이해할 때까지 자세히 설명해 주셨다.

선생님과 인터뷰를 하다 보니 벌써 마무리를 해야 할 시간이 되었다. 민들레영토에서도 다음 예약한 손님들이 왔다고 했다. 어쩔 수 없이 너무나도 짧은 인터뷰를 접어야만 했다. 2시간 동안이나 인터뷰를 했는데 왜 이렇게도 시간이 빨리 갔는지 아쉬웠다. 민들레영토를 나와서 선생님과 기념으로 사진 한 방을 찍었다. 선생님이 우리들에게 마지막으로 질문 하나 하겠다고 하셨다.

고　진정한 인권의 핵심이 무엇이라고 생각하니?

나　상대방을 잘 이해하는 것 아닐까요?

현성　잘 모르겠는데요.

고　인권의 핵심은 서로의 차이를 이해하는 거란다. 서로의 차이를 이해해 주고 감싸 주는 것에서 인권 존중은 시작되는 거란다.

　정말 마음에 와 닿는 말이었다. 선생님이 한 얘기들 모두 마음에 와 닿고 훌륭한 말씀이었지만 이 말이 가장 기억에 남고 잊지 못할 것 같다. 선생님은 말씀을 끝내고는 아쉬운 마음을 달래며 발걸음을 재촉하는 것 같았다. 우리들도 많은 아쉬움을 느끼며 선생님께 감사하다는 말만 한 채 선생님 뒷모습을 보며 가만히 서 있었다. 허전했다. 무엇인가를 빠뜨린 것처럼 허전했다. 처음 만났을 때도 아쉬운 점이 많았는데 헤어질 때에도 이렇게 어이없게 선생님과 이별을 하고 나니 더욱 허전함을 느꼈다. 다음에 또 기회가 된다면 다시 한번 만나 뵙고 싶다.

　고상만 선생님과 인터뷰한 후 모임 친구들에게 느낀 점을 물어보았다.

지향　선생님은 정말 마음이 따뜻한 분이었다. 무뚝뚝한 분이면 어떡할까 고민했는데, 그런 걱정은 눈 녹듯이 사라졌다. 처음에 여기까지 오신다는 말씀, 그만큼 우리를 배려해 주는 선생님의 마음에 감동받았다. 그리고 선생님과 인터뷰할 때는 편안하고 즐거운 마음으로 할 수 있어서 정말 좋았다.

인정　솔직히 인권 운동가라 해서 무뚝뚝하지 않을까 걱정을 안고 선생님을 만나 뵈었다. 그러나 내 예상과는 달리 유머러스한 성격과 리더십이 있는 분이었다. 즐겁고 편안하게 인터뷰를 할 수 있었다. 그러나 처음 하는 인터뷰이다 보니 서툴고 어색한 부분이 많아서 선생님이 불편하지는 않았을까 걱정이 된다. 앞으로 이런 기회가 다시 찾아오면 더욱더 완벽한 인터뷰를 하고 싶다.

이달 선생님을 만나기 전에는 무척 떨렸다. 친구한테 얘기를 들어 보니까 너무 편한 분이라고 해서 기대를 하면서도 무슨 얘기부터 해야 하나, 생각했다. 선생님을 만나 보니 너무 재미있었다. 인상도 정말 좋았다. 리더십도 있고, 생각하는 것도 남다르면서 속이 무척 깊으셔서 귀품 있어 보였다. 선생님의 이런저런 말씀을 들으면서 내 편견도 많이 바뀌었고, 선생님이 감정이 약한 사람이라는 것을 알았다. 감정이 약하면 일이 흔들리기 쉬운데 선생님은 일을 잘하는 거 같아, 뭔가 다르구나 하고 생각했다. 인권이 소중하다는 것을 알았다. 이제부터는 항상 나를 존중하고 다른 사람의 인권을 침해하면 안 되겠다. 정말 나는 인터뷰를 너무 잘한 거 같고, 좋은 분을 알게 되어 좋았다. 헤어질 때는 왜 그렇게 아쉬웠는지. 정말 즐거운 데이트였다.

현성 처음에 책의 첫 장에 있는 사진을 보았을 때는 상당히 딱딱해 보이고 무서워 보였는데 막상 만나고 나니 유머 감각도 많고 말도 많으셨다. 분위기를 잘 이끄셔서 너무도 편안하게 인터뷰를 진행할 수 있었고 상당히 멋진 분이다.

인권의 핵심은 차이에 대한 이해다

물음 | 인정(2학년 3반)

　"여러분 9월 달에는 전과 같이 서평을 제출하도록 하고, 인터뷰를 하기로 합시다!!" 독서 선생님의 목소리였다. '뭐야 서평 쓰기도 너무 힘든데, 거기다 인터뷰까지? 인터뷰는 또 뭐야?' 머리가 갑자기 지끈지끈 아파 오기 시작했다. 눈앞이 캄캄해지는 것이 정말 죽을 맛이었다. 그때는 지긋지긋한 독서라는 과목만 없다면 이 힘든 세상 조금이나마 편안히 살 수 있을 것이라고 생각했다. 만약 체육이나 예체능같이 대학 진학에 걸림돌이 되지 않는 과목이었다면 나는 수행평가를 포기해 버렸을지도 모른다. 하지만 점수 30점을 위해서라면, 꼭 해내야만 하는 과제였다. 그러나 이 보고서를 쓰고 있는 지금은 독서라는 과목이 없었다면 이렇게 소중하고 뜻깊은 시간을 보낼 수 없었을 것이라고 생각하고 있다.

　내 생각이 이렇게 180도 바뀌게 된 것은 《니가 뭔데》란 책을 선정하고 난 후부터였다. 책을 찬찬히 훑어보기 시작했다. '니가 뭔데? 그것 참 책 제목 한번 독특하군, 그럼 너는 뭐야?' 그다음에 훑어본 것은 우리가 만나 뵈어야 할 작가 선생님 이력이었다. '자, 어디 보자, 인권 운동가 고상만? 많이 들어 봤는데 진짜로 내가 이런 훌륭한 분을 만나게 되는 거야? 오호, 왠지 지금부터 설레는데?' 이제 마지막으로 책 내용을 천천히 들여다보았다.

《니가 뭔데》는 고상만 선생님이 권력에 짓눌려 억울함을 호소하고 있는 사회적 약자들을 위해 당당히 맞서 싸운 일들을 기록해 놓은 책이었다. 이 책을 읽으면 읽을수록 속에서 무언가 치솟고 있음을 느꼈고, 보는 내내 찌푸린 인상을 다시 펴기가 어려웠다. 그리고 비록 책을 통해서였지만 일차적으로 선생님을 살펴볼 수 있는 시간이 되었다.

우선 재료 준비부터 시작해 볼까?

나는 선생님을 만나 뵙기 일주일 전부터 많은 고민에 휩싸였다. 왠지 질문을 맡은 것이 후회가 되기도 했다. 처음에는 단순히 질문 몇 가지만 만들어서 인터뷰한 내용 위주로 보고서를 작성하면 되겠구나 생각했다. 하지만 내 예상과는 달리 질문이라는 역할이 매우 중요했다. 질문 한 가지를 만들더라도 신중을 기해서 만들어야 했다.

우선 질문을 만들기 전에 내가 지켜야 할 것들을 적어 보았다. 첫째, 선생님께 누가 될 수 있는 질문은 반드시 피하자!! 둘째, 책을 보면 답이 나오는 뻔한 질문은 삼가자!! 셋째, 독서 선생님이 해 주신 조언처럼 처음에는 부드러운 질문부터 해서 분위기를 띄우고 점차 순서에 맞게 질문을 짜도록 하자. 이렇게 신중을 기해서 질문을 만들기 시작했다. 으음, 우선 첫 번째 질문은 예의상 선생님이 지금 하고 있는 일에 대해서 묻는 것이 좋겠어. 그리고 두 번째 질문은, 아! 이 일을 시작하게 된 계기가 김용갑 선생님 때문만이 아닐지도 몰라. 그래 좋아. 음, 세 번째 질문은 뭐가 좋을까? 이렇게 해서 드디어 이틀에 걸쳐 질문을 완성할 수 있었다.

정말 신중을 기해서 만든 질문이었지만 어딘가 매우 부족해 보이고 분위기가 화기애애해야 하는데 이 질문들만 한다면 삭막한 분위기가 연출될 것 같았다. 하지만 이 생각 저 생각을 해 봐도 고치지 않는 편이 나을 듯싶었다. 왜냐하면 짜여 있는 형식적인 틀 안에만 얽매이는 것은 좋지 않다고 생각했다. 그냥 선생님을 만나 뵙고 자연스럽게 마음속에서 우러나오는 말들을 꺼내서 질문을 하는 게 더욱더 솔직하고 진솔한 이야기들을 할 수 있을 거라고 생각했다. 지금 내가 만든 질문들은 형식적인 질문들이니까 선생님을 만나 뵙고 질문을 할 때는 이 질문들 속에 다른 질문들을 더 첨가해서 여쭈어 보도록 하고 질문을 만드는 과정은 이쯤에서 마무리 지었다.

선생님을 만나러 가는 길

9월 18일 토요일, 선생님을 뵙기로 한 날이 왔다. 아침부터 나는 굉장히 떨리고 말로만 듣던 인권 운동가를 만나게 된다는 생각에 기분이 한껏 부풀어 있었다. 그래서 학교 수업도 제대로 들을 수 없었다. 수업 시간 내내 질문 내용을 보고 또 보고 계속 검토했고 책 속에 실려 있는 선생님 사진을 분석하느라 정신이 없었다.

'으흠, 어디 보자. 어머, 이마에 깊은 주름살이 있다. 굉장히 무뚝뚝해 보이는데. 그리고 살이 많다. 체크무늬 남방에 맨 위 단추를 풀어 놓았네. 굉장히 자유로운 성격인가 보다. 위에 걸친 건 검정 코트, 어두운 색을 좋아하는 것 같은데. 아뿔싸, 어두운 색을 좋아한다는 건 성격이 어둡다는 것? 오늘 인터뷰 잘 끝낼 수 있을까? 약간 걱정이 되는데. 아니야, 의외로 유머러스한 성격일지도 몰라.'

이런저런 생각을 하고 있는데 갑자기 선생님 답변을 녹음할 녹음기를 준비하지 않았다는 사실이 떠올랐다. 쉬는 시간에 각 반을 돌아다니며 친구들에게 녹음기를 빌리느라 진땀을 뺐다. 수소문 끝에 한 친구에게 녹음기를 빌릴 수 있었다. 그러나 그 친구 왈 "나 이거 녹음 어떻게 하는지 모르는데, 넌 혹시 알아?" 정말 힘이 쭉 빠지고 하늘이 노랬다. 결국 녹음기는 구하지 못했다. 그런데 다행이도 준희가 엠피쓰리를 가져와서 한시름 놓을 수 있었다.

학교를 마치고 선생님이 계신 곳으로 출발하는 길, 준희와 현성이가 배가 고프단다. 하지만 선생님 스케줄 때문에 빨리 가지 않으면 만나 뵙는 시간이 줄어들기 때문에 어쩔 수 없이 아무것도 먹지 못한 채 배를 움켜잡고 출발했다. 약속 장소는 민들레영토. 우리는 먼저 새로 생긴 1001번 버스를 타고 강변역으로 향했다. 나는 가는 내내 떨리는 가슴을 부여잡고 이 생각 저 생각을 떠올렸다.

'우선 가서 선생님 선물부터 사고, 선생님을 만나면 악수를 청하는 거야. 그런 다음에 아이들 소개하고, 인상이 좋으시네요 하고 인사말을 건네야지. 나는 질문이니까 선생님 앞자리에 앉는 것이 좋겠어. 그리고 선생님께 서평을 보여 드려야지. 이 정도면 준비 완료된 건가?'

이런저런 생각을 하고 있는데 1001번 버스는 고속도로를 달려 벌써 강변역에 도착해 있었다. 정신없이 내려서 지하철을 타고 구의역에 갔다. 그런데 몇 번 출구로 나가야 할지 몰라 선생님께 전화를 해서 여쭈어 보았다. 그런데 뒤쪽에서 준희 목소리가 들렸다.

"야, 선생님 오셨어!"

"정말? 어디 어디? 양복 입은 아저씨밖에 보이지 않는데. 그럼 저 분이?"

그랬다. 선생님이셨다. 앗! 선생님께서 악수를 청하신다. 내 작전을 선생님이 눈치챈 걸까? 내가 먼저 청해야 하는데. 어쨌든 어설픈 첫인사를 끝마치고 우리는 선생님 뒤를 따라 민들레영토를 향해 걸었다.

'우아, 검은 양복? 굉장히 근사하다. 책에 실린 사진으로 봐서는 자유로운 복장을 입고 나오실 줄 알았는데. 어, 그리고 보니 아까 내가 선생님을 몰라본 이유가 살이 많이 찌셨기 때문이구나. 사진이랑 전혀 달라. 굉장히 포근해 보이고 따뜻해 보여. 역시, 사진은 믿을 만한 것이 못 되는군.'

그런데 걷는 도중에 준희가 당황해하면서 말을 건넸다.

"야, 우리 선생님 선물 아직 안 샀잖아."

아뿔싸, 어쩔 수 없다. 우리는 그 상황에서 역할 분담을 하기 시작했다. 나와 달이는 바로 선물을 사기 위해 뛰기 시작했고 지향이, 현성이, 준희는 선생님을 모시고 민들레영토로 들어가 있기로 했다. 달이와 나는 뛰는 내내 걱정을 했다. 근처에 빵집이 없으면 어떡하나 하고. 그러나 바로 눈앞에 우리가 찾는 목적지가 보였다. 그래서 재빨리 선물을 사서 민들레영토로 향했다. 가는 동안 아이들과 선생님이 서먹하게 있지 않을까 하는 걱정이 들기 시작했다. 하지만 내 예상과는 달리 문을 열고 들어서자마자 아이들의 웃음소리가 들렸다. 다행이었다. 웃음소리가 나게 만든 주도자는 선생님이었다.

뒤쪽으로 선생님을 위해 준비한 선물, 쿠키를 숨기고 천천히 다가갔다.

그런데 내가 앉으려고 했던 자리는 이미 현성이에게 빼앗겨 버렸다. 어쩔 수 없이 선생님 옆, 옆자리에 앉게 되었다. 나는 선생님이 한 말씀 한 말씀 하실 때마다 웃음을 참지 못했다. 그중에서도 선생님이 현성이가 쓴 서평 제목을 보고 맞춤법이 틀렸다고 하실 때 입속에 있던 물을 내뿜을 뻔했다. 정말 실컷 웃고 나니 분위기가 금세 부드러워진 것 같았다.

우리는 자리를 2층 세미나실로 옮겼다. 우선 컵라면을 한 개씩 먹었다. 마침 배가 너무 고파서 라면 맛은 꿀맛이었다. 컵라면을 다 먹고 나자 레모네이드가 나왔다. 준희가 선생님 컵에 먼저 따라 드리려 하자 선생님이 이렇게 하면 서로 불편해지니까 각자 알아서 따라 먹자고 하셨다. 아까 선생님 성격을 예상했던 것 중에 한 가지는 맞춘 것 같았다. 자유로운 성격이라는 것.

이런저런 이야기를 나누다가 선생님께서 이제 본격적으로 이야기를 나누어 보자고 해서 준비한 질문 보따리를 풀어 놓기 시작했다.

선생님이 말하는 '나의 직업'

이달 대통령 소속 진상규명위원회 조사관이라고 들었는데 그곳은 어떤 일을 하는 곳이에요? 또 선생님은 어떤 일을 하셨나요?

고상만(이하 고) 7월 31일까지 대통령 소속 진상규명위원회란 곳에서 일을 했고 지금은 그것이 법 개정이 안 된 이유로 쉬고 있어요. 그곳이 어떻게 생기게 되었냐면 우리나라에는 억울한 죽음들이 많아요. 특히 군대가서 죽은 억울한 사람들, 김훈 중위라든지 여러 사람들이 많은데, 이런 사람들의 죽음에 대해서 가족들이 알 권리가 있죠. 가족을 잃은 사람들이 일 년 반이 넘도록 국회 앞 길거리에서 천막을 쳐 놓고 억울하게 죽은 이유를 알 수 있게 해 달라고, 또 그것을 조사할 수 있는 기구를 만들어 달라고 농성을 했어요. 그렇게 해서 만들어진 것이 바로 대통령 소속 진상규명위원회예요. 진상규명위원회에는 경찰, 검찰, 국가정보원, 기무사령부, 헌병 5개 정부 기관에서 파견된 조사관과 나같이 인권 운동, 시민 운동 했던 사람들 중에서 공채 시험을 통해 선발한 사람들이 있어요. 진상규명위원회로 가족의 억울한 죽음을 밝혀 달라고 의뢰가 들어왔는데 88명의 사건이었어요.

내가 맡은 사건은 크게 두 가지 사건이에요. 첫 번째는 남현진이라고 91년도에 학생 운동을 하다가 군대에 갔는데 두 달 만에 사체로 발견된 한국외대 학생 사건이었고, 또 하나는 올해 7월까지 장준하 선생님 사건을 담당했어요. 어떻게 조사를 하냐면 당시에 장준하 선생을 감시했던 중앙정보부 요원들, 경찰, 당시 관계자들 인적 사항을 추적해서 조사하고, 조서를 작성하고, 녹음하고, 녹화하고 또 사체 사진을 국립과학수사연구소에 의뢰해서 감정도 하고 시뮬레이션도 만들어 보는 거죠. 사건의 진실을 규명하는, 진짜 장준하 선생이 타살된 것인가, 이것을 조사하는 게 내 일이었지.

답변을 하는 중간 중간에 이승만 정권의 부정 선거와 악법 중에 가장 큰 악법인 유신 헌법 이야기도 해 주셨다. 중학교 때 이승만 정권의 부정 선거에 대해서 수업을 들었던 기억이 났다. 그리고 유신 헌법 이야기는 가히 충격적이었다. 내가 이 시대에 태어난 것이 정말 감사했고 우리나라 역사를 다시 돌아볼 수 있는 계기가 되었다.

약자들의 슈퍼맨, 고상만

사실 이 질문을 하기 전에 고민을 많이 했다. 선생님의 아픈 기억을 다시 떠올리게 한다는 것이 너무도 죄송했다. 하지만 그냥 넘어가지 않았다. 한편으로는 아픈 기억이겠지만 다른 한편으로는 이 일을 시작하게 된 계기, 인생이 바뀐 전환점이기 때문에 선생님에게는 소중한 기억일 수도 있을 테니까.

지향 지금 인권 운동 일을 하고 있는데, 책의 내용을 살펴보면 대학 때 김용갑 선생님의 일을 계기로 인권 운동가의 길을 택하셨다고 나와 있더라고요. 그런데 이 일 이외에 다른 계기는 없으셨어요?

고 사실 이 책을 쓰게 된 이유가, 이 일을 하면서 굉장히 억울했거든. 사건의 진실은 분명히 이게 아닌데. 사실 이 책에 쓰지 않은 내용이 엄청 많거든. 그건 내가 용기가 없어서 쓰질 못한 거야.

사람들이 이 책을 보고 흔히 이런 이야기를 많이 해. 추리 소설로 쓴 것 같은데, 다른 추리 소설은 끝을 맺는데 이 책은 그렇지 않다고. 이 책도 그렇게 쓸 수가 있어. 증거도 있고, 확신도 있고, 누가 가해자인지 이미 판단이 끝났어. 그런데 그것이 법적인 판단은 되지 못하는 거야. '당신이 범인이야!' 이야기한다고 홈즈 책처럼 정의가 내려지지 않는다고. 법치 국가기 때문에 법정에서 유죄 무죄 판결이 나는 것이지, 글에서 내리지 못해.

내가 살아 있는 동안, 만약에 이 사건을 해결할 수 있는 정도의 사회적 위치가 된다, 예를 들어 그럴 가능성은 없지만 설령 그 위치에 간다 해도 해결되리라는 보장은 없어. 내가 대통령이 된다든지, 법무부 장관이 된다든지, 만약에 재심을 요구할 수 있는 위치가 된다면 그때 가서 반드시 이 사건을 해결하겠다고 할 거야.

예를 들어 프랑스의 드레퓌스 사건. 드레퓌스라는 군인이 있었는데, 독일과 프랑스의 전쟁 중에 누군가가 프랑스의 군사 정보를 독일군에게 전달을 했다 이거야. 범인을 찾는데 아무 증거도 없이 드레퓌스라는 중위를 지목한 거야. 단순히 이 사람이 유대인이라는 인종 차별 때문에. 법정에서는 아무런 증거도 없이 이 사람에게 유죄 판결을 내린 거야. 그런데 에밀 졸라라는 작가가 진실은 땅에 묻으면 묻을수록 화력이 더해 간다, 드레퓌스는 범인이 아니다, 이걸로 끝까지 싸웠어. 결국은 나중에 드레퓌스가 범인이 아니란 것이 밝혀졌어.

우리나라에도 이와 같은 사건이 많은데, 우리나라에서는 한 번 종료된 사건을 뒤집는 것이 쉽지 않거든. 그래서 언젠가는 내가 반드시 이 억울한 사건들의 진실을 밝혀내리라 다짐했고, 그걸 위해서 기록해야겠다고 생각했지.

기록을 했는데 출판사에서 보더니, 어떻게 해서 인권 운동을 하게 되었는지 이야기를 쓰면 독자들이 더 쉽게 이해하지 않겠느냐 해서 그걸 쓰게 된 거야. 김용갑 이야기를. 왜 인권 운동을 시작했냐면, 내가 인권 운동을 할 거야 해서 한 것이 아니야. 대학에 들어갔는데, 나는 진짜 세상이 이런 줄 몰랐어. 나는 내가 법의 보호를 받고 있다고 생각했거든. 내가 누구에게 맞지 않을 권리가 있고, 내가 억울한 일을 당하면 구제받을 수 있는 권리가 있다고 생각했어. 그런데 그렇지가 않더라고.

대학교에 가서 등록금은 다 똑같이 냈는데 학생들을 위한 복지 시설이 없는 거야. 교수는 무슨 약방 아저씨, 사진관 아저씨를 불러다 놓고, 교육부에다가는 정식 교수로 올려놓고. 내가 다녔던 학교가 그런 곳이었어. 이건 잘못됐다. 이걸 개선하고 바꿔야 한다. 우리가 등록금을 냈으니까 최소한 학생회관 정도는 만들어 줘야 하는 거 아니냐. 우리가 이렇게 요구를 하니까, 학교에서 어떻게 했느냐, 폭력으로 화답을 하는 거야. 학교에서 껄렁대는 학생들한테 용돈을 줘 가면서, 우리를 두들겨 패라고 해서 엉망진창으로 만들었지. 다시 한번 학교 일에 개입하면 가만 안 두겠다고 하는 거야. 참 많이 맞았어.

많이 맞고 나서 신고를 했지. 그런데 신고를 해도 처벌이 안 되는 거야. 왜냐? 학교에서 이미 손을 다 써 놓은 거야. 학생들한테 우리를 때리라고 시킬 때 마음 놓고 두들겨 패라, 뒷일은 학교에서 처리하겠다고 한 거야. 우리가 신고를 하면 학교에서는 경찰한테 학생들끼리 있었던 학내 문제인데, 그냥 넘어 가시죠, 하고 얼렁뚱땅 넘기는 거야. 아, 이렇게 되니까 그 학생들이 와서 신고를 했다고 또 두들겨 패서 맞고. 경찰에 신고하면 때린 학생들이 어디 있냐고, 어디 있는지 알아야 갈 것 아니냐고 아무 조치도 안 해.

그때는 인권 운동을 하고 싶다는 생각은 못 했고 하다 보니까 그게 인권을 위한 운동이라는 걸 들어서 알게 된 거지. 그때 그렇게 두들겨 맞고, 또 김용갑이라는 형이 처참한 죽음을 당하고 그러면서 잘못된 생각을 했어. 경찰에 신고를 해도 안 되고 뭘 해도 안 되니 내가 죽어서, 분신을 해서라도 고발을 해야겠다고 생각했다고. 그때는 이 사회가 너무 저주스럽고 원망스러운 거야. 나를 보호해 줄 수 있는 것이 아무것도 없으니까.

선생님이 말씀하시는 중간 중간에 살며시 눈가에 눈물이 맺히는 것을 보았다. 지금도 이렇게 눈시울을 적실 만큼 가슴이 아픈데, 그 당시에는 얼마나 많은 눈물을 쏟고, 분통한 가슴을 부여잡으며 이 나라를 원망했을까? 선생님 말씀은 계속 이어졌다.

고   지방에 있는 3류 대학이라서 그런지, 만약에 고대, 연대, 이대, 숙대, 이런 곳에서 이런 일이 일어났다면 신문에 대문짝만 하게 났을 거야. 나 쇠 파이프, 각목, 이런 걸로 두들겨 맞고 일본산 쇠도끼로도 맞았어. 우리가 사진이랑 증거를 가지고 다니면서 말해도 아무것도 안 되는 거야. 그때 나보다 먼저 정연석이라는 친구가 분신을 했어. 그 일로 싸우고 감옥을 가고 이러면서 생각했어. 나처럼 이렇게 억울하게 당하는 사람들, 이 사람들을 위해서 일을 하고 싶다. 우리처럼 억울하게 당하고도 힘이 없어서 대처를 못 하는 사람들, 그 사람들을 위해서 일하겠다고 다짐했지. 바로 이것이 이 일을 하게 된 결정적인 계기였어.

인정   대학 때 학생 운동도 하셨고, 지금 인권 운동가의 길을 걷고 있는 것을 보면 굉장히 당당하고 똑 부러지는 어린 시절 모습이 떠오르는데요. 제가 상상하는 것이 맞나요?

고   여자 괴롭히는 친구들을 가장 미워했어. 고무줄 끊고 도망가는 놈들, 내가 제일 싫어했어. 약한 아이들을 괴롭히는 애들도. 나는 나름대로 정직하게 살려고 노력했어. 그리고 약간 보수적이었어. 딱지치기나 이런 걸 정말 싫어했고, 굉장히 내성적이었어. 책 읽기를 좋아했고. 성실하게 지낸 것보다는 약한 사람들에 대한 애정이 있었던 것 같아. 그리고 비굴하지 않은 거, 나는 아무 잘못이 없는데, 누가 나에게 무릎 꿇으라고 하면 절대 꿇지 않아. 선생님이라도.

사람이 많이 알고, 권력을 가지고 있다고 해서 용기를 낼 수 있는 것이 아니야. 자기가 정말 용기를 낼 수 있을 때, 아니라고 생각할 때 아니라고 이야기할 수 있는 것이 중요해. 인권 문제도 그렇고. 예를 들어 권위로 누르려고 하는 것이 있어. 선생님이든 경찰이든, 누구든, 적어도 원칙이 있는 사람은 거기서 그냥 넘어가는 게 아니라, "선생님, 이건 잘못했다고 인정하시고, 다른 이야기를 하십시오."라고 이야기해야 하는 거야.

인정 마지막에 하려고 했던 질문인데요. 학교생활을 하다 보면 선생님들한테 심한 말도 많이 듣거든요. 예를 들어서 "니가 뭔데, 나가 죽어라!" 등등. 선생님 말씀처럼 그 상황에서도 용기를 내서 "선생님 이건 잘못되었습니다."라고 말하는 것이 옳을까요?

고 학생과 선생님 관계에서 그 문제가 굉장히 어려운 거야. 예를 들어서 저번에 인터넷 동영상으로 뜬 건데 수원에 있는 여자 고등학교에서 선생님이 애를 두들겨 팬 것, 난 그거 보고 굉장히 격분했거든. 그런 선생님은 선생 자질이 없는 것 같아. 문제는 무엇이냐면 대화로 문제 해결이 안 되고, 폭력적인 방식으로 해결될 때 두 가지 수와 세 가지 수를 생각해야 하는 거야.

사람이 '노'라고 말하면 그 '노'가 결단의 상황에 와 있는 거야. 결단의 상황에서는 그냥 이야기만 하면 안 되는 거야. 예를 들어서 어떤 사람이 칼을 들고 와서 무릎 꿇어라고 이야기했는데 내가 그냥 싫다고만 이야기하면 안 되지. 결단의 상황이 무엇이냐면, 내가 그것을 감수할 수 있는 상황까지 가야 한단 말이야. 적절한 예가 될지는 모르겠는데, 선생님한테 그게 아니라고 이야기했을 때 그 뒤에 점점 더 일이 커지잖아. 그 상황에서 그걸 감수할 수 있느냐 이거야, 자기가.

학생 인권, 이건 정말 중요한 문제야. 잘못되었고 개선되어야 하는 거지. 합리적인 방법으로 문제를 해결하고 바꿔야지. 현재 선생님과 학부모와 지역 위원들만 학교운영위원회에 참여하고 있는데 학생들한테도 참여할 수 있는 권한을 주어야 한다고 생각해. 적어도 학생 대표 두 사람이 참여해서 그와 같은 폭력 사례, 이런 문제를 제기해서 해결할 수 있는 방법을 만들었으면 좋겠어.

세상에서 가장 값진 선물

인정 인권 운동을 하시면서 꼭 이 점만은 지켜야겠다고 하는 부분이 있다면 말씀해 주세요.

고 첫째는 민원인에게 어떤 것도 받지 않겠다. 이게 내 원칙이야. 그걸 뇌물이라고 이야기할 수는 없겠지. 너무 감사해서 하는 선물이니까. 뇌물 같은 선물도 있겠지만, "너무 감사해서 식사라도 한번 하죠." 하는 선물도 있어. 그 어떤 것도 받지 않겠다는 것이 내 원칙인데, 딱 하나 받은 것이 있어.

원일 중위라는 사람이 있어요. 장교 출신인데 군부대 안에서 갈등이 있었어. 같은 중위하고 대립이 있었는데, 이 사람이 말하기를 어느 날 깜빡 잠이 들었는데 깨어 보니 병원이더라는 거야. 그런데 턱이 다 날아갔다는 거야. 군부대에서는 자살 미수 사건으로 처리하려고 하고. 내가 이 사건을 맡았어. 피디수첩 이런 곳하고 성균관대 변호사를 선임해서 소송을 걸어 국가 보상을 받게 해 줬어.

원일 중위 어머니는 신라호텔에서 청소하는 청소부였는데 그 어머니가 선물을 가지고 오신 거야. 그때가 추석인가 그랬는데, 비싼 양주 하나랑 거북이 알 접은 거 한 통을 가지고 오셨더라고. "마음은 감사하고 고맙지만 받을 수 없습니다." 하고 거절을 했는데 어머니께서 계속 받으라고 하시는 거야. 그럼 양주는 가져가시라고 했어. 그런데 그 거북이 알은 원일 중위가 사고 때문에 눈이 멀어 병상에 누워 있으면서 어머니께 내 이야기를 듣고 아픈 몸으로 1000개를 접은 거야. 나한테 꼭 좀 전해 달라고 해서 그걸 가지고 오신 거야. 차마 그것까지 안 받을 수는 없더라고. 양주는 돌려보내고 그것은 받았어.

유일하게 받은 선물인데, 그 알을 어떻게 했냐면 그 단체 일을 그만두고 다른 곳으로 옮길 때 거북이 알을 놓고 왔어. 왜 놓고 왔냐면 그건 나한테만 준 선물이 아니거든. 내가 그 단체에 있었기 때문에 그 사건을 맡을 수 있었던 거야. 내가 그 알을 들고 오면 끝나는 거지만 거기다 놔두면 계속 도와줄 수 있잖아. 나오면서 이야기를 했어. 이것은 내가 한 일이 아니라 단체에서 해 준 일이기 때문에 받아 주십시오 그랬지. 그래서 일이 잘 끝났어.

둘째는 듣는다. 들어주는 건 중요한 일이거든. 이게 내 두 번째 원칙이야. 그리고 내가 최선을 다해서 도와주는 것. 이거야.

한 가정의 아버지, 고상만

준희 다섯 살, 일곱 살 아이들이 있다고 들었는데요. 아이들은 아버지가 하는 일을 어떻게 생각하나요?

고 내가 가장 인정받고 싶은 사람들이 그 애들인데, 걔네는 무관심해. 내가 방송에 많이 나가. 애들한테 그 방송을 보라고 하면 안 봐.

이달 아직 애들이 어려서 그런 거 아니에요?

250

고 　걔네는 월드컵 이런 것도 안 봐. 재미없다고. 세상일에 관심이 없어. 애들한테 아빠 직업이 뭔 줄 아냐, 이렇게 물어도 보고 인터넷에서 내 이야기가 나온 신문이라든지 이런 거 찾아서 이야기해 주는데 관심이 없어. 그게 좀 섭섭해. 그리고 애들한테 인권 이야기를 많이 해 주는데 그때마다 짜증을 내는 거야.

　그리고 인권 운동을 하면서 아이들한테 이중인격자로 보이지 않으려고 노력을 하지. 애들한테 조심하려고 해. 가장 가까이서 보는 게 아이들인데, 공개적인 자리에서는 이런 이야기하고, 아이들 앞에 가서는 다르게 행동하지 말아야지.

준희 　아이들이 장래에 무엇을 했으면 좋겠다는 바람은 없으세요?

고 　용기 있는 아이들이 되었으면 좋겠어. 아까도 이야기했지만 사람들은 다 하고 싶은 일이 있어요. 하지만 다 할 수가 없지. 그렇기 때문에 아이가 반드시 뭐가 됐으면 좋겠다는 생각은 안 해. 단지 비겁한 사람은 되지 않았으면 좋겠어. 적어도 커닝, 이런 건 안 했으면 좋겠어.

　아이들한테도 말해. 거짓말하지 마라. 뭘 해서 그걸로 야단친 것은 없어. 애들 교육할 때도 그래. 무얼 잘못했다고 야단친 적은 없어. 다만 "누가 그랬니?" 했을 때 거짓말을 하면 정말 화가 나. 아이들은 실수할 권리가 있고 어른은 그것을 용서할 의무가 있다. 이게 아동 인권 권리 조약이야. 아이들한테 어려서부터 이야기를 했어. 만약에 니가 무엇을 잘못했을 때 "왜 그랬니?" 하고 물으면 답변할 수 있어야 돼. 예를 들어서 아이에게 심부름을 시켰는데 아이가 그걸 다른 데다가 쓰고 심부름을 하지 못했을 때도 그걸 쓴 것에 대해서는 야단치지 않아. 다만 그것을 어디다 썼냐고 물었을 때 답을 하지 못한다면 그때 혼내는 거야. 그러니까 생각할 수 있는 아이가 됐으면 좋겠어. 어려서부터 논리적으로 사고하고 설명할 수 있는 정도의 생각을 가졌으면 좋겠다고 생각해.

고상만 선생님이 한 가정의 아버지로서 말할 때 나는 우리 아버지와 생각하는 부분이 같아서 흠칫 놀랐다. 우리 아버지도 이해심이 매우 깊다. 아무리 큰 사고를 저질렀다고 해도 매를 들기보다는 대화를 더 중요하게 여긴다. 그래서 아버지와 나 사이에 오해라는 것은 없다.

현성 선생님 부모님께서는 선생님이 학생 운동을 하는 과정에서 제적과 구속을 많이 당해서 걱정을 많이 하셨을 텐데요. 지금은 어떠세요? 제 생각으로는 이렇게 훌륭한 일을 하는 아들을 자랑스럽게 여길 거라 생각하는데요, 어떠세요?

고 아버지는 아주 보수주의자였지. 박정희를 매우 존경하고 박정희를 신봉하셨어. 내가 학생 운동하는 것을 보고 빨갱이라고 하셨어. 친구가 분신해서 학교에서 농성을 하고 있는데 아버지가 찾아오셨어. 아버지가 다짜고짜 나를 차에 밀어 넣는 거야. 가자고. 나는 갈 수 없다고, 이야기를 좀 들어 보라고 그랬지. 그랬더니 그때 처음으로 눈물을 흘리시더라고. 제발 가자고. 집으로 연락이 왔다는 거야. 지금 당장 상만이를 데리고 가라고. 안 그러면 구속된다고. 학교에서 연락이 왔다는 거야.

아버지는 자식들에게 굉장히 다정다감하셨어. 다만 가난한 시절에 태어나 고생하면서 성장했기 때문에 정치적으로 힘이 센 것이 아름다움이라고 생각하셨어. 아버지가 자꾸 애원을 하는데 거절을 할 수가 없더라고. 못 이기는 척 차에 탔지. 그때 경찰들이 감시를 하고 있었기 때문에 내가 그 차를 탔다는 걸 알았어. 기다리고 있다가 차가 오니까 총을 겨눴어. 그 자리에서 잡혀간 거지. 솔직히 그렇게 잡혀 들어간 것이 잘된 거라고 생각했어. 친구는 분신을 했고 다른 사람들은 잡혀가는데 아버지와 집에 돌아가는 것보다는 경찰에게 잡혀가는 게 마음이 편했거든.

그 사건이 아버지에게 결정적인 계기가 됐어. 아버지는 당신이 자식을 붙잡아서 경찰에 넘겼다고 생각을 하신 거야. 학교가 날 속였다, 내 자식을 살리려고 데리고 간 건데 내가 잡아다가 경찰에게 넘겨줬구나. 그때부터 아버지는 내가 하는 일에 전적으로 동의해 주고 지원해 주셨지.

아래 이야기는 선생님과 만날 때 시간이 없어서 미처 나누지 못한 이야기다. 그래서 집에 돌아와서 오늘 만나 주셔서 감사하다는 메일을 보낼 때 질문 하나를 더 첨부하여 보냈다. 정말 자세하고 친절하게 답변해 주셔서 다시 한번 감사드린다는 말을 하고 싶다.

인정 요즘 병역 비리 문제로 떠들썩한데요. 양심적 병역 거부에 대해서 어떻게 생각하십니까?

고 양심적 병역 거부라는 말 자체도 사실은 병역을 회피한다고 비난하는 이들의 공격에서 벗어나고자 만들어 낸 말이라고 생각한다. 병역 의무를 부여해 놓고 무조건 따르라고 하는 것이 옳은 일이라고 생각하지 않는다.

양심적 병역 거부자를 처벌하고 있는데 이들은 병역을 거부하는 것이 아니라 다른 형태로 대체 복무를 하겠다는 것이다. 대체 복무는 이미 실시되고 있는 것이나 마찬가지이다. 예를 들어 축구 국가 대표 선수라든가 올림픽 출전 선수가 메달을 획득하면 군 복무를 면제해 주고 있지 않은가. 어떤 특정 분야의 특정인은 병역 면제를 해 주면서 일반인 중 양로원이라든가 사회 복지 시설에서 봉사하며 군 복무를 대신하겠다는 사람은 안 된다는 것은 헌법상 평등권에도 어긋나며 정의롭다고 생각하지도 않는다.

이제 군 복무도 강제 복무를 해야 하는 징병제가 아니라 모병제로 바뀌어야 한다. 가고 싶어서 지원하는 이들에게 좋은 대우를 해 주고 첨단화된 시스템으로 국방 체계가 이뤄져야 한다고 생각한다. 군 복무에 적절하지 않은 이들을 강제로 군에 데리고 가서 획일적인 정신 교육을 시키고 적응하지 못하는 사람들이 자살로 삶을 끝내는 현 시스템은 적극적인 개선이 필요하다.

나도 선생님 말씀에 동의한다. 군대를 가려는 사람에게 왜 가냐고 물으면 대답은 모두 비슷하다. 안 가면 붙잡혀 가니까. 진정한 남자가 되기 위해서. 그러나 군대를 가지 않는다고 해서 남자가 되지 않는 것은 아니다. 그리고 군대에서 사망하는 이유 중의 하나가 적응을 하지 못해서 자살하는 경우이다. 또한 강제로 군에 보내는 것도 하나의 인권 침해라고 생각한다.

가장 기억에 남는 말

고　친구들한테 마지막으로 하고 싶은 이야기가 있어. 인권의 핵심이 뭐라고 생각해? 인권의 핵심은 차이에 대한 이해야. 인간은 인간답게 살 권리가 있고, 인간답게 살게 해 주는 것이 국가의 의무고…… 이런 말들이 많아. 세계 인권 선언문이니, 대한민국 헌법 조문이니, 이런 게 모두 인권에 관한 거야. 그 인권들의 가장 중요한 핵심은 바로 차이야, 차이.

머리가 길고 짧고, 얼굴이 잘생기고 못생기고, 손가락이 있고 없고, 내가 부자고 너는 가난하고, 나는 좋은 학교 다니고 너는 나쁜 학교 다니고, 그래서 내가 너를 차별해야 되는 게 아니야. 다만 그것은 차이일 뿐이야. 내가 너와 다를 뿐이지. 그거 가지고 차별을 해서는 안 된다고. 그 차이를 이해하고 존중하는 것이 인권이지.

왕따 문제도 바로 이런 거야. 쟤는 얼굴이 이상하게 생겼어, 말하는 것도 이상해, 생각하는 것도 이상해, 그래서 그 아이는 당연하게 왕따를 당해야 해, 그게 왕따를 당해야 할 이유가 아니야. 그건 그 아이와 내 차이일 뿐인 거야. 그게 인권의 핵심이야. 장애인을 불쌍하게 생각하는 게 아니라 차이에 대해서 존중하고 이해해야 하는 거야. 이것이 인권이야. 내가 지금까지 했던 말들은 다 잊더라도 이것만은 꼭 기억해 줬으면 좋겠어.

앞에서도 말했듯이, 선생님이 인권 운동가라 굉장히 차가운 이미지에 무뚝뚝할 줄 알았다. 하지만 만나 뵈니, 굉장히 편안한 이미지와 유머러스한 인상이었다. 인터뷰를 하는 내내 너무 즐거웠다. 그리고 인터뷰를 통하여 얻은 것이 참 많다. 그중에서 내 기억에서 잊혀지지 않는 것은 마지막에 선생님이 일러 주신 "인권의 핵심은 차이다." 하는 말씀이었다.

솔직히 나는 장애인을 보면서 '그들과 나는 다르다, 눈이 없고 귀가 없으니 얼마나 불편할까, 저런 불편한 몸으로 어떻게 세상을 살아갈 수 있을까?' 하는 편견을 가지고 있었다. 하지만 선생님 말씀을 듣고 나니 내가 그들의 인권을 무시하고 있었다는 생각이 들었다. 그래서 깊은 반성을 했다. 단지 그들과 내가 조금 다른 차이가 있을 뿐이지, 그것을 불쌍하게 생각하거나 좋지 않은 시선으로 바라보지 말아야겠다.

선생님과 인터뷰를 마치고 돌아오는 발걸음이 왠지 무겁게 느껴졌다. 하고 싶은 이야기들을 다 나누지 못해서였을까? 언제라도 다시 한번 선생님을 찾을 수 있는 기회가 온다면 그때는 꼭 못다 한 이야기와 정중한 자세를 갖추고 어색하지 않은 완벽한 만남을 가지고 싶다.

임 선 일 ❀ 함 께 살 아 가 는 공 동 체

읽은 책
《말해요 찬드라》. 외국인 노동자들의 실상이 잘 나와 있는 책이다.

글쓴이
이란주. 인권 운동가.

만난 분
임선일. 서울외국인노동자센터 국장. 37세. 굉장히 소탈한 분이다. 멋신 인권 운동가이기도 하고…….

함께한 사람들
안지웅_기획(jiung21@hanmail.net)
안종민_외교(josepin23@hanmail.net)
서대진_물음(prankens@hanmail.net)
조성준_사진(bearsta@hanmail)
류회곤_최종 보고서(haigomi@hanmail.net)

보고서에 대한 간단한 소개
서울 동대문구 창신동에 있는 서울외국인노동자센터에 가서 임선일 국장님과 어렵게 살아가고 있는 외국인 노동자들을 인터뷰했다. 외국인 노동자들에 대해 이것저것 함께 이야기를 나누었다.

서울외국인노동자센터를 다녀와서

기획 | 안지웅(2학년 1반)

조원들의 간단한 약력

우리 조는 조성준, 안종민, 서대진, 류회곤, 나 이렇게 5명이다.

이름 : 조성준.
나이 : 18세.
생년월일 : 1986년 8월 17일.
취미 : 음악 감상, 영화 감상.
파트 : 사진.
좌우명 : 행복한 가정의 아빠가 되자.

이름 : 서대진.
나이 : 18세.
생년월일 : 1986년 4월 2일.
취미 : 음악 감상.
파트 : 물음.
좌우명 : 없다.

이름 : 안종민.

나이 :18세.

생년월일 : 1986년 12월 12일.

취미 : 야구공 만지작거리기.

파트 : 외교.

좌우명 : 후회 없이 살자.

이름 : 류회곤.

나이 : 18세.

생년월일 : 1986년 4월 10일.

취미 : 음악 감상.

파트 : 최종 보고서.

좌우명 : 꿈을 갖고 살아라.

이름 : 안지웅.

나이 : 18세.

생년월일 : 1986년 5월 10일.

취미 : 놀기.

파트 : 기획.

좌우명 : 우연은 없다. 필연일 뿐.

일정 보고

9월 2일 : 《말해요 찬드라》를 선택하게 되었다. 28명 중에서 28등을 하는 바람에 엉겁결에 고르게 되었다. 모두들 나의 가위바위보 실력에 감탄했다.

9월 5일 : 저자 인터뷰와 책에 대해서 의견을 나누었다.

9월 10일 : 조원들 모두 책 읽기를 끝냄.

9월 15일 : 나를 제외한 나머지 조원 4명 모두가 서평을 쓰지 않았다. 외교의 섭외 진행과 여러 가지 일정에 차질이 우려되었다.

9월 16일 : 아직까지도 서평 준비가 안 되었다. 특단의 조치가 필요할 것 같음.

9월 17일 : 2명이 서평을 쓰지 않았음. 인터뷰 갈 곳에 대해서 구체적으로 토론함. 책의 저자인 이란주 씨는 부천에 계시기 때문에 너무 멀어 인터뷰 대상에서 제외. 서울 근교로 알아보는 것으로 잠정 합의.

9월 23일 : 조원들 모두 서평 준비 완료. 외교가 인터뷰 교섭에 박차를 가함.

9월 24일 : 서울외국인노동자센터에서 인터뷰를 수락함. 인터뷰하러 출발.

서평 평가 그리고 책에 대한 느낌

지웅　재생지로 만들어서 그런지 책이 가벼웠고 특유의 향기가 났다. 책을 읽는데 그다지 어려운 점은 없었고 그동안 우리 주위에 있는 외국인 노동자들에게 못할 짓을 많이 했구나 하는 생각이 들었다. 외국인 노동자들에 대한 편견을 버릴 수 있어서 좋았고 그들에 대해 몰랐던 여러 가지 사실들이 흥미로웠다. 외국인 노동자들의 실상을 아주 자세히 나타냈다.

대진　재생지를 활용, 저자의 시원하고 털털한 문체, 그리고 여러 가지 에피소드들이 비빔밥처럼 버무려져 있는 책이라는 생각이 든다. 힘들게 사는 외국인 노동자들의 생각을 엿보면서 여러 가지 생각을 할 수 있었다. 가득 차오르는 감동 없이도 즐겁게 읽을 수 있어 좋았다.

회곤　이 책은 외국인 이주 노동자들이 겪는 여러 가지 문제들을 우리들이 쉽게 알 수 있도록 했다. 우리가 옛날에 외국에서 겪어야 했던 차별과 고통을 지금은 우리나라에 온 외국인 이주 노동자들이 겪고 있었다. 우리도 문화가 있듯이 그들도 문화가 있다. 우리나라 사람에게 마늘 냄새가 나듯이 그들에게는 약간 쾌쾌한 냄새가 날 수도 있고 약간 검은 피부 때문에 더럽게 느낄 수도 있는데, 그것을 이상하게 보지 말고 우리와 같은 인간으로 보아야 한다.

성준 읽기 전에는 외국인 노동자를 무시하고 관심도 두지 않았다. 외국인 노동자에게 냄새 난다고 하거나 쌀라라는 비속어를 사용하면서 웃고 즐겼다. 내가 철이 없었던 것 같다. 그리고 외국인 노동자에 대한 책이라고 해서 별 내용이 없을 거라는 생각도 했다. 그러나 읽어 보니 정말로 외국인 노동자에 대해서 우리가 다시 한번 생각해 봐야 할 것 같다.

종민 외국인 노동자들도 우리와 같은 사람이라는 걸 다시 한번 알게 해 줬다. 그동안 그 사람들을 차별하고 놀렸던 게 후회된다. 그들을 차별하지 말았으면 좋겠다. 외국인 노동자 여러분들 파이팅!

지웅 내가 쓴 글이지만 참으로 난해하고 어지러운, 말도 안 되는 서평이었다. 손도 다치고 빨리 해야 한다는 강박관념에 사로잡혀서 날림으로 쓴 게 가장 큰 이유가 아닐까 생각한다. 소제목이 너무 많아 글이 정리가 안 되고 어색한 문장이 눈에 많이 띄었다. 한마디로 졸작인 것 같다.

성준 빨리 쓰려고 해서 그런지 틀린 단어와 문장이 눈에 많이 띄었다. 소제목도 너무 많아 글의 일관성을 해쳤다. 평소 자기가 생각한 바를 글로 잘 표현한 부분은 좋았다. 책 내용에 대해 조금 더 썼더라면 훨씬 좋은 작품이 될 것 같다.

대진 어려운 단어를 많이 써서 일반 사람들은 한번 읽으면 감이 오지 않을 것 같다는 생각이 들었다. 조금 난해하긴 했지만 자신의 생각을 솔직하게 표현했고 여러 가지로 괜찮은 작품이었다.

종민　서평을 쓰기 싫은 마음을 적나라하게 드러낸 것 같다. 책에 대한 생각보다는 책 내용을 집중적으로 써서 이 책을 처음 보는 사람에게는 쉽게 다가설 수 있을 것 같다는 생각이 들었다. 다음에는 자신의 생각도 많이 들어갔으면 좋겠다.

회곤　종민이랑 비슷한 점이 많았다. 가장 서평을 늦게 냈는데 늦게 낸 만큼 여러 가지 내용 면에서 참 좋았다.

인터뷰하러 가는 길

이번 책은 《말해요 찬드라》라는 외국인 노동자에 관해 쓴 책이다. 책을 선택할 때 선생님이 가위바위보를 해서 지는 사람에게 우선 선택권을 주셨다. 내가 28명을 다 이기는 바람에 꼴찌로 엉겁결에 이 책을 선택하게 되었다. 조원들의 반발을 잠재우는 데는 긴 시간이 걸리지 않았다. 책을 읽어 보더니 다들 괜찮다는 분위기였다.

우리는 외국인 노동자를 돕는 분들을 만나 인터뷰하기로 했다. 처음에는 책의 저자인 이란주 씨를 만나려고 했지만 여러 가지 여건 때문에 서울에 있는 서울외국인노동자센터를 찾아가기로 했다. 외교 교섭은 그리 어렵지 않게 진행되었다. 전화를 해 보니 언제든지 찾아오라고 했다. 너무 쉬워서 그런지 조금 이상한 기분이었다.

9월 24일 수요일 6교시가 끝나자마자 담임 선생님께 말씀드리고 학교를 빠져나왔다. 그런데 성준이가 빠뜨린 게 있다며 집에 들렀다가 온다고 했다. 우리는 다 같이 성준이네 집으로 갔고 거기서 아주머니가 주신

밥을 먹었다.

밥을 먹고 약도를 확인해 보니 '등산로라고 생각하시면 됩니다.' 하는 문구가 보였다. 처음에는 무슨 말인지 몰랐지만 찾아가다 보니까 그 무서운 말의 뜻을 알게 되었다. 시계를 보니 한 시간이나 지체되었다. 아차 싶어서 조원들 모두에게 뜀박질을 시켰다. 다행히 버스가 일찍 와서 동대문에 도착하게 되었다. 헤매고 약도 보고를 반복하면서 찾아 올라갔다. 그런데 올라가다 보니까 점점 이상했다. 45도 경사에다가 왜 그렇게 길이 좁은지 서울 한복판이라고 생각되지 않을 정도였다. 차라리 장현이 더 번화해 보였다. 정말 하늘 끝까지였다. 왜 그렇게 높은 데 둥지를 틀고 있는지……

우여곡절 끝에 서울외국인노동자센터 앞에 도착했다. 정말 등산로 같았다. 건물을 처음 봤을 때 내가 생각했던 거랑은 상당히 달랐다. 조금 규모가 있는 줄 알았는데 조그만 가정집을 사무실로 쓰고 있었다. 우리 다섯 명이 들어가니까 꽉 찰 정도였다. 뭐 그래도 겉만 보고 판단하는 것은 아니니까……. 안에 들어가서 인터뷰를 시작했다.

국장이라는 분이 주무시다가 부스스한 얼굴로 나오시는 게 아닌가. 정말 놀랐다. 나이도 젊고. 원래 그런 분들은 양복을 쫙 입고 바른 생활만 하는 분들이라는 생각이 뿌리 깊게 박혀 있던 내 머리는 약간 혼란스러워졌다. 잘못 온 게 아닐까 하는 생각까지 들 정도였다. 국장이라는 분은 계속 담배를 피우며 잠이 덜 깬 얼굴로 인터뷰를 하셨다. 질문을 맡은 대진이가 이것저것 질문을 시작하고 내가 곁에서 조금씩 도왔다. 책에 대해 질문하려고 책을 보여 드렸더니 "아, 란주." 이러면서 잘 아는 사이라고 하셨다. 놀라운 건 그것뿐만이 아니었다. 서울외국인노동자센터 홍보

대사인 개그맨 남희석 아저씨도 "희석이 말이야……." 이러면서 이야기를 해 주셨다.

마지막으로 하고 싶은 말씀이 뭐냐고 질문하니까 이런 말씀을 하셨다. "외국인 노동자들을 돌보는 일도 여러 가지 면에서 하나의 애국이라고 생각합니다." 딱 이런 말씀을 하시는 것이었다. 이 말을 듣고 참 대단한 분이구나, 사람을 겉만 보고 판단해서는 안 되겠다는 생각을 가지게 되었다. 그분이 그러는데 자기가 한 일을 책으로 내려면 몇 십 권을 내야 한다고, 《말해요 찬드라》에 나오는 이야기는 극히 일부라고 했다. 참으로 훌륭한 분을 만나서 기분 좋은 대화를 나누었다.

국장님과 인터뷰를 마치자 서울외국인노동자센터 관계자 분이 외국인 노동자들을 만날 수 있게 주선을 해 주셨다. 외국인 노동자들이 3명 있었는데 필리핀, 미얀마, 방글라데시에서 온 분들이었다. 모두들 생김새도 그렇고 무척 순박해 보였다. 그중 한 분은 사진을 찍으니까 옷을 갈아입고 머리 손질까지 하고 오셨다. 질문을 해야 하는데 돌발 상황이라 다들 할 말을 잃고 뻘쭘하게 앉아 있었다. 할 수 없이 내가 나서서 여러 가지 궁금했던 것들을 물었다. 그런데 필리핀 분이 "한국에서 힘들었던 점에 대해서 말씀해 주세요?" 하는 질문에 갑자기 울려고 했다. 얼른 화제를 돌려 불상사는 막을 수 있었다. 울려고 하니까 내가 다 이상해졌다.

얼마나 힘들었으면 그럴까. 정말 우리나라 사람들은 나쁜 것 같다. 월급 못 받은 것도 한두 번이 아니고 지금은 모두들 일거리가 없어서 집에서 놀고 있다고 했다. 정말 불쌍했다. 인터뷰 도중에 한 분이 "과일 좀 가져와."라고 말하는 모습을 보면서 우리보다 더 순박하고 착하다는 생각을 하게 되었다. 솔직히 우리들보다 더 때 묻지 않고 순진한 것 같았다.

인사를 하고 나오면서 다음에는 숙제가 아닌 봉사 활동을 하러 찾아와야 겠다고 생각했다.

이번 인터뷰는 참으로 뜻깊고 여러 가지를 배울 수 있는 인터뷰였다. 몰랐던 것도 많이 알게 되었고 외국인 노동자에 대한 편견도 다 버릴 수 있었다. 정말 느낀 바가 많다. 이런 활동을 다른 사람들도 한번 해 봤으면 좋겠다. 사람이 사는 데 가장 중요한 건 서로를 이해하는 것 같다. 이번 활동으로 우리와 다른 사람들을 이해할 수 있어 좋았다. 서로서로 이해하며 삽시다!

마지막으로

모든 인터뷰 과제가 끝이 났다. 우리 팀 감독으로서 제대로 운영했는지는 모르겠지만 나름대로 열심히 했다. 조원들이 말을 좀 안 듣긴 했지만……. 각자 역할을 나눠서 하려니까 막막하고 어찌할 바를 몰랐는데 막상 닥치니까 나름대로 역할들을 잘 수행해 주었다. 조원들이 수고했다. 색다른 경험이었고 이번 활동은 잊혀지지 않을 것이다. 배울 점이 참으로 많았다.

이것이 내가 할 수 있는 애국이다

물음 | 서대진(2학년 1반)

9월 19일. 나와 아이들은 서울외국인노동자센터를 찾아갔다. 원래 부천외국인노동자의집에서 일하는 이란주 님을 만나야 하지만 거리와 시간 등의 사정으로 가까운 곳을 찾아간 것이다. 지하철 동대문역에 내려서 좁고 가파른 골목길을 올라가서(거의 산행 수준이었다) 찾은 빨간 벽돌의 한 건물. 기대했던 것보다 훨씬 작은 규모의 센터였다. 예의를 갖추어서 똑똑, 문을 두드리고 찾아 들어갔으나…… 어쩐지 거기서는 내가 너무 격식을 차리고 있는 것 같은 기분에 바보스러워졌다. 인터뷰 당사자는 자다 일어나서 그런지 부스스한 모습에 목소리도 웃기게 떨리고 담배를 뻑뻑 피워 대다가 가래침을 뱉는 등 털털함 그 자체였다. 그러나 털털함만이 그분의 모습이 아니라는 것은 대화 중에 여실히 드러난다. 자, 자세한 내용은 인터뷰 기록을 읽어 보도록 하자.

임선일 국장님과 인터뷰

대진 안녕하세요! 인터뷰 시작할게요. 우선 국장님의 프로필을 부탁드려요!

임선일(이하 임) (하품)이름은 임선일. 서른일곱 살. 이 정도면 됐나(웃음)?

대진 짧지만 요지만 딱, 전달할 수 있어 좋은데요(웃음)? 자, 본격적인 질문에 들어갈게요. 언제부터 외국인노동자센터가 활동하기 시작했나요?

임 1996년이었어. 그때 처음 문을 열었지. 여기까지 올라오면서 봤을 테지만, 처음에는 아래에 있는 교회에서 문을 열었어. 지금 여기로 이사 온 건 얼마 안 돼. 작년에 이사 왔거든.

대진 특별한 활동 계기가 있었나요?

임 외국인 근로자들은 15여 년 전에도 있었지만, 최근에 급증한 거지. 96년 그 당시일 거야. 그때는 외국인 근로자들이 지금만큼 많지는 않았지. 그만큼 사회적인 관심도 적었고. 그런데, 아마 96년도였을 거야. 내가 있던 교회(청암 교회)에 중국 동포 8명이 도망을 왔어. 그 사람들이 일하는 공장 사장이 그들을 마구 때리고 월급도 안 주고, 그런 식이었나 봐. 그때 느낀 바가 있었어. 뭔가 이 사람들을 위해서 일을 해야겠다고. 그렇게 시작되었던 것 같아.

대진 그랬군요. 그렇다면 어떠한 활동 취지를 갖고 있나요?

임 우리 캐치프레이즈 중 하나는 이거야. 레위기 19장 33절 말씀인데. '너희는 너희 땅에 사는 외국인을 학대하지 말고 그들을 너희 동족같이 여기며 너희 자신처럼 사랑해야 한다.' 외국인 노동자들은 이제 쉽게 볼 수 있는 사람들이야. 3D 업종에서 장시간 열악한 환경에서 일하면서 한국 경제에 적지 않게 기여하고 있는데도 하나님 형상으로서의 존귀한 인권을 유린당하고 있어. 체포되면 강제 출국되어야 하는 신분의 불안정함, 열악한 공장 환경에서 오는 산업 재해의 위험성, 생활 환경의 어려움 때문에 질병에 노출, 문화적 차이로 겪는 심리적 갈등, 오랫동안 가족과 이별해서 겪는 이산가족의 아픔……

조금만 역사를 뒤집어 생각해 보면 우리도 다 겪은 일인데 일부 우리나라 사람들은 개구리 올챙이 적 생각 못 하고 안하무인이야. 그런 사람들의 인식을 바꿔 주기 위해서도 우리는 활동해. 서로의 처지를 이해하고, 공존하고, 서로 사랑하며 보듬는 관계. 그것을 만드는 것이 우리의 목적이라고 할 수 있어.

대진 그런 거로군요. 이 일은 사회적인 조명을 받는 일도 아니고, 힘들고 괴로울 때가 있을 것 같은데요. 혹은 안타까웠던 일이라거나, 특별히 생각나는 것이 있나요?

임 힘든 일? 당연히 그런 게 있지. 어려운 조건에 있는 사람들의 일을 돕는 거니까 힘든 거야 어쩔 수 없는 일이겠지. 괴로운 것도……. 가끔 외국인 근로자들을 돕는 이유를 누군가 묻곤 하는데, 그 이유는 당연하고 간단해. 그들도 똑같은 인간이기 때문이야. 우리는 그들이 동등한 권리와 대우를 받을 수 있다고 생각하고, 그렇게 되도록 일을 하는 거야.

그런데 외국인 근로자들은 그런 생각을 하지 않는 경우가 많아. 힘든 일이 있으면 모여서 서로 돕고 어려운 일을 해결해 나가야 하는데, 그냥 혼자 속으로 삭이거나 절망하는 수준으로 그치는 경우가 많거든. 물론 외국인 근로자들 중에서는 본국에서 고등 교육을 받고 오는 사람들도 있지만 그렇지 않은 사람들이 대부분이거든. 그런 요소도 노동자 의식에 마이너스가 되는 것도 있고. 그런 점들이 가끔 우리를 안타깝게 해.

대진 이곳은 어떤 식으로 운영되나요? 경비 같은 거 말예요.

임 음, 후원금을 받아서 센터를 운영하고 있어. 외국인들을 위한 한글 교실, 컴퓨터 교실, 쉼터를 운영하는 데 필요한 비용은 서울시나 행정자치부에서 지원받고 있어.

대진 그렇군요. 외국인 근로자들의 평균 노동 시간과 임금은 어느 정도 되나요?

임 보통 오전 8시부터 밤 11시까지, 14시간쯤 일하고 110만 원 정도를 받아. 그것도 임금 체불이 안 됐을 때 이야기이긴 하지만……

대진 (헉)그렇게나 오래 일을 한단 말예요? 몰랐네요. 그렇다면 직장 내 폭행은 어느 정도인가요?

임 어느 정도 수준인지 알고는 있지만 어느 정도라고 대답할 수 있는 성향의 질문이 아니라서 뭐라고 말을 할 수 없어. 분명한 건 폭력도 요즘은 많이 줄었다는 거야. 그래도 뿌리 깊게 박혀 있는 우월주의나 타민족 배척 주의, 거기서 파생되는 폭력은 뿌리 뽑지 못하고 있지. 아직 멀었어.

대진 전국에 서울외국인노동자센터 같은 곳이 몇 개쯤 있나요?

임 외국인노동자대책협의회 같은 독립적인 단체는 45개 정도, 교회 같은 곳에서 지원하는 곳은 100개쯤 되는 걸로 알고 있어.

대진 그럼 부천외국인의집도 그 범주에 속하겠군요? 거기에서 일하는 이란주 씨를 아시나요? 그리고 이 책도(《말해요, 찬드라》를 건넨다). 만약 아신다면 짤막한 평을 부탁드려요.

임 (책을 받아 들며)아, 란주. 잘 알지. 친하기도 하고, 같은 일을 하는 사람이기도 하고. 글쎄, 굳이 평을 하라고 하면…… 란주는 훌륭한 시민 운동가지. 열성적으로 일하고 있고. (책을 뒤적거리며)외국인 근로자의 현실에 대해서 분야별로 잘 만들어 놓았네. 모두 실제로 있는 이야기니까. 우리 센터에서도 이런 내용을 담은 책을 만들어. 단지 차이를 말하라면 우리는 비공식적인 출판이고 이 책은 공식적인 것이랄까?

대진 역시 잘 아는 사이였군요. 그럼 혹시 국장님도 그 책 마지막에 있는 '아모르 파업'과 관련이 있나요? 만일 그렇다면 거기서 어땠는지 궁금합니다.

임 나도 거기 갔었지. 무척 추운 날이었고 바람이 몹시 불었어. 거기 가서 무얼 했더라. 아, 그건 책에 아주 잘 나와 있네. 솔직히 말해서 거기서 난 잠만 잔 것 같아(웃음).

대진 정보도 찾을 겸 센터 홈페이지를 둘러보다가 남희석 씨가 홍보 도우미로 활동하고 있는 것을 봤는데, 좀 더 자세하게 알고 싶어요. 남희석 씨하고도 친분이 있는 건가요?

임 아, 희석이. 잘 아는 대학 후배이기도 하고 친하기도 하지. 희석이는 원래 이런 데에 관심이 많았어. 정이 많은 녀석이야. 얼마 전에 희석이한테 너 이거 해 봐라, 하고 부탁했는데 흔쾌히 찬성했어. 대외적인 지원이 필요할 때나 다른 때에도 희석이가 많이 도와주곤 해.

대진 이 일을 하면서 가장 보람을 느낄 때는 어떤 때인가요?

임 죽어 가는 사람을 살릴 때. 생명을 구하는 것만큼 값진 일은 없는 것 같아. 임금 체불이니 불법 체류자들에 대한 보호도 물론 중요하지만……아무리 그래도 병든 자를 일으켜 세우는 일만큼 보람된 일이 있을까?

대진 네, 묻고 싶었던 것들은 다 물어보았네요. 마지막으로 하고 싶은 말 있으세요? 저희 학생들에게나 한국 사람들에게요.

임 현재 우리나라 3D 업종은 외국인 근로자들이 거의 도맡고 있어. 생활 수준이 향상되면서 사람들은 자연스레 생산직보다는 사무직에 종사하길 원하니까. 그건 어쩔 수 없는 일일지도 몰라. 외국인 근로자들이 우리나라에 와 있는 것도 어쩔 수 없는 일일지도 모르지. 우리나라 산업 구조의 한 부분을 외국인 근로자들이 담당해 주고 있는데 만약 당장이라도 외국인 근로자들이 우리나라를 떠나가 버린다면 어떻게 될까? 아마 우리나라 경제는 폭삭 주저앉아 버릴 거야. 그런 만큼 우리는 그들을 존중해 줘야 해. 허위에 찬 착취 구조의 제도나 법 같은 것을 개정해야 하고 그들 삶의 질을 향상시켜 줘야지.

그리고 더 중요한 것은 그들도 우리와 같은 인간이라는 점이지. 그것 하나만 제대로 알면 이렇게까지 피폐한 상황이 되지는 않겠지. 어떤 사람들은 이렇게 말하곤 하지. 냄새나는 놈들 신경 쓸 틈에 차라리 가난한 우리나라 사람들을 위하고 애국하라고. 내 생각은 달라. 난 내가 지금 하는 일이야말로 내가 해야 할 일이고, 내가 할 수 있는 최대한의 애국이라고 생각해. 여러 사람들이 무지해서 인간 존엄성을 위협하는 행위를 저지르고 있는데 더 이상 못 하게 하는 것이 우리 임무라고 생각하거든.

나는 우리 민족이 더 이상 민족 우월주의와 서구에 대한 사대주의 사이에 빠져 허우적대는 꼴은 볼 수 없어. 폭력과 억지 논리에 치우친 채 살아가는 민족을 보고 싶지도 않지. 이런 일을 함으로써 인간 존엄성에 대한 국가 전체적인 수준이 향상될 거라고 생각해. 그래서 나는 지금 내가 하는 일을 가끔 애국이라고 생각해 보기도 해. 자화자찬인 걸까(웃음)?

대진 아니오. 자화자찬은 웬 자화자찬. 보기 좋은데요(웃음). 그럼 이만 인터뷰를 마치겠습니다. 인터뷰에 응해 주셔서 감사합니다.

외국인 노동자들과 인터뷰

다음은 3명의 외국인 노동자 먀윈(27, 미얀마), 러니(32, 필리핀), 아윈(25, 방글라데시)과 한 인터뷰를 짤막짤막하게 정리해 놓은 것이다. 서울외국인노동자센터에서 일하는 분이 자리를 주선해 주셨다. 우리는 생각도 하지 못한 깜짝 놀랄 일이었다. 정말 좋은 시간이었다. 거리에서 무심히 지나치는 사람들과 한국어와 영어 단어 몇 개를 섞어 가며 서투르고 투박하게 이야기를 나눈다는 것이 내게는 기적처럼 여겨졌다. 여기에 그 서투른 상호 작용의 흔적을 조금 적겠다.

대진 언제 처음 한국에 오시게 되었나요?

먀윈 5먼스 됐어요(한국말을 잘 못했다).

러니 한, 5년쯤 되었네요.

아윈 4년쯤 전에 왔어요.

대진 한국에 와서 좋았던 점이 뭐예요(다들 말이 없고 조용히 웃기만 한다)?

아윈 별로 좋았던 기억은 없어요(대답을 꺼리는 것 같았다).

대진 어떻게 서울외국인노동자센터를 알게 되었나요? 그리고 센터에 대해 어떻게 생각하세요?

러니 저는 청명 교회 목사님을 통해 알게 되었어요. 목사님은 우리에게 친절하세요. 그리고 센터 사람들도 좋은 사람들이고……. 우리를 위해 애써 주는 일도 많고, 고마운 사람들이에요.

대진 월급을 받으면 그걸 어떻게 쓰나요?

아윈 대부분은 돈 받으면 일부는 고향에 있는 가족들에게 보내요. 저는 50만 원 정도 집에 보내요. 얼마 정도는 저축하고 그리고 이것저것 필요한 것들 사고 그래요. 돈이 부족하게 여겨질 때도 있어요. 서울은 물가가 너무 비싸요. 돈은 부족하고 사장님은 가끔 월급도 안 줘요. 내일 준다, 내일 준다, 하면서 몇 달간 주지 않아요. 지금 공장 일을 하고 있지 않지만 나도 몇 달 동안 월급 못 받았어요. 돈이 없어요. 고향에 보내 줄 돈도 없어요. 허리가 아파서 병원에 가야 하는데 월급이 없어서 통장에서 자꾸만 빼서 쓰고 있어요. 돈이 모이질 않아요.

대진 언제쯤 집으로 돌아가시게 될 것 같아요?

아원 (대답이 없다가 한참 후에)몰라요. 그건 아무도 몰라요. 우리도 집에 돌아가고 싶어요. 가족들 안 본 지도 벌써 몇 년이나 지났어요. 한국에 와서부터 한 번도 못 봤어요. 비자는 사장님이 보관하고 있고, 돌려주지 않아요. 그게 있어야 집에 가는데…… . 불법 체류로 걸리면 벌금을 물고 쫓겨나야 하기 때문에 마음 놓고 시내를 돌아다닐 수도 없어요. 돈 벌고 빨리 집에 돌아가고 싶어요.

대진 그럼 마지막으로 한국 사람들에게 말하고 싶은 게 있다면 말해 줄래요?

아원 나는 한국에 왔어요. 돈을 벌기 위해 왔지만 한국 좋다는 이야기 듣고 바로 왔어요. 고향에 있을 때 나 학생이었어요. 여러분과 똑같은 학생이었어요. 학교에서 집으로 왔다 갔다(웃는다)…… . 내가 오고 싶어서 온 한국인데, 여기는 너무 힘들어요. 나는 몸이 아파서 한 달 일하고 한 달 쉬면서 병원 다니고 그랬어요. 병원비는 왜 그렇게 많이 드는지…… . 사람들은 왜 그렇게 차갑고 욕을 많이 하는지…… . 무척 힘들어요. 같이 살아요. 이유야 어찌 됐든 나는 지금 한국에 와 있으니까. 좀 더 나은 대접을 받으며 한국에서 일하고 싶어요.

정리

국장님과 외국인 근로자들과 대화를 나누면서 내가 느낀 것은 책에서 느꼈던 것과 유사하지만 분명 다른 개념이었다. 그것은 바로 현실감이었다. 까무잡잡한 피부와 어눌한 한국 말투 그리고 순수하기만 한 그들의 표정을 보면서 나는 뭔가 깨달은 바가 있었다. 그것이 어떤 것이냐는 것은 굳이 밝히지 않겠다. 다만 오랫동안 그것을 기억할 생각이다.

인생을 살기는 무척 힘든 일일 것이다. 한국 땅에 와서 사는 외국인 노동자들에게는 더욱 힘든 일일 것이다. 현재의 나로서는 작고 하찮은 것밖에는 그들에게 해 줄 수 있는 게 없지만 나는 부디 그들이 행복해질 수 있기를 바란다.

인터뷰가 끝나고 조원들과 해거름이 완전히 진 거리를 걸어 내려오며 "우리 방학쯤에 한번 봉사 활동 하러 오자."라고 했다. 나는 그 말이 싫다. 봉사 활동이라니. 나는 그저 한 '사람'으로서 나와 이야기를 나눈 그들 혹은 그 외의 많은 사람들을 만나기 위해 올 것이다. 그리고 그때까지 지금의 생각과 다짐을 기억할 수 있기를 바란다. 진심으로 바란다.

이상으로 인터뷰에 대한 장황한 듯하지만 짤막한 기록을 마치겠다.

대한민국의 국민인 것이 부끄럽다

서평 | 안종민(2학년 1반))

이번에도 어김없이 지옥 같은 서평의 세계로 빠져야 한다. 솔직히 말하자면 수행평가에 반영하지 않는다면 몇 대 맞는 한이 있더라도 아예 안 썼을지도 모른다. 이런 생각을 하는 내가 부끄럽지만 오늘도 이렇게 힘을 내어 글을 쓰는 이유는 서평을 마무리한 다음의 느낌이 이루 말할 수 없을 정도로 짜릿하기 때문이다. 더군다나 이번 서평의 주제는 뭔가 특별해도 아주 특별하기 때문에 빨리 글로라도 표현을 하지 않으면 답답해서 도저히 참을 수가 없을 것 같다. 자 그럼 네 번째로 쓰는 이번 서평은 좀 더 편안한 마음으로 쓰도록 노력을 해 봐야지.

아름다운 해결사 이란주

부천외국인노동자의집에서 9년째 외국인 노동자들에게 상담을 해 주는 정책국장 이란주 씨(35). 그분은 외국인 노동자들에게 몇 안 되는 '가깝고도 따뜻한 한국인 이웃'이다. 체불 임금부터 한국인에게 당하는 각종 차별과 고된 작업으로 인한 산업 재해까지, 이들의 온갖 문제를 자기 가족 일처럼 챙겨 주고 있다.

이 책에 담긴 이란주 씨의 모습은 마치 옛날 독립투사를 보는 듯했다. 어떤 글은 정말 실감이 나지 않을 정도이니, 그분은 불가능한 일을 가능하게 하는 능력의 소유자인 것이다. 40만 명에 육박하는 외국인 이주 노동자들(부천 지역에만도 미얀마와 네팔, 태국 등 10여 개 국가에서 온 1만여 명이 있다)을 위해 직접 발로 뛰며 얼마나 많은 일들을 겪고 해결해 주었는지 이 책을 읽지 않은 사람은 상상하기조차 어려울 것이다. 앞으로도 그분은 외국인 이주 노동자에게 없어서는 안 될 고귀한 존재로 열심히 발 벗고 뛸 것이다.

육 년 사 개 워 리 요

이 책의 주인공 찬드라는 어느 날 사소한 일로 경찰서에 끌려갔는데 말이 잘 안 통한다는 이유로 행려병자로 오인받고 정신 병원으로 옮겨져 육 년 사 개월이라는 긴 시간을 갇혀 살다 나온다.

> 담당 경찰관과 출입국 사무소 관계 공무원, 담당 의사가 저지른 업무상 부주의와 무관심이 멀쩡한 사람을 육 년 사 개월이나 정신 병원에 가두는 엄청난 사고를 일으켰던 것이다. (181쪽)

정신 병원이라면 그야말로 정신에 이상이 있는 사람들을 치료하는 곳이 아닌가. 그런데 이건 멀쩡한 사람을 잡아 놓고 오히려 정신적으로 충격을 마구 가하는 것이나 다름없으니 말도 안 되는 일이다. 그것도 하루

이틀이 아닌 육 년 사 개월이라는 긴 세월을……. 요즘 사회에서 문제가 되고 있는 보호 감호와 다를 바가 뭐 있겠는가. 아무리 옛말이지만 '동방 예의지국'이라는 말이 정말 우리나라를 두고 하는 말이었는지 몇 번이나 의심이 간다. 찬드라 역시 코리안 드림을 꿈꾸던 사람이었는데. 찬드라가 병원에서 나온 뒤 주위에 있던 사람들은 아무 이상도 없고, 멀쩡한 찬드라가 되려 정신 질환을 앓게 되면 어쩌나 하고 조마조마한 마음을 감추지 못했을 것이다.

여기서 끝이 아니었다. 그 오랜 시간 동안 일을 못 했으니 위자료를 줘야 하는데, 찬드라가 병원에 갇혀 있던 육 년 사 개월 동안 손해 본 임금 수입을 고작 360만 원으로 계산을 한다는 것이 아닌가. 어떻게 이런 배짱이 다 있는가. 정신적 피해 보상은 못 해 줄 망정 육 년 사 개월 동안 손해 본 임금을 고작 360만 원으로 계산한다는 게 말이나 되나. 그렇게 찬드라는 고국 네팔로 떠났다. 그녀의 이야기를 영화를 만들기 위해서……. 마지막으로 육 년 사 개월 동안 바꿔서 부른 그녀의 이름은 선미아…….

좌절은 없다

갑자기 팬이 "란주 나 사랑해?" 하고 말하는 것이었다. 그 말 한마디가 얼마나 아프고 크게 들리던지. 이 사람이 얼마나 정에 주렸으면 이런 소리를 할까. 나는 정말 팬을 사랑하는 걸까. 참을 수 없는 슬픔이 저며 왔다.(20쪽)

태국 여성인 팬의 이야기는 다시 읽어도 코끝이 찡하다. 태국에 있는 열세 살 된 아들을 위해 먼 이국땅까지 와서 일을 하겠다고 나섰는데 악덕 업주를 만나 온갖 고생을 다 겪는다. 월급은 무려 여섯 달이나 밀렸는데 사장이라는 작자는 50만 원밖에 줄 수 없다고 하니 정말 말문이 막힐 수밖에. 그러다 임신까지 한 팬은 또 한번 갈등을 하게 된다. 한국에서 아이를 낳아 기를 수 있는 여건도 안 되는데 사장이란 자가 월급을 안 주는 것이 아닌가. 결국 팬은 아이를 지우기로 결심하고 약을 먹는다. 그 사실을 알게 된 이란주 씨는 팬에게 병원에 가기를 요구하지만 사장의 협박과 돈이 걱정된다며 거절한다. 그러면서 건넨 한마디. "란주 나 사랑해?"

결국 회사는 부도가 났고, 팬은 일곱 달치 월급을 고스란히 떼이고 실업자가 되었다고 한다. 하지만 팬은 그 이후로도 다른 일자리를 구해 꿋꿋이 일을 한다고 하는데, 정말 배울 점이 많은 사람이 아닌가. 타국에서 오랜 시간 쓰디쓴 고초를 겪고도 포기하지 않고 다시 열심히 살아가는 모습. 세상에 모든 게으른 사람들에게 본보기가 되었으면 좋겠다. 그리고 팬은 아마 지금쯤 열심히 돈 벌어 태국으로 돌아가 가족들과 행복하게 살고 있지 않을까 싶다.

자존심 있는 소년

"누나, 나 그냥 도시락 살래요."

"왜? 필요도 없는데?"

"아니요, 그냥 도시락 가지고 갈래요."

"어? 다른 친구들은 아무도 도시락 안 가져가. 친구들은 다 학교에서 주
는 급식을 먹는데?"

"그래도…… 누나, 선생님이요…… 나를 불쌍하게 생각해서 밥을 그냥
준다구…….”(46쪽)

불법 체류자 주제에 무슨 학교냐며 교육청에서 거절당했지만 어렵게
학교에 들어간 나잉나잉과 이란주 씨가 나눈 대화다. 어린 소년이지만
얼마나 당찬지 모른다. 웬만하면 사정도 어려운데 공짜로 급식을 챙겨
주면 그냥 먹으면 좋으련만, 그래도 그게 아닌가 보다. 어려도 자존심은
있어서…… 자식, 참 기특하다. 얼마나 심지가 굳은 아이인지 너무 궁금
하다.

나잉나잉은 비록 2학년 애들과 수업을 듣지만 자기는 4학년인데 왜 반
애들이 형이라고 안 부르냐고 묻는다. 나 같으면 애들이 얄미워서라도
한 대 쥐어박아 줄 만도 했을 텐데 역시 우리네 사는 모습대로 생각해서
는 안 될 순진무구한 외국 아이인가 보다. 그리고 자존심 있는 어린아이
의 모습에 벌써 정이 들어 버렸는지 한국에서 힘들고 어려운 일을 겪어
야 한다는 생각을 하니 내가 되려 안쓰럽다. 한국의 학생들에게 주눅이
들거나 기죽지 않고 씩씩하게 컸으면 좋겠다.

하는 만큼 돌려받는다

외국인 이주 노동자들이 우리나라에서 공장 사장이나 일부 국민들에
게 편견과 폭력을 당하는 것처럼 우리나라의 노동자들도 해외에서 그러
한 꼴을 당하고 있다.

"우리나라에서는 중국인들이나 다른 나라 출신 노동자들에게 '못사는 나라 것들이 우리나라에 와서 허드렛일 한다.'고 멸시하지만 한국인들 또한 일본에서 그와 똑같은 욕을 먹어 가며 허드렛일을 하고 있었다."(93쪽)

오히려 우리나라 노동자가 일본에서 생활하는 모습은 눈에 담기 거북할 정도로 지저분하고 추잡스럽기 짝이 없었다. 나는 오줌을 갈기며 계단에서 내려오는 모습을 쓴 글귀를 보고 정이 뚝 떨어졌다. 어쩜 그렇게 폐인 생활들을 하며 힘겨운 삶을 계속하고 있는지. 우리나라 사람이 타국에서 그런 할 짓, 못 할 짓을 다 하고 산다니 열이 받치기도 하지만 일본의 이주 노동자 정책에도 문제가 있음을 알고 할 말을 잃었다. 우리나라의 정책도 일본의 제도를 베껴 온 것이었다니, 이런! 많은 한국 노동자들이 일본에 발을 디딜 때는 돈을 벌 수 있다는 희망에 가득 차 있었을 것이다. 그러나 차별과 멸시에 주눅 들고, 힘겨운 노동에 지치고, 시원찮은 돈벌이에 애달픈 마음과 몸을 다스리지 못하면서 병이 나기 시작한다고 한다.

이처럼 우리나라의 해외 이주 노동자들도 국내에서 이주 노동자들이 겪는 것만큼 어렵게 생활하고 있다. 어서어서 세상이 뒤집어져 잘살고 못사는 일 없이, 누구나 남의 나라 가서 고생하는 일 없이, 고루 잘 사는 세상이 되었으면 좋겠다.

No Money! No Work!

"새끼야. 새끼야. 씨팔 놈아. 나쁜 말 많이 해요. 이거 손으로 우리 얼굴

때려요. 발로 차요. 맨날 맨날 욕해요. 때려요. 지난주 토요일 날도 월급 준다고 해서 다 기다렸어요. 그런데 상무님이 '돈 없어. 이 새끼야.' 하면서 가불만 조금씩 해 줬어요. 그래서 다 사람들 '이거 안 돼. 회사 돈 안 줄 거야.' 하고 말했어요. 어제 아침에 다 사람들 일했어요. 사무실에 한국 사람 하나도 안 왔어요. 그래서 우리 생각해요. 회사 문 닫는 거 같아. 우리 걱정 많이 했어요. 우리 돈 집에 보내야 돼. 계속 이렇게 하면 우리 일할 수 없어. 내가 말했어요. 나는 일 안 해. 다른 사람들 다 같이 말했어요. 일 안 해."(197쪽)

100명이나 되는 사람들이 한꺼번에 일을 안 하겠다고 했다니 정말 놀랄 노릇이다. 어디에서든 의견이 달라 반대하는 사람이 있기 마련인데 이 정도라면 그들의 사정이 얼마나 절박한지 모를 리 없다. 우리나라에서는 이런 식으로 하면서 우리 국민이 외국에 나가 이런 일을 당하면 반대로 그들도 분노하겠지. 참, 환장할 노릇이다. 임금을 달라고 하면 돈을 주는 대신 뺨을 때린다거나, 발로 차거나 삽으로 때린다거나 하는 일이 일어나고, 툭하면 이미그레이션(입국 관리) 얘기 꺼내서 겁이나 주고, 이제는 '박 상무'라는 석 자만 들어도 치가 다 떨릴 지경이다. 책을 읽는 내내 그 사람을 대한민국에서 추방시키고 싶은 마음이 굴뚝같았다.

"회사가 얼마나 어려운지 알아주길 바란다. 그렇게 어려운데도 한 달 치월급을 마련하려고 백방 노력하고 있다는 점을 알아줘야 해. 나머지 한달 월급도 군청이 지급 보증을 서면 확실하게 받을 수 있어."(231쪽)

이런 어이없는 인간아. 회사 연간 매출이 300억이라며, 그런 건실한 회사가 파업으로 문을 닫는 게 말이 안 된다며. 뭐? 그렇게 몰고 가서 회사가 망하면 협력 업체들 다 망해서 지역 경제가 흔들려? 불황이니 이해해 달라고? 당장 일만 해 달라 이거지? 연간 매출이 300억이면 한 해만 벌어도 밀린 임금 3억쯤은 새 발의 피 아닌가? 왜 말이 앞뒤가 맞지 않는 건지. 협상을 하는 동안도 유치하고 지저분한 짓들로 눈살을 찌푸리게 했다. 어디서 작전 회의를 했는지 회장이라는 사람이 뜬금없이 나타나서는 자기가 다 해결하겠다며 공장의 수호신처럼 나서질 않나. 도대체 무슨 꿍꿍이속인지 짐작할 수가 없었다. 결국 어렵사리 밀린 임금을 다 받아 냈지만, 그 공장은 그 뒤 몇 달을 못 버티고 부도를 냈고, 파업 후 떠나지 않고 남아서 일하던 노동자들은 두 달 치 임금을 못 받았다고 한다.

떳떳하게, 자신 있게 사세요

이 책을 읽고, 우선 내가 외국인들을 바라보는 눈빛이 달라졌다. 모두들 그렇게 살지는 않겠지만 참 힘들게 고생하고 임금은 한국인들의 절반쯤 받는 이주 노동자들에게 동정심이 생겼다. 우연히 길을 걷다 길거리에서 액세서리를 파는 외국인을 봐도 괜히 측은한 마음에 팔아 주고 싶어지고, 버스에서 외국인과 마주쳐도 살짝 눈웃음으로 맞아 주고 싶고, 그들이 나한테 뭔가 도움을 요청하면 좋겠다는 생각도 해 봤다. 책이라는 게 세계의 평화를 가져다 줄 거라고 믿고 있는데 역시 효과를 톡톡히 본 것 같아 기분이 좋다.

쓸데없이 잔소리를 늘어놓다 보니 정작 중요한 내용과 하고 싶은 말들을 많이 빼먹은 것 같아 아쉽다. 인간 샌드백이 되어 사장에게 맞는 사람이며, 살인 사건과 관계 있는 공장 사장과 손을 잡고 결정적인 제보를 그냥 흘려듣고 사장을 보내 주는 경찰까지……. 이게 모두 부패할 대로 부패한 한국인들의 본모습인가.

　마지막으로, 대한민국에서 일하는 30만 외국인 이주 노동자들이 임금을 제때 잘 받고 폭력을 당하지 않으며 일할 수 있는 그날까지, 그들이 용기를 잃지 않기를 바라며 힘내라는 말을 전하고 싶다.

5부

세상일에 까막눈이 되지 말아야지

김준봉 · 김인곤 ⚽ 5 · 18은 끝나지 않았다

읽은 책
《한국 현대사 산책_1980년대편》. 광주 학살과 80년대 일어났던 일들을 자세
히 쓴 책이다.

글쓴이
강준만. 전북대 교수.

만난 분
김준봉. 광주민주화운동 시민군으로 참여. 5 · 18기념재단에서 활동. 지금은 서울에서 평범하게
직장 생활을 하고 있음.
김인곤. 광주 학살 때 사진 기자로 활동하였음. 지금은 기자 생활을 중단하고, '5 · 18기자클
럽' 이라는 모임을 운영하고 있음.

함께한 사람들
김지애_기획(wldo0202@hanmail.net)
정성아_외교(jsaclub@hanmail.net)
조소연_물음(hikari-yami@hanmail.net)
김희연_사진(fox1004ee@hanmail.net)
김하나_최종 보고서(hana379@hanmail.net)

보고서에 대한 간단한 소개
김준봉 씨와 김인곤 기자님을 만났다. 김준봉 씨는 5 · 18민주화운동에서 시민군으로 참여하셨
던 분이다. 그분과 구리 시청 옆에 있는 나무 그늘 아래에서 대화를 나누었다. 그분은 광주 학
살 때 광주 시민들이 겪었던 일들을 자세히 설명해 주셨다. 김인곤 기자님과는 테크노마트에
있는 카페에서 대화를 나누었다. 김인곤 기자님은 우리가 광주 학살을 여러 관점으로 보고 세
상을 바로 보는 눈을 기르기를 바라셨다.

노력 없이 얻어지는 것은 없다

기획 | 김지애(2학년 3반)

가슴 설레는 가위바위보

이번 독서 과제는 책의 저자를 인터뷰하는 것이다. 그래서 모둠별로 다른 책을 골라야 했다. 우리 조도 성(性)에 관련된 책을 하고 싶었지만 다른 모둠과 경쟁하고 싶지 않아 원래 관심이 있었던 《한국 현대사 산책》으로 정했다. 우리는 경쟁하는 조가 한 모둠이라도 있겠지 생각하며 가위바위보 할 마음의 준비를 하고 희연이를 대표로 내보냈다. 하지만 책 선정할 때 우리 모둠만 《한국 현대사 산책》을 지정해서 편안하게 책을 선정할 수 있었다. 조금 허무했지만 편하게 책을 선정해서 좋았다. 다음은 우리 모둠 아이들이 책 선정할 때 느낀 점이다.

성아 '광주 학살과 서울 올림픽'이라는 글을 책 표지에서 읽고 잔인한 내용이 많이 나올 거라는 기대감이 생겼다. 처음 책을 선정한 이유는 그래서였던 것 같다. 학살이라는 말에 재미를 느꼈던 것이다. 책을 선정하고 난 후 책에 대한 기대감이 굉장히 컸다.

소연　처음에 이 책을 선정했을 때 솔직히 쉬울 것이란 생각은 하지 않았다. 하지만 5월에 읽은 박노자 씨의 《당신들의 대한민국》이 너무 어려웠기에 그보다 더 어려운 책은 없을 거라 생각하고 이 책을 선택했다. 그리고 광주민주화운동은 전부터 들어온 것인데 잘 몰라서 한번 알아보고 싶어서 선택한 것도 있다.

　몇 명의 생각만 들어 보아도 광주 학살에 대해 관심이 있고 이 책을 읽으면 광주 학살에 대해 자세히 알 수 있을 것 같아서 선택했다는 것을 알 수 있다. 그리고 이 책을 읽으면 《당신들의 대한민국》을 읽은 뒤처럼 똑똑해질 수 있을 것 같아 왠지 가슴이 두근거렸다. 무언가를 알 수 있을 것 같은 두근거림은 살아가면서 한번쯤 경험해 볼 만하다.

인터뷰 일지

　우리는 처음에 책 저자를 만나고 싶었다. 그래서 9월 첫 주까지 책을 다 읽고 9월 8일까지 서평을 쓰기로 했다. 하지만 책의 저자는 원래 인터뷰를 잘 해 주지 않는 분이고 우리들이 전북까지 가는 것도 물질적으로, 심리적으로 무리라고 판단해서 책의 저자는 만나지 않기로 했다. 우리는 민주화운동기념사업회에 메일을 보냈다.

　안녕하세요. 저희는 경기도 남양주시에 있는 광동고등학교 2학년 학생들입니다. 이렇게 메일을 보내게 된 계기는 다름이 아니라 저희가 《한국현대사 산책_1980년대편》을 읽으면서 알지 못했던 사실을 접하였고 많은 것들을 배울 수 있었습니다. 더 알고 싶은 것들이 많아 직접 찾아뵙고 싶어서 이렇게 이메일을 보냅니다. 저희는 80년대 역사에 대해 잘 알지 못하는 부분이 많습니다. 저희가 태어나지 않았을 때, 혹은 아주 어렸을 때 이렇게 많은 일과 사건이 있었다는 사실에 놀랐습니다. 특히 광주 학살에 대한 이야기는 우리들 가슴을 아프게 하였습니다. 책을 통해 1980년대 한국의 현대사에 관심이 생겼습니다. 협회에 계신 분들과 만나 뵙고 싶습니다. 저희가 학생이라 이번 달 주말에 찾아뵙고 싶습니다.

우리들이 머리를 짜고 노력해서 메일을 써서 보냈지만 민주화운동기념사업회는 메일 확인을 하지 않았다. 할 수 없이 전화를 했는데 "여기는 그런 것을 담당하지 않습니다. 민주화운동기념사업회 교육기획부로 전화해 보십시오." 하면서 거절을 했다. 우리는 인터뷰하기가 그렇게 만만하지 않으리라 생각했기 때문에 민주화운동기념사업회에서 전화해 보라는 곳으로 전화를 해 보았다. 그러나 그곳에서도 우리들을 별로 반기지 않았다. 나는 정말 화가 났다. 우리나라의 주역이 될 학생들이 민주화에 대해 알고 싶다고 하는데 귀찮아서 회피하는 그분들에게 너무 화가 나 참을 수 없었다. 민주화운동기념사업회에서 일을 하면 자신들의 일에 최선을 다하는 것이 당연히 해야 할 도리인데 그 도리를 다하지 않는 그런 분들로 인해 우리나라의 민주화가 더욱 발전을 못 하는 것이라고 생각했다.

우리는 힘들어도 꼭 인터뷰를 하겠다고 힘을 내어 참여연대 사회인권팀에 연락을 해 보았다. 하지만 이곳에서는 광주 학살과 관련이 없다고 하면서 거절했다. 나는 또 한번 혼란스러웠다. 광주에서 일어난 학살은 광주 시민들의 인권을 무시하고 행한 폭력과 살인인데 인권 팀에서 관련이 없다고 하니, 그럼 어디서 관련이 있을까 고민했다.

우리가 고민을 하다가 생각해 낸 곳이 민주화운동 자료관인데 그곳은 토요일은 문을 안 열고 평일에는 일찍 닫아서 시간이 맞지 않아 방문할 수 없었다. 그래서 '5·18기자클럽'이라는 모임에 가입해 우천산풍이라는 익명을 쓰는 분에게 메일을 보냈다. 그리고 그분에게 거절당할 것을 고려하여 독서 선생님이 소개해 주신 장자초등학교의 이중현 선생님에게도 메일을 보내고 새천년민주당 동대문구 을지구당 위원장 허인회 의원에게도 메일을 보냈다. 그중에서 이중현 선생님이 답 메일을 보내 주셨는데 인터뷰 내용을 보내 달라고 하셔서 보내 드렸다. 그런데 거절당했다. 그분이 보낸 메일이다.

> 인터뷰 내용으로 보아 학생들의 수준이 상당하다는 생각을 갖게 되고, 그런 모습이 자랑스럽군요. 그런데 내용이 광주민주화운동에 초점이 놓여 있군요. 그 내용이라면 인터뷰 상대로 다른 사람이 적절할 것 같군요.
> 나는 광주항쟁에 대해 부채 의식을 갖고 있는 사람입니다. 그렇게 많은 사람들이 피를 흘리고 죽어 갈 때 산골 교사로 아무것도 할 수 없었고, 아니 정확한 진상마저 알기 힘들었습니다. 그 진상을 알게 된 건 2~3년이 지나서였지요. 그런 내가 그 내용을 안다고 인터뷰할 사정은 아닙니다. 정말 그 당시 현장에서 싸운 교사가 인터뷰 대상이 되어야 마땅하다고 생각합니다. 신택용 선생님께 부탁하여 전교조 광주 지부로 전화하여 정해직 선생님을 찾아서 메일로 인터뷰를 하면 어떨까요? 그분은 현재 교사이면서 5·18 때 현장에서 싸운 분입니다. 그것이 좋을 겁니다. 학생들에게 도움을 주지 못해 미안합니다.

학생들의 건강한 역사의식을 엿보게 된 것만으로 나에게는 큰 즐거움이 었어요.

거절당해서 속상하긴 했지만 이중현 선생님의 세심한 배려 덕분에 힘을 얻을 수 있었다. 그래서 5·18기념재단에 전화를 했더니 5·18민주화운동에 참여하신 분이 서울에 살고 있다고 해서 그분의 연락처를 얻었다. 그분 성함이 김준봉 씨인데 그분이 선뜻 인터뷰를 허락해 주셨다. 그분과 9월 21일 만나기로 약속을 하고 나니 전에 메일을 보냈던 우천산풍 님에게서 메일이 왔다. 그분은 전화 통화를 원하였고 자신의 손전화라면서 번호를 가르쳐 주셨다. 우리 모둠의 외교인 성아가 그분과 통화를 했고, 그분 성함이 김인곤이라는 것을 알게 되었다. 김인곤 씨도 인터뷰 내용을 보고 싶어 해서 메일로 보내 드렸다. 나중에 그분과 통화를 해서 김인곤 씨와도 9월 21일에 인터뷰를 하기로 약속했다. 하루에 두 분을 인터뷰하는 것은 예의가 아니지만 시간 관계상 어쩔 수 없었다.

9월 20일, 인터뷰 약속 확인 전화를 했다. 이제 한시름 놓았다고 생각했다. 그런데 막상 얼굴도 모르는 분을 뵌다고 생각하니 가슴이 설레었다. 우리는 그분들을 처음 뵈니깐 선물이라도 드려야 한다고 생각하고 장뇌삼을 사서 준비했다. 9월 21일 10시에 구리 시청 앞에서 김준봉 씨를 만나기로 해서 우리는 9시에 만나기로 했다. 성아와 소연이가 먼저 만나서 같이 오다가 나와 희연이, 하나를 만나기로 했는데 약속이 어긋나 따로 가게 되었다. 성아와 소연이가 먼저 도착해서 인터뷰할 장소를 모색하고 있을 때 나, 희연이, 하나가 구리 시청에 도착했다.

김준봉 씨와 만났는데 인터뷰할 장소가 없어 구리 시청 옆에 있는 작은 나무 그늘에서 이야기를 나누게 되었다. 정말 그분에게 죄송했다. 하지만 나무 그늘 밑에서 하는 인터뷰도 좋았다. 시원한 바람을 맞으면서 대화를 나누는 게 카페 안에서 에어컨 바람을 맞으면서 하는 것보다 훨씬 인간적인 매력이 있었다. 그리고 우리와 인터뷰한 분의 느낌과도 비슷해서 인터뷰하는 내내 기분이 좋았다. 그분이 열심히 인터뷰를 해 주셔서 1시가 조금 넘은 후에야 인터뷰를 마쳤다. 2시에 테크노마트에서 김인곤 씨와 인터뷰를 하기로 했는데 시간을 못 맞출까 봐 조마조마했다. 하지만 약속 시간 10분 전에 도착할 수 있었다.

김인곤 씨와 만나서 테크노마트 옆에 있는 작은 카페에서 인터뷰를 했다. 그분은 외모와 옷차림부터 심상치 않았는데 인터뷰 내용도 만만치 않았다. 모든 질문에 자신은 어떤 것이 사실인지 모른다고 하면서 대답을 피하곤 하셨다. 하지만 나중에 생각해 보니 다른 뜻이 숨어 있었다.

이번에 만나 뵌 두 분 모두 너무 편하게 인터뷰를 열심히 해 주셔서 많은 것을 배울 수 있었다. 원래 한 분만 인터뷰할까 생각했지만 두 분 모두 만나 뵌 것을 잘했다고 생각했다. 많은 사실을 알게 되었고 세상을 살아가면서 꼭 필요한 것들도 알게 되었다. 그리고 인터뷰라는 것을 하면서 알게 된 새로운 느낌이 가장 기억에 남는다.

책 읽은 뒤 느낀 점

책을 읽은 뒤 느낀 점이라, 그건 우리 모둠 아이들이 거의 비슷한 느낌을 받았을 것이다. 과거에 일어난 엄청난 일들을 책이라는 작은 종이 뭉치로 보게 되었다. 우리가 본 것은 종이 뭉치이지만 어떻게 보면 지나온 역사 전체를 본 것일 수도 있다. 우리가 어떻게 생각하느냐에 따라 다르지만…….

우리 모둠이 책을 읽으면서 생각한 공통점은 역사를 배웠다는 것이다. 하지만 책을 이해한 내용은 모두 달랐다. 나는 《한국 현대사 산책》이라는 책을 읽으면서 인간 같지 않은 놈이 대통령 자리에 오르고, 진실만을 국민에게 보도해야 하는 언론은 사실을 왜곡하여 보도하고, 지금도 그렇다는 것을 알게 되었다. 대한민국이라는 나라에서 썩은 냄새가 나는 것을 느낄 수 있었다. 그리고 하나와 성아는 과거의 잘못된 사실을 지적하면서 우리의 근현대사 교육이 활발하게 되어 다시는 광주 학살과 같은 일이 벌어지지 않기를 바랐다. 소연이는 다음과 같이 느꼈다고 했다.

우리 집-남양주시-경기도-대한민국-지구-태양계-은하계-우주. 그리고 더 먼 곳

얼마 전 신문을 보면서 아주 재미있는 이야기를 봤다. 내용은 대충 이러하다. 개미는 세상을 바라볼 때 평면 공간을 바라보기에 이 세상이 2차원 세계인 줄 안다. 그래서 세상이 2차원 세계라는 걸 뼈저리게 믿고 살아간다. 사람들은 세상을 바라볼 때 공간을 바라보기에 이 세상이 3차원 세계인 줄 안다. 그래서 사람은 세상이 3차원 세계라는 걸 당연하다는 듯이 믿고 살아간다. 그래서 사람은 3차원 공간을 뛰어넘는 생각을 할 수 없다. 나는 이 이야기를 보고 사람들이 얼마나 눈에 보이는 것에 치중하는지 그리고 얼마나 착각 속에 살아가는지 알 수 있었다.

나 또한 내 눈에 보이는 것이 진실이라고 굳게 믿고 살아왔다. 하지만 현실은 달랐다. 내가 앞을 바라보고 있을 때 뒤를 바라볼 수 없는 것처럼, 세상은 내가 소화해 낼 수 없을 정도로 큰 의미를 가지고 있었다. 내 모습은 어떠한가? 그 큰 의미를 이해하려 하지 않고 나만의 세계에 국한되어 바보처럼 살아가고 있는 내 모습이 괜히 한심하게 느껴졌다. 좀 더 넓게 세상을 보자. 가슴을 활짝 펴고, 사방에서 불어오는 바람을 따스하게 맞자. 이것이 내가 책을 읽은 후 느낀 점이다.

똑같은 책을 읽었는데도 이렇게 다른지 놀라웠다. 그리고 소연이 글은 다른 아이들과 달라서 더욱 눈에 띄었다. 나는 지나온 과거에 대해 비난만 하는 어리석은 사람이었다고 자책했다. 소연이는 사람들의 잘못된 점을 지적하고 우리가 어떻게 살아가야 하는지 책을 읽으면서 느낀 것이다. 그리고 어쩌면 저자도 우리에게 과거만을 가르쳐 주기 위해서 쓴 게 아니라 이제부터 어떻게 해야 하는지 알려 주려고 쓰지 않았나 생각하게 됐다.

못 다한 이야기

모든 인터뷰를 마치고 우리 모둠 아이들은 모두 당황스러웠다. 첫 번째 인터뷰한 분과 두 번째 인터뷰한 분이 너무나도 달랐기 때문이다. 첫 번째 만난 분은 전두환이 잘못했고 광주 학살은 인권 무시라고 말씀하셨는데, 두 번째 만난 분은 "광주 학살은 누가 잘못했는지 잘잘못을 가릴 수 없다. 그리고 무엇이 사실인지도 알 수 없다."고 하셨다. 나는 두 분 말을 들으면서 누구의 말도 잘못되었다고 말할 수 없었다. 광주 학살의 원인인 전두환이 죄인이 아니라고 말할 수도 없고, 두 번째 인터뷰한 분처럼 그 당시 광주에 있지 않았다면 진정한 사실을 알 수 없으니까 누구의 말도 옳거나 잘못되었다고 말할 수 없다.

두 분을 만났는데, 첫 번째 만난 분은 광주 학살을 몸소 겪은 분이어서 그 당시 상황을 상세하게 설명해 주었다. 특히 자신이 열흘 동안 고문을 당한 상황을 자세히 설명해 주셨는데, 소름이 끼칠 정도로 끔찍했다. 책을 통해서 고문이 비인간적이라는 것은 알았지만, 직접 겪은 분의 이야기를 들으니까 더 실감이 났다. 또, 학생들에게 과거의 역사를 하나라도 더 알려 주려고 노력하셔서 말씀 하나라도 놓칠세라 더 열심히 들었다. 두 번째 만난 분은 신문 기자 중에서도 사진 기자였는데, 그 당시 생생한 장면을 찍은 필름을 소지하고 있는 분이었다. 기자분은 우리나라에서 지역감정은 완전히 사라지지 않을 것이라고 하셨고, 신문도 계속해서 왜곡된 기사를 보도할 것이라고 하셨다. 결국 중요한 것은 옳고 그름을 판단할 수 있는 가치관을 확립하는 일이라고 강조하는 것 같았다.

위의 글은 하나가 인터뷰 후의 느낀 점을 말한 것이다. 하나는 첫 번째 분을 인터뷰하면서 고문 이야기가 가장 놀라웠다고 한다. 고문하는 과정이 책에 나왔는데 나도 그 고문이 정말 사실일까 하는 의심이 생겼다. 그분에게 사실을 듣고 나니 정말 인간이 잔인하다고 생각했다.

그리고 그분에게 왜 쉽게 인터뷰에 응해 주셨는지 물었다. 그분은 인터뷰하는 것은 자신의 당연한 의무라고 하셨다. 그런 일이 다시 발생하지 않게 하기 위해서는 우리들을 만나서 광주 학살로 얼마나 많은 사람들이 희생되었는지, 시민들이 팔 걷고 저항했기 때문에 독재 정치가 물러났다는 걸 알려야 한다고 하셨다. 나는 지금도 마찬가지라고 생각한다. 좋은 나라를 만들기 위해서는 우리가 나서야 한다. 가만히 앉아서 지켜보는 국민은 민주화 국가의 국민이 될 자격이 없다. 노력 없이 얻어지는 것이 없듯이 우리 모두 노력해서 진정한 민주화를 이루어야 한다.

　소연이는 《한국 현대사 산책》이라는 책을 읽기 전에 먼저 인터넷으로 조사를 해 보았다고 한다. 그래서 새로운 사실을 알게 될 것이라고 기대하지 않았는데 그건 자신의 착각이었다고 한다. 그리고 인터뷰 후에 '백문이 불여일견'이라는 말이 있듯이 백 번 듣는 것보다 한 번 경험해 보는 것이 낫다는 말이 떠올랐다고 한다. 소연이 생각처럼 우리는 이번 인터뷰를 통해 많은 것을 배웠다. 사실 우리가 이런 때 아니면 모르는 사람과 광주 학살이라는 주제로 대화를 나눌 기회가 있겠는가? 그리고 우리는 자부심이 생겼다. 한국 현대사 중에서도 광주 학살에 대해서는 정확히 알고 있다고 생각한다. 광주에서 몸소 체험하신 분들의 말을 직접 들었으니 어떤 책을 보는 것보다 정확하다고 생각한다.

역사를 살아가는 건 평범한 우리 자신들이다

물음 | 조소연(2학년 3반)

책 내용 정리

   20세기 대한민국의 모습은 한마디로 변동의 연속이었다. 20세기 초, 을사조약 후 이루어진 한일합방으로 일본에게 지배 받은 36년. 그 억압의 시간은 우리 민족에게 독립과 해방이라는 공동 목표를 제시하여 민족 정신을 하나로 묶어 주었다. 끊임없는 저항의 시간 속에서 얻어 낸 해방과 독립의 기쁨도 잠시, 50년에는 우리 민족에게 동족 살상이라는 뼈아픈 기억으로 남은 6·25전쟁이 일어났다. 끝이 보이지 않던 전쟁은 휴전이라는 결과를 초래했고, 대한민국은 가운데에 줄을 긋게 되었는데, 안타깝게도 그 줄은 국토에서나 사람들의 마음속에서나 아직까지도 사라지지 않은 채 존재해 오고 있다. 그리고 갈라진 역사 속에서 반쪽 대한민국은 민주주의를 이념으로 나라를 세웠다.

   너무나 짧은 시간에 충격적인 사건이 연속으로 일어난 우리 국토에, 남은 것은 아무것도 없었다. 금수강산이라고 자랑해 오던 아름다운 산과 깨끗한 강은 검은 재와 뿌연 연기로 뒤덮였고, 웃음과 정이 넘쳐 나던 마을에서는 웃음소리도 사라져 사람들의 마음속에는 절망이란 단어밖에 보이지 않았다. 그래서 그런 것일까. 빈털터리가 된 반쪽 대한민국 사람들은 누군가 앞장서서 국가를 일으켜 세워야 한다는 사실에 크게 동조하게 되었다. 그리고 60년, 70년도에 국가에서 실시한 경제 개발 5개년 계획과 새마을 운동에 적극 참여하여 국가 발전에 이바지하였다.

어느 정도 국가가 안정된 모습을 갖추었다고 믿게 된 80년대 말, 우리나라에서 꿈의 올림픽을 개최하게 되었다. 사람들은 그 시절의 감동을 아직도 잊지 못한 채 한낱 아시아의 작은 국가라고 여겼던 우리나라가 세계인들을 하나로 묶은 통로가 되었다는 것에 감탄했다. 그리고 역사의 천 년이 바뀐 21세기. 월드컵 개최와 노무현 정부 출범으로 한층 더 성숙된 우리나라의 모습에 긍지와 자부심을 느꼈다. 이것이 바로 보통 우리나라 사람들이 기억하는 민주주의 국가 대한민국의 모습이다. 너무나 완벽한 이야기로 보인다. 하지만 그렇지 않다.

우리는 꿈의 올림픽 앞에서 아주 중요한 역사적 지표 하나를 싹 잊어버렸다. 분명 저 위에 꼭 들어가야 할 이야기인데 너무 고통스러웠던 기억이기에 올림픽이라는 행복한 기억 속에 묻어 두고 도망쳐 버린 그 기억. 그건 바로 광주민주화운동이다. 사람들은 말한다. 어째서 광주민주화운동이 역사적 지표가 될 수 있냐고 말이다. 하지만 그건 자신의 앞만 볼 줄 알고, 뒤를 볼 줄 모르는 사람들이 하는 말이다.

요즘 사람들에게 민주주의나 시민의 기본권은 너무나 당연한 자신의 권리다. 하지만 해방 후 전쟁을 겪은 대부분의 사람들은 민주주의라는 것이 무엇인지도 모른 채, 단지 국가가 발전해야 한다는 신념 하나만으로 국가에 복종하며 살아왔다. 자신의 권리도 지키지 못한 채. 민주주의 사회에서는 시민 개인의 권리가 제대로 지켜져야 한다. 누군가에게 복종해야 하는 것이 민주주의였나? 민주주의는 자신들의 손으로 만드는 것이지, 누군가의 손에 의해 만들어지는 것은 아니다.

광주민주화운동은 시민 스스로 자신의 권리를 찾기 위해 자발적으로 일어났다. 이것에 아주 큰 의미를 부여할 수 있다. 또 민주주의는 사람들의 의식이 깨어나야만 이루어질 수 있다. 껍데기만 있던 대한민국의 민주주의에 새로운 전환점을 제공하고, 시민들의 의식을 깨우치게 한 광주민주화운동이 어째서 역사의 지표가 될 수 없겠는가? 민주주의와 함께 발전해 온 시민 정신. 몇 십 년 전, 먼저 살았던 사람들이 이루어 낸 시민의 기본 권리와 시민 정신의 주체인 광주민주화운동. 우리는 이 역사의 지표를 까맣게 잊어버리지 말고, 그 의미를 다시 한번 되새겨 봐야 할 것이다.

시나리오

9월 20일 토요일 오전 8시 50분. 나는 성아와 현대아파트 앞 버스 정류장에서 만나 1번 버스를 탄다. 버스가 농협에 다다르면, 광동고등학교 앞 버스 정류장에서 기다리고 있는 지애, 하나, 희연이에게 연락해 같은 버스를 타도록 말한다. 버스에 우리 조 다섯 명이 모두 모이면 내가 뽑아 온 질문 내용을 나눠서 갖고 각자 어떤 질문을 할지 역할을 정한다.

오전 9시 40분쯤 구리 시청에 도착하면 2~3명씩 조를 이루어 근처에 좋은 인터뷰 장소가 있는지 물색한다. 인터뷰 장소는 되도록 조용하고 아늑한 카페로 정한다. 카페가 문을 열지 않거나 없는 경우에는 구리 시청에 올라가서 그늘이 진 벤치에서 인터뷰를 하기로 한다.

오전 10시, 다시 구리 시청으로 가서 첫 번째로 인터뷰할 분이 오시면, 간단히 인사를 한 후 우리가 찾아 놓은 좋은 장소로 안내한다. 인터뷰 장소에서 자리가 제대로 잡히면 광동고등학교 2학년에 재학 중인 학생이라고 소개하고 이름을 말한다. 바쁘실 텐데 인터뷰를 허락해 주셔서 감사하다는 말과 함께 미리 사 놓은 선물을 전달한다. 만약 거절하면 감사하는 표현으로 드리는 것이니 부담 없이 받아 달라고 계속 요청한다. 그리고 인터뷰하는 내내 목에 무리가 가지 않도록 차를 시켜서 마시도록 한다.

처음 대화 시작은 구리 시청에 처음 오는 건데 길 찾으면서 힘들지 않으셨냐고 가볍게 물어본다(외교를 담당한 성아의 말에 의하면 그분은 서울 등촌동에 사는데, 구리나 남양주가 어딘지 모르면서도 학생들 인터뷰를 해 줘야 한다며 직접 오겠다고 하셨단다). 가벼운 대화가 끝나면 어떤 과정으로 광주민주화운동에 참여하게 됐는지 물어보면서 대화의 흐름을 탄다. 앞에는 사실적 경험에 관한 질문을 한다. 그분은 5·18 당시 시민군으로 참여하셨는데 시민군에 참여한 동기나 과정, 어떠한 각오로 임했는지, 어떤 활동을 했는지 물어보고 책에서처럼 공수 부대가 그렇게 잔인했는지, 언론 왜곡이 어느 정도였는지 질문을 한다. 질문은 서로 돌아가면서 하는데 한 질문에 대해 다른 질문의 답까지 중복으로 하면 그 질문은 삭제하고 다른 질문으로 재빨리 넘어가도록 한다. 그분이 대답할 때 몰랐던 내용이 나와서 더 여쭤 보고 싶은 것이 있으면, 다음 질문을 할 사람에게 손짓으로 말한 후 그 내용에 대해 물어보도록 한다. 이건 어떤 질문을 할 때도 공통 사항이다.

인터뷰가 후반부로 진행되면 그분의 생각을 중심으로 질문을 한다. 많은 도시 중에 왜 하필 광주가 이런 비극을 당해야 했는지, 광주민주화운동이 현대사에서 어떤 의미를 갖는지, 왜 광주민주화운동에 대해 학생들에게 교육을 시켜야 하는지 등 그분의 생각을 알 수 있도록 질문을 한다.

중간 중간에 시간을 확인해서 너무 길어질 것 같으면 우리가 판단해서 중요하지 않은 질문은 빼고 넘어가도록 한다. 두 시간 정도 시간이 흐르면 내가 마지막 질문으로 "선생님의 삶에서 광주항쟁을 통해 얻은 것은 무엇이세요?" 질문을 한다. 그분이 대답을 하면 오늘 인터뷰를 통해 머리로 이해하는 것과 가슴으로 이해하는 것의 차이를 알았다며 다시 한번 인터뷰에 응해 주셔서 감사하다는 말을 하고 인터뷰를 마무리한다.

첫 번째 인터뷰를 마무리하면 12시, 꾸물댈 여유 없이 두 번째 인터뷰 장소인 테크노마트로 향한다. 테크노마트에서 가볍게 점심을 먹고 다시 인터뷰 장소를 물색한다. 테크노마트는 사람이 많아서 복잡하니 되도록 1층이나 9층에 위치한 조용한 카페를 찾는다. 그곳에 미리 자리를 잡아서 첫 번째 인터뷰에 대해 평가하고 실수하거나 부족했던 점을 반성하고 두 번째 인터뷰에서는 그렇지 않도록 마음먹는다.

오후 2시가 되면 몇 명은 카페에 남아 있고 몇 명은 두 번째로 인터뷰할 분을 맞이하러 간다. 그분을 만나면 카페로 안내해서 먼저 있던 일행들과 합류하고, 자리를 잡고 인사를 한다. 그리고 첫 번째 분처럼 선물을 드린다.

음료를 시키고 점심 식사를 하셨냐고 물어보면서 가볍게 대화를 튼다. 어색한 분위기가 사라질 무렵, 인터뷰를 시작하자고 요청한다. 두 번째 인터뷰할 분은 5·18 당시 기자로 그곳을 취재하셨던 분이다. 그래서 질문 내용을 첫 번째 분과 다르게 사실적 경험보다는 언론과 관련된 이야기와 그분의 생각을 듣는 것에 초점을 맞췄다.

두 번째 인터뷰는 첫 번째 인터뷰와 형식이 다르다. 두 번째 인터뷰하실 분이 질문 내용을 미리 보내 달라고 요청했기 때문이다. 인터뷰하는 내내 그분만 말씀하시면 서로 지루해질 염려가 있기에, 질문 내용을 서로 보면서 생각하고 대화하기로 한다. 그러니까 그분이 질문에 대해 말씀하시면 친구들이 돌아가면서 자신의 생각을 얘기해서, 단절된 대화가 아니라 이어지는 대화로 이끌어 나가는 것이다.

한 시간 반 정도의 대화가 끝나면 감사하다는 말과 함께 사진을 찍고 그분과 헤어지기로 한다. 우리는 카페에 남아서 인터뷰한 내용을 정리하고 어떤 대화를 했는지 서로 얘기하면서 확인한다. 그리고 그게 끝나면 집으로 돌아가기로 한다.

첫 번째 인터뷰

질문 광주민주화운동을 직접 체험하셨는데 어떻게 참여하게 되었는지 그 과정이 궁금합니다.

김준봉(이하 김) 당시 스무 살이었는데 광주에 있는 고려시멘트에서 일하고 있었습니다. 집안 사정이 어려워서 대학을 가지 못했지만, 교육을 받고 싶었기에 일을 하면서 야간 대학 진학을 준비하고 있었습니다. 제 직장이 전남대학교와 가까워서 전남대 학생들이 데모하는 것을 자주 봤는데요. 보면서 대학교에 다니면 공부나 할 것이지 데모나 한다고 학생들을 나무랐습니다.

80년 5월 15일, 그날도 여느 날처럼 전남대 학생들이 데모하는 것을 보면서 한심하게 생각하고 있었습니다. 며칠 후 갑자기 계엄이 전국적으로 확대되어 광주에 있던 경찰들이 다 물러나고, 80년 5월 18일에는 공수 부대가 텅 비어 버린 광주를 장악해 버렸습니다. 공수 부대는 대학생으로 보이는 사람들을 때리고 기절시켜서 차에 실어 보냈습니다. 그걸 보던 노인 한 분이 왜 어린 학생들을 잡아가느냐고 공수 부대를 꾸중했습니다. 공수 부대는 그 노인도 똑같이 때려서 차에 실어 보냈습니다. 그렇게 아무나 잡아서 때리더니 다 차에 실어 보내 버렸어요. 사람들은 아무 이유 없이 당하기만 하니까 이해할 수 없었던 거죠. 광주 시민들이 시위를 하면서 모였는데, 그때 저도 그곳에 나가게 되었습니다. 이것을 시작으로 해서 광주민주화운동에 참여하게 되었습니다.

질문 우리나라의 수많은 도시 중에 왜 하필이면 광주가 이런 비극을 당해야 했을까요? 단순한 우연이 아니라 무언가 이유가 있는 걸까요?

김 지역감정이나 여러 가지 요소가 작용하여 광주를 정치적으로 이용하려고 희생양으로 삼았을 수도 있습니다. 그때는 민주화를 부르짖는 학생 운동이 많았는데, 광주항쟁 전에 부마항쟁이 있었던 거 아시죠? 부마항쟁 때도 공수 부대가 투입되어 그곳이 초토화되고 잠잠해졌습니다. 신군부에서는 아마도 부마항쟁처럼 광주도 학생 운동의 기점이니까 공수 부대를 투입하여 초토화시키면 잠잠해질 거라고 생각했을지도 모릅니다.

질문 책을 보면 공수 부대가 지나가는 노인들을 발로 차고 때리고 또 냇가에서 놀던 아이들에게도 마구잡이로 총을 쐈다고 하던데 실제로 그보다 더 심한 일들이 많았나요? 그것을 보는 순간 어떤 느낌이 드셨나요?

김 공수 부대에게 남녀노소는 필요 없었습니다. 정말 인간이기를 포기했죠. 빈속에 술을 잔뜩 마시고 온갖 고문으로 제정신이 아닌 공수 부대에게 맞아서 시민들이 하나둘씩 쓰러져 갔습니다. 정말 상상을 초월하는 일이 눈앞에서 벌어졌습니다. 총을 가진 공수 부대는 사람들을 벌집으로 만드는 일이 허다했으며 칼로 찌르는 일도 서슴지 않았습니다. 그것을 보고 정말 아무 생각도 할 수 없었습니다.

질문 신군부가 광주에 공수 부대를 투입했을 때 그곳을 고립시켜 그 사건이 바깥으로 빠져나가지 못하게 했는데요. 정말로 사람들이 모를 수 있나요? 전화나 편지, 도시를 빠져나가는 게 모두 다 불가능했나요?

김 광주로 들어오는 길은 여러 가지가 있는데, 공수 부대가 광주 외곽에서 길을 모조리 다 막아 버렸기에 버스나 기차, 그런 건 하나도 들이오지 못했습니다. 개인이 몰래 들어오는 것은 가능하나 외부와 편지나 전화를 하는 것은 전혀 불가능했습니다. 그런데 한 가지 놀라운 사실은 외부와 연락이 단절된 채 고립되어 있는데 광주 지역 안에서는 통화가 가능했다는 것입니다. 그래서 광주 지역 사람들은 서로 전화를 하고, 안부를 확인하고 그럴 수 있었습니다.

질문 그 당시나 혹은 그 후에 언론에서 광주항쟁에 대해 왜곡해서 쓴 기사를 본 적이 있으세요? 그때는 어떤 생각이 드셨습니까?

김 광주 시민군이 광주 시청을 장악하고 난 후 텔레비전에서 광주 시민군들을 폭도라고 말하는 것을 본 적이 있었습니다. 기가 막혔죠. 그래서 시민군으로 활동하는 분들과 장난으로 제 이름이 김준봉이니까 성에 폭도를 붙여서 '김 폭도, 김 폭도' 하고 부른 적이 있었습니다. 헬리콥터로 광주 지역에 광주 사람들은 빨갱이다, 폭도다 하면서 삐라를 뿌린 걸 본 적도 있어요. 정말 그 모습을 보고 참을 수 없었습니다.

질문 지금 사람들이 광주민주화운동을 공수 부대에 의한 잔인한 동족 살상이 아니라 시민들이 일어나 권리와 자유를 찾으려고 노력한 민주화운동이라고 인식하는 것은 시민군이 있었기 때문이라고 생각합니다. 처음부터 시민군이 만들어지지는 않았을 텐데요. 그 당시 시민군은 어떻게 발생했으며, 어떤 사람으로 구성되었으며, 어떤 활동을 했는지 궁금합니다.

김 80년 5월 18일 공수 부대는 전남대학교 주변에서 대학생으로 보이는 사람을 다 때리고 기절시켜 차에 태워서 어디론가 보내 버렸습니다. 사람들은 의아해했지만 아무런 항의를 하지 않았습니다. 길거리를 지나가다 그 모습을 보고 항의한 사람도 똑같이 맞고 차에 실려 갔습니다. 길거리를 지나가는 사람을 뒤에서 공격하여 저항도 할 수 없게 만들었습니다.

시민들은 처음에는 상관없다고 생각했는데 갈수록 더 흉흉해지고 심각해진다는 것을 깨닫고, 저항하며 거리로 뛰쳐나왔습니다. 그때 거리에는 남녀노소를 불문하고 발 디딜 틈조차 없을 정도로 사람이 많았습니다. 사람들은 자기 자신을 스스로 돕기 위해서 걸어 나온 것이었습니다. 이것이 바로 시민군이었습니다. 시민군은 광주 시청을 장악하고 있던 공수 부대를 내쫓고 그곳을 장악했습니다. 그리고 공수 부대에 저항하는 운동을 계속했습니다.

질문 그 당시 신군부에서는 언론을 장악하여 왜곡된 기사를 쓰게 하여 대중들이 광주항쟁의 진실을 알지 못하게 했잖아요. 왜 신군부는 대중들이 그 사실을 알려고 하는 것을 막으려 했을까요?

김 신군부는 광주를 고립시키고 싶어 했습니다. 시민군이 시청을 장악했을 때, 저는 시청에서 〈조선일보〉 기자들과 인터뷰한 적이 있었습니다. 그들이 아주 호의적인 반응을 보여 줬기에 꽤나 기대를 하고 있었는데, 그날 저녁 텔레비전에서 사실이 완전히 왜곡되어 나오는 것을 봤습니다. 정말 처절했습니다. 제가 그 기자들과 인터뷰를 한 것은 처절한 광주의 현실을 국민들이 알고 도와주길 바라고 했는데, 국민들은 우리에게 손가락질하며 빨갱이, 폭도라고 했어요. 심리적, 정신적으로 광주를 고립시켜 버렸죠.

질문 어쩌면 영원히 묻혀 버렸을지도 모를 광주의 진실은 어떻게 드러나게 됐나요? 그 후 진실을 안 대중들의 반응이 어떠했을지 정말 궁금합니다.

김 위에서도 말했듯이 텔레비전에 왜곡된 기사가 나오는 것을 보고 그 후 한국 기자들과는 인터뷰하려고 하지 않았습니다. 비비시, 〈뉴욕타임스〉 등 외국 기자들과 인터뷰를 했는데요. 그 사람들은 우리나라 기자들과 다르게 자신이 쓴 기사에 책임을 질 줄 아는 사람들이었습니다. 그래서 그들과 인터뷰했는데, 대한민국 광주의 참혹한 현실과 전두환의 횡포가 세계 각지에 알려졌습니다. 그리고 시간이 흘러 광주의 진실이 우리나라 사람들에게 알려졌습니다. 그때 반응이란 다들 놀라는 눈치였죠.

질문 광주 지역 학교에서는 광주민주화운동에 대해 교육을 많이 한다고 들었는데요. 어떤 식으로 교육을 하고 있는지 궁금합니다. 그리고 왜 다른 지역에는 광주민주화운동에 대한 단체가 거의 없는지, 그것에 대한 교육을 소홀히 하고 있는지 이유가 궁금합니다.

김 광주 지역 학교에서는 광주민주화운동에 대한 글짓기, 그림 그리기, 시 쓰기 등 여러 가지 대회를 많이 합니다. 광주민주화운동을 기리는 단체와 박물관도 여럿 있어요. 학생들은 일 년에 몇 번씩 이곳을 방문합니다. 그래서 몇 십 년 전 이곳에서 우리의 시민들이 피를 흘리며 민주화를 부르짖었다는 것을 잊지 않도록 하려고 합니다.

여러분이 다니는 고등학교에서 광주민주화운동에 관한 교육을 받은 적이 있습니까? 아마도 없을 겁니다. 왜냐하면 다른 지역에서는 광주민주화운동에 관한 교육을 거의 하지 않기 때문입니다. 서울에 광주항쟁에 관한 단체가 몇 개 있기는 하지만, 광주에 더 많은 이유는 광주 사람들이 그 일을 육체적으로 정신적으로 겪었고, 그곳이 본거지이기 때문에 그런 것 같습니다.

질문 광주민주화운동이 있기 전에 대한민국에서 광주 외의 다른 도시에서 민주화 운동이 일어난 적이 있었습니까?

김 부마항쟁이라고 해서 부산, 마산 지역에서 일어났습니다. 하지만 그 전부터 민주화를 부르짖는 시민들의 운동이 끊이지 않았습니다.

질문 광주민주화운동 때, 언론에서는 사망자가 144명이라고 했는데요. 그 후 832명에서 2,000명으로 확 늘어났습니다. 아직도 정확한 숫자조차 파악되지 않을 정도로 수많은 사람들이 비참하게 죽어 갔는데, 언론에서 말한 숫자가 확실히 맞나요? 그리고 유가족들을 위해 정부에서 어떤 혜택을 주고 있는지 궁금합니다.

김 저는 통계청에서 조사한 광주민주화운동의 희생자 수보다 훨씬 더 많은 사람이 죽었다고 생각합니다. 그 당시 넝마주이라고 해서 구두닦이나 어려운 사람들이 엄청 많았는데, 그 후 도시에서 많이 사라졌기 때문입니다. 저는 광주민주화운동 때 수천 명이 돌아가셨다고 생각합니다. 사실 여기서 처음 밝히는 것이지만, 희생자를 찾는 작업은 아직도 계속 이루어지고 있습니다. 그러나 그 당시 자료가 절대적으로 부족하기에 사실 확인이 어렵고 제보가 들어와도 찾는 걸 꺼리는 사람이 있어서 진실은 점점 더 땅속에 묻히고 있습니다. 하지만 이것을 찾는 작업은 계속되어야 한다고 생각합니다.

광주민주화운동의 유가족, 구속자, 부상자들에 대한 보상이 80년대 초에는 전혀 이루어지지 않았습니다. 84년 초부터 사람들이 힘을 모아서 망월동에 다니고, 청문회를 통해서 광주의 진실을 밝히려고 노력하면서 보상이 이루어지기 시작했습니다. 저도 작년 7월에 광주항쟁 유공자가 됐는데요(국가 유공자 카드를 보여 주심). 사실 제가 이것을 받은 게 광주항쟁 후 너무 오랜 시간이 흐른 뒤예요. 혜택을 받는 사람보다 돌아가셔서 못 받는 사람이 더 많은 것 같아서 그분들께 너무 죄송한 생각이 듭니다.

질문 어쩌면 목숨을 잃을지도 모르는 데 어떤 용기로 참여하셨죠? 만약 이와 같은 일이 또 일어난다면, 다시 발 벗고 나서서 참여할 생각이 있으세요?

김 제가 광주민주화운동에 참여한 것은 제 스스로를 돕기 위해 시민으로서 걸어 나온 것이었습니다. 이런 일이 다시 일어나지 않기를 바라지만 혹시 다시 일어나게 된다면, 시민으로서의 권리를 지키기 위해서 정의롭게 다시 뛰쳐나갈 것입니다.

질문 광주항쟁이 선생님의 삶에 어떤 의미를 부여했나요?

김 저는 5·18을 통해 수많은 사람들을 만났습니다. 특히 이 사회의 훌륭한 인사들을 많이 만나서 여러 가지 이야기를 듣고 삶의 희망과 윤택함을 얻을 수 있었습니다. 그리고 5·18을 통해 인간은 평등해야 한다는 생각을 영원히 가슴속에 품고 살게 됐습니다.

질문 새 시대를 살아가는 저는 이 책을 읽기 전까지 광주민주화운동에 대한 중요성을 깨닫지 못했습니다. 학교에서 교육을 받을 때 이런 것이 있었지 하고 배울 뿐 그 중요성에 대해 들은 적이 없기 때문입니다. 학교에서 광주항쟁에 관한 교육이 잘 되지 않는 이유는 무엇일까요?

김 80년대에는 반공법이 있어서 선생님들이 학교에서 광주민주화운동을 가르칠 수 없었습니다. 지금은 선생님들이 교육을 하고 있지만, 경험도 부족하고 교과서에만 의존해서 가르치기에 학생들이 제대로 된 교육을 받을 수 없습니다.

질문 광주민주화운동에 대해 꼭 교육을 해야 하는 이유는 무엇일까요? 특히 어른들이 아닌 학생들에게 광주민주화운동을 교육시키는 것은 어떤 의미를 가질까요?

김 먼저 태어난 사람들이 후손들에게 무엇이 잘못된 것인지 알려 주는 것은 당연한 의무입니다. 특히 학생들은 순수하기에 삶에 찌든 어른들보다 앞선 생각을 할 수 있습니다. 학생들이 학교에서 광주민주화운동 교육을 받으면 다시는 그런 슬픈 일이 반복되지 않도록 노력할 수 있죠. 저는 학생들에게 광주민주화운동에 대해 가르쳐 줘야 한다는 의무감으로 이 자리에 나온 것입니다.

질문 수많은 시민들의 피와 땀과 노력으로 얻어 낸 민주화인데, 지금 상태를 보면 부족한 것이 참 많습니다. 광주 학살 같은 비극적인 사건이 다시 일어나지 않고, 광주 시민들의 노력을 헛되이 하지 않기 위해 우리 학생들이 할 수 있는 일은 무엇이 있을까요?

김 시민 정신은 광주민주화운동뿐만 아니라 그 이전부터 시작되어 이어져 오고 있었습니다. 그것은 하루아침에 이루어진 것이 아니라 민중들의 의식이 커지면서 하나씩 이룩된 것입니다. 역사가 강물처럼 끊임없이 이어져 흐르는 것처럼 민주화도 끊임없이 이어지고 있습니다. 우리 학생들은 이러한 역사 속 민주화를 세대 차이로 단절시켜 버리지 말고 노력해서 알아야 합니다. 그리고 시민 정신을 계승하여 올바른 사회를 꾸려 나가도록 노력해야 합니다. 몇 십 년 전 광주에서 시민들이 그러했던 것처럼 말입니다.

질문 제가 책을 읽고 나서 이론적으로 광주항쟁이 어떤 의미를 가지고 있으며, 그 당시 상황을 모두 이해할 수 있다고 말하면 거짓말이겠죠. 저는 이론과 경험의 차이는 정말 크다고 생각하거든요. 이론적으로, 간접적으로나마 광주항쟁을 머리로 이해하는 것과 직접적인 체험을 하고 가슴으로 이해하는 것은 분명 차이가 있겠죠. 진정 가슴으로 이해한다는 건 무엇이라고 생각하세요?

김 가슴으로 이해하면 광주민주화운동에 관련된 아주 사소한 일에도 눈물을 보이게 됩니다. 그건 그 시대를 살면서 그것을 가슴속 깊이 이해한 사람들만이 갖는 공통적인 특색이겠죠. 말로 잘 표현할 수가 없네요.

질문 마지막으로 저희에게 당부하고 싶은 말씀이 있으신가요?

김 시민군으로 활동을 하다가 붙잡혀 감옥에 끌려갔을 때 저는 할 일 없는 그곳에서 끊임없이 책을 읽었습니다. 그러면서 제가 나무랐던 대학생들이 왜 민주화 운동을 하는지 그 이유를 깨닫고 역사에 조금씩 눈을 뜨게 되었습니다. 책을 읽는 것은 세상을 어떻게 살아야 하는지 점점 알게 해 주고, 목표를 제시해 줍니다. 저는 학생들이 책을 많이 읽고 옳고 그른 것에 대해 바로 볼 줄 아는 눈을 길렀으면 합니다.

두 번째 인터뷰

질문 1980년 당시 어떤 신문에서 기자 활동을 했으며, 어떤 과정으로 광주에 취재를 하러 갔습니까?

김인곤(이하 김)　저는 당시 〈중앙일보〉 사진 기자였습니다. 70~80년대는 독재 정권으로 인해 민주화를 부르짖는 데모가 참 많았어요. 그때마다 현장을 돌아다니면서 사진을 찍었는데 어느덧 그게 일상이 되어 버렸습니다. 그러던 어느 날 부마항쟁 사진을 찍으러 부산에 내려갔다가 동료 기자에게 이번에는 광주가 심상치 않다는 소리를 들었습니다. 그래서 그날 바로 기차를 타고 광주로 갔습니다. 며칠 뒤 5·18사태가 터졌습니다.

질문　광주에서 무참히 쓰러지는 시민들 모습을 본 순간 어떤 생각이 들었습니까?

김　앞에서도 말했듯이 그때는 데모가 많았기에 광주에서뿐만 아니라 서울, 부산, 마산 등 각 지역에서 각목과 돌멩이, 총 등에 맞아 쓰러지는 시민들 모습을 많이 목격했습니다. 분명 누군가 총을 발포했기에 사망자가 생기고 그랬을 텐데 그때는 너무 자주 보던 모습이라 처절하다는 생각밖에 할 수 없었습니다.

질문　공수 부대는 광주를 포위하고 그냥 길을 지나가던 사람, 버스를 타고 가던 사람 등 죄 없는 사람에게 총을 난발했습니다. 기자들도 5·18을 취재할 때 광주 시민들처럼 아무런 이유 없이 공수 부대에게 구타당하거나 목숨을 잃은 경우가 있었습니까? 아니면 공수 부대의 도움을 받으면서 취재를 할 수 있었습니까?

김　기자들도 예외는 아니었습니다. 저는 공수 부대의 도움을 받아 사진을 찍은 적이 없었습니다. 오히려 기자들은 공수 부대나 시민들에게 잡히면 양쪽 모두에게 맞았기 때문에 더 혹독한 상황이었습니다. 그래서 기자들은 자신의 신분을 숨기고 그냥 지나가던 시민처럼 거닐었습니다. 하지만 저는 사진 기자라 사진기를 들고 다니니까 티가 나서 공격을 더 많이 받았습니다. 그 상황에서 기자라는 사실을 숨겨야 하나 말아야 하나 고민했습니다. 삶과 죽음의 갈림길에서 제 자신이 기자라는 것에 절망하고 있을 무렵, 광주를 떠날까 말까 생각하다가 마음을 굳게 잡고 남기로 했습니다. 나는 역사의 현장에서 살아야 하는 기자이기 때문에 사진을 남겨서 사람들에게 보여 줘야 한다고 생각했습니다.

질문 신군부에서 광주항쟁을 비밀로 하고 싶었다면 기자들이 광주에 들어가는 것을 막았을 텐데요. 어째서 기자들을 파견하여 그곳 상황을 기록하고 기사를 쓰게 한 걸까요?

김 당시 그곳에 기자들을 파견하여 기사를 쓰게 한 궁극적인 목적은 저도 잘 모릅니다. 기자들에게 기사를 쓰도록 한 것은 그때 신군부가 너무 자신만만했던 거죠. 5·18사태가 일어나기 얼마 전 부마항쟁을 쉽게 진압했기 때문에 광주항쟁도 해결될 거라고 생각한 모양입니다. 그리고 기자들이 진실된 기사를 써도 조작해서 왜곡된 기사만 인쇄되어 나갔기 때문에 아무리 기자들이 기사를 써도 상관없다고 생각했을지도 모릅니다.

질문 신군부에 의한 언론 검열을 기자님 또한 피하지 못했을 거라고 생각합니다. 기자님이 보도한 내용 중에 검열을 받아서 삭제된 기사나 수정된 기사가 있습니까? 있으면 어떤 내용입니까?

김 어차피 써 봐야 진실한 내용이 나오지 않았기 때문에 기사를 거의 쓰지 않았습니다. 그저 이곳 현장 사진만 올려 보냈죠. 일부러 무전기를 망가뜨려 쓸 수 없다고 한 적도 있죠.

질문 광주항쟁 때 텔레비전과 신문에 나온 왜곡된 기사를 보면서 어떤 생각을 하셨습니까?

김 그 당시 광주에서는 텔레비전이나 신문을 볼 기회가 전혀 없었습니다. 그리고 어차피 기사가 왜곡돼서 나갈 것이란 걸 알고 있었기에 마음속으로 이미 체념한 상태였습니다.

질문 그 시절 광주에서 일어나고 있던 사실을 기자분들이 다른 사람에게 말하거나 그런 일은 없었나요? 그곳이 고립되지 않았다면 그곳에서 전해지는 생생한 소식을 언론이 완벽하게 왜곡할 수 없었을 거라고 생각합니다. 어떻게 이렇게 광주항쟁에 대한 비밀이 철저히 지켜질 수 있었을까요?

김 비밀이 지켜질 수 있었습니다. 그렇기 때문에 대중들은 한동안 광주항쟁에 대해 전혀 몰랐죠.

질문 5·18과 관련된 언론 검열 및 통폐합으로 해직됐던 기자분들은 광주항쟁이 끝나고 시간이 흘러 국민들이 진실을 알게 되었을 때 다 복직되셨나요? 복직되지 않은 분은 어떻게 되었나요?

김 그 당시 언론 검열로 저를 포함해 300명이 해직됐습니다. 사람들은 해직된 기자들이 독립투사인 것처럼 생각하는 경향이 있는데 꼭 그렇지만은 않습니다. 언론사에서 사람을 해직할 때 곧고 바른 기사만 쓰는 기자들을 해직하기도 했지만, 평소 회사 말을 안 듣는 기자들도 다수 해직했기 때문이죠. 그 후 다시 기자로 복직한 사람은 저를 포함해 겨우 12명이었습니다. 복직되지 않은 기자들은 모두 뿔뿔이 흩어져서 출판사 일을 하는 사람도 있고, 다른 일을 하는 사람도 있습니다.

질문 언론이 처음부터 신군부(5공화국)와 완벽하게 결탁하고 있었다고 생각하지 않습니다. 왜냐하면 신군부는 정권을 장악하자마자 언론을 탄압하여 자신의 편으로 끌어들이려고 했기 때문입니다. 신군부의 예고된 언론 탄압. 광주항쟁을 예상한 행동이었을까요? 아니면 단순한 우연이었을까요?

김 정부의 언론 조정은 광주항쟁이 일어나기 훨씬 전인 박정희 정권 이전부터 계속 있었습니다. 그 당시 정부는 어떤 사건이든 언론을 조정하여 국가에 유리한 기사를 쓰게 했습니다. 그런데 모든 언론사가 정부의 탄압으로 진실을 외면한 기사를 내보낼 수밖에 없었던 것은 아닙니다. 언론사에는 수많은 약점이 있기에 정부와 결탁하여 이익을 얻으면서 기사를 쓴 언론사도 많았습니다.

질문 어쩌면 영원히 묻혀 버렸을지도 모를 광주의 진실은 어떻게 드러나게 됐나요? 그 후 진실을 안 대중들의 반응이 어떠했을지 정말 궁금합니다.

김 제가 말하고 싶은 것은 광주의 진실은 아직 드러나지 않았다는 겁니다. 그 이유는 두 가지가 있는데, 하나는 희생자의 목소리가 너무 크다는 것입니다. 한 예로 원래 광주에 살지 않고 우연히 거쳐 가다가 휩쓸린, 정말 아무 상관없는 사람이 보상을 요구하는 경우도 봤어요. 그 사람이 광주항쟁의 진정한 의미를 알고 참여했다고 할 수 있을까요? 하지만 살아남은 자들이 결탁하면 그 사람도 독립투사가 되어 버립니다. 또 다른 하나는 정부에서는 계속 무마시키려고만 합니다. 적극적으로 나서서 진실을 밝히겠다고 하지만 지금 밝혀진 진실이 진정한 진실이라고 할 수 있을까요? 그렇기에 흐지부지하게 끝나 버리고 만 것입니다. 광주의 진실은 아직 밝혀지지 않았습니다.

질문 신군부의 무자비한 살상에 저항한 광주 시민들의 행동이 어떤 과정을 통해서 민주화의 길로 나아갈 수 있었는지 궁금합니다. 그리고 한국 현대사에서 그것이 갖는 진정한 의미가 궁금합니다.

김 우리가 그것을 판단하기에는 아직 이른 것 같습니다. 광주항쟁은 시대가 좀 더 지나서 진실이 밝혀진 후 우리의 후세들이 판단해야 할 것 같습니다.

질문 광주항쟁을 머리로 이해하는 것과 가슴으로 이해하는 것의 차이는 무엇일까요?

김 머리로 이해하면 머리가 아프고, 가슴으로 이해하면 가슴이 아프죠.

질문 혹시 학생 시절 학생 운동에 참여했던 경험이 있으신가요? 광주민주화운동은 전남대학교를 시작으로 일어났기에 어떻게 보면 학생 운동과도 크게 연관이 있습니다. 그 당시 학생 운동은 무엇을 위한 것이었고 어떻게 행해졌는지 궁금합니다. 혹시 참여하지 않으셨다면 들으셨던 거나 아시는 거라도 말씀해 주셨으면 합니다.

김 저는 70년대에 대학을 다녔는데 그때 대학에서 한 일은 데모밖에 없었던 걸로 기억할 정도로 데모를 많이 했습니다. 데모 때문에 수업 도중에 학생들이 박차고 밖으로 뛰쳐나가는 경우도 있었고, 몇 달 동안 학교를 못 가는 경우도 있었습니다. 그때 학생 운동의 목표는 박정희 독재 정권의 부정부패를 고발하고 민주화로 한 걸음 더 나가자는 것이었습니다.

질문 기자님이 생각하는 좋은 언론이란 무엇인가요?

김 제가 생각하기에 현재 좋은 언론이란 건 없습니다. 왜냐하면 회사가 언론을 쥐고 있기 때문에 언론이 자유로운 방향으로 나갈 수 없기 때문입니다. 언론이 누군가의 소유가 아니라 자유로운 것이라면, 그게 좋은 언론이 아닐까요?

질문 오래 전부터 "어떤 신문을 가장 많이 읽는가?" 설문 조사를 하면 광주민주화운동 당시 언론 왜곡에서 크게 한몫한 조·중·동 신문이 전체 중 70퍼센트라는 비율을 차지하고 있습니다. 그 신문들이 왜곡한 걸 뻔히 알면서도 굳이 보는 이유가 무엇일까요?

김 예전부터 세뇌되어 왔기 때문에 아직 이 사회에는 조·중·동을 좋아하는 사람들이 많습니다. 그래서 조·중·동 신문을 보는 것이 아닐까 하는 생각이 듭니다.

질문 광주민주화운동 이후에도 우리나라 사람들은 지역감정이라는 고질병 때문에 하나로 뭉치지 못하고 있습니다. 아직까지도 총선이나 대통령 선거를 보면 특정 지역 사람들이 특정 지역 당에 몰표를 주는 일이 빈번한데요. 단일 민족인 대한민국에서 지금까지도 지역감정이 심각하게 나타나는 원인은 무엇인가요?

김 지역감정은 우리나라만 아니라 세계 도처에 존재하는 현상입니다. 이스라엘과 팔레스타인, 인도와 파키스탄 등에서 존재하는 지역감정은 문화적 차이와 종교의 차이 등 그 원인도 제각각입니다. 우리나라에서도 지역감정이 심하게 나타나는 이유는 여러 요인이 복합적으로 섞여서 생기는 것입니다. 그 복합적 요소로는 해방 후 경상도 출신 대통령들의 국토 불균형 개발과 경상도와 전라도 사람들 간의 불신을 들 수 있겠죠.

질문 지역감정은 특정 지역 사람들의 문제가 아니라, 국가 전체와도 연결되는 심각한 문제입니다. 지역감정에 대한 궁극적인 해결 방법은 없는 걸까요?

김 제 생각에 지역감정의 궁극적인 해결 방법은 없습니다. 한쪽에서 없애라고 소리를 쳐도 사람들은 꿈쩍도 하지 않기 때문입니다. 지역감정이 없어지지 않는다면 오히려 이것을 잘 이용해서 선의의 경쟁으로 발전할 수 있는 방향으로 이끌어야 한다고 생각합니다. 선의의 경쟁은 국가를 발전시킬 수 있는 중요한 요소가 될 수 있기 때문입니다.

질문 광주민주화운동으로 힘들게 얻어 낸 민주화 모습이 현재는 많이 일그러져 있습니다. 그때와 마찬가지로 부정부패와 비리는 만연하고 시민들은 더 이상 국가를 신뢰할 수 없는데요. 이런 현실에서 진정한 민주화의 의미는 무엇이라고 생각하세요?

김 민주화는 정지되어 있는 것이 아니라 흐름의 연속이라고 생각합니다. 아무리 이 시대의 민주화가 일그러져 있더라도 그 흐름은 멈추지 않고 계속 흘러갑니다. 우리는 그 민주화를 바라봐야겠죠.

질문 지금까지 살아오면서 혹시 기자라는 직업을 선택해서 자부심을 느꼈거나 후회했던 적은 없으신가요?

김 하루에 수십 번 후회하고 자부심을 느끼고 그랬습니다.

질문 민주화 운동에 대한 교육을 꼭 해야 하는 이유는 무엇일까요? 특히 어른들이 아닌 학생들에게 민주화 운동을 교육시키는 것은 어떤 의미가 있을까요?

김 학교에서는 눈에 보이는 것과 눈에 보이지 않는 것을 교육시킵니다. 그중 눈에 보이지 않는 민주화는 아직도 미완성 상태입니다. 이걸 꼭 교육시켜야 할까요? 물론 우리는 학생들에게 민주화 운동을 교육시킬 의무가 있습니다. 하지만 자신이 하려 하지 않고 서로 떠넘기려고 하니까 잘되지 않는 것 같습니다.

질문 사실 저희가 이렇게 기자님을 만나 뵐 수 있게 된 것은《한국 현대사 산책》이란 책을 읽고 전혀 인식하고 있지 않았던 5·18을 가슴 깊이 생각하게 됐기 때문입니다. 그래서 더욱 알고 싶은 것이 많아 다음 카페에서 5·18민주화운동에 관련된 카페를 검색하다가 기자님이 운영하는

'5·18기자클럽'에 가입하게 됐어요. 20년의 세월이 지나 5·18도 사람들 속에서 점점 잊혀져 가고 있는데 굳이 이 카페를 만들어서 운영하는 이유는 무엇입니까?

김　제가 카페를 개설하여 사진을 공개한 것은 '광주항쟁이란 사건이 이런 모습으로 있었다'는 것을 보여 주고 생각하게 하기 위해서입니다. 저는 그 사진에 아무런 설명을 달아 놓지 않았어요. 그건 사진을 보는 주체가 그것을 평가해야 한다고 생각했기 때문입니다. 사진은 절대 거짓말을 하지 않습니다. 그러나 보는 사람에 따라 그 의미는 달라집니다. 우리나라 사람들은 '기록'에 무관심합니다. 누군가 자신을 보고 있다고 생각하면 언젠가 이 나라의 부정부패도 줄어들 것입니다. 저는 알려 주고 싶었습니다. 한쪽에서 광주항쟁을 왜곡하고 거짓을 말하고 있을 때 사실을 찍은 사람이 있었다는 것을 말입니다.

느낀 점

　2주 정도의 준비 끝에 역사의 현장을 직접 체험한 사람들을 직접 인터뷰하기 전날 밤, 머릿속에 온갖 생각이 뒤죽박죽 섞여서 도무지 잠이 오지 않았다. 그 사람들에게 어떤 걸 물어봐야 하나, 난 그 인터뷰를 통해 어떤 것을 얻을 수 있을까 하는 온갖 잡생각이 머릿속을 흐트렸다. 결국 그날 새벽 3시가 넘어 겨우 잠이 든 나는 인터뷰 도중 졸고 말았다. 뭐, 친구가 깨워 줘서 곧 깼지만 말이다.

　인터뷰를 하면서 느낀 건 역사의 한 획을 그으며 살아온 인물들이 의외로 평범한 모습을 하고, 평범한 삶을 살아가고 있다는 것이었다. 첫 번째로 인터뷰한 분은 두 아들의 아버지로 평범한 일을 하고, 두 번째로 만난

318

기자분은 지금 그 일을 그만두고 기 수련원의 수련사가 되셨다고 했다. 나는 그 모습을 보면서 내가 엄청난 착각을 했다는 생각이 들었다. 역사의 한 획을 그으며 살아온 사람은 특이한 사람들이 아니다. 역사를 살아가고 있는 건 지긋지긋한 평범함 속에서 살아가고 있는 우리 자신들이다. 그 생각을 하고 나니 괜히 평범함을 탓하고 살았던 내 자신의 행동이 얼마나 헛된 행동이었는지를 깨닫게 되었다.

시나리오를 열심히 짰는데 오류가 난 부분이 조금 있었다. 첫 번째 분은 2시간쯤 인터뷰하기로 했는데 얘기가 길어져서 3시간이나 인터뷰를 했다. 그래서 두 번째 인터뷰하는 분과의 공백 시간이 없어졌다. 그래서 인터뷰가 끝나자마자 인사도 제대로 못 하고 흐지부지하게 끝내고 테크노마트로 향했다. 그리고 나니 두 번째 인터뷰할 분과의 약속 시간이 15분 남아 있었다. 점심도 먹지 못하는 상황에서 허겁지겁 시작된 인터뷰. 처음에는 그저 빨리 끝나기를 기대했는데, 그분이 재미있는 말씀을 많이 해 주셔서 배고픔을 조금이나마 잊고 즐겁게 인터뷰할 수 있었다. 뭐, 인터뷰가 끝나자마자 바로 밥을 먹으러 달려 나가긴 했지만 말이다.

집으로 돌아오는 길에 우리가 읽은 책에 대해 다시 한번 생각해 봤다. 처음에는 성아가 외교를 시도하는데 번번이 실패해서 괜히 이 책을 선정한 것이 아닌가 하는 생각을 하기도 했다. 하지만 이 책을 선정해서 역사의 현장을 살아오신 분들과 인터뷰할 수 있어서 고맙게 느껴졌다.

버스 안에서 나무 그늘 아래를 산책하고 있는 사람을 보면서 지은이가 왜 《한국 현대사 산책》이라고 제목을 지었는가 생각해 봤다. 산책이라는 게 단지 시간을 때우기 위한 수단이 되기도 하지만, 일상생활에서 벗어나 자연을 접하고 평소 갑갑한 느낌을 훌훌 털어 버리고 지난 시간의 자신을 반성하며 재충전을 하는 시간이기도 하다. 지은이가 한국 현대사 산책이라는 코스를 우리에게 제시한 이유는 무엇일까? 그건 아무래도 우리가 삶에 찌들어 지쳐 있을 때 우리에게 제시한 쉼터가 아니었을까? 지금 이 책을 보고 그 당시 광주민주화운동을 왜곡한 사람, 몰랐던 사람, 방관했던 사람들에 대해 분노하라는 것이 아니라, 우리가 살아갈 방향과 반성의 쉼터를 제공하려고 한 것이 아니었을까?

최 상 천 ✿ 나 는 박 정 희 의 알 몸 을 보 았 다

읽은 책

《알몸 박정희》는 박정희 대통령의 출생부터 죽음까지를 비판한 글로, 우리나라의 아픈 역사를 알 수 있는 책이며, 박정희 대통령에 대해 알 수 있는 책이다.

글쓴이

최상천.

만난 분

최상천. 1983년부터 2000년까지 대구가톨릭대학교에서 교수로 지냄. 《알몸 박정희》, 《알몸 대한민국 빈손 김대중》 지음.

함께한 사람들

신혜영_기획(0401shy@hanmail.net)

이주은_외교(jjoony-2@hanmail.net)

정의건_물음(goldjegal@hanmail.net)

강인구_사진(winterag@hanmail.net)

임다혜_최종 보고서(shyiyb@hanmail.net)

보고서에 대한 간단한 소개

우리 모임은 최상천 선생님을 대구까지 가서 뵈었다. 선생님은 박정희 시대와 현재 우리나라의 정치, 사회, 교육, 인권 등 다양한 방면의 이야기와 어릴 적 이야기를 해 주며 편안한 분위기로 좋은 말씀을 많이 해 주셨다. 관심이 없던 분야에 대해 알 수 있었던 좋은 기회였다.

힘든 일도 즐거운 일도 추억이 되었다

기획 | 신혜영(2학년 1반)

별로 한 일도 없는데 인터뷰하기 전까지의 우리 모습들을 5장 정도 쓸수 있을까? 이런 글을 처음 쓰는데 어떻게 써야 잘 썼다는 이야기를 들을까? 어떻게 해야 여태 했던 일들을 잘 정리할까? 이런 고민들이 앞섰다. 서평도 처음에는 이런 고민들로 시작해 지금도 하고 있는 실정이니 고민을 많이 해도 별로 달라질 것은 없겠지만, 그래도 좀 더 나아질 수 있을까하는 생각 때문에 고민해 본다. 나는 일기 형식으로 소주제에 날짜를 포함시켜 정리해 보았다. 내용도 재미없고 뭔가 획기적인 내용도 없으며 재미있게 글을 쓰지 못해 여태 있었던 이야기를 정리라도 잘해 보자는 심정으로 글을 쓰려 한다.

8월 25일 – 우리는 《알몸 박정희》를 읽게 되었다

그날은 8월 25일이었다. 우리 조가 대구까지 가야 될 운명이 정해진 날말이다.

처음에는 각자 읽고 싶은 책을 두 권씩 뽑은 후 가위바위보를 해서 진 사람이 1순위와 2순위를 선정할 수 있는 권한을 가지고 여러 책들을 선정했다. 우리는 정성껏 우리가 보고 싶은 책들의 순위를 매겼다. 우리가 읽게 될 책을 결정하는 시간이 기다려지기도 하고 한편으로는 불안하기도 했다. 그렇게 여러 감정들이 복잡하게 엉켜 있을 때쯤 운명의 시간이 성큼 다가왔다.

수요일, 모든 수업이 다 끝난 시각, 2학년 문과생 거의 대부분은 독서실로 모여들기 시작했다. 자신의 조 책을 선정하기 위해 가위바위보를 하러 나온 학생들은 독서 선생님이 앉아 있는 자리에 다가가 독서 선생님이 불러 주는 책 이름을 들었다. 독서 선생님이 우리가 선정한 책 제목을 말할 때마다 나가서 가위바위보를 했다. 하늘이 우리를 도와주실 마음이 없었던 것일까? 우리는 단 한 번도 가위바위보에서 지지 못했다. 다른 때라면 가위바위보에서 이기는 게 기쁜 일이지만 독서와 연관된 것들은 예외였다.

우리 조는 마지막까지 책을 선정하지 못한 채 남게 되었다. 조원들은 읽고 싶은 책들을 읽지 못하게 되어서인지 아니면 남아 있는 책들이 대부분 어려워서인지 모두 기분이 축 처져 있었다. 이런 상황에서 인구는 우리에게 《동굴 속의 독백》을 읽자고 이야기했고 그 의견에 의견이는 찬성, 주은이와 나는 중간 입장, 다혜는 짧은 기간에 못 읽는다고 다른 책을 읽자고 말했다. 다혜가 《알몸 박정희》라는 책을 읽자고 이야기하자 주은이는 알몸 쪽으로 기울었고, 다수결에 따라 내 선택으로 책이 골라질 판이었다.

조원들의 따가운 시선 속에서 어느 쪽을 택할지 고민하다가 독서 선생님이 《동굴 속의 독백》을 쓴 리영희 선생님이 대단한 분이고 《동굴 속의 독백》은 한번 읽으면 평생 써먹을 수 있다고 하셔서 나 또한 그쪽으로 기울었다. 사실 《알몸 박정희》 표지가 정말 마음에 들지 않았다. 책을 선정할 때 표지를 보고 선정하는 것이 아니라 내용을 보고 선정하는 것이지만, 내 마음속 깊은 곳에서 그 표지를 엄청 싫어했던 것이 동굴을 선택하는 데 약간 반영된 것 같다. 《동굴 속의 독백》을 읽기로 결정해서 독서 선생님께 인터넷으로 주문해 달라고 부탁드렸는데, 아무리 생각해도 동굴은 너무 두꺼워 짧은 기간에 다 읽기가 어려울 것 같아 그냥 《알몸 박정희》를 읽기로 결정했다. 독서 선생님이 인터넷으로 주문해 주셨는데, 나만 그랬는지는 모르겠으나 그 책을 언제 읽을지 걱정이 되었다.

9월 9일 - 출판사에 전화한 날

다른 친구들이 벌써 출판사에 전화를 걸어 작가 선생님의 이메일 주소와 손전화 번호를 알아냈다는 이야기를 들었다. 우리 조도 지금 전화를 걸지 않으면, 작가 선생님과 만나지 못할 경우 다른 분과 만날 날짜를 정할 때 빡빡할 거 같아서 요번 주 안에 전화를 걸어야겠다는 생각이 들었다. 외교인 주은이에게 빠른 시일 안에 통화를 하자고 이야기했고, 9월 9일에 전화를 걸었다.

독서 선생님이 전화를 걸어 자신이 누구인지 먼저 밝히고 왜 전화했는지 장황하게 이야기를 해야 작가 선생님의 이메일 주소와 손전화 번호를 알려 줄 거라고 해서 전화를 걸기 전에 이야기할 것들을 적었다. 나는 주은이가 하는 행동만 멀뚱멀뚱 쳐다볼 뿐 주은이에게 별 도움을 주지 못해서 정말 미안했다. 기획이 미리 계획을 짜서 조원들을 챙겨야 하는데 내가 다른 모둠을 보고 갑자기 이야기한 것이라 마음의 준비도 못했을 주은이에게 정말 미안했다. 주은이는 출판사에 전화를 걸어 예쁜 목소리로 자신을 소개하고 왜 전화를 걸었는지 이야기했다. 주은이는 떨린다던 말과는 다르게 정말 예의 바르게 통화를 했고 작가님의 이메일 주소와 손전화 번호를 알아냈다.

9월 11일 - 서평 내는 날

서평을 내는 날. 나는 전날인 금요일에 날밤을 새워서 서평을 다 썼다. 서평이 엄청 엉망이긴 했으나 밤을 새우며 졸면서도 열심히 쓴 글이었다. 그래서 뿌듯한 마음으로 디스켓을 들고 학교에 갔다. 나는 다른 친구들도 나같이 밤을 새서 서평을 썼을 줄 알았는데, 친구들은 대부분 한 쪽도 써 오지 않았다. 이런 현상을 보면서 한편으로는 오늘 학교에 남아서 서평을 쓸 일이 없어서 좋았고, 또 다른 한편으로는 다른 친구들의 서평을 보면서 내 서평이 정말 부족하다는 생각이 들어 슬펐다. 어찌 되었든 내가 제일 좋아하는 토요일에 학교에 남기는 싫었기 때문에 담임 선생님에게 부탁드려 서평을 인쇄해서 냈다.

우리 조에서는 나와 다혜만 서평을 냈고 나머지 주은이와 인구, 의건이는 서평을 내지 않았다. 오늘 서평을 내는 날이기에 얼른 써서 내야 하기도 하지만 오늘까지 써야지 서평을 고친 후 작가 선생님에게 보내 드릴 수 있다. 오늘까지 쓰면 딱 맞았을 텐데, 어쨌든 이런 상황이 벌어진 것이 모두 내가 잘못해서 그런 것 같다. 어제 애들한테 전화해서 서평 쓰라고 계속 보챘어야 했는데 그냥 자도록 놔둔 내 책임이 큰 것 같다.

9월 12일 - 작가 선생님에게 이메일을 보냈다

주은이가 9월 12일에 작가 선생님에게 이메일을 보냈다고 한다. 엄청 예의 바르게 쓴 메일이었는데 다시 돌아왔다고, 아무래도 선생님 편지통이 꽉 차서 다시 돌아온 것 같다고 한다. 그 얘기를 들으니 주은이가 조금 불쌍해 보였다. 알지도 못하는 사람에게 전화를 걸어 통화해 본 적이 몇 번이나 있을까? 몇 번 없을 뿐더러 잘 알고 지내는 친구들과도 문자를 보내지 전화는 잘 안 하기 때문에 통화를 하면 어색하다. 친한 사람과도 어색한 통화를 만나 보지도 못한 사람과 한다면, 나 같은 경우는 말을 계속 더듬고 어떻게 말해야 할지 당황하며 머뭇거릴 것이다. 이런 현상이 나한테만 일어나는 것일까? 아마 내 또래 친구들이 대부분 다 그럴 것이라고 생각한다. 내가 주은이보다 전화를 잘했다면 내가 많이 도와줬을 텐데, 내가 별 볼일 없어서 미안하다.

9월 13일 - 작가 선생님에게 전화를 했다

저녁 시간에 작가 선생님에게 전화를 걸었다. 주은이는 전화 걸기 전에 심호흡을 하고 전화를 걸었다. 주은이의 성우 뺨치는 목소리가 들려오고 손전화에서는 40에서 50대 아저씨 목소리가 흘러나왔다. 주은이는 자기소개를 한 뒤 자신이 전화를 건 이유를 장황하게 설명했다. 작가 선생님보다 훨씬 어린 주은이에게 선생님은 꼬박꼬박 존댓말을 쓰셨다. 통화를 끝낸 주은이는 작가 선생님이 너무 친절하다며 자기가 무슨 실수라도 하지 않았냐고 물어봤다. 직접 작가 선생님의 목소리를 들어 보지는 못했지만 손전화 밖으로 들리는 선생님 목소리는 동네 아저씨같이 편한 목소리였다.

주은이는 작가 선생님에게 혹시 서울에 오실 일이 없냐고 여쭈어 보았다고 한다. 그런데 우리가 작가 선생님과 만나고 싶은 날에는 서울에 오실 일이 없다고 하셨다. 적어도 요번 주에 만나야 친구들이 각자 맡은 역할에 대한 보고서를 쓸 시간이 있을 텐데. 요번 주에는 서울에 올라오실 일이 없다고 하니 우리가 대구를 가든지 아니면 다른 분을 찾아뵐 수밖에 없어 고민이 되었다. 난 그분을 정말 뵙고 싶다. 역사에 대한 책을 이렇게 재미있게 읽은 적이 없기 때문이다. 역사는 대부분 따분한 글인데 《알몸 박정희》는 정말 재미있게 읽었다. 잘 모르던 박정희를 조금은 알 수 있게 되었기에 이 책을 쓴 필자를 꼭 보고 싶다. 하지만 모임에서 다수결로 결정하는 것이기 때문에 기대는 안 하려 한다.

9월 14일 – 대구 갈까?

화요일. 인구랑 의견이가 아직도 서평을 안 냈다. 빨리 서평을 마무리 지어야 작가 선생님에게 우리 서평을 보내 드릴 텐데 걱정이다. 뭐, 쓴다는 마음만 먹으면 두 시간이면 쓰는 친구들이지만. 그래도 조금 걱정이 된다.

어제 주은이가 작가 선생님에게 전화를 걸었다는 이야기를 친구들에게 했다. 그런데 아무래도 선생님을 만나 뵙기 위해서는 대구까지 가야 될 것 같다고 이야기를 하니 가지 말자는 의견이 나왔다. 그 의견을 낸 사람은 인구다. 차비가 비싸고 시간을 너무 많이 투자해야 한다는 이유 때문이었다. 나도 그게 걱정이긴 하지만 가고 싶다는 마음이 더욱 앞서기 때문에 가자고 결정해 버렸다. 우리가 이렇게 의견이 엇갈리자 가자는 쪽인 친구들이 독서 선생님을 개입시켜 가자는 쪽으로 분위기를 바꿔 버렸다. 할 수 없이 인구는 분위기에 휩쓸려 기찻값을 찾아보고 무슨 기차를 탈지 생각하게 되었다. 이렇게 해서 우리는 대구에 가기로 결정했다.

9월 15일 - 작가 선생님, 저희 대구로 갈랍니다

4대 1로, 대구에 가기로 분위기를 잡은 우리들은 외교인 주은이를 통해 우리가 대구까지 선생님을 뵈러 가겠다고 야자 시간에 전화를 했다. 이제는 심호흡을 하지 않아도 전화를 잘하는 주은이를 보면서 '나도 낯선 사람과 전화를 많이 하면 저렇게 차분하게 통화할 수 있을까?' 하는 기대감이 들었다.

우리가 대구까지 선생님을 뵈러 가겠다고 말씀드리자 선생님은 "대구까지 온다고요? 너무 멀지 않나요? 그냥 서울 부근에서 박정희에 관해 잘 아시는 분과 만나는 것이 더 나을 텐데."라고 말씀하셨다고 한다. 하지만 우리와 만나 준다고 하니 정말 감사할 따름이었다. 안 만나 줘서 계속 다른 분을 찾고 있는 조가 많은데 우리 조는 그래도 깔끔하게 승낙을 받아서 정말 기뻤다.

이 이야기를 집에 가서 장황하게 늘어놓고 "엄마, 저 그래서요, 대구 가야 돼요." 하고 말씀드렸더니 엄마가 나보고 나가라고 하셨다. 그 먼 곳까지 언제 가냐고, 요즘 세상이 얼마나 험한 줄 아냐면서 엄청 혼냈다. 다른 집은 분명 갔다 오라고 허락해 주실 텐데 우리 부모님은 무조건 "안 돼!" 하신다. 친구들에게 너무 미안한 마음과 부모님 말씀으로 인해 너무 슬퍼서 계속 울었다. 울면서 주은이와 다혜에게 손전화로 쪽지를 보내 미안한데 나 엄마가 허락을 안 해 주셔서 못 간다고 얘기하고 버디에서 만났다. 둘 다 내일 말하자고 하기에 미안하다는 말만 계속 썼다.

9월 16일 - 위기에 처하다

아침에 분위기가 영 아니었다. 내가 대구에 가지 못하게 되어서였다. 다른 친구들은 부모님이 다 허락하셨는데 우리 집은 왜 이런 걸까? 나 또한 잘 이해가 안 가는데 이 말을 들은, 이런 집에서 살아 보지 못한 친구들은 어떨까? 아마 특이한 집이라고 생각할 것이다. 인구는 대구에 가든 말든 상관없다고 하고, 주은이는 가든 말든 상관은 없는데 하면서 말끝을 흐렸다. 아마 자기가 여태 전화했던 것들이 물거품이 되니까 좀 그랬던 것 같다. 의건이는 다혜 다음으로 대구에 가고 싶어 했다. 이런 상황을 만들어 낸 것도 미안했지만 다혜에게 미안한 것에 비하면 아무것도 아니었다. 다혜는 정말 말로 표현할 수 없을 만큼 가고 싶어 했다. 작가 선생님을 만나 뵙고 싶어 하는 다혜에게 나는 하나의 장애물이었다. 착한 다혜는 그런 생각을 하지 않았겠지만, 난 내 자신이 다혜에게 장애물이 된 것 같아서 정말 미안했다.

나도 정말 작가 선생님을 뵙고 싶었다. 그렇지만 우리 부모님을 속이면서까지 가고 싶지는 않았다. 부모님이 나에게 거짓말하고 말씀 없이 늦게 들어오시지 않기에 나도 부모님에게 될 수 있으면 거짓말을 하고 싶지 않았다. 내가 이상한 걸까? 내 또래 애들과는 다르게 너무 보수적인 것일까? 인터뷰로 인해 머리가 아팠기 때문에 시험 문제가 내 머릿속으로 들어오지 않았다. 아침부터 머리가 너무 아프고 슬프고 세상에 나 홀로 서 있는 것 같은 기분이 들어서 모의고사 문제를 다 찍었다.

쉬는 시간에 애들에게 너무 미안해서 아빠에게 여쭈어 보았다. 숙제 때문에 대구를 가려고 하는데 보내 줄 수 있냐고 말이다. 역시나 아빠도 엄마와 똑같은 이야기를 하신다. 갑자기 눈물이 났다. 나 때문에 대구 가고 싶어 하는 애들이 못 가게 되어서 정말 난처했다. 거기다가 다혜하고도 서먹하고, 왠지 나에게는 아무도 없는 것 같았다. 그저 아빠의 따뜻한 목소리로 인해 눈물만 날 뿐이었다. 아빠에게 내가 지금 너무 난처하다고, 나 때문에 애들이 못 가게 됐다고, 애들 중에서 너무 가고 싶어 하는 애도 있는데 나 때문에 그 애한테 피해를 주는 것 같아서 너무 미안하다고, 다시 다른 사람과 만나려고 전화를 한다 해도 시간이 촉박하기에 인터뷰할 사람을 바꾸기도 애매하니깐 아빠가 보호자로 동행해 주면 안 되겠냐고 말했다. 아빠가 대구까지 태워 준다고 하셨다. 딸이 왕따당할까 봐 바쁜 시간 쪼개서 왕복 운전을 해 주겠다는 아빠가 너무 감사했다.

쉬는 시간에 엄마가 담임 선생님에게 전화를 드린 것 같다. 독서 수행 평가로 꼭 대구까지 가야 하는 것이냐고, 나는 그 먼 곳까지 못 보낸다고 하면서 말이다. 담임 선생님은 나에게 그곳은 너무 머니 가지 말라고 하셨다. 그때 생각했다. 아무래도 지금은 그곳까지 갈 수 있을 상태가 아니구나 하고. 나는 담임 선생님에게 안 가겠다고 말씀을 드렸다.

집에 와서 생각해 보았다. 나 때문에 부모님이 걱정하는 것도 싫고, 수행평가 때문에 부모님과 싸우고 싶지도 않았다. 아빠에게 딸을 많이 생각해 주는 아빠가 있어서 행복하다고, 그렇게까지 딸을 위해 주는 아빠께 감사드린다고, 눈물을 머금고 말씀드렸다. 아무래도 내가 일을 너무 크게 만든 것 같아서 정리를 해야 할 것 같았다. 주은이와 다혜에게 문자를 보냈다. 나 때문에 너희들이 빼도 박도 못 하는 상황이 된 것 같다, 나중에 나 때문에 일이 이 지경이 됐다는 소리 듣고 싶지 않고, 너희들이 피해 보는 것이 싫기 때문에 오늘 대구에 갈지 안 갈지 정해야 할 것 같다고 문자를 보냈다. 다혜는 가고 싶다고 하고, 인구는 모임이 다 같이 갈 수 있는 곳으로 가자고 하고, 주은이는 끝까지 가든지 안 가든지 상관없다고 말하며 말끝을 흐렸다. 그러면서 다른 애들은 뭐라고 하느냐고 이야기했다. 의건이는 손전화 번호를 몰라서 전화를 하지 못했다. 그렇게 하루가 흘렀고 고2가 되어서 가장 생각하기 싫은 날이 지나갔다.

9월 17일 - 대구 잘 갔다 와

오늘도 다혜와 서먹하다. 이러고 싶지 않은데 나만 서먹하다고 느끼는 것일까?

요즘 친구들이 날 이해해 주지 않는 것 같아서 너무 슬프다. 그리고 다른 친구들은 생각도 하지 않고 나만 이해해 달라고 하는 내 자신도 너무 이기적이게 보인다. 나는 아무래도 인터뷰하는 쪽의 직업은 가지면 안 될 것 같다. 인터뷰하기 전부터 꼬이고, 정말 나와는 안 맞는 것 같다.

오후에 독서실에 갔는데 독서 선생님이 안 계셔서 전화를 했다. 내가 집안일로 못 가게 되었는데 어떻게 하냐고, 벌써 작가 선생님과 만날 약속을 정했는데 어떻게 하냐고 여쭈어 보니 독서 선생님은 어떻게 아셨는지 내가 집안일 때문이 아니라 집에서 반대해서 못 가는 것을 알고 계셨다. 선생님은 두 가지 방법을 제시하셨다. 첫 번째 다른 분을 만나는 것, 두 번째 나는 작가 선생님에 관해 자료를 정리하고 다른 친구들은 대구에 갔다 오는 것. 이 두 가지 방법을 제시하고 선택은 우리보고 하라고 하신다.

나는 애들이 피해 보는 것이 싫기에 두 번째 방법으로 하자고 했다. 사실 이번 인터뷰를 하면서 이 동네를 오랜만에 벗어나고 싶었다. 그러나 대구에 가고 싶어 하는 친구도 있고 다시 인터뷰할 분을 정하기도 어려운 시점에서 내 욕심을 드러내면 친구들을 배려할 줄 모르는 아이가 되는 것이기에 내 욕심을 접기로 했다. 여태 친구들이 나를 위해 많은 것을 배려해 줬으니 이번에는 내가 배려할 때인 것 같았다. 그렇게 하루가 지나고 친구들과 엉켜 있던 감정의 끈이 풀리기 시작했다.

9월 19일 – 작가 선생님과 만나다

나는 친구들과 대구를 같이 간 것이 아니기에 어땠는지 잘은 모른다. 그저 새벽에 출발해서 기차에서 자고 작가 선생님을 만나 함박스테이크를 먹고 자리를 옮겨 나무 그늘이 있는 곳에 돗자리를 깔고 앉아서 강물을 보며 이야기를 들었다는 것밖에는 모른다. 나는 여기서 그 작가 선생님에게 너무 서운했다. 먹는 것은 어쩔 수 없다고 치지만 어떻게 만나러 온 애들한테만 책을 줄 수 있는 것일까? 주은이 말로는 모임은 5명인데 한 명은 사정이 생겨서 못 간다고 얘기했다고 하는데, 그럼 못 온 아이 것까지 5권을 가지고 오셔서 친구들에게 전해 주도록 해야 하는 것 아닌가? 정말 서운했다. 못 간 것도 나만 왕따된 것 같아서 씁쓸한데, 받는 것도 나만 못 받게 되어 슬펐다.

역시 사람은 같이 어울려야 왕따가 안 되는 것 같다. 노래방처럼 놀러 가는 곳이라든가, 아님 먹으러 가는 곳, 사러 가는 곳에 어울려 다녀야지, 어울려 다니지 않으면 친구들 사이에서 그 친구는 원래 안 간다는 생각이 각인되어 어디 갈 때도 그 친구에게는 얘기하지 않고 자신들끼리만 속닥거린다. 그러기에 세상에는 부모님과 형제 빼고는 믿을 사람이 없다는 이야기가 나오는가 보다. 아무리 친한 친구라고 해도 같이 어울리지 않으면 왕따가 된다. 그러나 가족은 어울리지 못해도 항상 어울리지 못

하는 아이를 걱정해 주고, 얼굴이라도 보고 싶어 하고 계속 그 아이를 생각해 준다. 그래서 나는 부모님이 소중하고 내 동생이 소중하다. 집안 환경 때문에 친구들과 어울릴 수 없는 왕따가 된다고 하더라도 난 내 가족을 원망하지 않는다. 친구보다는 가족이 더 소중하기 때문이다.

보고서를 마치면서

인터뷰하기 전을 되돌아보니 많은 일이 있었던 것 같다. 기대로 부풀었을 때, 외로웠을 때, 슬플 때, 기쁠 때, 짧은 아니 그리 짧지도 않았지만 길지도 않았던 기간 동안 여러 감정을 느낀 것 같다. 다른 과목과는 다른 색다른 체험을 해 보아서 좋았지만 좋지 않은 일들로 인해 이번 일은 시간이 흘러 어른이 될 때까지 잊혀지지 않을 것 같다. 어찌 되었든 나는 이 수행평가로 많은 것들을 느꼈다. 어느새 서평 다섯 쪽 쓰는 것을 당연하게 여긴다는 것과 가족의 소중함, 부모님의 사랑, 사람들의 욕심 등 많은 것을 깨우쳤다. 이제 얼마 안 남은 고2 시간을 좌절하지 않고 잘 보낼 수 있을 것 같다. 나는 언제나 나를 사랑하는 가족이 있기에 힘이 날 것 같다. 내가 보고 들은 것을 중심으로 보고서를 써서 친구들에 대해 많은 것이 안 나왔을 것이다. 그러나 열심히 쓴 것이니 좋게 평가를 해 주시면 감사할 것 같다.

지금 우리는

물음 | 정의건(2학년 1반)

《알몸 박정희》, 이 책을 쓴 저자와 만나게 되었다. 나는 인터뷰 과제 중에서 큰 비중을 차지하는 물음을 맡게 되었다. 하지만 처음부터 쉽지는 않았다. 뜻하지 않게 대구까지 간 데다가 대구 가기 전날 알게 되어서 질문을 짜는 시간이 그리 많지 않았다. 멀리 가는 여정이었기 때문에 어느 누구보다 잘해야 한다고 생각해서 수업 시간에 틈틈이 하다가 지적까지 당했다. 그런 환경에서 열심히 짠다고 짰다. 그리고 선생님과 만나서 할 만큼은 했다. 그분과 묻고 답하면서 여러 가지를 느끼고 생각할 수 있었고, 무엇인가에 머리를 '쾅' 하고 맞은 듯한 기분을 느꼈을 정도로 충격적인 말도 들었다. 보통 사람들이 생각 못할 그런 말들을 많이 하신 최상천 선생님. 이분과 대화하기 전부터 대화 후까지의 과정 그리고 선생님과의 대화에서 있었던 그 무엇. 그 무엇인가가 뭔지 한번 들춰 보자.

만나기 하루 전

만나기 하루 전날, 대구에 계시는 최상천 선생님과 만나게 된다는 사실을 알게 되었다. '헉' 하는 소리와 함께 미약한 신음 소리가 새어 나왔다. 엎친 데 덮친 격으로 그날 오후에는 간부 수련회가 있어서 질문을 짤 수 있는 시간이 별로 없었다. 독서 선생님이 질문이 50퍼센트를 차지한다고 했기 때문에 더더욱 마음에 부담이 왔다. 어려운 상황에서도 신중에 신중을 기할 필요가 있었다. 부담되고 어려워도 책을 쓰신 최상천 선생님과 직접 만난다는 사실에 기대 반, 흥분 반으로 질문을 짜기 시작했다. 우선 책의 내용이 박정희에 대한 비평이라서 처음에는 그쪽으로 질문이 치우칠 수밖에 없었다. 우선 혼자서 쭉 적어 보면서 생각해 본 것에는 이런 것들이 있었다. 고치기 전 초안이다.

- 처음 접한 박정희는?
- 이 책을 쓰게 된 계기는?
- 박정희를 찾는 사람들에게 하고 싶은 말은?
- 박정희에게 하고 싶은 말은?
- 사람들은 박정희가 경제 발전을 이루었다고 말하는데 어떻게 생각하시나요?
- 박정희를 싫어하게 된 일이나 계기?
- 아직도 박정희를 찾는 사람이 많은데 왜 그럴까요?
- 박정희의 첫인상?
- 국가보안법에 대해서
- 경제 발전을 이루고 나서 빈부 격차가 생긴 것에 대해서

- 이 책을 통해 이야기하고 싶은 것
- 박정희 독재 시절에 한창 많은 것을 느끼고 생각할 나이였는데, 그 당시 무엇을 느끼고 생각하셨는지?
- 그때 상황은?
- 역대 대통령 가운데 가장 훌륭한 대통령과 가장 못한 대통령은?

이렇게 질문들을 생각해 보았다. 하지만 뜻이 중복되는 것들도 있고 질문이 박정희에게 치우친다는 것, 그리고 질문이 많다고 조원들에게 지적을 당해서 다시 수정하기로 했다. 시간이 없어서 초안을 짜는 것만 하고 4시간 걸릴 기차 안에서 애들끼리 모여서 마무리하기로 했다. 여행하기 전날의 내 역할은 여기까지였다.

기차에서

새벽 6시까지 학교 앞에서 만나기로 약속했다. 버스를 타고 전철을 타고 기차를 탔다. 4시간이라는 긴긴 기차 안의 시간이 있었다. 질문에 대한 여러 가지 생각을 나누려고 다른 사람하고 자리까지 바꾸기도 했다. 전날에 지적한 바와 같이 초안에는 문제점이 많았다. 기차 안에서 초안을 놓고 수정하기로 했다. 수정 대상 1순위가 뜻이 중복되는 질문이었다. 그리고 느낌이 이상한 질문들, 너무 박정희라는 인물에 치우치지 말자, 이런 생각을 모아서 질문을 짜고, 질문마다 누가 물어보고 어떤 순서로 할지도 다 정했다. 이게 두 번째 안이다.

- 이 책을 쓰게 된 계기는?(다혜)

- 박정희가 경제 발전을 이루었다고 하는데 어떻게 생각하세요?(인구)
- 아직도 박정희를 찾는 사람이 많은데 왜 그럴까요?(다혜)
- 국가보안법에 대해 어떻게 생각하세요?(주은)
- 눈앞에 박정희가 있다면 이야기하고 싶은 것은?(의견)
- 박정희 독재 시절에 한창 느끼고 생각할 것이 많은 나이였을 텐데, 그 때 무엇을 느끼고 생각하셨나요?(의견)
- 역대 대통령 중 가장 뛰어난 정치가와 최악의 정치가를 뽑는다면? 이 유는?(주은)
- 혁명적 글쓰기에 전념하시는 이유는?(의견)

 이렇게 8가지가 나왔다. 질문인 나에게 주어진 역할은 너무 딱딱하지 않게 중간 중간에 질문을 하는 것이었다. 질문을 맡았기에 따로 불만을 내세울 수 없어서 동의를 했다. 나는 질문을 이끌어야 한다는 압박이 강 해서 간간이 어떻게 하냐고 말을 꺼내 보았지만, 대구에 간다는 애들의 기분에 사뿐히 묵살이 되기도 했다. 혼자서 '어떻게 해야 선생님에게 폐 안 끼치고 대화를 매끄럽게 이끌어 나가나?' 하고 고민만 했다. 선생님 을 만나기 전까지 기차 안에서 내 역할은 이 정도고, 나머지는 선생님과 만난다는 기대감을 안고 4시간 동안의 무료함을 달래며 수다를 떨었다.

선생님과 만찬
 우리는 기차역에 내려서 우선 선물을 고민했다. 원래 사람이 만나면 선물이 오고 가기 때문에 도저히 빈손으로는 만나기 어렵다고 판단했다. 역에 있는 약국에 들러 비타○○○라는 것을 8,000원 주고 한 박스 사서 약속 장소로 향했다. 우리가 먼저 도착해 5분 동안 기다렸다. 그리고 얼마 후 선생님이 도착하셨다. 선생님이 좀 조용하고 얌전하실 줄 알았는데 멀리서 걸어오는 모습을 보니 뭔가 달랐다. 걸음걸이부터 당당한 것이 멋져 보였다. 조용하기보다는 불 같은 그런 느낌이랄까? 왠지 모를 위엄이 서려 있었다. 이것이 선생님의 첫인상이었다.

처음으로 우리에게 하신 말씀이 "안녕하세요. 배들 고프시지요? 우선 먹고 이야기합시다."였다. 그리고 나서 우리는 선생님의 차로 향했다. 우리는 처음 만남이라 뭐라고 할 말도 없고 해서 조용히 차 안에 앉아 있었는데 선생님이 먼저 우리에게 물어보셨다. "뭘 드실래요? 순두부? 경양식?" 인구가 옆에서 "순두부……." 하고 작은 소리를 냈는데 내가 좀 더 큰 소리로 "선생님 편하신 대로 하세요." 했다. "아 그럼, 여기 가까운데 경양식 하는 곳이 있어요. 거기 맛있으니까 거기로 가서 간단히 이야기하고 경치 좋은 곳에 가서 제대로 이야기하면 되겠군요." 그렇게 말씀하시고 식사하는 곳에 가기 전에 또 말씀을 하셨다.

최상천(이하 최)   여기 대구가 원래는 10일 중에 8일 정도가 아주 더운 날이에요. 그런데 전 시장이 나무 시장이라고 할 정도로 나무만 심어서 요즘은 10일에 한 번 정도가 제일 더운 정도예요. 나무가 많죠?

의견   예, 그렇군요. 시장 이야기를 하셔서 물어보는 건데요, 선생님은 전 시장하고 지금 시장하고 어떻게 생각하세요?

최   뭐 시장이라는 사람들이 다 거기서 거기죠.

선생님 말을 듣고 주위를 둘러보니 정말 나무가 많았다. 그냥 자그마

한 단풍나무가 아니라 우람하고 새파란 나무들이 우글우글한 것이 보기
좋았다. 이런저런 이야기를 나누면서 어떤 마트로 향했다. 우리는 마트
안에 있는 식당에서 식사를 하려고 그곳으로 향했다. 마트로 들어가는
입구에서 한 여자가 인사하는 것을 보고 선생님이 물으셨다.

"저 여자가 어디에 인사하는 것 같아요?"

나는 손님에게 한다고 대답했다. 애들도 "선생님이요." "우리요." 하
고 대답했다. 얼마 후에 선생님이 입을 여셨다.

"저 여자는 돈에게 인사한 거예요. 사람과 사람의 인사가 아니라 돈에
대한 인사. 들어오는 사람들이 돈을 쓰고 나가니까, 사람이 들어와야 자
신이 돈을 버니까, 돈에 인사하는 거예요. 고개 숙여 인사하는 것이 얼마
나 웃긴지 몰라요. 그 인사라는 것이 차별을 두기 위한 거예요. 절대 좋
은 것이 아니에요. 윗사람과 아랫사람을 구분 짓기 위한 하나의 방도예
요. 원래 하지 않는 것이 옳은 거예요. 선생님과 학생뿐만이 아니라 부모
와 아들 간의 인사도 옳지 못한 것이에요."

속으로는 이 말이 맞는 것 같기도 하고, 아닌 것 같기도 했다. 심오한
내용으로서는 이게 첫 내용이었다. 식당으로 들어가기 전까지는 말이 없
고 들어가서 뭘 먹을 것인지 정하고 다시 이야기를 했다. 선생님이 먼저
물으셨다.

최 그런데 제 책을 어떻게 읽고 이렇게 찾아오셨어요?

다혜 저희가 수업 시간에 독서라는 시간이 있거든요. 그 시간에 선생님
이 목록을 뽑아 주시거든요. 거기서 저희가 무엇을 할 것인지 몇 개를 뽑
았는데 이것저것 다 안 되고 마지막에 이 책이 남았어요. 처음에는 표지

가 이상해서 하지 않으려고 했는데 요즘 박정희란 사람에 대해서 궁금하기도 하고 목록으로 뽑아 놓기도 해서, 이 책이 읽고 싶어서 이렇게 읽고 오게 됐어요.

최　아, 선생님이 내 책을 뽑아 주셨어요? 참 훌륭하신 선생님이네요(모두 웃음).

　나는 그냥 무난한 질문이라고 생각을 하고 이런 질문을 해 봤다.

의견　선생님, 저희 선생님 얘기가 나와서 그런데요. 요즘 우익이다 좌익이다 시끄럽잖아요. 선생님도 좌익 쪽에 가까우시죠?

최　네, 그렇죠.

의견　네. 혹시 실례되는 질문이 안 될까 싶은데요. 대학교수를 중간에 관두시고 대구로 내려오셨잖아요. 왜 대학교수를 관두셨어요?

최　18년 동안 교수 생활을 했는데 더 하기 싫었어요. 피곤도 하고. 전에 하던 것까지 20년을 채우면 연금이 나온다고 해서 딱 20년을 채우고 그만뒀지. 교수 생활이라는 것도 자신 마음대로 못하고 총장이 시키는 것을 해야 된다는 말이지. 내가 내 삶을 기획하고 싶어서, 하하. 그리고 들어오는 연금과 내가 쓴 책 인세로 자급자족할 수 있을 것 같아서 교수를 관뒀지.

　우리가 시킨 메뉴가 나오고 조금씩 먹기 시작했다. 먹는 중간에 선생님이 말씀하셨다.

최 헌법 제3조를 보면 대한민국 영토는 한반도라는 말이 있어. 이 말을 놓고 보면 통일이라는 것이 엄청 웃긴 것이야. 안 그래? 한 나라 안에서 통일을 한다는 것이 말이 되나?

인구 그냥 한 나라군요.

최 맞아. 그것도 모르고 박근혜, 그 사람은 나이도 있는 것이 구제 불능이야. 국가보안법 폐지하지 말자고 하는데 정말 웃기지.

우리 꼬라지를 보란 말이야

지금까지 선생님이 한 이야기가 충격적으로 들렸다. 평범하면서도 평범하지 않은 이야기들뿐이었다. 잠깐 여유 시간을 가진 뒤에 생각을 해 봤는데, 우리가 살고 있는 대한민국이라는 나라에 대해서 알고 싶었다. 그래서 한번 질문을 해 봤다.

의견 선생님이 생각하시기에 요즘 우리나라가 어때요?

최 아, 아주 심각하지. 우리는 우리 모습을 너무 모르고 있어. 서열을 매기고 차별하는 게 너무 심하지. 어릴 때부터 차별을 몸에 익혀. 태어나 가족부터 시작해서 학교에서 더 심해지다가 결국 군대에서 차별하는 버릇을 굳히지. 그러면 그때부터 차별하는 것에서 못 헤어나.

인구 정말 그렇군요. 그래서 아까 인사하는 것을 말씀하셨군요.

최 응 그렇지. 그리고 우리나라 사람들 엄청 웃긴단 말이지. 미국 욕하는 것, 욕하는 거 좋지. 미국 애들 아주 나쁜 놈들이야. 하지만 욕하기 전에 우리나라 꼬라지 좀 보고 말을 해야지. 우리나라가 안 좋아서 이민, 조기 유학 같은 거 보내잖아. 그 사람들은 한국을 제대로 보니 한국이 고통스러운 거야.

의견　해결책이 없을까요?

최　해결책, 바로 고칠 수 있는 것이 없어. 아주 절망적이지. 우리나라 사회가 약한 사람만 당하는 사회야. 서열주의에서 온 것이지. 그래서 사람들은 사람 대접받으려고 다른 사람 누르고 위로만 올라가려고 어떤 짓인들 다해. 그 대표적인 예로 엘리트들이 있지. 그거 엉터리 엘리트들이야. 타락하고 이기적이지. 그놈들은 지 먹고 살려고만 하지 딴 생각은 아무것도 안 해. 이런 서열주의에서 살려고 별짓을 다 하는 놈들이지.

의견　아, 정말 그렇군요. 아까 미국 욕할 것만 아니라고 하셨잖아요. 그 부분에 대해서 좀 더 의견을 듣고 싶은데요.

최　미순, 효선 장갑차 사건 있지? 그거 우리나라 사람들이 미국 욕만 하지. 욕도 좋단 말이야. 그놈들이 잘못하고 아무 죄 없이 풀려났으니까. 하지만 그건 일어날 수밖에 없는 사건이었어. 꼬라지를 보란 말이야. 발전시키는 곳만 시켜. 도로 같은 경우도 도시 같은 곳만 넓게 아스팔트 깔아 놓고 그러지? 하지만 미순이, 효선이 걔들이 다녔던 도로를 봐봐. 그런 도로는 사람이 못 다녀. 좁고 포장 안 된 도로는 십중팔구 사고 나지. 그러면서 미국 욕만 하고 우리 꼴을 안 본단 말이야.

　이 정도쯤에서 선생님은 갈증을 느끼셨는지 음료수를 한 모금 삼키셨다. 그러고 나서 다시 말씀을 이으셨다.

최　다른 예로 주한 미군들 있지? 그 사람들은 우리나라 여자와 20만 명씩이나 결혼해서 자신들 본토로 데리고 가서 살아. 월남전 있지? 거기서 우리나라 사람들 그쪽 여자들과 애 낳고 동거하다가 전쟁 끝나자 애들하고 여자는 내버려 두고 지들만 우리나라 와서 살아. 데려오면 욕먹으니까 가정을 위해서라고 하지. 변명을, 가정을 위해서라고 하지. 정말 웃겨. 월남에서 태어난 자식들이 고소를 하면 월남 사람들이 다 이겨. 하지만 우리나라 사람은 자신의 자식이 아니라고 부정하지. 지독히 이기적이야. 그중에 딱 한 명만 인정했는데, 그것도 호주에 가 있는 사람이 그랬어. 미국 욕하는 것도 좋아. 하지만 욕을 하되 우리 꼬라지를 좀 보잔 말이지.

의견 정말 떵하네요.

최 그렇지 좀 충격적이지. 우리부터 잘해야 돼. 우리가 얼마나 추악한지 좀 보란 말이야. 그 추악의 원형이 '박정희'지. 잘 봐. 너희가 책을 읽어서 알 거야. 1급 친일파에 헌정 파괴, 독재 그리고 야수적인 성폭행까지 서슴지 않았어. 하지만 우리나라 사람들 80퍼센트가 박정희를 잘했다고 해. 경제 발전시켰다고. 그게 뜻하는 것이 뭐겠어? 돈이 최고다. 이게 우리나라 사상이라는 거지. 한국 사람들은 돈 외의 가치관이 없어. 이런 꼬라지는 세계적으로 유명해. 우리 자신을 너무 몰라. 박정희. 이 인간이 해서는 안 될 짓을 해. 배신에, 애들을 패고, 그런 인간이 뭘 하든 돈만 벌면 된다. 이게 돈이 최고라고 생각하는 거야. 정말 웃기는 이야기지.

의견 박정희가 독재를 해서 경제 성장을 이루었다고 하는데 독재와 경제 성장을 어떻게 생각하세요?

최 계획 경제, 버튼 하나로 모든 걸 조종하지. 산업화, 자본과 노동의 집약적 산업화지. 하루에 12시간 노동을 시키지. 남한의 새마을 운동하고 북한의 천리마운동이 비슷해. 저임금으로 일을 시켰지. 이것은 재벌만 키워 주는 것이지. 그러니 경제 성장을 이룰 수밖에 없는 거야. 지금 노인들은 매우 힘들어. 과거의 착취 구조에서 살아온 사람들이기 때문에 그런 사람들은 평화롭게 살아야 해. 그런데도 경제 발전 이야기하면서 노인보다는 돈, 돈, 하지.

의견　예로 어떤 것이 있을까요?

최　가까운 예로 여기 대구만 봐도 '웰컴 투 비즈니스 대구' '여기는 기업하기 좋은 도시 주식하기 좋은 시'라고 되어 있지. 이 말은 기업이 살기 좋다는 말이야. 반대로 보면 시민들이 살기 힘든 도시라는 거야. 지들이 먼 소리를 하는지 참 어이가 없지. 기업이 살기 좋으면 시민이 살기 힘든데 이렇게 오래가면 완전 또라이가 되는 거야.

　여기서 멈추고 함박스테이크와 스파게티를 깨끗이 비우고 다시 이야기를 시작했다.

의견　얼마 전 양심적 병역 거부가 시끄러웠잖아요. 그것은 어떻게 생각하세요?

최　국가 안보, 그거 웃긴 것이 뭔지 아나? 국민, 아니 이것도 잘못된 말이지. 시민이 국방의 의무를 지킨다는 것도 엄청 웃긴 일이야. 국가의 존재 이유가 뭐 같나? 국가의 존재 이유는 시민을 지키기 위해서야. 하지만 지금은 정반대지. 시민에게 나라를 지키라고 하고 있으니깐 말이야. 이성이 마비된 사회. 감성만 자극해서 이벤트만 하지. 건전한 이성을 기반으로 한 게 아니니 무서운 거야.

　이런 뒤집어진 가치관의 바탕은 반공주의야. 친일파들이 자기들 살려고, 죽일 놈은 내가 아니라 저놈이라고 몰아가는 것. 독립운동의 주체가 대부분 사회주의 계열이었어. 하지만 친일파들이 지들 살려고 독립 운동가를 빨갱이로 몰아가는 것이지. 자기가 추구하는 가치관이 없어. 다시 말해 내 존재의 정당성이 나한테 없는 거야. 그냥 사람들이 하는 대로 따라서 저놈 죽이는 게 내 존재 이유지. 이런 가치관이 남을 무차별 공격하게 되는 것이야.

여기서 나는 왠지 《알몸 박정희》 책에서 읽은 게 기억이 났다. 아니나 다를까 선생님이 박정희에 대해서 거론하셨다.

최 이 일의 최고가 두목이 되는 거야. 가장 성공한 사례가 '박정희'야. 아주 영악하지. 일본을 뒤에 두고 권력을 부리는 일을 어렸을 때 벌써 깨우쳤지. 공산주의에 있다가 반공이 이길 거 같으니까 바로 반공으로 돌아섰지. 살길을 찾아 놓고 잡히자마자 바로 배신해. 바로 그런 인간이 한국 사회에 만연하게 펴져 있어. 참으로 슬픈 일이 아닐 수가 없지.

의견 정말 슬픈 일이 아닐 수 없군요. 죄송한데요. 늦은 감이 없지 않지만 아까 말씀하신 국가의 존재 이유에 대해 더 듣고 싶은데요.

최 국가의 존재 이유는 생명, 재산, 보안…… 시민들의 편안한 삶을 지켜 줘야 하는 거야. 하지만 우리나라는 무한 경쟁이라고 뺑뺑이를 돌리지. 죽을 때까지 무한 경쟁 속에서 살다 가는 거야. 이런 무한 경쟁이 기득권을 유지시켜 주지. 기득권자들은 자기 밑으로 줄 세운 뒤 자신의 지시를 받들게 해서 기득권을 유지하는 것이야. 사람들은 개혁은 안 하려고 하고, 무한 경쟁 속에서 자신만 살려고 하고 나머지는 죽어도 신경 쓰지 않지. 완전 국가부터 잘못되어 가고 있어. 그 국가 속에서 사람들도 망가지지.

이 말을 끝으로 우리는 음료를 다 마신 뒤 정리하고 밖으로 나왔다. 식사를 하면서 대화한 것은 상식이되 상식을 깨는 말들이라는 생각을 했고 내가 준비한 것이 그냥 형식에 지나지 않는구나 하고 느꼈다. 그냥 편하게 생각나는 질문을 선생님께 여쭈어 보면 선생님이 그 질문에서 여러 갈래로 말씀하시니 힘들기도 하고 편하기도 했다. 다음에는 어떤 질문을 하나 그런 생각을 하면서 한쪽으로는 선생님이 멋진 분 같다는 생각이 들었다. 이런 생각을 하는 사이에 친구들이 화장실에 가고 싶다고 해서 나만 남고 모두들 화장실로 갔다. 선생님과 둘만 있으니 어색해서 한마디 여쭤 봤다.

의견 선생님은 책을 많이 읽으셨죠? 어떤 책이 기억에 남으세요?
최 아, 《중국의 붉은 별》이라는 책이었지.
의견 어떤 게 기억에 남으세요?
최 하하, 갑자기 많이 물어보면 당황스럽지. 나중에 말해 줌세.

뭔가 실수한 것 같기도 하고 그 사이에 애들이 와서 다음 인터뷰를 하기 위해 팔공산으로 향했다.

팔공산에서 돗자리 깔고
우리는 차를 타고 산이 보이고 앞에는 강이 흐르는 그늘진 곳으로 갔다. 옆에 쓰레기통이 있었지만 별로 상관하지 않았다. 가슴이 뻥 뚫린 기분이었다. 선생님은 차에 가서 돗자리와 우리가 선물한 음료수를 5개 가지고 와서 하나씩 나누어 주셨다. 돗자리를 그늘 밑에 깔고 하나둘 자리를 잡았다. 그러고 나서 선생님은 가방에서 책을 4권 꺼내더니 사인을 해서 한 권씩 주셨다. 선생님이 쓴 책이었다. 고맙다는 인사와 함께 다시 이야기를 시작했다.

의견   선생님, 아까 하던 이야기인데요. 우리 사회에 대해 더 말씀해 주세요.

최   우리 사회. 우리 사회는 한마디로 약한 놈은 나서지도 말라는 사회야. 지배 엘리트가 쏟아 내는 선전술이 우리 사회를 지배하지. 이런 사회에서는 인권 주장도 못해. 고등학생들 대입 시험도 이런 시스템에서는 누구도 못 빠져나오지. 사람이 낙오되어서 사각지대에 가면 살기 힘드니까 동반 자살을 하게 되는 거야. 이것은 극단적인데, 한국에 태어나서 가장 행복한 게 버려져서 외국인에게 입양되는 거야. 왜? 이런 고통스런 삶을 안 사니깐. 정말 끔찍한 사회지. 지금 교육이 학생들 죽이기 교육이야. 인격성, 취향, 사고력, 창의력까지 다 죽이지. 우리 삶을 껍데기 말고 속까지 봐야 돼. 얼마나 심각하면 사람들이 자살을 일삼겠나? 한국이 얼마나 처참한지 보여 주는 것이지.

안 좋은 얘기를 해 보자면, 얼마 전에 장애인 자식을 잃어버렸다고 신고한 사람에게 자식을 찾아 주었어. 그런데 부모가 거절하는 거야. 신고한 사람 중에 버리고 신고한 것이 48퍼센트야. 그런데도 그런 사람을 못 나무래. 장애인 아이를 가진 부모는 현실이 엄청 고통스러운 거야. 우리나라 사회가 그렇게 만든 것이지. 우리 삶을 구조적으로 바꿔야 돼. 사람이 사람으로 존중받는, 인격체로 살아 있어야지. 그런데 안 되는 거야. 차별주의 때문이지. 차별주의가 굳어졌어. 사람들은 거기서 나오면 버림받은 거 같아서 나오지도 못하고 거기에 억압되어 있지.

의견　정말 그렇군요. 요즘 사람들에게 해 주고 싶은 말씀이 있으세요?

최　젊은이들에게 하고 싶은 말이야 많지. 젊은 세대가 지금 사회에서 탈출을 해야지. 젊은이들이 서열 문화에 적극 참여하면 안 돼. 젊은이들이 조직에서 벗어나려고 할 때 자유를 느낄 수 있어. 젊은이뿐만 아니라 사람들이 틀에서 벗어나면 자유를 느낄 수 있어. 젊은이들이 틀에 얽매여 거기에 충실하기보다는 빠져나와야지.

의견　선생님께서 바라본 선생님은 어떤가요?

최　나? 재미있게 살려는 사람이지(웃음). 나는 나를 발견했어. 그게 나만 발견할 수 있다는 것이 아니고 저마다 다른 하나의 독립된 인격체로 개개인을 알아 갈 수 있다는 것이지. 다시 말해 인간을 안다는 거야. 여기서 하고 싶은 말은 한국은 개인을 개인으로 인정해야 돼. 이것이 가장 시급해. 개인의 문화를 압도하는 차별주의가 있기 때문에 개인의 문화라는 게 이루어질 수가 없어. 다시 말해서 차별주의에서 오는 한국적 욕망을 없애야지 편안해. 나 같은 경우는 속이 상할 일도 속이 하나도 상하지 않아. 돈을 못 버는 것이 괴롭지만(웃음), 연금 때문에 그럭저럭 먹고살 만해. 더 많은 욕심이 없어서 자유롭지. 그러니 삶의 구조를 바꿔야 돼. 한국의 욕망 체계, 이대로 나가면 진짜 불행할 거야.

의견　그렇군요. 선생님이 책에서 혁명적 글쓰기에 전념한다고 했는데 혁명적 글쓰기가 무엇인지 궁금해요.

최 난 새로움이 없는 것은 안 해. 혁명적 글쓰기란 고등학생이 읽을 수 있는 글을 쓰는 거야. 내가 준 책 있지? 그 책은 아주 상식을 난도질해 놓은 책이야. 애국심 있지? 그거 매우 엉터리이고 사기, 가짜인 거야. 이 책에 담겨 있지.

의견 전에 읽었던 책도 그렇고, 이번에 받은 책도 그렇고, 선생님이 알몸에 집착하시는 이유가(웃음)?

최 우리 진짜 모습을 보여 주기 위해서 알몸이란 표현을 쓴 거야. 한국의 조폭 문화, 조폭 숭배, 이런 것들을 있는 그대로 보여 주고 싶은 것이지.

의견 아, 그렇군요.

순간 침묵. 분위기가 어색해서 내가 다른 질문을 했다.

의견 선생님은 박정희 시절을 어떻게 겪으셨어요?

최 사람 사는 나라가 아니었어. 유신 타도 유인물을 뿌리다가 잡히면 최소 5년 이상을 감옥에서 살아야 했어. 정말 살기 힘든 시기였지. 그래도 웃긴 게 대구 사람들은 박정희가 그랬든, 그 후에 전두환이 돈을 먹고 날았든 잘했다고 박수를 쳤지. 겨우 전두환 싫다고 표현한 게 29만 원뿐이 없다고 할 때, 그때 이건 아니라고 느꼈나 보더군. 정말 한심한 노릇이지.

의견 저희 독서 선생님은 이런 사회를 바꾸기 위해서는 모든 사람이 똑똑해져야 한다고 하셨거든요. 선생님 생각도 같은 생각이세요?

최 그렇지. 그런데 잘못된 지식은 안 돼. 지식이라는 것은 어떤 일을 해석하는 능력이야. 요즘 똑똑함은 가짜야. 요즘의 잘못된 지식이란 것은 주입식 교육에 길들여진 결과물이지. 그러니까 그런 잘못된 지식 말고 지적 두뇌를 만드는 것이 핵심이지.

선생님은 이런 분이야

야외에 나와서 그런지 무거운 이야기 말고 더 편한 이야기를 하고 싶었고 그런 생각에 미치자 선생님에 대해서 더 알고 싶었다.

의건 말씀 고맙습니다. 아, 선생님 옛날이 궁금한데요. 괜찮으신지?

최 내 옛날? 나는 어렸을 때부터 가치관이 뚜렷했지. 어땠냐면 내가 중학생 시절에 조회 선다고 하는데 내가 좀 늦게 갔어. 학생부장 선생님이 이리 뛰어오라고 하는 거야. 나는 그것조차 귀찮아서 천천히 걸어갔지. 그러니까 그 선생이 내 따귀를 때리는 거야. 선생이 또 때리려고 해서 내가 손을 막고 째려보면서 한마디 했지. "니가 뭔데 날 때려." 그래서 난리가 아니었지. 교장이 우리 아버지를 불러 놓고 자식 교육이니 뭐니 하니깐, 아버지도 "내 아들이 뭘 잘못한 게 있나? 잘했네."라고 말해서 학교에서 예외로 인정받았지. 이게 내 어릴 적이야.

의건 선생님, 아주 멋졌군요.

주은 선생님은 국가보안법에 대해서 어떻게 생각하세요?

최 그거 아주 필요 없죠. 박근혜, 그 사람 미쳤지. 국가보안법이 뭔지 알아요? 북한과 연락을 한 자는 형사처벌을 받는다. 김대중 대통령 있죠? 북한에 다녀온 사람들은 모두 징역을 살아야 돼요. 하지만 이 정도는 양호한 건데, 혹시 그 법 아나? 북한과 내통한 자를 알고도 신고 안 하면 징역을 받는다는 법이지.

왠지 선생님이 열심히 말씀하시느라 목이 아플 거 같아서 내가 가지고 있던 음료수를 따서 선생님에게 드렸다.

최 아, 괜찮아요. 학생 먹어요.

의건 아녜요, 제가 뭐 목이 아플 일이 있나요. 선생님 드세요.

최 고마워요. 잘 마실게요. 그럼 계속 이야기하죠. 방금 말했듯이 알면서 신고를 하지 않으면 잡혀간다는 법률이 있어요. 그런데 요즘 사람들, 김대중 대통령 북한 다녀온 거 다 알죠? 그런데 그걸 문제 삼은 사람은 하나도 없어요. 우리 모두 감옥 가야 되는 게 국가보안법인데. 한나라당 그놈들은 이런 법을 남기자고, 아주 골이 비었죠. 있어서는 안 될 법이 국가보안법이에요.

다혜 선생님은 또 무슨 책 쓰실 거예요?

최 두 가지가 있는데 한 가지는 지금 어떤 신문사랑 교섭을 하고 있는데요. 6개월 동안 매주 글을 한 면을 쓰는 거예요.

의건 죄송하지만, 무엇을 쓰실지 여쭤 봐도 될까요?

최 '한국인이 헷갈리는 일곱 가지 주제'가 가장 큰 제목이에요. 첫 번째 미국, 분단의 원흉인가? 구세주인가? 두 번째 조선인민공화국, 주권 국가인가? 반국가인가? 세 번째 한반도 정책, 민족 공조인가? 한미 동맹인가? 네 번째, 반공주의, 정치 이념인가? 정신병인가? 다섯 번째 국방, 국가의 책임인가? 국민의 의무인가? 여섯 번째, 박정희, 근대화 혁명가인가? 악령인가? 일곱 번째 대한민국, 바꿀 것인가? 떠날 것인가? 이렇게 일곱 가지 주제를 가지고 협상을 하고 있는데 한 주에 한 면이면 파격적이거든. 아까 말했지? 속상할 일이라도 전혀 속상하지 않다고. 이번 일이 협상이 잘 되지 않아도 전혀 속상하지 않을 거야.

의견 그럼 두 번째는요?

최 '자본주의 사회에서 인본주의로'라는 주제로 책을 쓸 생각인데, 인권을 어떻게 변화시켜야 하나 그에 대한 대안. 그리고 국가, 기업, 학교가 어떻게, 어떤 방법으로 바뀌어야 하는가? 그리고 죽이기 교육을 내가 내 삶을 만드는 교육으로, 교사는 죽이는 대상이 아니라 손잡아 주는 역할. 이런 주제를 가지고 책을 쓸 생각이지.

의견 인터뷰에 응해 주셔서 고맙습니다. 마지막으로 제가 궁금한 게 있는데요. 요새 유명한 박노자 씨나 홍세화 씨에 대해 어떻게 생각하세요?

최 그 사람들도 웃긴 것이 박노자 씨를 보면 피지배 민족의 사고가 빈약해. 그 사람들은 서구적 가치관으로 우리나라를 비판하지. 그건 옳지 못해. 한국을 해석하는 것이기 때문에 외부의 사상을 가지고만 말하는 것은 옳지 못해. 어떤 사고가 있으면 왜 그런지 논리적으로 해석해야지 그 삶을 이해할 수 있는 거야. 그래도 그 사람들이 많이 필요한 것이 사실이지.

이 대화를 끝으로 차에 타서 대구 시내를 한번 둘러보고 동대구역에서 선생님과 헤어졌다. 장장 4시간, 길고도 짧은 시간. 난 옆에 있는 인구에게 "어때?" 하고 물으니 아깝지 않다고 답변했다. 정말 그러했다. 많은 돈을 들였지만 그만큼 많이 얻었다. 떠나는 선생님 차를 보면서 약간의 아쉬움을 느꼈다.

인터뷰가 끝나고

인터뷰가 끝났다. 총 12시간의 여정이었다. 왕복 8시간, 인터뷰 4시간. 그 4시간이라는 시간에 얼마를 투자했든지 아깝지 않았다. 보고서에는 선생님하고 나눈 대화를 전부 담지 못했다. 다 담기에는 내 능력과 시간이 짧기에. 선생님과 헤어질 때 다음을 기약했지만, 다시 만날 수 있다는 기대감보다는 언제쯤 만날 수 있나 하는 아쉬움이 더 컸다. 우리 모임 중에서 그 누구도 돈이 아깝다는 말을 하지 않았다. 선생님이 주신 책과 경양식을 얻어먹은 것과는 무관할 것이다. 아마 선생님의 한마디 한마디에서 돈 주고 얻을 수 없는 그 무엇인가를 느꼈기 때문일 것이다.

세상에 좋은 어른들이 많다는 것을 알려 주고 싶었습니다

　너 꿈이 무엇이니? 물으면 학생들은 교사요, 공무원이요 하고 대답합니다. 꼬치꼬치 더 물어보면, 미용사요, 요리사요, 간호사요, 사회복지사요, 인테리어 하는 사람이요, 커피 타는 사람이요 하고 대답이 다채롭게 나옵니다. 학생들은 나름대로 세상 살아갈 궁리들을 합니다. 멀찍이 보면 아무 생각 없이 사는 듯 보이지만 다가서서 말문을 트면 다들 이야기 보따리들이 있지요.

　한때는 학생들이 직업을 고를 때 안정성을 우선하는 모습이 패기가 없어 보여 불만이라는 목소리가 있었는데, 이제 그런 경향은 사회에서 당연하게 여겨지는 터라 더 이상 비판할 엄두를 못 냅니다. 저는 학생들이 직업을 고르면서 안정성을 우선하는 것을 탓하지 않습니다. 그것은 당연하다고 여깁니다. 복지가 약하고 빈부 격차가 커지는 어려운 사회 상황에서 안정적으로 먹고사는 일을 우선 생각하는 것은 흉이 아니라고 봅니다.

　아쉬운 것은 그 대답이 생활을 유지하는 수준에 머무른다는 점입니다.

어떤 일을 하며 살아야겠다는 생각은 하는데, 그 일을 어떻게 하면서 살아야 멋지고 재미나고 뜻있는가 하는 데까지는 대부분 생각이 못 미칩니다. 꿈이라고 하기에는 무엇인가 조금 모자란 그 답변을 곱씹으며, 저는 우리 사회가 학생들에게 '생존'에 대한 암시만 계속 주지는 않았나 하고 돌아봅니다. 먹고사는 일은 긍정해야 하지만, 같은 일이어도 그 일을 어떻게 하는가에 따라 삶이 꽤 많이 달라지는데 이 부분에 대해서는 생각이 많지 않습니다.

저는 학생들에게 먹고사는 일을 챙기라고 늘 이야기합니다. 그러면서 어떻게 해야 멋있게, 뜻있게, 재미나게 살 수 있는지 궁리하라고 합니다. "너희가 하는 대답은 꿈이 아니라 단순히 직업에 한정되어 있어. 꿈은 그 자리를 활용해서 무엇인가 이상을 펼치고 이루는 것을 말하지, 어떤 자리를 얻는 것을 뜻하지는 않아." 하고 말하면 학생들은 쉽게 고개를 끄덕입니다. 학생들은 금방 수긍하는데, 오히려 어른들이 그런 이야기를 하는 경우가 그리 많지 않아 보입니다. 이런 이야기를 한다고 해서 학생들이 기분 나빠하지 않습니다. 자기들 인생 이야기인 줄 알고, 귀 기울여 듣습니다.

열세 해 동안 교사 노릇을 하며 학생들과 함께 공부했습니다. 가르치는 일이 익숙해져서 이제 학생을 똑똑하게 하는 일은 그리 어렵지 않습니다. 여전히 어려운 것은 착한 사람을 기르는 일입니다. 그리고 제가 지금 하고 싶은 일은 학생들이 먹고살면서 재미있게 뜻있게 사는 방식을 궁리하게 하는 겁니다.

세상이 다 그렇지 않아요

생물학적 나이는 젊은데 생각은 인생을 다 산 듯한 이들이 있습니다. "세상이 다 그렇잖아요."라는 말에 기대는 사람이지요. 이 말에는 무엇엔가 많이 시달리고 지쳐서 늙어 버린 정신이 담겨 있습니다. 저와 함께 공부하는 학생 가운데 그렇게 말하는 사람이 있습니다. 그렇게 말하는 교사도 있습니다. 자기가 지금 사는 방식이 마음에 들지 않지만, 이것이 현실이기에 어쩔 수 없이 거기에 맞추어 산다고 합니다. 하지만 그런 사람들은 인생을 잘 알아서 그렇게 산다기보다, 반대로 다른 삶을 잘 알지 못해서 그렇게 답답하게 지내는 경우가 많습니다.

부모 재산에 따라 자식의 생활이 영향받는 비율이 높아지면서 "세상 다 그렇잖아요." 하는 말은 힘이 더 세졌습니다. 개인의 노력에 따른 지위 이동이 어려워진 사회 상황을 학생들이 본능적으로 느끼는가 봅니다. 결혼할 때 상대방의 경제력이 높으면 어른들이 많이 좋아하잖아요. 요즘에는 젊은 학생들도 꽤 많이 그럽니다. 어른들은 예전부터 그랬고 아이들이 일찍 어른처럼 된 것이지요.

저는 그 친구들에게 세상이 다 그렇지 않다는 사실을 알리고 싶었습니다. 세상은 넓어서 그렇게 다 똑같지 않습니다. 어른들이라고 해서 다 제 욕심만 챙기며 살지 않지요. 제 눈에는, 어려운 이들을 도우며 뜻있게 사는 기성세대가 많이 보입니다.

그래서 생각해 낸 일이 책을 읽게 해서 자기 경험과 둘레 인간관계에서 얻는 정보의 범위를 넓혀 보는 것이었습니다. 사람은 자신이 얻는 정보에 따라 많이 변하니까요. 그리고 책과 관련된 사람을 만나서 책에서 본 이야기를 직접 확인하고 오게 하는 수업을 기획했습니다. 인간은 누구나 자기의 현재 모습을 합리화하는 본능이 있어서, "이건 책에서나 나오는 이야기야." 할까 봐 직접 사람을 만나게 해서 그것이 현실임을 몸으로 강하게 느끼게 하기 위해서였지요.

　세상의 모순을 밝혀 비판하는 교육은 뜻깊습니다. 그러나 그것만으로는 부족합니다. 제 경험을 돌아보면, 비판 교육은 자칫 잘못하면 세상을 비웃고 말게 합니다. 세상에서 쉬운 일이 세상이 잘못되었다고 말하는 일입니다. 세상이 잘못되었다고 말하는 게 쉬워진 세상에서 사회 비판은 열정의 불꽃이 아닐 때가 많습니다. 때때로 비판이 냉소주의와 가까워질 때가 있는데 그런 비판은 사람을 상하게 합니다.

　어려운 것은 상처 난 세상을 자신의 손으로 치유해 나가는 일입니다. 교사가 되어서 처음에 저는 사회 비판을 많이 했습니다. 그러면 학생들이 세상의 못된 구석을 알게 되어서 세상을 더 좋게 만들어 나갈 줄 알았습니다. 그런데 학생들은 제 기대대로 되지 않았습니다. 비판하는 말은 잘하지만, 자신이 무엇인가를 감당하려 하지는 않는 학생들을 보면서 이것은 아닌데 싶었습니다.

　그런 시행착오를 겪고 나서, 저는 정리했습니다. 학생들에게 세상의 어둠에 대해 세 번 이야기하면 한 번은 꼭 세상의 밝은 구석에 대해 말해 주어야 한다고 말입니다. 사회 비판할 일이야 수두룩하죠. 신경 쓸 일은, 세상을 세 번 비판할 때 꼭 한 번은 세상을 잘 살아가는 멋진 사람들 이야기를 해 주는 것입니다. 버스 기사이면서 멋진 글을 쓰는 안건모 선생, 이주 노동자를 돕는 이란주 씨라든가 시민운동을 하는 박원순 변호사, 의료 보험의 기초를 세운 장기려 박사, 대학 나와서 노동 현장에 들어가 대우 못 받는 사람들과 함께하려는 심상정 의원, 노숙자를 돕는 임영인

신부, 그 밖에도 이 책에 나오는 학생들이 만나 이야기 나눈 분들에 대해 알려 줍니다.

제 욕심만 채우는 삶이 아니라, 이상을 품고 사는 사람들의 인생을 담은 책들을 학생들에게 읽히고 글을 쓰게 했지요. 그리고 더 나아가, 직접 '인생을 잘 사는' 사람을 만나 인터뷰를 하고 오게 했습니다. 문제 많은 세상을 조금씩 좋게 만들어 가는 어른들을 학생들이 만나서 건강하고 밝은 기운을 얻어 오게 하고 싶었습니다.

어떻게 했는지 알려 드립니다

세상에는 문제가 많습니다. 이때까지 인류가 살아오면서 많은 이들이 애쓴 덕택에 인간 사회는 법 앞에 평등해지고 이제는 인간을 넘어서 지구 환경을 생각하는 데까지 이르렀습니다. 하지만 여전히 여성과 남성은 불평등하고, 가난한 사람과 부자 사이에는 차별이 있고, 힘센 국가가 약한 국가를 억압하고, 비정규직은 정규직을 보면서 소외를 느낍니다. 교육은 이러한 세상의 모순과 무관하게 혼자 살아남는 기술을 가르치는 게 아닙니다. 세상의 모순을 알게 하는 데 그쳐서도 안 됩니다. 진정한 교육은 세상의 여러 일을 어떤 태도로 받아들여야 하는지 고민하는 데 있습니다.

남녀 불평등을 알게 된 뒤에 그 상황에 영합하려는 학생들이 일부 나옵니다. 돈에 따라 사람을 차별하는 사회 분위기를 알고 난 뒤에, 그렇다면 부자가 되어서 무시당하지 말고 살아야겠다는 학생들이 나옵니다. 우리나라가 약한 국가여서 차별받는 모습을 보고는 자식을 낳으면 원정 출산을 해서 강대국의 국적을 갖게 하겠다는 해결책을 제시합니다. 비정규직의 설움을 보고는 공부를 열심히 해서 저렇게 되지 말아야겠다고 발표를 합니다.

불평등으로 생기는 문제는 한쪽과 다른 쪽이 맺는 관계에 원인이 있는데, 어떤 학생들은 그 관계의 모순을 해결하려 하기보다 자신이 강한 사람이 되어서 상처 입지 않겠다며 개인적인 탈출구를 찾습니다. 물론 일부 학생들만 그렇고 이야기를 나누면 대다수 학생들은 관계의 문제를 푸는 게 근본적인 해결책인 줄 금방 압니다.

교과서에는 온갖 세상의 일들이 다 요약되어 있습니다. 논술 학습서에는 그런 사회 모순에 대해 진보적인 해결책이 정리되어 있습니다. 요약 정리 해 놓은 책들을 보고 지식을 얻을 수는 있습니다. 그러나 사람을 사람답게 만드는 인간성과 열정은 거기서 잘 얻어지지 않습니다. 그 지식을 생산해 낸 사람들이 갖고 있는 삶의 태도가 학습서에는 빠져 있기 때문입니다.

이 시대 우리 교육에서 부족한 것은 '저렇게 살고 싶다.' 는 생각이 들게 하는 인간에 대한 관심이 아닐까 합니다. 학생들이 가슴속에 저렇게 되고 싶다는 긍정적인 인생 모형을 품게 하기 위해 이 수업을 했습니다.

물음 이 활동은 어떤 것인가요?
답변 학생들이 다섯씩 모여서 자기 인생에 도움이 될 만한 책을 찾아 읽고, 그 책의 저자 또는 관련 인물을 만나서 인터뷰를 하고 오는 활동입니다.

물음 요즘 학생들이 이런 활동을 따라 하다니요, 놀라운데요?

답변 사실 고등학생쯤 되면 생물학적으로 뇌의 크기도 성인과 비슷해지고, 문화적으로도 과거 전통 사회에서는 혼인을 하고 가정을 꾸리는 나이입니다. 충분히 성숙한 사고를 할 수 있고 깊이 있는 활동 역시 할 수 있다고 봅니다. 학생들을 얕보았기에 학생들이 훌륭한 일들을 못한다고 저는 생각합니다.

물음 학생들에게 어떻게 동의를 구했는지요? 학생들이 예전에 이런 활동을 해 본 적이 없을 텐데요?

답변 제가 책 읽고 저자를 만나는 활동을 하겠다고 했더니, 학생들이 맨 처음에 한 말이 "저희를 뭘로 보시는 거예요?"입니다. "우리들을 너무 대단하게 보시는 거 아니에요?"라는 뜻이지요. 학생들은 처음에 입을 딱 벌리고 두려움만 한가득했지만, 나중에는 모두들 성공해서 뿌듯해했지요.

"책의 저자가 우리 같은 애들을 만나 주겠어요?"

"그냥 연락해서 만나 달라고 하면 당연히 안 만나 준다. 그러나 만날 자격이 있다는 증명을 하면 만나 준다."

"그 증명을 어떻게 하나요?"

"너희들이 서평을 써서 책 쓴 사람에게 보내면 만나 줄걸."

이런 대화가 오고 갔지요.

물음 준비 과정을 자세하게 알려 주세요.

답변 준비 없이 그냥 누군가에게 찾아가면 그 상대는 피곤해합니다. 그 만남이 사람을 소모시키거든요. 그래서 저는 학생들에게 관심 분야 책을 한 권씩 구해서 읽고, 서평을 쓴 다음에 너희가 만나고자 하는 분에게 보내라고 했습니다. 자신이 쓴 책을 읽고, 학생들 다섯이 각자 서평을 써서 보내면 아주 바쁜 사람들 빼고는 이 학생들을 만나고 싶을 거라고 저는 짐작했지요. 이렇게 준비를 제대로 해서 만나야 오고 가는 대화가 알차게 되고, 상대방도 학생들과 만나기를 잘했다는 생각이 들게 되지요.

서평 쓰기는 책에서 와 닿는 내용을 정리하고, 책과 세상을 연관 지어 생각하고, 마지막으로 책 내용과 관계있는 자기 경험을 적는 방식으로 합니다. 자세히 설명하면, 첫 번째로 책에서 기억할 만한 내용을 다섯 가지 골라서 한 가지마다 세 줄씩 설명을 답니다. 두 번째로 책과 관계있는 세상일을 세 가지 찾아 정리합니다. 세 번째는 책과 연관되는 자기 경험, 자기 주변 이야기를 세 가지 생각해서 씁니다. 이렇게 하면 책에서 이야기 조각이 다섯 개 나오고, 책과 관계있는 세상일에서 이야기 조각이 세 개 나오고, 자기 이야기가 세 개 나오지요.

이렇게 열한 가지 이야기 조각을 만들어요. 이 가운데서 한 줄로 늘어 놓았을 때 흐름이 좋게 나오도록 이야기 조각을 네 개씩 짝 지어 보라고 합니다. 이게 아주 중요하다고 한번 강조해 줍니다. 이야기 조각을 네 개씩 짝 지어 놓고 내용 연결이 가장 자연스러운 배열을 고릅니다. 이야기 조각이 네 개 생겼지요. 그 조각 한 개마다 소제목을 달아 한 쪽씩 글을 쓰면 네 쪽짜리 글이 뚝딱하고 나옵니다. 여기에 머리말을 반쪽 쓰고, 맺음말을 반쪽 써서 앞뒤로 붙이면 다섯 쪽짜리 글이 나옵니다. 글을 한 쪽 정도 쓸 줄 아는 학생이라면, 이 방법을 써서 다섯 쪽을 거뜬히 쓸 수 있습니다. 물론 학생들은 글을 쓸 때 하룻밤은 거의 죽습니다. 하룻밤은 죽어야 다섯 쪽 글이 나옵니다.

물음 어느 정도 기간을 두고 했는지요?

답변 이 활동은 두 달 동안 했습니다. 처음 한 달은 학생들 다섯이 같이 책을 정해서 읽고 서평을 씁니다. 저는 학생들이 쓴 서평을 힘닿는 데까지 읽고 한 사람 한 사람 고쳐 줍니다. 다섯 학생이 같은 책을 읽기에, 학생들끼리 서로 상의하면서 책을 소화해 나갑니다. 그리고 서로 글까지 고쳐 주기에 제가 조금 수월합니다.

둘째 달은 책과 관련된 인물을 정해서 만나고 인터뷰를 한 다음 글로 써서 기록하는 시간입니다. 다섯 사람이 모임을 만들고 각각 역할을 나누어 맡아서 합니다.

물음 아이들이 서평을 쓰고 난 뒤 인터뷰를 진행하기까지 과정을 좀 더 알려 주세요.

답변 서평을 쓰면 만날 사람을 정하는 일이 다음 순서입니다. 학생들은 누구를 만날까 하는 문제로 열띤 토론을 합니다. 저는 처음에 책의 저자까지는 생각하지 않고 책과 관련된 인물을 만나면 된다고 했는데, 학생들이 의욕을 내서 저자를 많이 만났지요.

만날 사람이 정해지면 그 사람과 연락하는 일이 큰일입니다. 이 과정에서 학생들은 열이 막 납니다. 연락이 쉽게 되기도 하지만, 운이 없으면 고생 좀 하거든요. 만날 사람과 연락이 잘 이어지지 않는 모임은 분위기가 몹시 긴박해집니다.

같은 책을 읽은 친구들이 학교 전체에 네다섯만 있으니까 그 학생들끼리는 결속력이 아주 강해집니다. 자기들 말고 의지할 데가 달리 없거든요. 그래서 웬만한 문제는 학생들 사이에서 해결이 됩니다. 풀리지 않는 문제가 있을 때 학생들이 저를 부르면 제가 가서 문제를 어떻게 풀까 같이 궁리합니다.

물음 그런데 모둠 활동에는 비판적인 의견도 있지 않습니까? 예를 들면, 열심히 하는 친구가 다 덮어쓰고 한가한 친구는 놀면서 점수를 거저 받는 문제가 있다고 들은 적이 있습니다. 이 점에 대해서는 어떻게 생각하는지요?

답변 흔히 지적되는 문제점입니다. 일부분 맞는 말인데, 실제 현실에서는 문제가 복합적입니다. 초보 교사 시절이었는데 어느 날 열심히 하는 여학생이 찾아와서 눈물을 글썽이며 이야기를 해요. 모둠 활동 과제를 하는데 다른 친구들이 안 해서 자기가 다 했대요. 그런데 공동 활동을 했는가 하는 평가 기준에서 감점이 될까 봐 걱정이 된다고 해요. 어떻게 할까 하다가 그 울먹이던 얼굴이 가슴에 걸려서 전체 점수를 다 잘 주었지요. 다른 녀석들이 불성실해서 그 친구가 피해를 입는다고 판단했지요. 그런데 나중에 알고 보니, 그 여학생도 문제가 있어요. 다른 친구들을 감싸 안고 함께 나가지 못하는 체질이었던 거죠. 내부에서 화합을 하지 못하고 서로 마음이 상해서 모임이 무너진 상황이었어요. 처음에는 열심히 한 학생이 있고 대충 놀면서 공짜로 점수 받는 학생이 있다고 단순하게 생각했는데 그렇지 않았어요.

  이런 문제는 모임 구성원들이 각자 자기 역할을 따로따로 다르게 나누어 맡는 것으로 예방할 수 있습니다. 자기 역할에 어울리는 보고서를 각자 다른 방식으로 쓰게 해 한 사람 한 사람이 책임감을 느끼게 해야 합니다. 그리고 모임을 지휘하는 역할을 마련해 두어서, 문제가 생기려 할 때

나서서 해결하게 합니다.

　오늘날 대부분의 일은 여럿이 힘을 모아 하게 되어 있습니다. 다른 사람과 감정을 맞추고 조절하며 일하는 연습은 몇 가지 단점이 있다고 해서 포기하면 안 됩니다.

물음　학생들이 역할을 나누어 일을 했다고 하는데, 어떻게 나누었는지요?

답변　학생들은 다섯 사람이 한 모임을 이루어서 각자 역할을 나누어 맡습니다. 모임을 지휘하는 사람이 있고, 만날 사람과 연락해서 인터뷰 약속을 받아 내는 사람이 있고, 만난 자리에서 이야기를 풍부하게 하기 위해 물음을 만드는 사람이 있고, 그 과정을 사진으로 기록하는 사람이 있고, 맨 나중에 최종 보고서를 쓰는 사람이 있습니다.

　'기획'은 영화 찍을 때 감독과 같은 역할을 합니다. 일정을 챙기고 모임을 이끕니다. 교사는 이 기획 담당자를 자주 불러서 진행 상황을 점검하고 도움말을 해 줍니다. 감독 일지와 같은 보고서를 씁니다.

　'외교'는 만날 사람을 정하고 그분과 연락해서 약속하는 일을 맡습니다. 만날 가능성이 높고, 이야기가 잘될 만한 사람을 골라야 합니다. 인터뷰 대상과 전화 통화한 내용을 기록하고, 오고 간 이메일을 모아서 보고서를 씁니다.

　만나서 이야기가 잘되려면 잘 물어보아야 합니다. '물음'은 물어볼 얘깃거리를 잘 궁리해야 합니다. 인터뷰를 할 때 나눈 대화 내용을 모두 기록해서 보고서를 씁니다.

　'사진'은 인터뷰 과정 전체를 사진으로 기록합니다. 어떤 장면을 찍어서 남겨야 하는지 생각합니다. 보고서는 사진과 그 사진에 짧게 이야기를 달아서 만듭니다. 쉬운 역할이기에, 모임에서 부지런하지 않은 친구에게 맡겨도 됩니다.

'최종 보고서'는 다른 친구들이 쓴 보고서를 자료 삼아 전체 보고서를 씁니다. 글 솜씨가 좋은 사람이 맡습니다. 기획과 외교와 물음이 쓴 보고서를 재료 삼아, 그것들을 잘 합치고 요리해서 새로운 글을 탄생시켜야 합니다.

물음 역할마다 붙인 이름이 좀 일반적이지 않습니다. 이렇게 학생들에게 역할을 나누어 맡기고 수업은 어떻게 진행하시는지 궁금합니다. 수업 과정은 설명이 간단하면 잘 전달이 안 되니까, 자세히 설명해 주시지요.
답변 기획, 외교, 물음, 사진, 최종 보고서라는 이름이 좀 웃기기도 합니다. 역할마다 이름을 붙인 이유는 한번 듣고 무슨 일을 하는지 딱 알아듣게 하기 위해서입니다. 수업 시간에는 "기획 나와라." 해서 모임마다 진행 상황을 점검하고, "외교 나와라." 해서 만날 사람과 잘 연결이 되고 있는지 살피고, "물음 나와라." 해서 인터뷰가 알차게 될 물음거리가 잘 마련되는지 살폈습니다.

학생들은 자기 역할에 맞게 따로 개인 보고서를 써서 냈습니다. 여럿이 함께 진행하지만 한 사람 한 사람이 제대로 자기 일을 해야만 일이 되는 체제이기에 그렇습니다. 기획과 외교와 물음은 에이포 다섯 쪽으로 자기 일에 대한 보고서를 써냈고, 사진은 어떻게 찍을지 기획안을 한 쪽 쓰고 큰 종이 두 쪽에다 사진을 붙여서 내거나 인터넷 블로그에 사진 이야기를 올리게 했습니다. 최종보고서는 에이포 10쪽 분량으로 내용을 정리하라고 했지요. 10쪽이니까 굉장히 부담이 클 거라고 느끼는데, 기획과 외교와 물음이 정리한 보고서를 그냥 모으기만 해도 15쪽이 나옵니다. 최종 보고서가 하는 일은 친구들이 쓴 보고서를 바탕으로 매끄러운 한 편의 완성된 보고서를 다시 창조해 내는 일입니다.

구체적으로 역할을 맡은 학생들에게 이렇게 설명합니다.

"기획은 지휘자입니다. 영화감독이 무슨 일을 할까 떠올리세요. 전체 진행 일정을 살피고 시기마다 할 일을 챙기세요. 모임 사람들이 자기 일을 그때그때 잘하고 있는지 살피고, 못하는 친구가 있으면 도와주세요. 구박만 해서는 안 되고 도와주고 챙겨 주어야 합니다."

"외교는 연결을 맡은 사람입니다. 누군가를 만나지 못하면 인터뷰 자체를 하지 못하지요. 어떻게 해야 상대가 여러분들을 만나 줄지 궁리하세요. 상대의 연락처를 어떻게 알아낼지 생각하구요. 친구들이 쓴 서평과 각자에 대한 소개, 상대를 만나서 어떤 이야기를 나누고 싶은지 자세히 정성 들여서 써 보내세요. 그러다가 상대와 만날 약속이 잡히면, 상대가 어떤 사람인지 정보를 모아 친구들에게 자세히 알려 주세요."

"물음은 만남이 잘 이루어지게 하는 사람입니다. 처음 만나자마자 깊은 얘기를 꺼내면 상대가 말하기 어려울 수 있지요. 어떻게 이야기를 시작해서 분위기를 편하게 만들지, 어떻게 이야기를 깊게 하고 어떤 이야기를 나눈 뒤에 마무리를 할지 흐름도를 작성하세요. 인터뷰 수준이 모두 물음에 달렸습니다."

"사진은 기록자입니다. 학교 도서관에 가서 사진 책들을 보세요. 작가들이 펴낸 사진집을 빌려서 어떻게 인물과 여백과 배경을 조화시켰는지,

사진의 공간 구성을 잘 살피기 바랍니다. 사진을 찍기 전에 미리 계획을 세우세요. 버스 기사를 만나러 간다고 한다면, 사진에 버스가 들어가야 겠고 그분의 특징을 나타낼 무엇인가가 들어가야 하겠지요."

"최종 보고서는 정리하는 사람입니다. 친구들 보고서를 그냥 붙여서 합치면 안 됩니다. 친구들 글을 자료 삼아서 새로운 창조물을 탄생시키세요. 사람마다 문장 쓰는 법이 조금씩 다르기에 다른 사람이 쓴 글을 그냥 붙여 놓으면 읽기가 아주 힘든 글이 되지요. 친구들이 쓴 문장을 자기 식으로 다 바꾸세요. 물음이 기록한 대화 내용만 붙여 넣고 다른 친구들이 쓴 글은 다시 구성을 하는 게 좋아요."

물음 아이들이 인터뷰할 책과 인물을 어떻게 고르는지 방법을 자세하게 말씀해 주세요.

답변 학생들이 책을 잘 모르는 경우가 많아서 학생들에게만 맡겨 두면, 그때에 많이 팔리는 책에 치중되기가 쉬워요. 교사가 책을 여러 권 제시하는 게 필요합니다. 그렇지만 교사의 책 목록 바깥에서 학생이 자기 뜻대로 책을 찾아 읽을 수 있어야 합니다. 안 그러면, 책 읽는 게 답답해지니까요. 제 방식을 정리하면, 교사가 가려 뽑은 책 목록을 제시하되, 그 목록 바깥에서 학생이 책을 찾아 읽는 권리를 보장하는 것입니다.

제가 책을 정하는 기준은 첫째가 그 분야에서 인정받는 책인가 하는 점이고, 둘째가 학생들이 소화할 수 있는 책인가 하는 점입니다. 그리고 책을 쓴 사람이 이웃을 생각하며 착하게 살았는가 하는 점을 살핍니다. 인터뷰하기 위해 책을 권할 때는, 앞의 기준에다가 학생들이 관심을 가질 만한지를 더 살펴야겠고, 학생들이 대중교통을 이용해서 책의 저자와 만날 수 있는가 하는 점을 점검해야 합니다.

교사가 학생들에게 책을 권할 때 할 수 있다면 그 책들을 모두 가져와서 학생들이 보고 만질 수 있게 하면 좋습니다. 설명만 들어서는 감이 떨어지는데, 책을 만져 보고 몇 장 펼쳐 보면 학생들이 금방 눈빛이 진지해지고 호응도가 높아집니다. 학교 도서관에서 책을 가져오고, 도서관에 없는 책은 제가 서점에서 샀습니다.

제가 고른 책을 여러 권 제시하고, 학생들에게 이 책 말고 자신이 읽고 싶은 책이 있으면 찾아오라고 합니다. 저는 컴퓨터를 켜서 인터넷 서점 사이트를 열어 놓고 학생들이 읽고 싶다는 책을 잠깐 검색해 보고, 학생들이 할 만한 책인지 아닌지 판단해서 말해 줍니다.

물음 어떤 책에 관심이 몰릴 경우 어떻게 하는지요?

답변 같은 분야에 학생들이 모일 때는 자제시켜야지요. 예를 들면, 성과 관련된 책에 학생들 관심이 집중될 때가 있습니다. 그러면 한 반에서 두 모임 정도만 그 분야를 하게 하고, 다른 모임은 다른 쪽을 하게 합니다. 그러나 학생들이 진지하게 관심을 가지고 어떤 분야에 몰린다면, 그때는 그대로 하게 하지요. 융통성 있게 합니다.

두 모임이 같은 책을 한다고 할 때는 가위바위보를 해서 진 쪽이 그 책을 가져가게 합니다. 처음에 이긴 편에게 권한을 주었더니, 가위바위보에서 진 친구를 다른 친구들이 되게 구박하더군요. 그래서 이긴 편이 양보하고 진 편이 책을 가져가게 했어요. 그랬더니 구박을 잘 안 해요. 가위바위보에서 실패하고 온 친구에게 다른 친구가 타박하면서, "너 왜 그렇게 가위바위보를 잘해." 하고 말은 하지만 심하게 구박할 수는 없지요.

이기고 왔는데 어쩝니까. 양보는 이긴 사람, 강자가 할 수 있는 특권이라고 제가 거의 입버릇처럼 이야기합니다.

물음 학생들 모임 가운데 만날 사람을 잘 못 정하는 경우는 없나요? 그럴 때를 대비해서 어떤 준비를 해 두시는지요.

답변 일곱 모임에 한 모임 꼴로 문제가 생깁니다. 연락한 상대에게 계속 거절당해서 일이 진행이 안 되는 거지요. 그럴 때 저는 학생들에게 관련 시민 사회단체를 찾아보라고 합니다. 사회 운동을 하는 분들에게는 사람 만나는 일을 소중히 여기는 문화가 있어서 만날 수 있는 가능성이 높아집니다.

물음 그 밖에 책 읽고 인터뷰하는 수업을 하면서 신경 쓸 일은 어떤 것이 있습니까?

답변 우리 학교 학급 학생 수가 35~40명이어서 한 반에서 모임이 7~8개가 나옵니다. 제가 보통 같은 학년에서 4개 학급 정도를 가르칩니다. 반마다 같은 책을 고르지 않게 교사가 옆 반 학생들이 어떤 책을 골랐는지 학생들에게 알려 주며 조정하는 일이 필요합니다. 이쪽 반에서 어떤 저자의 책을 골랐으면, 다른 반에서 그 저자의 책을 골라서는 안 되지요. 두 개 모임이 같은 저자에게 찾아가면 그 저자의 생활을 지나치게 침해하는 것이 되니까요.

그리고 돌발 상황이 생깁니다. 학생들에게 메일 쓰는 법을 알려 주어야 합니다. 어떤 학생은 어떤 단체에 메일을 보냈는데 딱 두 줄을 쓴 적이 있습니다. '누구 연락처가 필요합니다. 알려 주세요.' 이러면 그쪽에서 대접을 못 받지요. 사회에서 갖춰야 할 예의를 아직 잘 모르는 학생이 있기에 챙겨야 할 일이지요. 외교를 맡은 학생들에게 어떻게 상대의 연락처를 얻는지 그 방법을 잘 이야기해 두어야 실패하는 학생이 생기지 않습니다. 외교를 맡은 학생들이 쓴 보고서를 보면, 학생들이 어떻게 저자의 연락처를 얻으려고 애썼는지 알 수 있습니다.

책을 쓴 사람이 아주 유명한 사람이면 만나기가 어렵습니다. 학생들이 책을 정할 때 교사가 살펴서 세상에서 너무 많이 만나자는 연락이 오게 보이는 사람은 피하라고 일러 줘야 합니다. 자기 분야에서 열심히 살아가지만 언론에 많이 나오지 않는 분들이 만나기에 딱 좋습니다.

물음 이런 수업을 하게 된 발상은 어떻게 얻었나요?

답변 이때까지 없던 수업을 새로 생각해 내는 일은 문득 갑자기 찾아옵니다. 혼자 골방에 앉았을 때 번쩍하고 생각이 벼락 치듯 떠오르지는 않아요. 다른 선생님들이 자신의 수업 사례를 발표하고 논의하는 자리에서 이야기를 듣다가 새로운 생각을 얻는 경우가 많습니다.

교직 경력이 이 년쯤 된 젊은 선생님들 공부 모임인데 '고교수업연구모임'이라는 곳이 있었어요. 2003년 여름 방학 때 그분들이 우리 학교 윗동네인 포천군 내촌면에 있는 씨실리라는 곳에서 합숙 공부를 하셨는데, 그때 제가 별 생각 없이 구경 갔거든요. 선생님들이 직업 탐구 수업에 대해 이야기하고 있었어요. 텔레비전에서 호텔 직원이 주인공으로 나오면 학생들이 우르르 호텔로 달려가 직업 인터뷰를 신청하고, 경찰이 주인공으로 나오는 드라마가 나오면 우르르 경찰서로 달려가고 해서 그 호텔과 경찰서에 '학생 출입 사절' 안내문이 붙었다고 해요.

선생님들이 그 자리에서 반성을 해요. 그 직종에 있는 사람을 직접 만나게 한다는 뜻은 좋은데, 실제 진행되는 과정을 보면 얼마나 깊이 있게 제대로 활동이 되었는지는 모르겠다고 하더군요. 김명숙 선생으로 기억나는데, 그분이 그때 그랬어요. "학생이 원하는 직업에 종사하는 사람을 만나게 하는 수업이 일반적인데, 그 직업을 갖고 있는 사람 가운데 보람 있게 잘 살고 있는 사람을 만나게 하는 문제의식이 필요하다고 생각해요. 그래서 저는 그 분야에서 어떤 단체를 꾸려서 활동하는 분들과 연락을 해서 학생들을 만나게 했어요."

그분 말이 아주 인상적이었죠. 현장을 체험하게 하는 것이 의미 있지만, 더 중요한 것은 그 현장에서 우리가 바람직하다고 판단할 만큼 잘 살고 있는 사람을 만나야 학생들이 제대로 배울 수 있잖아요. 그 이야기를 들으며, 저 활동을 내 방식으로 소화하고 싶다고 생각했어요. 책과 연결 지어서 글을 쓰고 관계있는 인물을 만나게 하면 수업이 되겠구나, 전체 그림이 그 자리에서 머릿속으로 그려졌지요. 제가 한 이 수업은 젊은 교사 김명숙 선생께 큰 빚을 지고 있습니다.

사실 그때 저는 교사가 된 지 7년이 되는 때여서, 이제 더 배울 게 있나 하고 잠시 거만해져 있었는데, 후배 교사들 모임에 가 많이 배우고 나서 그런 오만함을 싹 씻어 버렸지요. 그날 그분들 공부를 참관한 게 저에게는 새로운 수업 발상을 할 수 있었을 뿐만 아니라, 인성 교육까지 된 셈이지요.

물음 모든 활동은 나름대로 의미를 지니는데, 이 활동이 우리 사회에 주는 의미는 무엇일까요?

372

답변 젊은 청소년들을 가볍게 보지 말자는 것이죠. 그들을 어른들이 마련해 놓은 입시 경쟁에만 묶여 있게 하지 말자, 배틀 게임으로 성공할 학생들은 그렇다고 하자, 그런데 거기서 잘 안 되는 학생들을 보고 깔보지 말자, 그네들은 다 저마다 성공할 수 있는 능력이 있는 소중한 인간들이다 하는 의미가 이 학생들의 보고서에 담겨 있다고 여깁니다.

책 읽고 인터뷰하기를 하면서 교사인 저와 학생들은 모두 다 놀랐습니다. 학생들은 스스로 해낸 결과물을 보면서 평소 대단하지 않다고 여기던 자기 자신의 능력을 다시 보게 되었지요.

물음 교사로서 선생님께서는 학생들의 보고서를 읽으며 무슨 생각을 하셨습니까?

답변 그렇지 않은 경우가 있지만 전체적으로 어른들이 바라보는 만큼 청소년들은 성장합니다. 가볍게 꾸짖거나 때로 벼락 치듯이 혼을 내기도 하지만 그 학생의 가능성을 얕보아서는 안 됩니다. 나중에 어떻게 변할지 모르거든요. 어리게 보고 조종하려 하면 그들은 유치해집니다. 제대로 대우하고 좋은 성장의 계기를 만나게 해 주면 그들은 성숙한 인간으로 나타납니다. 이것이 열세 해 동안 제가 교사를 하면서 얻게 된 신념이자, 교육 노동을 하면서 알게 된 지식입니다.

우리 시대 청소년들은 단편적인 교과서 정보를 암기하고, 기백을 펼칠 자리를 만나지 못한 채 인간을 좁쌀스럽게 만드는 오지선다형 문제집 풀이를 연습하느라 오그라들어서 자기 존중감이 무척 낮습니다. 이 청소년들에게 자기 존중감을 높여 주어야 합니다.

물음 특히 인상 깊은 글이 있다면 말씀해 주시지요?

답변 박재동 선생이 학생들에게 한 말이 감동적이었습니다. "학생에게는 배움의 특권이 있다."고 우리 학생들에게 말씀해 주셔서 학생들이 가슴 벅차 했습니다. 그 말을 학생들이 쓴 보고서에서 읽고, 제 가슴에 새겨 두었습니다. 그리고 정희진 선생을 만나고 온 학생이 선생이 한 말을 따서 '어디든 갈 수 있는 사람이 되자'는 제목으로 글을 썼는데, 이 말 역시 인상 깊었습니다. 교사에게 가르치는 일이 잘못 익숙해지면 자칫 다람쥐 쳇바퀴 도는 모습처럼 될 수 있겠다는 생각이 들어서였습니다.

물음 인터뷰하기는 다른 교사들에게 권할 수 있는 활동인가요? 혹시 특출난 재주가 있는 교사만 할 수 있는 일은 아닌지요?

답변 수업 사례 가운데 어떤 것들은 보기에 좋지만 따라 하기는 어려운 것들이 있지요. 책 읽고 인터뷰하기 활동은 다른 교사가 시도해서 성공한 사례가 있습니다. 같은 학교에서 이성균 선생이 2학년 학생들을 데리고 성공적으로 수업을 하셨습니다. 그리고 경희고 최인영 선생도 학생들과 이 활동을 멋지게 한 것으로 압니다.

그런데 저자 인터뷰하기 활동은 아무래도 수도권 안에서 하기에 편한 활동이지요. 우리나라 인구 절반이 수도권에 살기에 저자들도 수도권에 많기 때문이지요. 수도권 바깥에서는 그 지역에 있는 저자를 파악해서 일을 진행해야 하는데, 쉽지 않아요.

이 활동이 학교 선생님들에게서 더 퍼지려면, 성격을 '현장 인터뷰'로 조금 바꾸어야 해요. 학생이 자기 인생에 도움이 되는 책을 골라 읽고, 그 책과 관계있는 인물을 동네에서 찾아 만나는 활동이지요. 동네 인터뷰하기는 제가 해 보았는데, 학생들 호응이 좋아요. 꽃에 대한 책을 읽고 동네 꽃집 아주머니를 만나고, 맛집에 대한 책을 읽고 동네에서 소문난 갈비집 주인을 만나는 방식입니다. 나중에 경찰이 되고 싶은 학생들은 화성 연쇄 살인 사건에 대한 책을 읽고 남양주 경찰서 직원을 만났지요. 농사에 관심이 있는 학생들은 평택 농민회 행사장까지 찾아갔습니다. 그 밖에 이웃 학교 영양사, 소방관, 학교 선생님, 지역 의회 의원 같은 분들을 학생들이 만나고 왔습니다.

학생들이 쓴 현장 인터뷰하기 보고서에는 유명하지 않지만 열심히 살아가는 보통 사람들이 학생들을 위해 해 주는 따뜻한 이야기들이 담겨 있습니다. 이 인터뷰 책이 세상 사람들에게 호응을 받아, 다음에는 동네 인터뷰하기 책도 펴낼 수 있으면 기쁘겠습니다.

책에 사진 한 장, 그림 한 장 없지만

학생들이 쓴 글을 묶어 책을 펴내려고 다시 쭉 읽었습니다. 묵혀 둔 학생들 글을 새로 꺼내 읽던 날 밤, 저는 가슴이 뛰어서 새벽 세 시가 넘도록 잠을 못 이루었습니다. 학생들이 얼마나 가슴 떨며 이 일을 했는지 글에서 그대로 전해졌습니다. 예전에 수업할 때 학생들 얼굴과 그네들이 하던 말들이 떠올랐습니다. 이 책에 실린 글들은 따로 덧붙인 내용이 없고 학생들이 쓴 글 자체입니다.

사진 한 장 없는 딱딱해 보이는 책입니다. 학생들이 찍은 사진이 있기는 한데 출판에 쓰기에는 적당하지 않아 넣지 못했습니다. 예쁜 그림도 그려 넣지 못하고, 오로지 글로만 책을 엮었습니다. 하지만 글을 읽다 보면, 그 학생들 모습이 글자들 사이에서 예쁘게 피어나리라 믿습니다.

인터뷰 수업 책 목록

《가끔 아이들은 억울하다》, 김대유, 우리교육

교사가 학생들과 학급에서 생활하면서 만나는 여러 고민스러운 상황에 대해 적은 글입니다. 원래 교사를 상대로 해서 쓴 글인데, 학생들이 읽고 좋다고 합니다. 교사가 솔직하게 고민을 털어놓으면 학생들도 공감을 하는가 봅니다. 교사의 세계를 알고 싶은 사람이 읽으면 여러 생각을 할 수 있습니다.

《꿈꾸는 지렁이들》, 꿈지모, 환경과생명

여성과 관련된 여러 일을 여성의 눈으로 살핀 책입니다. 어려운 내용이 섞여 있지만, 이해할 수 있는 부분만 골라 읽어도 배울 점이 많아요. 상품으로 팔리는 화장품과 일회용 생리대에 들어간 화학 물질이 얼마나 사람 몸에 해로운지 알려 주는 내용이 있고, 그 밖에 여성의 건강에 대한 여러 이야기가 담겨 있습니다.

《나는 '나쁜' 장애인이고 싶다》, 김창엽 외, 삼인

장애인에 대한 책입니다. 나쁜 장애인이고 싶다는 제목이 특이한데, 이 말은 장애인들도 보통 사람이라는 뜻이랍니다. 우리 둘레에서 만나는 장애인들에 대해 새롭게 생각하게 되는 책입니다. 자기 확신이 강한 사람이 읽으면 자신을 돌아볼 것입니다.

《남자의 결혼 여자의 이혼》, 김혜련, 또하나의문화

이혼에 대한 이야기이지요. 결혼에 대해 낭만적으로 꿈꾸는 사람이 읽으면, 아마 덜덜 떨지도 모릅니다. 어려운 현실을 알아야 상처 입은 사람들을 이해하고, 인생의 순간들을 지혜롭게 헤쳐갈 수 있습니다.

《내일로 희망을 나르는 사람들》, 박수정, 이학사

남을 제치고 떠밀며 사는 사람들이 아니라 다른 이들 손을 잡아 주며 살아온 이들을 이야기하고 있습니다. 단숨에 돈을 얼마나 벌었네 하는 사람이 아니라, 하루하루 소박하게 열심히 사는 사람들 사연을 차분하게 담았습니다. 이 책을 읽으면, 읽기 전과 사람이 달라집니다. 인생을 우습게 아는 사람이 읽으면 좋습니다.

《너, 행복하니?》, 김종휘, 샨티

이 책에는 자기 기질을 살려 개성 있게 삶을 꾸려 가는 청소년들이 나옵니다. 무엇인가에 찌들어서 힘이 없는 친구가 읽으면 자극 좀 받지요. 문화 공간인 하자작업장학교에서 만난 청소년들 이야기입니다. 세상이 다 그저 그렇게 보여서 힘이 없어진 사람, 그래서 꿈과 활력이 필요한 청소년에게 권합니다.

《니가 뭔데…》, 고상만, 청어

인권 운동가가 우리 사회의 인권 침해에 맞서 겨루며 살아온 이야기를 담았습니다. 책 속에 담긴 일들이 하나같이 손에 땀을 쥐게 하는 긴박한 내용들이어서 학생들은 이 책을 굉장히 잘 읽습니다. 세상을 만만히 보고 일찍부터 늙은 티를 내는 학생이나, 어디에다 흥미를 붙이지 못하고 무기력해하는 학생이 읽으면 좋겠습니다. 재능이 뛰어나서 대체로 이긴 편 쪽에 많이 있던 사람이 읽으면 세상의 다른 면을 볼 수 있습니다.

《대한민국사》, 한홍구, 한겨레출판

옛날 역사에 대해서는 학생들이 관심이 높습니다. 그런데 최근의 우리 역사는 잘 모릅니다. 이 책은 최근 백 년 안쪽의 역사를 다루고 있습니다. 일제 시대 이야기와 독립운동 이야기, 독재와 민주주의에 대한 내용이 담겨 있습니다. 과거를 제대로 알면 현재를 좀 더 올바르게 이해할 수 있습니다. 수준 있어지고 싶은 사람에게 권합니다.

《마지막 공간》, 윤홍은 외, 삶이보이는창

청계천 둘레에서 일하며 사는 사람들 이야기를 담았습니다. 그분들 사는 모습이 고되어 보여서 보통 부모님들은 자식들이 그렇게 살기를 바라지 않지요. 하지만 그들은 우리 이웃이고 친척이고 때로 가족들 가운데 한 사람일 수 있습니다. 좀 착해져야 하는 사람에게 권합니다.

《말해요, 찬드라》, 이란주, 삶이보이는창

이주 노동자가 이 땅에 와서 겪는 사연을 모아 담았습니다. 이 책을 읽고 나면 한국 사람이라는 사실이 잠깐 부끄러워집니다. 우리 자신을 반성하게 하고 우리 영혼을 좀 더 맑게 해서 우리를 아름답게 하는 책입니다. 자신감이 넘치는 사람이 읽기 바랍니다.

《모형 속을 걷다》, 이일훈, 솔

건축가의 인생 이야기입니다. 삼겹살을 함께 구워 먹으며 잘 아는 동네 아저씨가 털털하게 자기가 하는 일을 이야기해 주는 분위기입니다. 건축가가 어떤 인생을 살까 궁금한 친구가 읽으면 좋지요. 나중에 자기가 집을 짓고 살 꿈을 꾸는 친구가 읽어도 좋겠구요. 좋은 집은 예쁘게 꾸민 그림 같은 집이 아니라 그

집에서 사는 사람의 삶을 소박하게 담아낸 집이라는 말이 기억납니다.

《못난 것도 힘이 된다》, 이상석 글, 박재동 그림, 자인

글쓴이는 지금 학교 선생님인데, 한때 좀 놀았답니다. 고등학교 입학시험을 보러 가는 날 땡땡이를 쳐서 학교에 떨어졌다고 하면 어떤 정도인지 나머지는 다 짐작이 가겠지요. 그러던 분이 어떤 계기로 해서 정신을 차리고 인생을 잘 살게 되었어요. 이 책을 읽으면 무엇이 사람을 사람답게 하는가를 생각하게 됩니다. 자기 부정이 심하거나 열등감에 시달리는 학생이 읽으면 치료 효과가 있습니다.

《부부 살어 말어》, 오한숙희, 웅진지식하우스

요즘 이혼이 하도 많아지다 보니 이혼하는 일이 특별하지가 않지요. 여자와 남자가 함께 살기로 했다면 행복해야 하는데 그게 쉽지가 않아요. 글쓴이는 왜 우리 사회에서 부부가 불행해지는지, 어떻게 해야 행복해질 수 있는지 알려 줍니다. 결혼해서 살 사람들은 미리 읽어 두면 나중에 행복하게 사는 데 도움을 얻습니다.

《빨간 바이러스》, 진중권, 아웃사이더

사회의 여러 일들에 대해 짧게 적은 글을 모은 책입니다. 흔히 시사 비평이라고 하는 글입니다. 이런 글을 읽으면 사회를 보는 관점이 생깁니다. 저자가 쓴 글을 보면서 사람들이 세상의 사건들을 어떻게 이해하는지 살펴볼 수 있어요.

《사람답게 아름답게》, 차병직, 바다출판사

인권을 재미있는 우화와 연결 지어서 쉽게 설명한 책입니다. 자기 권리를 알고 주장할 줄 알아야, 함부로 대우받지 않지요. 함부로 대접받지 않고 싶은 사람이 읽으면 자신의 권리에 대해 말을 잘할 수 있습니다.

《새벽을 여는 사람들》, 김은성 · 노유미 글, 김진석 사진, 뿌리와이파리

새벽 일찍부터 일하는 사람들이 나오는 책입니다. 지하철 역무원, 새벽 시장 사람들, 응급실 의사, 119 구급 대원, 철책을 지키는 군인, 새벽 신문 배달원 같은 사람들이 나옵니다. 인생은 한가하게 살 수 있는 게 아니라는 사실을 알려 줍니다. 열정이 필요한 사람에게 권합니다.

《서승의 옥중 19년》, 서승, 역사비평사

독재 정권 시절에 억울하게 누명을 쓰고 감옥에 19년이나 갇혀 있던 사람 이야기입니다. 글쓴이는 이 책으로 학문적 성취를 인정받아 일본 대학의 교수가 되었습니다. 민주주의가 왜 소중한지 알고 싶은 학생에게 권합니다.

《섹스북》, 귄터 아멘트, 박영률출판사

독일의 성교육 교재입니다. 제목이 아주 박력 있어서 책을 가지고 다니려면 책 표지를 싸야 하겠지요. 성과 관련해서 생각해 볼 거리를 활짝 열어 놓고 차근차근 이야기한 책입니다.

《숨겨진 한국여성의 역사》, 박수정, 아름다운사람들

역사적 인물이라고 하면 흔히 광개토대왕과 세종대왕 들을 떠올리지요. 그런데 그런 인물들 속에 여성은 잘 보이지 않습니다. 이 책은 현대사의 순간순간에 활약한 여성들 이야기를 담았습니다. 힘없는 보통 사람이 어떻게 역사를 움직이는지 생각하게 됩니다.

《신문 읽기의 혁명》, 손석춘, 개마고원

신문이 왜곡 보도를 할 때가 있다는 사실은 널리 알려져 있습니다. 이 책은 어떻게 신문을 보아야 진실을 알 수 있는지 알려 줍니다. 똑똑해지고 싶은 사람에게 권합니다.

《십시일反》, 국가인권위 기획, 박재동 · 손문상 외, 창작과비평사

국가인권위원회가 기획해서 만화가 열 사람과 함께 만든 책인데 우리 사회에서 흔히 볼 수 있는 차별을 이야기하고 있습니다. 국가 기관에서 만든 책이라고 해서 따분하고 뻔하다는 편견을 가지면 안 되지요. 굉장히 훌륭하고 예술적인 만화를 만날 수 있습니다.

《아웃사이더의 말》, 아웃사이더 편집부, 아웃사이더

우리 사회에서 다수를 차지하는 사람들 말고 소수에 해당하는 사람들 이야기입니다. 왜 소수의 이야기를 듣느냐고요? 다수의 이야기는 평소에 주로 듣고 있기 때문이지요. 보통 때 흔히 듣지 못하는 소수자들 이야기가 우리 정신을 일깨운답니다.

《알몸 박정희》, 최상천, 인물과사상사

우리 사회에서 찬성과 반대로 의견이 갈려 오랫동안 논쟁해 온 박정희에 대한 책입니다. '알몸'이라고 제목을 붙인 것은 사실을 있는 그대로 밝혀 적겠다는 뜻이지요. 역사의식을 얻고 싶은 사람에게 권합니다.

《오늘, 청소년의 性을 읽다》, 손승영 외, 지식마당

오늘날 청소년들이 성을 어떻게 생각하는지, 어떤 경험들을 하는지 여러 학자들이 조사하고 쓴 글을 모았습니다. 10대들 이야기라서 청소년들이 읽으면 더욱 생생하게 전해집니다.

《용감한 여성들, 늑대를 타고 달리는》, 막달레나의집, 삼인

이 책은 성매매 여성들에 대한 보고서입니다. 우리나라는 돈으로 성을 사는 문화가 아직 남아 있습니다. 학생들 가운데는 성매매를 하는 곳에 찾아가는 이도 드물게 있는데, 남자든 여자든 제대로 알아야 그런 일을 극복할 수 있습니다.

《우리가 성에 관해 너무나 몰랐던 일들》, 김성애 외, 또하나의문화

청소년 성폭력 사례를 모은 책입니다. 무섭고 충격받는 내용이 가득합니다. 어떤 상황에서 성폭력이 일어나는지 잘 알아야, 그런 불행을 예방할 수 있습니다. 그리고 그런 나쁜 일을 이겨 낼 수 있습니다.

《우리가 성에 관해 알고 싶은 것》, 김성애 · 이지연, 또하나의문화

여고생들이 성과 관련해서 체험한 일들을 모아 정리한 책입니다. 서울 신촌에 있는 중앙여고 학생들 이야기인데, 그 내용이 놀랍습니다. 우리는 많은 일들을 겪으며 성장하는데, 책으로 간접 체험을 해 두면, 문득 그런 일이 자신에게 닥칠 때 지혜롭게 상대할 수 있습니다.

《우리 시대의 결혼 이야기》, 김효선, 여성신문사

한국 여성의 인생 만족도를 조사한 것을 보면, 결혼 직전이 가장 만족도가 높고 결혼 직후가 가장 만족도가 낮습니다. 젊은 여성들이 결혼 전에는 낭만적 연애를 하는데, 결혼을 하고 나면 사회의 부족한 지원 속에서 아이를 키우며 고생을 단단히 하기 때문이랍니다. 나중에 결혼할 사람들이 여럿 있을 텐데, 한번 현실이 어떤지 알아보지요. 우리 시대 결혼이 어떤 모습인지 있는 그대로 적어 놓은 책입니다.

《이슬람》, 이희수 · 이원삼 외, 청아출판사

이슬람 전공자들이 모여서 이슬람 사회의 여러 모습을 설명한 책입니다. 세계에서 꽤 많은 사람들이 믿고 있는 이슬람에 대해 차근차근 알려 주어서 견문을 넓히기에 좋습니다. 다 읽고 나면 미국 영화에서 이슬람을 폭력주의자로 왜곡시킨 편견에서 벗어납니다.

《21세기를 바꾸는 교양》, 하종강 외, 한겨레신문사

시민 교양 강좌에서 이름난 지식인들을 초대해 강연한 내용을 녹음한 다음에 글로 풀어 놓은 책입니다. 흔히 잘못 알고 있는 일을 알기 쉽게 말로 잘 설명해 놓았지요. 배경 지식이 부족하면 잘 이해가 안 되는 부분도 있지만, 노력해서 읽고 나면 정말 똑똑해집니다.

《자연을 꿈꾸는 뒷간》, 이동범, 들녘

똥 누고 오줌 누는 뒷간, 여러 가지 화장실 모습을 소개하는 책입니다. 수세식이 깨끗해 보이지만 똥을 다 강으로 흘려보내기에 환경을 생각하는 쪽에서 보면 더럽지요. 자연을 훼손하지 않는 생태 화장실을 설명해 놓았는데 재미있습니다. 편안한 책을 읽고 싶은 사람이 보면 좋습니다.

《저는 오늘 꽃을 받았어요》, 정희진, 또하나의문화

아내 폭력에 대한 보고서입니다. 평소 자신이 여러 일에 무감각하다고 여기는 사람이 읽으면 잠이 확 깹니다. 늘 듣던 이야기라도 이렇게 글로 객관화해서 보면, 그 현실이 견딜 수 없겠구나 하는 느낌을 받지요. 행복은 폭력과 함께 있기 어렵습니다. 멋진 연애를 꿈꾸는 친구들이 꼭 읽기 바랍니다.

《참 좋다! 통일 세상》, 임수경 글, 박재동 그림, 황소걸음

통일에 대해서 듣기는 참 많이 듣는데 쉽게 읽을 책은 무척 드뭅니다. 이 책은 통일을 왜 해야 하는지 쉽게 설명한, 보기 드문 책입니다.

《한국 현대사 산책 1980년대편 1-4》, 강준만, 인물과사상사

1980년대에는 광주민주화운동이 있었고 전두환 독재 정치가 있었고 시민 혁명인 유월항쟁이 있었습니다. 이런 말들이 요즘 청소년들에게는 무슨 소리인지 느낌이 잘 전달되지 않지요. 오늘날 우리가 누리는 민주주의가 어떻게 이루어졌는지 알 수 있는 책입니다.

《행동하는 양심》, 안영민, 아름다운사람들

양심적으로 세상을 살면 손해를 가끔 보며 살게 되지만 무엇보다 가슴이 뿌듯하지요. 이 책은 양심적으로 우리 시대를 사는 몇 사람을 만나서 세상 이야기를 나눈 내용을 담았습니다. 세상을 따뜻하게 만들고 싶은 사람이 읽으면 좋겠습니다.

《황금이삭》, 안재성, 삶이보이는창

20세기를 한반도에서 살아간 세 사람의 인생을 다룬 소설입니다. 사람 인생이 이렇구나 하는 말이 저절로 나오는 책입니다. 돈을 벌고 싶고, 사랑을 하고 싶고, 세상에서 잘 살고 싶은 마음은 누구나 똑같습니다. 그러나 사람이 어떤 환경에 놓였는가, 그 환경 속에서 어떤 선택을 하는가에 따라 인생이 달라지지요.